Diogenes Taschenbuch 24284

de
te
be

JOEY GOEBEL, geboren 1980 in Henderson, Kentucky, ist Schriftsteller, Drehbuchautor, Musiker – ein weltweit gefeiertes Multitalent. Seine Romane *Vincent*, *Freaks* und *Heartland* wurden in 14 Sprachen übersetzt. Joey Goebel hat einen kleinen Sohn und lebt in Henderson, wo er englische Literatur unterrichtet.

Joey Goebel

Ich gegen Osborne

ROMAN

Aus dem Amerikanischen von
Hans M. Herzog

Diogenes

Titel des amerikanischen Originals:
›I Against Osbourne‹

Die deutsche Erstausgabe
erschien 2013 im Diogenes Verlag
Covermotiv: Gemälde von Elizabeth Peyton,
›For Oscar from Bosie, February 2, 1894‹, 1998

Veröffentlicht als Diogenes Taschenbuch, 2014

www.diogenes.ch
LM / 21 / 852 / 3
ISBN 978 3 257 24284 3

Meiner lieben Schwester CeCe,
meinem Gewissen

Stundenplan

Vor dem Unterricht

7.47 Wie jeder andere vernünftige Mensch auch hasste ich die Highschool. Doch mit siebzehn hatte ich bereits begriffen, dass man mindestens siebzig Prozent seines Lebens damit zubringt, Sachen zu machen, die man lieber nicht machen würde. Und so fand ich mich mit dem zentralen Irrsinn meines Lebens ab, dass ich fünf von sieben Wochentagen an dem Ort der Welt verbrachte, an dem ich am liebsten überhaupt nie sein wollte. Schon erstaunlich, was die Menschen sich zumuten, dachte ich oft.

Also bog ich durch das offene Schultor auf den Parkplatz der Osborne Senior Highschool ein, genau wie Tausende andere pickelgesichtige Trottel vor mir und bestimmt ebenso viele Tausende noch lange nach mir. Nichts bereitete mich darauf vor, dass, wenn um 15.15 zum letzten Mal die Schulklingel ertönte, ausgerechnet ich – das chronisch erschöpfte Nervenbündel, das bis zu diesem Tag die exquisite Einsamkeit des unzufriedenen Querdenkers genossen hatte – als beliebtester Schüler von Osborne High vom Parkplatz fahren würde. Ein wahr gewordener Traum? Ach was.

Ich fuhr um das Blumenrondell herum, in dem der Fahnenmast stand, und wunderte mich einmal mehr, dass hier überhaupt etwas Schönes wachsen konnte. Und während ein paar grün uniformierte Schüler, Mitglieder des Junior Reserve Officer Training Corps JROTC, die amerikanische Fahne hissten, dachte ich an die acht Stunden, die sich wie ein Berg des Grauens vor mir auftürmten. Ich musste mich mit einer ernsten Angelegenheit befassen – sogar der ernstesten meines bisherigen Lebens. Doch rasch richtete sich meine Aufmerksamkeit auf Chloe Gummere. Ich hoffte, sie in den nächsten zehn Minuten um ein Date bitten zu können. Diese Möglichkeit (abgesehen davon, dass ich mich in der zweiten Schulstunde einer Textkritik meiner Mitschüler stellen musste) war mein Hauptgrund, heute überhaupt zur Schule zu kommen.

Aufgeregt suchte ich schon mit den Augen ihren taubenblauen und holzgetäfelten Oldsmobile-Kombi, den sie von ihrer Großmutter geerbt hatte. Seit dem ersten Tag meines dritten Jahrs auf der Highschool war ich in Chloe verknallt. Sie war die Person, nach der ich auf dem Parkplatz und bei den Versammlungen immer Ausschau hielt, deren Wege von einem Unterrichtsraum zum anderen mir vertrauter waren als nötig, deren Name meine Ohren irgendwie noch beim chaotischsten Krawall im Klassenzimmer heraushörten. Da dies unser erster Schultag nach dem Spring Break, den Osterferien, und sie in den Ferien verreist gewesen war, hatte ich Chloe seit einer Woche weder gesehen noch gesprochen. Ich sehnte mich nach ihr. Ich sehnte mich so sehr danach, sie zu sehen, dass ich das Gefühl hatte, etwas stimme nicht mit mir, und ich litte an einem speziellen Wahn. Ich fragte mich, ob sich ein anderer Mensch jemals so gefühlt hatte. Es wäre hilfreich gewesen, mit jemandem darüber reden zu können.

Nachdem ich das Wachhäuschen samt Security-Mann passiert hatte, unterbrach das nervige Hupen eines kleinen weißen Honda Accord meine Suche nach Chloe. Im Rückspiegel sah ich zwei junge Männer – beide sicherlich ausgezeichnete Schüler – mit erhobenen Stinkefingern. Anscheinend war ich der einzige Schüler auf Osborne, der die vorgeschriebene Höchstgeschwindigkeit einhielt. Das störte unweigerlich die hinter mir Fahrenden, die es aus unerfindlichen Gründen immer eilig hatten, diesen grauenhaften Ort zu erreichen. Ich reagierte auf die Einserschüler, indem ich zwei Stundenkilometer langsamer fuhr, einen für jeden Finger.

Ich erachtete meine Langsamkeit für notwendig, da meine Mitschüler sich offenbar für unsterblich hielten. Oft genug tauchten abrupt jugendliche Fußgänger vor meinem Wagen auf wie unbeaufsichtigte Kleinkinder, oder sie schlenderten wie lethargische Prostituierte des Wegs, ohne zu bedenken, dass sie sich in einer der belebtesten Gegenden der ganzen Stadt aufhielten, in der sich fast täglich mindestens ein kleinerer Unfall ereignete, wie die zerknautschten Stoßstangen belegten, die ich überall sah.

Sie alle konnten hupen, so viel sie wollten (was sie gewöhnlich auch taten); ich fuhr langsam – rechtschaffen, rebellisch langsam.

7.49 Um die anhaltenden Störgeräusche der Autohupen zu dämpfen, drehte ich meine Musik lauter, eine Jazz-Kassette, die ich für mich zusammengestellt hatte. Ich suchte weiter nach Chloes Kombi, behielt aber gleichzeitig den Tacho im Auge und das Bein ruhig, um nicht wegen einer

Freud'schen Fehlleistung meines Fußes einen Mitschüler zu überfahren. Damit zwei unterklassige Schüler, eine Mischung aus Preppy und Schlägertyp, vorbeigehen konnten, hielt ich ganz an, was bei den Herren hinter mir bestimmt Krämpfe auslöste. Die Preppy-Schläger vergalten mir meine Freundlichkeit, indem sie sich Zeit ließen. Sie bekamen vierundzwanzig Stunden am Tag nichts mit und hatten mich wahrscheinlich gar nicht bemerkt. Doch egal: Fußgänger hatten immer Vortritt, und ich war ein hervorragender Fahrer.

Mein Vater hatte immer betont, was für ein hervorragender Autofahrer er sei, dabei machte er Dustin Hoffman in *Rain Man* nach. Als ich sieben war, nahmen mich meine Eltern ins Kino mit, wo ich mir *Rain Man* ansah, was mir nicht ungewöhnlich vorkam, weil sie mich Erwachsenenfilme sehen ließen, seit ich allein auf dem Klo sitzen konnte. Als Kind gehörte *Die Farbe des Geldes* zu meinen Lieblingsfilmen, außerdem alles mit Jack Nicholson – dem Lieblingsschauspieler meines Vaters. Manchmal gingen Dad und ich auch allein ins Kino, um uns einen Jack-Nicholson-Film anzusehen. Dass ich so früh Filmstoff für Erwachsene sehen durfte, trug vielleicht mit dazu bei, dass ich später im Leben nicht auf Sex und Gewalt fixiert war, was bewirkte, dass ich in meiner Altersgruppe nie einen Fuß auf den Boden bekam.

Nachdem die Schleicher in ihren Abercrombie & Fitch-Klamotten endlich weg waren, fuhr ich weiter auf den hinter der Schule gelegenen zweiten Parkplatz und steuerte eine der beiden letzten Schrägparklücken vor den Tennisplätzen an. Ehe ich auch nur zu einem Viertel eingeparkt hatte, rasten die Einserschüler rücksichtslos an mir vorbei, als wollten sie demonstrieren, wie schnell ich ihrer Meinung nach hätte fahren sollen.

Ich suchte mir immer bevorzugt schräge Parklücken, weil ich so den 1988er Lincoln Town Car meiner Eltern, der an meinem sechzehnten Geburtstag in meinen Besitz übergegangen war, viel leichter einparken konnte. Vornehm marineblau und in der Länge fast mit einer Limousine vergleichbar, sah er aus, als hätte er sich aus einer Wagenkolonne des Präsidenten entfernt, wären da nicht die erkennbaren Mängel gewesen: ein Sprung, der sich auf der Beifahrerseite über die halbe Windschutzscheibe hinzog, und ein kaputter Scheinwerfer (weil mich im vorigen Monat auf dem Schulparkplatz jemand gerammt hatte). Es war ein lädierter Aristokrat von einem Automobil, das sich von all den Camrys, Grand Ams, Pick-ups und SUVs abhob.

Ich stellte den Automatikhebel auf Parken. Obwohl die Schulvorschriften besagten, man müsse sich nach dem Eintreffen umgehend in der Schule melden und dürfe nicht im Auto bleiben, stieg ich nie aus, ehe meine alte goldene Armbanduhr 7.56 anzeigte, weil ich mit diesen Leuten keine Minute länger verbringen wollte als unbedingt nötig. Diese Einstellung hatte ich nicht ohne Schuldgefühle. Ständig rief ich mir in Erinnerung, dass nicht alle so grässlich waren, vor allem wenn man sie allein erwischte und sie nicht irgendeine Rolle spielen mussten. Das Problem lag darin, dass die meisten schlecht erzogen waren und bald ihre eigenen Kinder schlecht erziehen würden, und auf diese Weise wurde das Gute in ihrem Blut im Lauf der Generationen immer mehr verwässert.

Häufig sagte ich mir im Stillen, ich müsse keine Schuldgefühle haben, weil ich sie verurteilte, denn wenn wir in die Köpfe der anderen gelangen könnten, würden wir erkennen, dass wir für einander ohnehin Arschlöcher waren.

7.51 Ich ließ die Seitenfenster oben, aus Rücksicht auf diejenigen, die meine Musik vielleicht nicht hören wollten, und weil sie bestimmt »Schwuchtel« (eins ihrer Lieblingswörter) rufen würden, wenn sie hörten, was es war: Oscar Petersons Klavierversion von »Someone to Watch Over Me«. Ich bemühte mich, jede Note in mich aufzunehmen, wohl wissend, dass ich wahrscheinlich den ganzen Tag keinen Frieden mehr finden würde.

Herrje, ich wollte wirklich nicht da rein, heute weniger denn je! Durch meine kaputte, schmutzige Windschutzscheibe konnte ich sie alle beobachten. An manchen Tagen tat ich so, als kontrollierte ich ihre Bewegungen mit meinem Verstand (du gehst nur, weil ich will, dass du gehst), doch heute lehnte ich den Kopf gegen das Beifahrerfenster und beobachtete nur. Viele zelebrierten gerade ihr Ritual einer letzten Morgenzigarette, was sie tun konnten, weil der Parkplatz nicht überwacht wurde, als würde die Schule sagen: »Wir wollen nicht mal *wissen,* was ihr außerhalb dieses Gebäudes macht.« Diese Laissez-faire-Einstellung führte nach Schulschluss regelmäßig zu Schlägereien zwischen kleingeistigen männlichen wie weiblichen Teenie-Monstern, die einander wegen allem und jedem windelweich prügelten, ob gleichschenklige Dreiecksbeziehungen oder verirrte spuckegetränkte Papierkügelchen.

Wer nicht rauchte, schlenderte und trödelte herum und

quatschte, redete vermutlich über Fajitas oder versuchte herauszufinden, wer die krasseste Geschlechtskrankheit hatte. Die Übrigen watschelten Richtung Schule, sei es paar- oder grüppchenweise, nie allein. Sie alle wirkten so glücklich, besonders die Pärchen aus Freund und Freundin, mit ihren Rucksäcken und den Kaugummi kauenden Kiefern und ihrem grenzenlosen Selbstvertrauen. Ich betrachtete sie und fragte mich, mit welchem Trick sie das bloß schafften.

Die Paarungszeit war voll im Gange – nicht, dass sie je endete –, doch diese Phase lag zwischen den besessenen Sexkapaden des Spring Break und dem Dauerausstoß jugendlicher Sekrete namens Schulabschlussball, einem Ereignis, das viele für den wichtigsten Abend ihres Lebens hielten, ihr A und O, ihren Daseinszweck, für den ultimativen Initiationsritus. Die pheromongesättigte Aprilluft verwandelte die Genitalien sämtlicher Jungs in winselnde Wiesel, die sich abstrampelten, um zu den Mädchen zu gelangen, deren Eierstöcke durch Verhütungsmittel geschützt waren. Nur vier Jahre zuvor hatten sie noch alle mit Power Rangers gespielt. Mehr als einmal dachte ich: Satan, dein Name ist Pubertät.

Während ich darüber nachdachte, wie die Zeit uns alle vorangetrieben hatte, bekämpfte ich den Drang, meinen Kopf aus dem offenen Seitenfenster zu strecken und zu brüllen: »Eines Tages werden wir uns alle die Köpfe an Badewannen stoßen!«

7.52 Junge Leute und ihre Shorts – beim ersten Frühlingslüftchen schlüpften sie hinein. Als wollten sie sagen: Nun lasst uns alle unsere wohlgeformten Waden zeigen. (Ich wusste kaum, wie meine Beine aussahen.)

Die meisten von ihnen hielten sich eisern an die aktuellen Modetrends (Tommy Hilfiger, Gap, Abercrombie & Fitch und American Eagle obenrum; Khakishorts, Cargohosen, Baggy-Jeans für unten), aber niemand war übertrieben schick, von der süßen Chloe mit ihren Vintage-Kleidern abgesehen, den Midiröcken, Cardigans, gestreiften Leggings und den zahllosen Armreifen, die wie Slinky-Spiralen ihre knochigen Unterarme hoch- oder runterrutschten. Während ich auf der Suche nach ihr den Hals reckte, fuhr in die Parklücke neben mir ein Grand Cherokee mit getönten Scheiben, aus dem der Mastdarm-erschütternde Bass von Rapmusik ertönte, die beliebteste Musik meiner rechtgläubigen Altersgenossen.

War das da drüben Chloes Wagen? Es war schwer zu erkennen; über zweitausend Schüler besuchten diese Schule, und vielleicht die Hälfte davon kam mit dem Auto.

Die Person in dem Wagen neben meinem ließ das Fenster ein wenig herunter, und da wurde mir klar, dass ich mit einem Song beschallt wurde, der vermutlich den Titel »Make 'Em Say Uhh« trug, ein Lieblingslied – eine regelrechte Hymne – meiner Mitschüler. Mir war dieser Song so verhasst, dass ich das Leben verabscheute, wenn ich ihn nur hörte. Der Refrain bestand hauptsächlich aus Grunzgeräuschen, bei denen man unwillkürlich an Lust und/oder Verdauungsprobleme dachte. Der schlechte Geschmack von Menschen meines Alters erschütterte mich, und die Jugendkultur generell bewirkte, dass ich mir am liebsten in die Hände gekotzt hätte.

Ich hatte Recht gehabt: Es *war* Chloes Wagen. Langsam bog sie in eine Lücke auf der anderen Seite der Tennisplätze ein. Uns trennten Maschendrahtzäune und drei Tennisplätze.

Ich war von mir selbst enttäuscht, weil jemand in mir das Gefühl weckte, so dumm und schwach zu sein. Mit einem Kopfschütteln konnte sie mich auf das Maß eines unartigen Jagdhundes zurechtstutzen, und ihre Laune konnte bestimmen, wie sich mein Tag entwickelte. Ich war mir ziemlich sicher, sie wusste, dass sie mich in ihrem Händchen hielt und zerquetschen konnte.

Und so was nannte sich eine Freundin.

7.54 Als sie aus ihrem Kombi stieg und in meine Richtung zu blicken schien, entzündeten sich Funken in meinem Blut. Es war irgendwie surreal, endlich die Person zu sehen, die in meiner Phantasie so viel Zeit und Raum beansprucht hatte. Ich fand es geradezu aufregend, sie in Fleisch und Blut vor mir zu sehen, festzustellen, dass sie wirklich mehr als nur eine Idee war. Und sie ging allein, Gott sei Dank.

Ich machte die Musik aus. Im Rückspiegel überprüfte ich meine Frisur, dann nahm ich die Bücher (meinen Deutschtext und eine Taschenbuchausgabe von George Orwells *1984* sowie meine Mappe für Kreatives Schreiben) und stieg aus dem Wagen.

Sie winkte mir zu. Ich winkte zurück. Sie blieb stehen und wartete auf mich, dabei strich sie sich nervös die Haare aus dem Gesicht, eine Angewohnheit von ihr.

Vielleicht bildete ich mir das ja nur ein, aber wie in einem Teeniefilm, oder einer Idiotenversion von *Pygmalion,* schienen ihre Brille und die exzentrische Kleidung zu verhindern, dass die Leute sahen, wie hübsch sie wirklich war, auch wenn sie wohl eher niedlich als hübsch war. Meine Mutter hätte über sie vielleicht gesagt: »Die kleine Chloe sieht nur so *aus,* als wär sie süß.« Und sie war nicht nur niedlich, süß, anmutig etcetera, wahrscheinlich würde sie die Schule auch als eine der Jahrgangsbesten abschließen.

Für mich war sie das verführerischste Mädchen der westlichen Hemisphäre, und ich hatte beschlossen, mich heute aus dem jämmerlichen Beziehungsschwebezustand zu lösen, in dem sie mich hielt. (Dieser Blick, den sie mir zuwarf – bedeutete der, dass sie mich mochte? Und wie sie von mir verlangte, mich an ihrem College zu bewerben – lag das nur daran, dass wir *Schulfreunde* waren?) Da meine schlimmste Phase jetzt hinter mir lag, war es an der Zeit, das Glück zu ergreifen, das sich mir so lange entzogen hatte. Chloe verkörperte für mich die Möglichkeit, glücklich sein zu können, doch wenn sie in mir nur eine Art verlässlicher Kleiner-Bruder-Ersatz sah, würde ich mich dem nächsten Liebeskummer zuwenden. Entweder gewann sie einen richtigen Freund, oder sie verlor einen platonischen.

Doch dann sah ich etwas, bei dem mir das Herz in die Hose rutschte.

Sie hatte neue Schuhe an.

7.55 Es waren Nikes, aber keine Retro-Nikes. Diese hier waren neumodisch und strahlend weiß, und sie ließen Chloes Füße groß aussehen. Fürchterlich viele Jungs und Mädchen auf Osborne trugen solche Schuhe.

Davon abgesehen, schien alles andere noch zu stimmen:

schwarze Cat-Eye-Brille, langes, gewelltes brünettes Haar, ein hellblaues T-Shirt mit schwarzgrauer Herrenweste und ein grauer knielanger Rock, der zu den Schuhen komisch, aber nicht lächerlich aussah. Ihre ungewöhnlich helle Haut war in Florida nur dezent getönt worden.

»Hey, James.«

»Morgen, Chloe.«

Es folgte die absurde Farce, bei der ich so tun musste, als hätte ich nicht jede Minute der Ferien an sie gedacht. Gemeinsam gingen wir Richtung Schule, die immer irgendwie bedrohlich wirkte. Die Architektur war denkbar schlicht: Das Haus sah aus wie ein gewaltiger Schuhkarton aus braunem Backstein.

»Du hast neue Schuhe.«

»Stimmt.«

»Warum?«

Chloe lachte. »Weil ich etwas Bequemeres haben wollte.«

»Verstehe.« Alles musste bequem sein. Manchmal versuchte ich, mir Clark Gable in Shorts oder Audrey Hepburn in Nikes vorzustellen.

»Tut mir echt leid«, sagte Chloe plötzlich. »Ich hätte ja angerufen, bin aber erst gestern Abend nach Hause gekommen, aber da hätte ich wohl noch anrufen können, andererseits war es vielleicht zu spät, und ich hätte besser anrufen sollen, als ich noch unten war. Jedenfalls tut es mir leid.«

»Schon in Ordnung. Darf ich deine Bücher tragen?«

»Oh, ich hab meinen Rucksack, aber lieb, dass du fragst.«

»Drückt er denn nicht zu sehr auf deinem Rücken?«

»Eigentlich nicht.«

»Keine Ahnung, wie ihr's alle mit diesen doofen Rucksäcken aushaltet. Du willst also eine Art Statement abgeben, mit deinen Schuhen, meine ich –«

Wieder lachte sie. »Du machst mich verlegen. Das sind doch nur Schuhe.«

Es klingelte zum ersten Mal. In fünf Minuten würde es erneut klingeln, zu Beginn der ersten, einer Ordnungsstunde. Doch von »Klingeln« konnte schon lange keine Rede mehr sein. Unser »Klingeln« waren einfache, schrille Töne, die »Ding, ding … Diiing« machten.

»Tut mir leid, aber normalerweise wechseln die Leute nicht aus heiterem Himmel die Schuhe.«

»Ich bin in den Ferien furchtbar viel gelaufen und habe auf die harte Tour erfahren, dass Chuck Taylors nicht für lange Wanderungen gemacht sind, deshalb habe ich diese hier gekauft, als ich in – als ich da unten war.«

»Bitte, Chloe. Du kannst mit mir reden, das weißt du.« Seit ich dieses Mädchen kannte, hatte sie Sattelschuhe, Mary Janes, Chucks, Vans oder gelegentlich mal Abendschuhe getragen, doch plötzlich tauchte sie auf und sah aus, als wolle sie unbedingt Kickball spielen. »Was ist passiert?«

»Hörst du *auf* damit?« Sie lächelte zwar, doch ich hörte ihren Ärger heraus. »Ich hab mich nicht verändert. Es sind nur *Schuhe.*«

»Es sind nie nur Schuhe. Vielleicht sind Schuhe für Erwachsene etwas, das sie sich einfach anziehen, aber nicht für uns.«

Sie antwortete nicht. Jetzt erst merkte ich, dass das Wetter perfekt war. Es wehte eine leichte Brise, und die Temperatur hätte nicht angenehmer sein können. Chloe betrachtete die Autos, genau wie ich.

Nicht nur einmal, sondern mehrmals hatte ich auf dem Parkplatz mitbekommen, dass ein Auto obszön ruckelte, aber nicht heute. Es war erst Montag.

7.57 Wir näherten uns Osborne. »Du hattest bestimmt einen schlimmen Spring Break«, sagte Chloe nach einer kurzen Pause.

»Ja, aber das war zu erwarten. Wie war's in Destin?«

»Schon okay, schätze ich.« Sie räusperte sich. »Übrigens bin ich dann doch nicht nach Destin gefahren.«

»Wo warst du denn?«

»In Panama City Beach.«

Panama City Beach in Florida hatte auch den Beinamen »Spring-Break-Hauptstadt der Welt«. Nach dem, was ich auf MTV gesehen hatte, wusste ich, dass es ein heißer, stinkender, benutzter Tampon von einer Stadt war. Ihre schnaufenden, rotgesichtigen Touristen hingen in Whirlpools ab, als würden sie in Fleischbrühe gegart.

»Mit deiner Familie?«, fragte ich zuversichtlich.

»Nein. Christy hat mich auf den letzten Drücker eingeladen. Ich bin selbst überrascht, dass ich überhaupt mitgefahren bin.« Von dieser Christy hatte ich nie viel gehalten.

»Du hast deinen Eltern einfach abgesagt?«

»Nein. Meine Mom hat mir sogar zugeredet mitzufahren, ob du's glaubst oder nicht. Sie hat gesagt, sie wisse, wie gestresst ich sei und wie schwer ich für die Schule geackert hätte, und mir das nötige Kleingeld gegeben.«

»Aber wir haben uns doch immer über Leute lustig gemacht, die nach Panama City fahren.«

»Ich weiß, aber jetzt, wo ich da war, wurde mir klar, dass

das nicht richtig von uns war, da ja vorher keiner von uns beiden da gewesen ist.«

»Was hast du da unten eigentlich *gemacht*?«

»Am Strand gewesen, in der Ferienwohnung abgehangen. Hey, fast hätt ich's vergessen! Der Text, den du verteilt hast, hat mir gut gefallen!«

»Danke. Du hast mir als Publikum vorgeschwebt – na ja, nicht du *persönlich,* sondern Menschen *wie* du. Also, wenn er *dir* nicht gefallen hätte, wäre der Text ein totaler Fehlschlag gewesen.« Während ich mit ihr sprach, fiel mir auf, dass sie zu zwei coolen Typen hinübersah, die beide Khakishorts und Nikes anhatten. Den einen mochte ich, den anderen nicht. Sie erwiderten ihren Blick.

»Mir hat er gut gefallen«, wiederholte sie. »Du hast tolle Arbeit geleistet.«

»Danke.«

Sie sah ein zweites Mal zu den Jungs rüber, diesmal aus den Augenwinkeln. Weil ich überempfindlich war, entgingen mir solche Sachen nie. Hier lief eindeutig etwas. Chloe war an einem Ort in Florida gewesen, wo alle soffen wie Bauarbeiter, die gerade eine Scheidung durchmachten; da hätte alles geschehen können. Womöglich hatte sie sich so gründlich verändert, dass wir nicht mehr zueinander passten.

So hatte ich unser Gespräch überhaupt nicht eingeübt. Ich traf eine Entscheidung: Ich würde sie erst in der zweiten Stunde fragen, ob sie mit mir ausging.

Wie ich es immer bei allen machte, hielt ich Chloe die Tür auf.

»Danke«, sagte sie im Vorbeigehen. Doch dann näherten

sich noch zwei Mädchen der Tür, Mädchen von der Sorte, die wahrscheinlich schon als Babys einen dummen Gesichtsausdruck gehabt hatten, denen ich auch die Tür aufhielt. Unterdessen wartete Chloe nicht auf mich. »Wir sehen uns in der zweiten Stunde«, sagte sie beim Gehen über die Schulter.

»Bis dann«, sagte ich, während die beiden Mädchen durch die Tür gingen, die ich offenhielt.

Sie bedankten sich nicht.

Ordnungsstunde

7.59 Falls wirklich jemand über mich wachte, so durfte er oder sie die Schule offenbar nicht zusammen mit mir betreten. Sobald ich diese Tür durchschritt, musste ich ihn oder sie auf der anderen Seite zurücklassen, so wie Freunde und Verwandte, die einen am Flughafen verabschieden, aber nur bis zur Sicherheitskontrolle mitkommen dürfen. Ich wusste aber, dass man an viel schlimmeren Orten festsitzen konnte, und vergaß nie die tröstliche Gewissheit, dass die Highschool irgendwann zu Ende sein würde. Das musste man der Highschool lassen: Sie dauerte nicht ewig.

Kaum hatte ich das riesige Schulgebäude betreten, verspürte ich sofort einen seltsamen Druck, als säße eine fette Krankenschwester auf meinem Kopf. Ich ging unverzüglich in mein Klassenzimmer, wo eine ganz bestimmte Person sein würde, die mir wahrscheinlich die schmutzigen Details – falls es welche gab – von Chloes Aufenthalt in Panama City erzählen konnte.

Die Lampen strahlten so hell, dass meine müden Augen schmerzten. Ich ging Richtung 200er-Flur. Die Schule war komplett ebenerdig, und die Klassenzimmer gingen von sieben unglaublich langen Korridoren ab. Jeder Korridor war von graubraunem Teppichboden bedeckt und von Spinden gesäumt, die in Dunkelorange oder Minzgrün gehalten waren – beim Bau der Schule in den 1960er Jahren beliebte Farben, die jedoch inzwischen schäbig aussahen.

Ich ging schnell. Schüler drängten sich in die Kursräume. Ich hörte Spindtüren knallen, obszöne Rufe und die Räder des Hausmeisterkarrens. Der Hausmeister und ich tauschten ein Kopfnicken aus; er hatte Goldzähne, und man munkelte, er hätte mit mindestens zwei Lehrerinnen geschlafen.

»Schicke Klamotten«, sagte er.

»Danke.« Diese Worte fielen immer, wenn wir uns sahen. Ich fragte mich, ob ihm klar war, dass er mich jedes Mal zum selben Outfit beglückwünschte.

8.00 Als ich mein Klassenzimmer betrat, sah ich zuerst Mr. Runnels – wie üblich über das Lehrerpult gelümmelt, den Kopf in die Hand gestützt, wobei er die Finger über das Gesicht spreizte wie die Beine einer Tarantel, und ein Auge linste durch diese ausgestreckte Kralle. Als ich eintraf, nahm er die Hand kurz weg und musterte mich einen Moment lang aus müden Augen, ehe er sich die Finger wieder vors Gesicht hielt. Ich wusste diese Geste zu schätzen.

Während ich zu meinem Platz auf der anderen Seite des Zimmers ging, sah ich mich um. Niemand beachtete mich. Was Grüppchenbildung anging, waren wir ein bunter Haufen, in dem sich keiner für jemand anderen zu interessieren schien.

Ich nahm Platz, glücklicherweise direkt hinter der Person, die ich befragen musste. Sofort fing ich an, die Haut um meinen Daumennagel abzupulen, eine Angewohnheit von mir. Als es klingelte, drehte sich der nach Eau de Cologne duftende blonde Schönling vor mir um und fragte: »Was geht ab?«

»Morgen, Tyler.«

Tyler war ein Preppy, hatte sich aber im Laufe der Jahre in vielen anderen Rollen versucht: als Redneck, als Alterna-Teen, als Gangsta und schließlich in dieser aktuellen Inkarnation, die er sich im letzten Semester zugelegt hatte. Seine Uniform des modebewussten Durchschnittsamerikaners bestand aus Nikes, Abercrombie-Hemd und Khaki-Cargo-Shorts. Ich verstand Tylers Typwechsel, da auch ich etliche Mutationen hinter mir hatte, wofür mein jetziger Aufzug der Beweis war.

Tyler drehte sich zur Seite, damit er mit mir reden konnte, was mir gefiel, da wir uns so selten unterhielten. Das lag wahrscheinlich daran, dass der Basketballspieler, der normalerweise links von uns saß, heute nicht da war. Was Tyler von der permanenten Sorge befreite, ob der angesehene Dre »D-Dub« Walker ihn für gaga hielt, weil er mit mir sprach, oder – schlimmer noch – für *arsch,* ein beliebtes Wort auf Osborne, von »arscheng«, was zu enge Jeans bezeichnete (man sollte sie *baggy* tragen, schlabbrig). Irgendwann bedeutete »arsch« so viel wie »uncool« und war somit synonym mit »gaga«, und manchmal kombinierte ein besonders inspirierter Schüler die beiden Begriffe zu »arschgaga«.

Jetzt, wo Tyler wirklich mit mir sprach, merkte ich, dass ihm die Worte fehlten.

»Hattest du angenehme Ferien?«, bot ich an.

»Irgendwie schon. Hätten länger sein können, aber ich hab die Zeit ausgekostet, wenn du weißt, was ich meine.«

Seine Rede war von Rap-Videos voller Hintern und Filmen mit Ice Cube inspiriert.

»Warst du verreist?«

»P.C.B.«

Der in der Zimmerecke angebrachte Fernseher schaltete sich automatisch ein. Auf dem Schirm erschien das Schulemblem, ein schlechtgelaunter Adler, der aussah, als wolle er jeden Moment jemanden umbringen.

»Wie läuft's bei dir so, halt, du weißt schon –«

»Gut, danke.«

»Ich war in Panama City, ey. Sonst wär ich hier gewesen.«

»Mach dir nichts draus.« Am liebsten hätte ich ergänzt, das sei der wohl längste Gesprächsversuch, den er in unserem ganzen vierten Highschool-Jahr unternommen hatte, also warum so tun, als würde ich ihm plötzlich etwas bedeuten? Doch ich merkte, dass er sich wirklich Mühe gab, das Richtige zu sagen. Ernst zu sein, fiel Tyler nicht leicht. Selbst jetzt sprach aus dem engelsgleichen Gesicht unter der modischen Cäsar-Frisur eine Spur Verschmitztheit.

Mr. Runnels überprüfte rasch die Anwesenheit, dazu benutzte er eine Liste mit Nachnamen, die alle mit U bis Z anfingen. Man hatte uns in unserem ersten Highschool-Jahr der Obhut von Larry Runnels anvertraut, und wir hatten die ganzen vier Jahre denselben Klassenlehrer behalten. Glücklicherweise verehrte ich Mr. Runnels sehr. In vier Jahren hatte ich den Mann kein einziges Mal lächeln sehen, dennoch hielt ich ihn für einen warmherzigen, netten, herzensguten Menschen. Er hatte mir gezeigt, dass ein warmherziger, netter, herzensguter Mensch gleichzeitig Basketballtrainer sein konnte. Er hatte dunkle Augen und eins dieser Gesichter, die ich mir nicht ohne Schnauzbart vorstellen konnte. Trotz seiner müden Art und des Hundeblicks war er einer der fünf witzigsten Menschen, die mir je begegnet waren. Ich stellte ihn mir zu Hause bei seiner Familie vor, wo kein Augenblick ohne Gelächter verging.

Einer nach dem anderen meldete sich mit »hier«. Mit seiner lauten, sonoren Stimme sprach Mr. Runnels häufig unsere Nachnamen falsch aus, um uns zum Lachen zu bringen, und heute probierte er es bei mir, verhunzte meinen Namen besonders übel, doch aus irgendeinem Grund hätte ich diesmal am liebsten geheult.

8.03 Wie konnte ich Tyler dazu bringen, mir zu erzählen, was ich wissen wollte? Ihn einfach geradeheraus zu fragen, wäre nicht mein Stil gewesen. Er hatte sich schon wieder umgedreht und legte gerade den Kopf aufs Pult, träumte vermutlich davon, wie er zu Gangstas Kontakte knüpfte – wahrscheinlich hatte er Tagträume, wie er sie in einem rauchgeschwängerten Sportstudio massierte, während sie ihn an ihrem Olde-English-Bier nippen ließen.

Für die jungen weißen Männer der Osborne High verkörperten ihre schwarzen Gangsta-Kollegen den Goldstandard bei jener begehrtesten aller Eigenschaften: Coolness. Die Hälfte der jungen Weißen auf meiner Schule bemühte sich, wie die Gangstas zu sein. Ich fragte mich, was die G's davon hielten. Vermutlich fühlten sie sich so ähnlich, wie ich mich fühlte, wenn irgendein Hipster mit perfektem Sehvermögen als Modeaccessoire eine Brille trug, während ich seit der ersten Klasse eine Brille tragen musste und in der neunten zu Kontaktlinsen wechselte, denn sogar wenn ich mir die Hand vor die Augen hielt, sah sie ohne Korrekturgläser wie eine fleischfarbene Wolke aus. Und doch galt diesen weißen Jungs mein Mitgefühl, da sie die ultramaskuline Coolness, die sie so verzweifelt anstrebten, nie erlangen würden.

Mr. Shankly tauchte auf dem Bildschirm auf, unser humorloser weißhaariger Schulleiter.

Dass dieser Mann eine Führungsperson war, machte für mich die gesamte Schule zu einer Farce. Jedes Mal, wenn ich ihn sah, verengten sich meine Augen unwillkürlich zu Schlitzen, als könnte ich durch ihn hindurchsehen, und ich schüttelte ganz leicht den Kopf. Doch ich gestattete mir nur diese physischen Symptome meiner Abscheu; ich hatte meiner Mutter geschworen, *nie*, unter *gar keinen* Umständen, ein Wort von dem weiterzusagen, was sie mir uber den Mann erzählt hatte. Meine Mom war in ein Geheimnis eingeweiht, das von höchstens sechs Personen bewahrt wurde, und ich war eine davon. Ich konnte ihn unmöglich ansehen oder auch nur seinen Namen hören, ohne an die abscheuliche Tat zu denken, die er, wie ich wusste, verubt hatte.

»Hallo, Schülerinnen und Schüler, und willkommen in der Schule. Ich hoffe, alle hatten angenehme Ferien, und hier sind die Bekanntmachungen. Wir gratulieren unserer Baseballmannschaft zu ihrem Acht-zu-vier-Sieg über West Heights …« Danach nannte er alle Ergebnisse der Spiele, die während des Spring Breaks stattgefunden hatten. »… die Baseballmannschaft von Osborne High tritt heute Abend um halb sechs im Eagles Stadion gegen Mason County an.

Die Jungentennismannschaft spielt um sechzehn Uhr in Irvine Southern gegen Irvine Southern. Erscheint zahlreich und unterstützt eure Eagles. Der Walzerkurs für den Abschlussball findet heute Abend zwischen sieben und halb neun in der Sporthalle statt.«

Ich fand es albern, dass auf dem Schulball etwas so Stilvolles wie Walzer getanzt werden sollte. Eigentlich wurde *vor* dem Ball Walzer getanzt, und zwar von den Vätern und Töchtern. Nach dem Walzer reichten die Väter ihre Töchter an deren Ballpartner weiter, die sich dann den restlichen Abend daranmachten, die jungen Damen zu den Klängen von Top-40-Pop rhythmisch zu malträtieren.

»Der Abschlussball des letzten Jahrgangs findet am Sonntag, dem ersten Mai, statt. Was bedeutet, dass Sie keine zwei Wochen mehr Zeit haben, um für sich und Ihre Begleitung Karten zu kaufen. Eintrittskarten gibt es für zehn Dollar pro Stück im Sekretariat. Und nicht vergessen, ohne Karte darf man den Ballsaal *nicht* betreten.«

Ich stellte mir ein in Tränen aufgelöstes Pärchen vor, für das die Welt untergeht, als es erfährt, dass es ohne Karten nicht zum Ball darf. Ich hatte schon beschlossen, nicht hinzugehen – aus zahlreichen vom Praktischen bis ins Philosophische reichenden Gründen –, auch wenn ich nichts dagegen gehabt hätte, Chloe zu begleiten.

»Außerdem, liebe Schüler, hat das Ballkomitee das Thema für Ihren Ball bekanntgegeben. Das Thema lautet ›Eine Nacht in Hollywood‹.«

Vor dem Spring Break hatten wir über das Thema des Abschlussballs abgestimmt. Anstatt eine der vorgeschlagenen Varianten zu wählen, hatte ich schriftlich »Begräbnis«

vorgeschlagen. Ich fand es lustig, ein großes Transparent zu machen, auf dem stand: »Alles stirbt. Sogar der Planet Erde.«

»Außerdem sind noch Karten für den Militärball des JROTC am kommenden Sonnabend erhältlich. Lehrkräfte, nicht vergessen, die Arbeitsberichte für Ihre Schüler müssen bis zum Donnerstag fertig sein. Und schließlich, die Theaterprobe für *Hexenjagd* in der Aula wurde von sechzehn Uhr dreißig auf fünfzehn Uhr dreißig vorverlegt. Das wäre erst einmal alles. Ich wünsche uns ein gutes restliches Schuljahr.«

Der Bildschirm wurde schwarz. »Ihr beruhigt euch jetzt alle, keine Widerrede!«, schrie Mr. Runnels. Alle lachten sich kaputt, weil niemand auch nur das geringste Geräusch gemacht hatte. Manchmal schien es, als wäre Mr. Runnels nur Lehrer geworden, um seine Schüler zu unterhalten. Eines Morgens kam er zum Unterricht und hatte sein Sakko verkehrt herum an, und als wir ihn darauf ansprachen, tat er so, als wisse er nicht, was wir meinten. Man hatte ihn auch dabei ertappt, wie er mit seinem Füllfederhalter redete, den er »Pepé« nannte. Wie ich gehört hatte, war er auf dem Basketballplatz viel ernster, doch das ging wohl nicht anders, weil ein Basketballspiel so eine ernste Angelegenheit war.

8.07 Im Fernseher lief jetzt *Channel One News*, eine speziell auf Schüler zugeschnittene, landesweit ausgestrahlte Nachrichtensendung. Offenbar hielt Mr. Runnels nicht sehr viel von dieser Sendung, da er uns erlaubte zu reden, während das Programm lief.

»Hallo«, sagte ein Reporter mit früh ergrautem Haar –

ein prima Look für einen jungen Mann –, »wir kommen zu den Nachrichten. Am Sonnabend wurden in Brixton im Süden Londons fünfzig Menschen verletzt, als in einer belebten Straße eine Nagelbombe explodierte …«

Normalerweise ging ich zu Beginn der *Channel One News* nach vorn und unterhielt mich mit Mr. Runnels, aber heute nicht. »Tyler, bist du wach?«

Tyler hob den Kopf und drehte sich um. »Was geht ab?«

»Ich hab mich gefragt, nur so aus Neugier, was ihr unten in Panama City gemacht habt?«

»Hauptsächlich Party.«

»Ihr habt also Tag und Nacht einfach gefeiert?«

»Na ja, tagsüber sind wir an den Strand gegangen oder haben irgendwas im Freien gemacht wie Bungeespringen oder Motorrollerfahren. Aber meistens haben wir am Strand gechillt.« Ich sah sonnenverbrannte Lenden mit sich schälender Haut vor mir. »Einmal waren wir Tauchen, mit Geräten.«

»*Wie* habt ihr denn Party gemacht?«

»Warum? Willst du uns bei der Drogenfahndung verpfeifen?«

»Nein. Ich bin nur neugierig. Wenn es dir unangenehm ist, musst du's mir nicht sagen.«

»Na ja, hauptsächlich säuft und kifft man halt, aber hier und da hat vielleicht auch mal einer härteres Zeug dabei. Alles von – weiß auch nicht. Alles zwischen Acid und Opium. Die ganze Palette. Ich hab aber hauptsächlich gesoffen.«

Ich war bei Tyler gewesen, als er den ersten Alkohol seines Lebens getrunken hatte. Ich fragte mich, ob er sich noch daran erinnerte. »Sag mal, weißt du noch, wie unsere Moms uns an der Bowlingbahn abgesetzt haben?«, fragte ich. »Da standen ein paar Bierflaschen rum, und in jeder war noch ein kleiner Bierrest –«

»Und wir haben sie genommen und alles in einen Becher gekippt, wussten aber nicht, dass wir bloß den Sabber anderer Leute gesammelt hatten?«

»Ja. Ich weiß noch, wie ich dachte: *Deswegen* machen Erwachsene so einen Aufstand?«

8.09 Tyler Wilkey war mein bester Freund aus Kindertagen. Jetzt teilten wir uns nur noch denselben Spind. Und wenn es nach ihm gegangen wäre, würden wir nicht einmal das tun. Als man uns am ersten Schultag auf der Senior High die Spinde zuwies und Tyler und ich zu den Letzten gehörten, schrie Tyler quer durch das Zimmer Dre zu: »Dre! Du und ich!« Am liebsten hätte ich geheult oder ihn mit einem Bleistift Härtegrad zwei erstochen.

Stattdessen hatten wir uns gegenseitig am Hals. Als Zwölftklässler hatte ich vergessen, wie es sich anfühlte, einen besten Freund zu haben.

Während wir uns unterhielten, lief in der Glotze ein Bericht über die Ausweitung der Bombardierung Belgrads durch die Vereinigten Staaten. Das war die große Neuigkeit von der Clinton-Regierung, jetzt wo sich der Sexskandal des Präsidenten allmählich totgelaufen hatte. Direkt anschließend wurde der moderne Klassiker »Gettin' Jiggy Wit' It« gespielt, während die Nachrichten von einem TV-Spot für ein Aknemittel abgelöst wurden. Genau wie zu Hause wurde die Lautstärke für die Werbung erhöht, mit dem Unterschied, dass man hier nicht den Sender wechseln konnte. Vor *Channel One* gab's kein Entkommen.

»Waren alle Leute von der Osborne im selben Komplex mit Ferienwohnungen untergebracht?«

»Nö. Einige waren im Hotel, weil's billiger war. Aber viele Mädchen wohnten in den Apartments.«

»Und irgendwann abends seid ihr dann alle zu einer wüsten Orgie zusammengekommen, ja?«

»Ha! Er hat *wüste* Orgie gesagt. Na ja, schon, irgendwann nachts sind wir alle zusammen irgendwo gelandet und haben bei anderen gepennt. Von Orgien weiß ich nichts. Es konnte aber durchaus heftig werden.«

»Wie das?«

»Ich weiß nicht, ob du das überhaupt hören willst.«

»Warum denn nicht?«

»Ich weiß, dass du nicht gern die Sau rauslässt.«

»Hört auf, mit Sachen zu werfen!«, schrie Mr. Runnels, und diesmal meinte er es ernst. »Kommen Sie her, Winkler!«

»Aber er hat *mich* beworfen!«

»Was gab's denn zu feiern?«, fragte ich Tyler.

»Hä?«

»Ich mach nicht gern Party, weil man einen Grund zum Feiern haben sollte. Und was in aller Welt gab's denn da bloß zu feiern?« Tyler zuckte die Schultern. »Im Übrigen hab ich mehr Erwachsenenkram gesehen, als sich viele deiner Freunde überhaupt nur vorstellen könnten, also behandle mich bitte nicht wie ein Baby. Das tut weh.«

»Schon gut, James. Bleib cool.«

»Entschuldige. Was war denn so heftig daran?«

»Na ja, wir sind halt in ’n Club, und da ist es dann total abgegangen. Und viele von uns – ich sag nicht, ich war dabei, denn ich will nicht, dass du’s deiner Mom erzählst, weil die’s dann meiner Mom weitererzählt, also machen nur andere solche Sachen, klar?«

»Du hast mein Wort.« Und das hatte er. Ich war stolz darauf, der einzige mir bekannte Mensch zu sein, der auch wirklich zu seinem Wort stand. Je älter ich wurde, desto klarer wurde mir, dass ich damit ziemlich allein war. (Nur Chloe war auch so.)

»Is’ klar. Also, viele gehen in so ’n Club, baggern eine an, schleppen sie ab, ins Hotel oder in die Ferienwohnung der Mädchen oder in ein Auto oder was weiß ich, und den Rest kannst du dir denken. Jeden Abend eine andere. Und manchmal mehr als eine. Doch im Grunde geht’s nur darum, wer die meisten Chicks flachlegt.«

»Warum ist unsere Welt so schlecht?«, fragte ich und stellte mir die vielen lieblosen Penetrationen vor, verdrehte Augen unter einem Wust gegelter Haare, und meine Frage war nicht rhetorisch, doch Tyler lachte nur und sagte: »Du bist vielleicht ’ne Nummer, James!«

»Und wer hat gewonnen?«

»Hamilton Sweeney wahrscheinlich.«

Allein von dem Namen bekam ich Juckreiz. Hamilton Sweeney, eine zentrale Gestalt der Osborne-Hipsterelite, war der ungekrönte König aller Bumser. Das ganze Leben des ehemaligen Basketballspielers schien nur aus Reiz–Reaktion, Reiz–Reaktion zu bestehen. Für mich war er ein Affe mit haarigen Handflächen und einer Garderobe aus dem Einkaufszentrum.

»Und was war mit den Mädchen? Waren die genauso drauf?«

»Und ob! Eines Abends sind wir Jungs wieder in den Club, und wieder haben wir den Laden gerockt –«

Ich unterbrach ihn, da ich mir nicht sämtliche fleischlichen Ausschweifungen seiner Jungs anhören wollte. »Hast du da unten Chloe Gummere gesehen?«

Tyler gab die denkbar schlimmste Antwort.

Er lachte, nickte langsam und sagte: »Jaaa. Ich hab Chloe da unten gesehen.«

8.12 Ich wartete, dass Tyler mit Details rüberkam, als der Reporter im Fernsehen sagte: »In Wyoming gibt es im Fall eines Hassverbrechens, nämlich der Ermordung von Matthew Shepard, neue Entwicklungen …«

»Du stehst auf sie, stimmt's?«, fragte Tyler.

»Nein.«

»Ich hab euch im Kunstunterricht gesehen.«

»Ich hasse den Ausdruck.«

»Hä?«

»*Stehst auf sie.* Das klingt so … besitzergreifend.«

»Na schön. Du bist in sie *verknallt.*«

»Nein. So würde ich es auch nicht formulieren.«

»Wie würdest *du* es denn formulieren?«

»Ich würde sagen, ich bin ihr zugetan.«

»Du bist ihr *zugetan*?«

»Ja. Zwischen uns besteht eine wechselseitige Zuneigung. Sie ist da unten wohl echt wild geworden?«

Er nickte. »Chloe hat uns alle überrascht. Sie ist richtig aus sich herausgegangen.«

»Was hat sie gemacht?«

»Nun, da unten in Panama City war sie *echt* zugetan.«

»Das ist nicht die korrekte – was meinst du damit genau?«

Mr. Runnels kam mit einer Sprühflasche und einem Wischlappen auf uns zu. »Aufstehen, Mr. Wilkey.«

»Warum?«

»Ich muss Ihr Pult saubermachen!« Das sagte er so laut, dass das Mädchen neben Tyler zusammenzuckte. Derweil lief im Fernsehen eine Deo-Werbung, die unterschwellig andeutete, niemand könne auch nur darauf *hoffen*, ohne Unterstützung dieses speziellen Produkts Geschlechtsverkehr zu haben.

Mr. Runnels hatte die fixe Idee, sein Klassenzimmer klinisch sauber zu halten. Vermutlich war es als Witz gemeint, doch für einen Witz verwandte er – meist am Freitag – eine Menge Energie darauf. Selbst wenn es nur ein Witz war, stellte ich mir gern vor, dass Mr. Runnels mit der Putzerei sagen wollte, auch wenn die Schule ein stinkender, schmutziger Ort war, könnte doch wenigstens dieser eine Raum sauber bleiben.

8.14 Nachdem Mr. Runnels mit seinem Lappen die glänzenden Tischbeine und das Büchergestell unter Tylers Tisch bearbeitet hatte, nickte er ihm zu und ging an sein Pult zurück. Tyler setzte sich wieder, und ich sagte: »Und?«

»Und … Wie gesagt, die Osborne-Clique ging in diesen Club, und wir übernahmen den Laden.«

»Na schön. Ihr legt also Wert auf gesellschaftliche Dominanz. Das wäre geklärt. Aber würdest du mir jetzt bitte von Chloe erzählen?«

»Was *mach* ich denn gerade?«

»Entschuldige. Red weiter.«

»An dem Abend wurde es *richtig* heftig. Wohin man auch sah, nichts als knutschende Dreiergrüppchen. Es gab einen Wet-T-Shirt-Contest, doch irgendwann zogen alle die Titten blank und wurden begrapscht.«

»Hat Chloe dabei mitgemacht?«

»Nein, aber dazu komm ich noch. Von da an ist es immer mehr ausgeufert. Alle waren total außer Rand und Band, bis schließlich zwei oder drei Cliquen – die Osborne-Clique und noch welche aus Alabama oder Tennessee oder so, wir sind alle zurück in eine Ferienwohnung, und kaum waren wir da, auf dem – wie soll ich sagen –, auf dem *Siedepunkt* des Ganzen, ging Chloe in ein Schlafzimmer, und ein paar Typen haben mit ihr 'ne Fließbandnummer abgezogen.«

Der Bauch war da, wo er sein sollte, und ich spürte ihn überdeutlich. Meine Gedanken klumpten sich zu einer Murmel zusammen, die in meinem Bauch herumwirbelte. Jeder Zentimeter meines Körpers wurde ganz heiß, und sicher sah das ganze Klassenzimmer, wie die Schweißperlen aus meinem zweifellos roten Gesicht platzten.

»Fließbandnummer?«, wiederholte ich vorsichtig und zerrte unauffällig an meinem Hemdkragen. »Ist es das, was ich mir darunter vorstelle?«

»Jau. Einer nach dem anderen. Wie sich herausstellte, ist sie ein echtes *Tier.* Angeblich war sie zu dem Zeitpunkt echt zugedröhnt. Aber trotzdem …«

Ich überlegte, wie ich mich abkühlen konnte, mir wurde aber nur noch heißer. Ich hätte auf der Stelle kotzen können. Mir schossen mindestens fünfzehn Fragen durch den

Kopf, die ich Tyler stellen wollte. Stattdessen überlegte ich, ob ich nicht lieber auf die Toilette gehen sollte, um dort den Kopf unters kalte Wasser zu halten. Schließlich wechselte ich einfach das Thema. »Was sagst du dazu?«, sagte ich und deutete zum Bildschirm hoch.

»Eishockeylegende Wayne Gretzky hat am Sonntag sein letztes Spiel bestritten«, verkündete eine Stimme aus dem Fernseher, die Lichtjahre entfernt klang. »Der einzigartige Spieler verabschiedete sich von …«

Während alle hochsahen, wischte ich mir den Schweiß von der Stirn. Ich würde das durchstehen.

»Wie viele Typen?«, fragte ich mit unnatürlich fester Stimme.

»Weiß nicht genau. Drei oder vier vielleicht.«

Es war also nicht nur mir aufgefallen. Anscheinend war Chloe eine Art Eliza Doolittle, ein Mauerblümchen, das spät aufblüht und aus sich herausgeht. Und was wusste ich denn, vielleicht ging das schon eine ganze Weile so.

All das fühlte sich so unwirklich an, doch ich wusste, wie wirklich es war: Alle machten alles, als wäre es gar nichts. Es waren rasante Zeiten; die Leute machten solche Sachen tatsächlich. Weshalb sollte Chloe anders sein?

»Mit wem hat sie es getrieben?«

»Mit niemandem von der Osborne. Mit ’n paar Typen aus Tennessee, glaub ich.«

»Also mit Wild*fremden*?«

»Ja, aber so ist P.C.B. halt. Hey, in P.C.B. ist halt einfach alles erlaubt.«

Ich stellte es mir vor, und es war grauenhaft: Chloes Schenkel und diese Typen, ihr verkrampftes Gesicht und diese Typen, deren Hemdschöße und sie, deren abstoßende Arschbacken und sie. Mir wurde bewusst, dass meine Atmung ganz flach geworden war. Ich hechelte nur noch. »*Gesehen* hast du wohl nichts, oder? Hast du denn *Beweise*, dass sie das wirklich gemacht hat?«

»Ich sag's mal so, es wurde darüber geredet. Ich war zu der Zeit draußen auf dem Parkplatz, weil ich und meine Jungs in eine *wüste* Schlägerei mit ein paar Idioten aus Alabama verwickelt waren. Das war voll geil. Doch als ich danach in die Wohnung kam, haben die Leute über Chloe geredet. Es war irre. Ich hab sie immer für die Unschuld vom Lande gehalten. Sie hat echt die *Sau* rausgelassen.«

»Hört sich ganz so an.«

»Wir sagten: Meine Güte, Chloe!« Dann sagte er plötzlich besorgt: »Ey, *Alter.*«

Er blickte auf meine Hände. Ohne es zu merken, hatte ich mir in den letzten fünf Minuten so viel Haut vom Daumen gepult, dass er ganz blutig und lädiert war. Wenigstens konnte ich ihn noch bewegen.

8.16 Nachdem ich mein Taschentuch fest um den Daumen gewickelt hatte, fragte Tyler: »Du bist ihr also immer noch *zugetan?*«

»Ich weiß nicht. Jedenfalls sehe ich sie jetzt mit ganz anderen Augen. Aber bitte, Tyler, erzähl keinem von meinem Interesse an Chloe.«

»Okay.«

Kurz vor der Pause schlenderte Dre herein, was Tyler bewog, sich von mir abzuwenden. »Was geht ab, D-Dub?«, fragte er mit ebenso beiläufiger wie angespannter Stimme.

»Was geht ab, Mann?«

Ich stellte fest, dass ich von seinem besten Freund aus Kindertagen zum seltsam gekleideten Typ mutiert war, der zwar noch nicht ganz am unteren Ende des gesellschaftlichen Totempfahls angelangt war, sich aber auch nicht so weit oben befand, dass man sich vor anderen mit ihm befassen sollte. Oder kurz und knapp gesagt: Ich war nur noch der Freak im Anzug. Das Jackett war reine Schurwolle, graubraunes Fischgrätenmuster, »Ludlow-Schnitt« (wie meine Mutter wegen der schlanken Taille und der schmalen Revers sagte). Dazu trug ich eine graue lange Hose, ein weißes Hemd, schwarze Glattlederschuhe und, zur Feier des Tages, eine schräggestreifte grauschwarze Krawatte. Die anderen waren meine Kluft inzwischen gewöhnt und verdrehten höchstens noch manchmal die Augen.

Tyler führte nun mit Dre ein einseitiges Gespräch über Autolautsprecher, zu dem ich unmöglich etwas beisteuern konnte, was mir Zeit ließ, über Chloes neue Karriere als Erotomanin nachzugrübeln. Dabei war ich genauso angewidert wie einige Wochen zuvor, als ich einen zusammengeknüllten Zettel mit einem blutverschmierten Pflaster drin vom Fußboden des Klassenzimmers aufgehoben hatte.

Um nicht zu kotzen, schob ich alle Gedanken an Chloe beiseite und konzentrierte mich auf das Gatorade Play of the Week auf *Channel One*, die beeindruckende Zurschaustellung physischer Kompetenz durch für diesen Zweck besonders ausgebildete Männer irgendwo in Amerika.

8.17 Wo genau in Amerika sich Osborne befindet, ist eher unwichtig, denn alle amerikanischen Highschools sind letztlich gleich. Spätestens seit 1999 säumen dieselben Neon-Logos sämtliche Straßen des Landes, und alle Teenager sehen dieselben Fernsehsendungen. Meine Highschool steht zufällig in Vandalia, Kentucky, einer mittelgroßen Stadt voller Baseballmützen tragender Männer, die keinen Parkplatz überqueren können, ohne mehrmals auszuspucken. Vandalia liegt auf der Landkarte der USA an einer Stelle, die zwar nicht genau im Süden, aber auch bestimmt nicht im Norden ist. Manche Leute nennen die Gegend Mittlerer Westen. Anscheinend wusste niemand genau, wo wir waren, was ich amüsant fand. Dessen ungeachtet – und selbst wenn Hollywood Sie vielleicht vom Gegenteil überzeugen möchte – gab es auch zwischen New York und Kalifornien Highschools.

Einem Besucher von außerhalb, der sich die Osborne High anschaute, mochten einige Besonderheiten auffallen, die darauf hindeuteten, dass er sich eventuell in Kentucky befand. Beispielsweise wäre es korrekt, Kentucky »das Land der zehntausend Pick-up-Trucks« zu nennen. Außerdem dudelte in zahlreichen Restaurants und Geschäften Countrymusic (die moderne, popmäßigere Variante), und die Menschen hier liebten die freie Natur. Sie gingen gern jagen und fischen, campten im Freien und sprachen ständig davon, »an den See« zu fahren. Meine Hände hatten allerdings noch nie eine Schusswaffe oder eine Angelrute gehalten. Ich konnte nicht einmal schwimmen. Als ich aufwuchs, hatte ich das Gefühl, mit mir stimme etwas nicht, weil ich mich für all das nicht interessierte. Das war eines der großen wiederkehrenden Themen meines Lebens: der Gedanke, dass mit mir etwas nicht stimmte. Doch jetzt, am Ende meiner Schulzeit, war ich zu dem Schluss gekommen, dass mit mir alles in Ordnung war und mit *ihnen* etwas nicht stimmte.

In Vandalia gab es einige der nettesten Menschen, denen man überhaupt begegnen konnte, und sie waren fast alle alt. In Vandalia gab es außerdem einige echte Originale, was mich irgendwie noch für Vandalia hoffen ließ, doch auf jeden exzentrischen Intellektuellen kamen drei schwangere Frauen, die nicht so recht zu wissen schienen, wie sie zu dem Baby in ihrem Bauch gekommen waren.

Nichts in Vandalia bewegte sich langsam. Die Autofahrer hatten es offenbar immer eilig, und ihr Ziel war gewöhnlich der Wal-Mart. Chloe hatte einmal gesagt, sie würde am liebsten einen Autoaufkleber machen, auf dem stand: »Fahr langsam. Wal-Mart läuft nicht weg.« Darauf hatte ich ihr entgegnet, heutzutage würde man sie für so etwas wahrscheinlich erschießen.

Doch zum Leben war der Ort gar nicht übel. Hier war es sicher und im Allgemeinen friedlich (jedenfalls außerhalb von Osborne High), und mir gefiel, wie die Leute es genossen, einfach abends auf der Veranda vor ihrem Haus zu sitzen. In Vandalia gab es nicht viel zu unternehmen, doch ich hatte den Eindruck, dass die Stadt sich wenigstens Mühe gab. In welche Richtung diese Bemühungen gingen, konnte ich nicht genau sagen, doch es sah zumindest so aus, als würde sie sich bemühen.

8.18 Der Nachrichtensprecher von *Channel One* verabschiedete sich, und der Bildschirm wurde schwarz, so dass ich mir das kindische Geschwätz um mich herum anhören musste (das sich meist um den Abschlussball drehte, gelegentlich wurde auch übers College gesprochen) und darüber nachdachte, dass das Podest, auf das ich Chloe gestellt hatte, jetzt auch zu den kaputten Säulen unter Ruinen gehörte. Menschen und ihre Löcher, dachte ich, vom Affen nur ein paar Millimeter gedehnten Bikinistoff entfernt, ihre Hirne wie im heißen Sand gebrutzelter Speck. Sollen sie doch ihren Spaß in der Sonne haben, ihre Hotdogs und Strandbälle, ihre Sonnencremes und Flipflops! Sollen sie ruhig Sand in ihren Shorts haben! Sollen die Sporttaucher doch so tief tauchen, bis sie nicht mehr tiefer sinken konnten!

Mr. Runnels schrieb jetzt in seiner nachlässigen Schrägschrift für seinen Geschichtsunterricht in der nächsten Stunde die wichtigsten Daten zur Ermordung J. F. Kennedys an die Tafel, und ich dachte: Liegt es *daran*? Begann alles mit dem Ende von Camelot und König Artus? Ich kramte in meiner Mappe einen Schmierzettel hervor und notierte darauf die Grundidee meines Romans: »Eine der Figuren sagt: ›Vielleicht enthielt eine von Oswalds Kugeln den Samen, aus dem schließlich die Große Regression spross.‹«

Dann fiel mir ein Typ Marke Klassenclown auf, der seine Nase mit Tesa nach oben geklebt hatte, so dass sie wie ein Schweinerüssel aussah – was einmal witzig gewesen war. Niemand fand es mehr witzig, doch er machte es immer weiter. Es war zu einer Art merkwürdiger Zwangsstörung geworden, die er offenbar nicht mehr loswurde.

»Mr. Underwood, setzen!«, forderte Mr. Runnels ihn auf. »Das gilt für die ganze Klasse, bis zum Klingeln. Warum muss ich das jeden Tag von neuem sagen?«

Als sich ein Junge partout nicht setzen wollte, ging Mr. Runnels zu ihm und sagte leise etwas, das ihn umstimmte. Ich betrachtete den Kopf des Jungen, einen massigen Kopf, durch den wahrscheinlich nie ein freundlicher Gedanke gegangen war. Ich hatte einmal versucht, mit ihm zu reden, und er hatte mich aufgefordert, den Mund zu halten. Auf einer Wange hatte er immer noch einen blauen Fleck vom letzten Pep-Rally-Krawall, der in Osborne bereits legendären Status genoss, obwohl er ganze zwei Wochen zurücklag. Keiner kannte die genauen Ursachen; wir wussten nur, dass es bei einer Aufwärmveranstaltung für das Publikum vor dem Spiel des Basketballteams der Jungs auf der Zuschauertribüne zu zwei Schlägereien gleichzeitig und im anschließenden Gedränge zu drei (laut manchen Berichten sechs) weiteren Schlägereien gekommen war. So irritierend das Ganze war, so wenig überraschte es mich. Sämtliche schwachen Lichter der Schule in einen einzigen Raum zu stecken, war mir schon immer als ausgesprochen schlechte Idee erschienen.

Während ich meine Mitschüler beobachtete, wurde Tylers Hip-Hop-Slang so penetrant, dass er mir überhaupt nicht mehr wie der Mensch vorkam, mit dem ich mich noch wenige Minuten zuvor unterhalten hatte. Er gab mit Heldentaten an, die er angeblich in Panama City vollbracht hatte und von denen ich hoffte, dass sie nie passiert waren. Ich konnte kaum glauben, dass dieser wilde, ungehemmte Körper demselben Tyler gehörte, der einst völlig zufrieden neben mir gesessen und Nintendo gespielt oder freitags abends die Johnny Carson Show gesehen hatte. Ich sah uns als zehnjährige Jungs, wie wir kichernd *National-Geogra-*

phic-Hefte durchblätterten, auf der Suche nach den nackten Hängebrüsten afrikanischer Stammesfrauen. Ich sah uns mit sieben Jahren, wie wir zeichneten, was wir für Vaginas hielten. Meine Zeichnung sah aus wie eine Qualle und seine wie der Finger von E.T.

Ich wickelte meinen Daumen aus dem Taschentuch, der nun nicht mehr blutete, und betrachtete meine Hände, die, obwohl so viel Zeit vergangen und so viel passiert war, immer noch dieselben Hände waren, mit denen ich auf die Welt gekommen war, dieselbe Ansammlung von Materie, die all die Jahre die Hände gebildet hatten, die ich auf Fotos von mir als Fünfjähriger gehabt hatte, was ich ganz erstaunlich fand.

Ich trauerte um diese kindliche Version von mir wie um einen verstorbenen mir nahestehenden Menschen.

8.20 Ein Bild tauchte unaufgefordert vor meinem inneren Auge auf: eine Flasche Wodka am Boden meines Spinds. Sie gehörte Tyler. Manchmal sah ich sie frech unter seinem Stapel Ramsch hervorlugen. Wenn es je einen Tag gab, an dem ich ein, zwei Schlucke stibitzen wollte, dann war es dieser. Außer den paar Schlucken Weißwein und Miller Lite, die mir meine Mutter beziehungsweise mein Vater gegeben hatte (und der Bierspucke in der Bowlinghalle), hatte ich nur ein einziges Mal größere Mengen Alkohol getrunken, und das wurde dann eines meiner schlimmsten Erlebnisse. Auf die Idee, von Tylers geheimem Schnapsvorrat zu trinken, war ich noch nie gekommen, und dass ich überhaupt darauf verfiel, überraschte mich selbst am allermeisten. Doch nach meinem eigenen Spring Break und nachdem ich all das über Chloes Spring Break gehört hatte, war einem kleinen, aber nicht unerheblichem Teil von mir alles egal.

Es klingelte pünktlich (wenigstens darauf konnte man sich verlassen), und wir verließen den Raum, vorbei an Mr. Runnels, der mit dem Rücken zu uns weiterhin die Wandtafel vollschrieb und sich jetzt wahrscheinlich überlegte, wie er seine nächste Klasse unterhalten konnte.

Mochten die Flure auch noch so lang und breit sein, sie waren mit den zweitausend Neunt- bis Zwölftklässlern dennoch überfüllt. Und sie waren der Schauplatz vieler meiner Alpträume, in denen immer der erste Schultag vorkam und in denen sich die Flure in ein sich fortlaufend änderndes Labyrinth verwandelten, in dem ich mich hoffnungslos verirrte – und in dem mir meist irgendwer auflauerte, um mich umzubringen.

Meine Bauchschmerzen kamen und gingen in Wellen, und ein heißes Kribbeln verriet mir, dass ich vermutlich bald meine Eingeweide würde leeren müssen – was mir in der Schule noch nie passiert war. Vielleicht konnte ich ja an mich halten. Oder vielleicht würde Alkohol meine Nerven beruhigen und den Magen entspannen. Oder er würde meine Magenprobleme sogar noch verschlimmern. Jedenfalls würde ich mich nur im alleräußersten Notfall auf eine öffentliche Toilette setzen.

Spind 815 war in Sichtweite, aber ein veritabler Schülerstau blockierte mir den Zugang. Während ich wartete, sah ich vor meinem inneren Auge ständig Chloe vor mir, wie sie sich ein paar prachtvollen Hirnis hingab, die ihre Baseballmützen verkehrt herum aufhatten. Aber vielleicht stimmte es ja gar nicht. Vielleicht hatte sich Tyler auch alles nur ausgedacht. Er hatte schon immer einen fiesen Zug an sich gehabt, der Typ. In der sechsten Stunde, wenn wir Kunstunterricht hatten, würde Tyler vielleicht sagen: »Hab dich nur verarscht, James. Chloe hat nie auch nur einen Fuß in einen Club gesetzt. Sie hat die ganze Zeit am Strand gelegen und schrottige Romane gelesen.«

Der Stau löste sich allmählich auf, dafür sah ich, dass – wie so oft – ein halbwegs attraktives Bauernmädchen aus meiner Klasse und ihr Redneck-Boyfriend den Zugang zu meinem Spind versperrten. Der Junge stützte sich dauernd auf meinen Spind, während er dem Mädchen über den Hintern strich und sie neckte. Gelegentlich küssten sie sich sogar.

»Verzeihung.«

Er schenkte mir den gleichen ausdruckslosen, von Inzucht geprägten Blick wie immer, als hätte er nicht die leiseste Ahnung, warum ich das zu ihm sagte.

»Mein Spind?«, fragte ich mit einem Kopfnicken in Richtung hinter seinen Rücken.

Er bewegte sich, aber ohne ein Wort der Entschuldigung, als wäre ich im Unrecht.

Während ich meine Zahlenkombination eingab, hörte ich, wie die beiden »Ich liebe dich« sagten, ehe sie auseinandergingen. Am liebsten hätte ich ihnen nachgerufen: »Nein, ihr *glaubt* nur, dass ihr euch liebt.« Das L-Wort wurde hier genauso inflationär bis zur Bedeutungslosigkeit verwendet wie das F-Wort.

Ich fluchte gern. Worte waren nachgerade meine einzige Verteidigung, mein einziges Laster, doch das F-Wort mochte ich trotzdem nicht, es war mir zu harmlos.

Sobald ich das Schloss entfernt hatte, öffnete ich die Spindtür, auf deren Innenseite ich ein Foto meines Lieblingsschriftstellers geklebt hatte, F. Scott Fitzgerald, der unter Tylers Foto des Rappers Biggie Smalls hing. Als ich Fitzgerald sah, fiel mir ein Zitat aus *Diesseits vom Paradies* ein, etwas darüber, dass der jugendliche Held Amory Blaine von der Idee fasziniert war, ein Mädchen zum ersten Mal abends um acht zu treffen und sie schon vor Mitternacht zu küssen. Ich fragte mich, was Amory von Panama City Beach halten würde.

Ich legte meine Bücher ab, hockte mich hin und fand tatsächlich unter Tylers Krempel eine halbleere Flasche Wodka.

Ich steckte praktisch im Spind drin, als ich das Etikett las: Es war Dark Eyes, der wohl billigste Wodka auf dem Markt. Ich schraubte den Verschluss auf und schnupperte. Es roch nach Franzbranntwein. Ich war kurz davor, etwas zu trinken, mit dem man gewöhnlich Wunden behandelte. Schließlich war ich doch verletzt worden, oder etwa nicht?

Ich beugte mich zurück, um nachzusehen, ob mich jemand beobachtete. Doch alle um mich herum unterhielten sich angeregt (hauptsächlich über den Abschlussball). Wenn ich gewollt hätte, hätte ich es auf der Stelle machen können. Doch jetzt war ich mir nicht mehr so sicher, ob ich es wollte.

Ich schraubte den Verschluss wieder zu. Ein Blick zur Spindtür verriet mir, dass Fitzgerald mich ermunterte zu trinken, und zwar nicht zu knapp. Dann wurde mir klar, wie sinnvoll es wäre, Trinker zu sein.

Mein Traum war es, Schriftsteller zu werden. Die meisten meiner Lieblingsschriftsteller hatten gesoffen. F. Scott Fitzgerald, Truman Capote und James Joyce, um nur einige zu nennen, hätten nicht lange überlegt und den Dark Eyes getrunken, und all diese Gentlemen hatten Werke verfasst, die in Schulen überall auf der Welt zur Pflichtlektüre gehörten. Wenn ich mich folglich der Flasche hingab, täte ich einen wichtigen Schritt in Richtung meiner Zukunft, was sich am heutigen Tag sogar anbot, da in der zweiten Stunde in Kreatives Schreiben ein Auszug aus meinem noch unfertigen Roman besprochen werden sollte. Das erste Mal, dass mein Werk öffentlich zur Kenntnis genommen wurde.

Heute würde ich Schriftsteller werden.

Ein weiterer Kontrollblick über die Schulter. Erneut schraubte ich den Deckel auf und wieder schnupperte ich. Ich beschloss, einen Trinkspruch auszubringen. Ich mochte Trinksprüche, weil sie dem leichtfertigen Vorgang des Trinkens eine gewisse Bedeutung verliehen. Jede Wette, dass in Panama City während des Spring Break kein einziger Trinkspruch ausgebracht worden war.

Wer weiß, vielleicht würde ich ja eines Tages wegen meiner Trinksprüche Berühmtheit erlangen: »Oh, da kommt der wie üblich sinnlos besoffene Schriftsteller. Aber was hat er doch für tolle Trinksprüche auf Lager!« Ich überlegte, wie mein Trinkspruch wohl lauten sollte. Auf Chloe? Auf das Aufgeben? Ich entschied mich für einen, den ich in dem Film *Die Tage des Weines und der Rosen* gehört hatte: »Gemeinsam im Himmel.« Ich konnte mir keinen netteren Trinkspruch vorstellen, und so sagte sprach ich ihn leise vor mich hin, während ich die Flasche unauffällig Richtung F. Scott erhob.

Doch die Worte mussten einen Kloß in meinem Hals überwinden. Ich schraubte den Deckel wieder zu, ohne einen Tropfen getrunken zu haben, und vergrub die Flasche wieder unter Tylers Sachen. Dann holte ich mein Chemiebuch heraus und das dazugehörige Notizbuch samt Mappe, außerdem mein Deutschheft, und knallte den Spind zu.

Das Problem in Osborne war, dass alle immer nur das taten, was ihrer Meinung nach von ihnen erwartet wurde. So kam ich auf dem Weg zum Chemiekurs an einem Skater vorbei, auf dessen T-Shirt der Name einer obskuren Band stand (Operation Ivy?), weil diese Sorte Band unter seinesgleichen gerade in war. Als Nächstes passierte ich Lavell Pritchard, einen grüblerischen schwarzen Jungen, mit dem ich die Grundschule besucht hatte, der aber nie ein Wort mit mir wechselte, weil ein junger Schwarzer aus seiner Wohngegend taff und schweigsam zu sein hatte.

Ich begrüßte ihn lächelnd wie jeden Tag mit »Hallo, Lavell«, obwohl ich jeden Tag nur ein Stirnrunzeln oder ein knappes Nicken erntete, das heute besonders knapp ausfiel.

Ich weigerte mich, einem Klischee zu entsprechen, doch ein alkoholsüchtiger sensibler junger Schriftsteller war so was von klischeehaft, dass ich mich schämte, es auch nur erwogen zu haben.

Mir war immer noch übel, als ich durch den 100er-Flur ging. Ich schärfte mir ein, nicht an Chloes Spring Break zu denken, und rief mir auch einen Gedanken – eigentlich eher ein Mantra – in Erinnerung, der in den letzten vier Jahren für meinen Alltag enorm wichtig gewesen war.

Das sind *nicht* die besten Jahre deines Lebens. Nicht die Highschool ist mein Ding, sondern die Zukunft.

Ich glaubte, dass ich irgendwann im Rückblick die Highschoolzeit als eine längere unangenehme Phase sehen würde, die ich ertragen musste, ehe mir das gute Leben winkte. Klar, ich hatte mir Miss Gummere als Teil dieses guten Lebens vorgestellt, doch das ließ sich korrigieren. Die Highschool war lediglich eine Art Wartesaal, in dem ich eine Zeitlang warten musste. Zugegeben, hier lechzte ich nach der Zukunft, während ich mich noch wenige Minuten zuvor nach der Vergangenheit gesehnt hatte. Beides war besser als das hier. Ich war in einer Art pickliger Vorhölle gefangen und hatte schon längst die Hoffnung aufgegeben, meine Jugend könnte für mich etwas anderes als Enttäuschungen bereithalten. Was Chloe getan hatte – und ganz ehrlich, *natürlich* hatte sie all das getan –, hätte keine so große Überraschung sein dürfen. Warum hatte ich das nicht umgehend akzeptiert? Nicht die Highschool ist mein Ding, sondern die Zukunft.

Allmählich verlor ich die Geduld.

Chemie

8.25 Offenbar war es für mich das Beste, asexuell zu werden. Ich hatte mit dieser Idee schon die letzten beiden Male gespielt, als mich ein Mädchen enttäuscht hatte, jedes Mal bei einer melodramatischen Variante von unerwiderter Liebe. Meine plötzliche Chloe-Verdrossenheit ließ diese Idee attraktiver denn je erscheinen. Es war eine verlockende Vorstellung, sich der keimdrüseninduzierten »Liebes«-Hysterie auf Osborne High zu entziehen. Was Chloe oder sonst wer taten, konnte ich nicht kontrollieren. Die jugendlichen Stringtangas der Mädchen konnten meinetwegen verrotten. Doch ich konnte mich kontrollieren. Und so saß ich in der letzten Reihe von Ms. Calaways Klassenraum und verkündete stumm:

Von diesem Augenblick an bin ich asexuell.

Mein Rückzug aus dem uralten Konkurrenzkampf ums nackte Fleisch sollte bald heftig in Frage gestellt werden, doch zumindest vorerst konnte ich das triumphale Gefühl genießen, dass ich mich der Großen Dummen Rumhurerei entzogen hatte. Ich stellte mir vor, wie sofort ein schweres Gewicht aus meiner Hose verschwand und sich mein Hirn aus der Gosse erhob. Was Chloe und all die anderen betraf, so stellte ich mir vor, wie ich ihren Tanzclub zu einem klebrigen Bällchen zerknüllte und ins Klo schmiss.

Als es klingelte, trudelte der letzte meiner Mitschüler ein. Hier hatte ich keinen, mit dem ich reden konnte, was höchst angenehm war, da niemand mit mir reden wollte. Was ihnen gefiel, gefiel mir nicht. Vermutlich wusste nicht einer von ihnen, wer Woody Allen war. Der Chemiekurs bestand in meinen Augen aus Deppen, die nur an Pizza dachten, und smart-adretten, leicht arroganten Typen. Was hielten sie wohl von mir? Aus irgendeinem Grund vermutete ich, dass sie mich ablehnten. Doch das war inzwischen unwichtig, weil ich mich soeben dem ganzen menschlichen Treiben entzogen hatte. Jeder besaß diese alles verschlingenden Öffnungen, schwarze Löcher, mit denen sie sich wechselseitig aufsogen, und ich war der einzige Mensch, der sich frei bewegen konnte, unbeeinflusst von ihrer Schwerkraft.

Klar, mir stand eine Schlacht bevor. Es verging keine Minute, ohne dass die Große Dumme Rumhurerei mich mit ihren langen Beinen umschlingen wollte. Die Ausbeute von heute Morgen, noch vor Schulbeginn: Auf der Homepage von Yahoo! quollen mir Dekolletees aus einer Unterwäschewerbung entgegen (oder war es ein Film?); in einer E-Mail fand sich die obszöne Nachricht eines oder einer Fremden, in der mir Sex angeboten wurde, falls ich seine oder ihre Website aufsuchte; im Radio sang eine Gruppe, sie wolle meinen Körper und ich solle ihren Körper haben. Am Vorabend fand ich die Körper praktischerweise in einer Sendung aufgelistet, die sich »Die 101 sexiesten Prominenten« nannte. Dann sah ich die Wiederholung von *The Real World*, in der ein Paar gestand, mit dem Geschlechtsverkehr begonnen zu haben, ohne es zu merken.

Ich sah es mir an, ich konnte nicht anders.

8.27 In meiner neuen Abgeklärtheit hörte ich einige von ihnen über den Abschlussball reden. Für mich als Asexuellen wäre es kaum sinnvoll, daran teilzunehmen. Nicht dass ich je erwogen hätte, bei etwas so Banalem mitzumachen. Doch jetzt stand ich über alledem: den beschlagenen Autofenstern, den schmierigen Hotelzimmern, den Partyorgien. Ich war stolz darauf, dass es am ersten Mai weder Hairspray auf meinem Kopf noch einen Flachmann in meinem Jackett geben würde, weder ein Kondom in meinem Portemonnaie noch eine Hasenpfote mehr in meiner Hose. Am Ende der Ballnacht, wenn der Hausmeister die Körpersäfte vom Basketballplatz wischte, würde ich zufrieden zu Hause sitzen und mich tippenderweise auf meine Bestimmung zubewegen.

Und ja, falls Chloe diese Angelegenheit in Panama City hinreichend erklären konnte – falls sie bewies, dass es sich nur um ein Gerücht handelte – und falls sie darauf bestünde, dass ich sie begleitete, könnte ich vermutlich eine Ausnahme machen. Ein Asexueller tat Menschen in Notlagen einen solchen Gefallen.

8.28 Während ich für einen Test in der vierten Stunde noch ein paar deutsche Vokabeln durchging, verspürte ich plötzlich das Bedürfnis, meine neue Orientierung laut kundzutun, als wäre sie erst nach dem Aussprechen offiziell. Timothy Gregory musste genügen. In meinem Kunstkurs in der sechsten Stunde saß ich mit ihm an einem Tisch, kannte ihn aber kaum. Er war der ruhigste Mensch, der mir je begegnet war, und ich wusste seine Ruhe zu schätzen. Je nach Lage der Dinge war auch ich manchmal ruhig. Ich nannte mich »umgebungsabhängig introvertiert«. In diesem Kurs sagte ich beispielsweise selten ein Wort. In dem Kurs danach redete ich mehr als jeder andere.

An manchen Tagen betrat Ms. Calaway die Klasse ein paar Minuten nach dem Klingeln, weil sie etwas mehr Zeit brauchte, um ihren Nikotindämon ruhigzustellen. Heute war so ein Tag. Daher blieb mir noch Zeit, Timothy meine neue Lebensführung zu erläutern, der gerade irgendwas auf die Sohlen seiner schwarzen Doc Martens schrieb. Er hatte eine höchst bedauerliche Frisur, mit der sein Kopf einem Arsch ähnelte, und seine Akne war besonders übel, doch dem Gesicht darunter sah man an, dass es eines Tages gut aussehen würde. Er war häufig gemobbt worden und wirkte wie jemand, der alles dafür tat, bloß nicht aufzufallen.

»Wie geht's *dir* denn heute, Timothy?«

»Gut.«

Normalerweise wäre ich irritiert gewesen, von jemandem nicht nach meinem Befinden gefragt zu werden, nachdem ich mir die Mühe gemacht hatte, ihn nach seinem zu fragen, doch Timothy lag schon im Soll, wenn er überhaupt etwas sagte.

»Wie waren deine Ferien?«

»Prima.«

»Meine waren schauderhaft.« Er nickte und lächelte ängstlich. Jetzt musste ich meine Bekanntmachung behutsam vorbereiten. »Ich bin's leid, dass die Leute dauernd über den Ball reden. Du nicht auch?«

»Doch.«

»Gehst du hin?«

»Weiß nicht.«

»Ich verzichte. Da geht's um nichts weiter als um Ausschweifungen, und doch dreht sich ihr ganzes Leben darum. Es ist das wichtigste Ereignis ihres Lebens. Sie haben nur eine Sorge auf der Welt, nämlich für den Ballabend alles perfekt zu machen. Und wenn es um Dinge wie den Ball geht, würde keiner von ihnen hingehen wollen, wenn man ihnen nicht gesagt hätte, dass von ihnen erwartet würde, dass sie es wollen. Ergibt das einen Sinn?«

»Ja.«

»Ich hab etwas gelesen – von Thornton Wilder, glaube ich –, in dem ein ähnlicher Satz steht, nur dass es um Liebe ging, dass niemand sich verlieben würde, wenn er nicht davon gehört hätte oder so ähnlich. So fühle ich mich bei fast allem. Dem Abschlussball, Mädchen, bei allem. Ist schon erstaunlich, was wir uns zumuten.«

Timothy nickte. Er nahm nie Blickkontakt auf, etwas, das mir besser gelang, je älter ich wurde, wie mir während des Spring Breaks aufgefallen war.

Eine seltsame Stimme unterbrach uns. »Kann mir einer von euch einen Kuli oder Bleistift borgen?«

»Ich habe einen«, antwortete ich. »Ich werd ihn dir aber nicht leihen, damit du verantwortungsbewusster wirst.«

»Leck mich an meinem weißen Arsch, James.« Die seltsame, weinerliche Stimme gehörte Patrick Pippin, und so ein Wortwechsel war typisch für uns. Ich kam mit jedem gut klar – jedenfalls oberflächlich betrachtet –, machte aber aus meiner Abneigung gegen Patrick keinen Hehl, und dafür gab es gute Gründe.

Im Allgemeinen bewunderte ich die als *Loser* bekannte Sekte gesellschaftlicher Außenseiter und hatte mich manchmal selbst im Verdacht, einer zu sein. Aber Pippins Losertum hatte geradezu groteske Ausmaße angenommen, so dass er mir nicht mehr leidtat, sondern ich mich fragte, warum er sich morgens überhaupt noch aus dem Bett quälte. Um nur einige der Glanzpunkte zu erwähnen, die er sich auf Osborne geleistet hatte: Er war so gierig nach Aufmerksamkeit, dass er anbot, eine, wie er es nannte »Video-Hommage« über die Cheerleaderinnen zu drehen, weil er ihre Nähe suchte; nachdem er vergeblich versucht hatte, in der Golfmannschaft aufgenommen zu werden, drohte er damit, die Schule zu verklagen, die ihn wegen seines Übergewichts diskriminiert habe, dabei hatte er tatsächlich noch nie im Leben Golf gespielt; einmal weinte er, weil er während des Unterrichts einen fahren ließ, und obwohl ich genau wusste, dass er nie über die Stränge schlug, fragte er ständig Leute, ob sie Marihuana hätten. Wenn mich die Schwermut packte, tröstete ich mich mit dem Satz: »Tja, wenigstens bin ich nicht Patrick Pippin.«

Pippin war einmal das neue Gesicht gewesen. Am ersten Tag der zehnten Klasse, frisch aus West Virginia eingetroffen, stolperte er in der dritten Stunde in meinen Astronomiekurs, an den Füßen etwas, das wie Schuhe für ältere Frauen aussah, und mit seinem hässlichen Rattenschwanz, der ihm am Nacken baumelte und später ohne Vorwarnung von einem im Kurs hinter ihm sitzenden Jungen abgeschnitten wurde. Weil er ein so erkennbar hoffnungsloser Fall war, stellte ich mich vor und versuchte, ihm das Gefühl zu geben, willkommen zu sein. Noch am selben Tag setzte er sich beim Mittagessen neben mich. Doch trotz aller Widrigkeiten schloss er später mit einigen Leuten Freundschaft und machte sich bei erstbester Gelegenheit über mich lustig. Er wies den ganzen Kurs darauf hin, dass mein Gesicht rot anlief, während ich ein Referat hielt. Dieses erste Vergehen ließ ich ungeahndet, doch es folgte die Episode, wo er und einer seiner niederträchtigen Kumpel mir einredeten, dass mich irgendein Mädchen mochte, woraufhin ich mich ihr beinahe näherte, ehe ich die Wahrheit herausfand. Wenn Pippin mich seither auch nur ein wenig kränkte, sagte ich ihm auf den Kopf zu, was ich von ihm hielt.

Doch es gab bei mir immer noch Reste von Freundlichkeit. Ich zog einen Reservekuli aus meiner Hemdtasche. »Hier, Patrick. Steck ihn bloß nicht in deinen schmutzigen Mund.«

Er drehte sich um und sah, dass ich ihm den Kuli hinhielt. Der Kragen seines T-Shirts war ausgeleiert, so dass man ein Stück seines Schlüsselbeins sah. Er hatte nämlich die wunderliche Angewohnheit, sich das T-Shirt ganz von der Schulter zu ziehen, wenn er dachte, niemand sähe zu.

»*Teufel,* nein. Von *dir* will ich keinen Stift.«

»Mach mal ’n Punkt. Ich nehm dich doch nur auf ’n Arm.«

»Steck dir den Stift in den Arsch. Ich will den Stift nicht.«

Ich verdrehte die Augen, und Timothy feixte. »Wie gesagt, denk doch nur an all die Energie, die wir dem Abschlussball und Mädchen generell widmen. Hätte ich nicht mit diesen blöden Muschis rumgealbert, hätte ich schon zwei oder drei Romane schreiben können.«

Timothy reagierte überhaupt nicht. Er beobachtete einen Jungen, der so tat, als wäre eine Papierkugel ein Basketball und der Papierkorb ein Basketballkorb.

»Bei Frauen ist man immer der Verlierer. Deshalb habe ich beschlossen, mich dem ganzen Quatsch zu entziehen. Ich habe einen neuen Lebensstil gefunden. Ich habe beschlossen, asexuell zu sein.«

Endlich nahm er Blickkontakt auf. »Was bedeutet, dass ich mich zu niemandem mehr hingezogen fühle. Der ganze Kummer wegen der Mädels – Schnee von gestern. Verdampft. Endlich bin ich frei. Timothy, du solltest dich mir anschließen. Möchtest du gern asexuell sein?«

»Nein.«

Zuerst lachte ich, dann lachte Timothy auch. Einen so normalen Moment wie diesen hatte es zwischen uns noch nie gegeben.

»Verstehe. Es ist nicht leicht, besonders wenn man nicht als Asexueller auf die Welt gekommen ist Ich war einmal ein fanatischer Hetero, aber mein Herz hält es einfach nicht mehr aus. Einem eigentlich heterosexuellen Asexuellen fällt es besonders schwer, dass er seine Libido nicht, nun ja, ausknipsen kann wie eine Lampe. Man muss sich bewusst dafür entscheiden, die Libido zu ignorieren. Aber wenn man diese Entscheidung erst einmal getroffen hat – und wie ich daran festhält –, dann ist man gegenüber anderen im Vorteil. Die anderen sind so versessen darauf, einander flachzulegen, dass sie ständig abgelenkt sind. Diese Ablenkungen fallen bei mir weg. Es ist ein Gefühl von Stärke.«

Ich verstummte, als Ms. Calaway eintrat. Auch die meisten anderen Gespräche verstummten. In ihrem flotten Hosenrock schritt sie zu ihrem Pult und goss sich eine Tasse Kaffee ein. Offenbar hielten Kaffee und Zigaretten den Lebenswillen dieser Frau aufrecht. Auf ihrem Pult stand eine eigene Kaffeemaschine. Laut Slim, meinem Lehrer für Kreatives Schreiben, lag das daran, dass die anderen Lehrer sich beschwert hatten, weil Ms. Calaway den ganzen Kaffee im Lehrerzimmer weggetrunken habe. Jetzt leerte sie in ihrem Kursraum Kanne um heiße Kanne, was mir gefiel, da der Duft den Raum heimeliger machte.

Vom Kaffeeduft abgesehen, unternahm Ms. Calaway nichts, um im Raum 103 eine angenehme Atmosphäre zu schaffen. Sie war vor allem wegen ihrer Fähigkeit berüchtigt, Schüler zum Weinen zu bringen. Wegen ihrer ruppigen Persönlichkeit mochten die meisten Schüler sie nicht, aber ich mochte sie. Wir kamen gut miteinander aus, wohl weil ich ein guter Schüler war, auch wenn mich die Naturwissenschaften überhaupt nicht interessierten. Dennoch machte ich mir Sorgen, wie sie reagieren würde, wenn ich auf die Toilette gehen wollte, sobald meine Eingeweide Probleme machten. Sogar eine so schlichte Frage wie die, ob man aufs Klo gehen dürfe, ließ diese Frau in die Luft gehen. Vermutlich war sie die ganze Zeit wütend, weil sie in ihrem tiefsten Inneren wusste, dass sie wie Nathan Lane aussah und man nichts dagegen machen konnte.

Sie setzte sich, holte ihr blaues Zensurenbüchlein heraus, das alle Lehrer benutzen, und überprüfte die Anwesenheit. Während sie die Namen durchging, dachte ich, wie toll es wäre, wenn ich nie wieder neben einem Telefon warten, mich nie wieder über einen Pickel ärgern, nie wieder nach diesem grasslichen blauen Kombi Ausschau halten müsste. Als mein Name aufgerufen wurde, sagte ich besonders zuversichtlich »Hier«.

Dann ließ uns Ms. Calaway an ihr Pult treten, wo sie uns

eine Summenformel-Aufgabe aus der Zeit vor den Ferien zurückgab. Meinen Namen rief sie früh auf. Besorgt ging ich nach vorn, wo ich erfreut eine rote »97 A« auf meinem Paper sah. Als ich mich wieder setzte, entdeckte ich auf dem Boden eine Füllerkappe, hob sie auf und steckte sie vorne in meine Jacketttasche. Während die anderen Schüler ihre Papers holten, fiel mir auf, dass drei von ihnen – zwei Mädchen und ein Junge – unabhängig voneinander beim Aufstehen kurz an ihren Hemdschößen zogen, um sicherzugehen, dass ihre Hintern bedeckt waren. Als ich noch in die Kirche ging, fiel mir auf, dass viele Leute so etwas machten, denn bei katholischen Messen muss man sich ständig hinsetzen und wieder aufstehen, und es schien die weitverbreitete Auffassung zu geben, dass alle Leute im Leben nichts anderes tun, als einander auf die Ärsche zu glotzen, was im Großen und Ganzen auch stimmte.

8.33 »Also gut. Nehmt eure Bücher heraus, wir werfen einen Blick auf Kapitel vierzehn. Seite 312.«

»Welche Seite?«, fragte jemand.

»312.«

Jeder tat wie geheißen, doch wie üblich glaubten einige Schüler beim Herausholen der Bücher, jetzt sei es Zeit zu reden. »Es herrscht Ruhe, und zwar *sofort*«, rief Ms. Calaway. »In Kürze teile ich Sie alle in Paare ein und lasse …«

Mist! Warum stellten Lehrer uns so gern zu Paaren zusammen? Wenn nicht Paare, dann war Gruppenarbeit angesagt. Bestimmt glaubten sie, das würde uns auf das Erwachsenenleben vorbereiten, da jeder zukünftige Beruf Teamwork erforderte (außer meinem, da ich Schriftsteller werden würde). Doch in meinen Augen lehrte uns Gruppenarbeit nur, wie unzuverlässig Menschen waren.

»Heute erfahren wir etwas über Entropie, und Entropie ist wichtig, weil es die treibende Kraft hinter *allem* ist, hinter jeder chemischen Reaktion, hinter allem in der Natur. Schlagen Sie die Seite 312 auf, dort werden Sie sehen …«

Wie erwähnt, beteiligte ich mich in Chemie selten am Unterricht. Was wahrscheinlich daran lag, dass Ms. Calaway ohne Luft zu holen sechsundfünfzig Minuten am Stück reden konnte. Das ist meine Lieblingsunterrichtsmethode, weil ich nicht befürchten musste, aufgerufen zu werden oder sonst etwas tun zu müssen, außer mir Notizen zu machen und meine Mimik zu steuern.

»… schon mal gefragt, warum Eis schmilzt? Das liegt an der Entropie. Je wärmer das Eis wird, desto schneller bewegen sich die Moleküle, und je schneller sich die Moleküle bewegen, desto ungeordneter werden sie. Entropie sorgt dafür, dass alles zusammenbricht …«

Im Unterricht fühlte ich mich ungefähr so wie im Sprechzimmer eines Arztes, während man auf der Liege mit dem weißen Bogen Papier sitzt und den Arzt mit seinem Klemmbrett auf der anderen Seite der Tür hört, und man hat so ein intensives Gefühl gespannter Erwartung, dass sich die Tür öffnet, nur dass bei mir dieses Gefühl während der ganzen Unterrichtsstunde anhielt, sogar in den Kursen, die ich mochte. Ich fand, dass alles zu dicht beisammen war. Die Räume kamen mir zu klein vor, und doch konnte in diesem begrenzten Raum so viel schiefgehen.

»… eine andere klassische Erklärung lautet wie folgt. Stellt euch vor, wie leicht ein Schlafzimmer zugemüllt wird.

Nun, das liegt daran, dass es mehr Möglichkeiten gibt, wie es zugemüllt werden kann, als Möglichkeiten, wie es aufgeräumt und ordentlich bleibt. So funktioniert Entropie. Dinge haben mehr Möglichkeiten, zu zerfallen und durcheinanderzugeraten, als eine Ordnung beizubehalten.«

Ich stellte mir vor, wie ich in meinem Bett lag und nur eine Spur Tageslicht durch die schweren Vorhänge drang. Der Luftreiniger gab ein einschläferndes Summen von sich. Cha-Cha, der Boston Terrier, den ich seit meinem zehnten Lebensjahr hatte, lag zusammengerollt neben mir. Ich sehnte mich nach meinem Bett.

Um Entropie noch etwas anschaulicher zu machen, ließ Ms. Calaway eine Hand voll Centstücke auf ihr Pult fallen, doch da mir so viel durch den Kopf ging, hatte ich Schwierigkeiten aufzupassen. Außerdem wurde ich allmählich nervös, weil in der nächsten Stunde meine Textkritik anstand. Ich sah aus dem Fenster und versuchte, an etwas anderes zu denken. Ich konnte den Circle-K-Supermarkt sehen. Ich fand es komisch, dass im Circle K alles seinen gewohnten Gang ging. Während wir uns durch den Schultag quälten, ging draußen das Leben weiter. (Zigaretten, Bier, Lotterielose und Pornozeitschriften wurden verkauft.) Das fand ich ungerecht, denn meiner Meinung nach hätte draußen alles anhalten sollen, während wir hier drinnen litten. Die Leute im Circle K hatten ja keine Ahnung, wie gut es ihnen ging.

8.39 Ich nahm mir vor, mich zu entspannen und die Asexualität zu genießen. Letztes Jahr in Deutsch 1 erzählte uns der Lehrer von Loreley, einer Jungfrau aus der deutschen

Sagenwelt, deren unwiderstehliche Schönheit die Schiffer in den Tod lockte. Ich war jetzt gegen Loreleys Verlockungen gefeit. Was mich betraf, hatte man die Vögel und die Bienen endlich in Käfige gesperrt. Chloes Gefühle für mich – oder deren Fehlen – waren für mich nun irrelevant.

»Normalerweise strebt die Natur einen Zustand möglichst geringer Energie und möglichst großer Entropie an. Und so erlangen wir ein chemisches Gleichgewicht.«

Ms. Calaways chemisches Gleichgewicht wurde mittels des großen Kaffeebechers aufrechterhalten, den sie in der Ecke ihres Tischs platzierte, wo sie während ihrer Vorlesung ständig Zugriff auf ihn hatte. Sie war untersetzt, mit langen, ergrauenden Haaren und hatte wohl schon immer ausgesehen, als wäre sie fünfzig.

»Heute machen Sie Folgendes: Sie verändern das Gleichgewicht, um Entropie herbeizuführen. Sie werden das mit Wärme machen. Was bedeutet, dass Sie Bunsenbrenner verwenden werden.«

Statt mir Notizen zu machen, schrieb ich mir eine Idee für meinen Roman auf: »Beiläufiger Hinw. auf mythologische Figur, die die Welt beherrschen kann, weil sie der einzige Mann auf dem Planeten ist, der sich nichts aus Sex macht.«

Dann fiel mir auf, dass ein stämmiger Junge mit zwei Fingern pausenlos über den Rücken des vor ihm sitzenden Mädchens rieb. Offenbar hatte sie nichts dagegen, da sie ihm den gewölbten Rücken entgegenstreckte. Weil sie eine locker sitzende Bluse trug, konnte er zwischen den Schulterblättern ihren nackten Rücken massieren. Er hörte einfach nicht auf. Schließlich arbeitete er sich mit den Fingern ihren Nacken hoch. Es war bizarr.

»Jetzt müssen Sie alle an diesem Dingsdabumsda drehen, bis die Flamme blau wird…« Ms. Calaway sagte *sehr oft* »Dingsdabumsda«, bis ich mich für sie schämte.

Zwei Reihen vor mir sah ich durch straffen, schwarzen Stoff die Umrisse eines BH, der Stephanie Schnuck gehörte, einer munteren Blondine, deren außerschulische Aktivitäten der Stoff war, aus dem man in unserer Gegend Legenden strickte. Kurz und wohlwollend zusammengefasst: Stephanie schaffte es nicht, lange in der Vertikalen zu bleiben. Sie rutschte herum, wodurch ein schwarzer BH-Träger sichtbar wurde, der sich fest in ihre Schulter grub.

Ich war dermaßen froh, dass mich so etwas nicht mehr interessierte.

Neben Stephanie saß ein attraktives, aber hartherziges Mädchen namens Morgan, das seinen Pferdeschwanz so geschickt straff zog, wie es nur Mädchen können, dafür aber alle. Damals, als ich mich noch für Mädchen interessierte, hatte ich Pferdeschwänze gemocht.

Wie angenehm, dass ich so etwas nun ebenso distanziert betrachten konnte wie eine Statue oder einen Leichnam.

»Na gut. Jetzt teile ich jedem einen Laborpartner zu.«

Jedes Mädchen in diesem Kurs hatte heute beschlossen, Shorts anzuziehen. Einige schlugen die Beine übereinander, andere nicht.

»Brian, Sie und Christina bilden ein Team.«

Jetzt wickelte Stephanie ihr Kaugummi um den Zeigefinger. Der korpulente Junge massierte das Mädchen inzwischen beidhändig. Und hatte das eine Mädchen tatsächlich einen BH an, der ihre Brustwarzen freiließ? Gab es so etwas überhaupt?

»Michael, Sie arbeiten mit Sam.«

Ein Redneck spie einem Mädchen auf den Rücken ihrer Bluse, wie das unreife Schüler manchmal machen – sie pressen einen dünnen Speichelfaden aus einer Zahnlücke.

»James, Sie und Stephanie bilden ein Team.«

8.44 Ich betrachtete den hinteren Teil ihres mit störrischen blonden Locken bewachsenen Kopfes, die sich in alle möglichen Richtungen schlängelten. Wie brachten Mädchen ihre Haare nur dazu, solche erstaunlichen Dinge zu tun? Doch dicht unter diesem reizenden blonden Schopf, durch ihren offenen Schädel sah ich es: Cameron Diaz lutschte Pommes, während ein stöhnender David Letterman sich wundrieb und die hinterhältigen Schlangen von N-Sync mit ihren präzise choreographierten phallischen Manövern protzten, während die Backstreet Boys neidisch zusahen und sich hektisch neue Spreizschritte überlegten. Puff Daddy, der sich dazu bei Hall and Oates bediente, dirigierte die Musik, zu der alle die Becken kreisen ließen. Alle diese vielen sich windenden Körper befanden sich an Deck der untergehenden Titanic.

Man sollte meinen, dass Stephanie sich umgedreht und mich angelächelt oder mich wenigstens angesehen hätte, als Bestätigung, dass wir zusammenarbeiteten. Doch sie saß einfach nur da, dachte vermutlich daran, wie lästig es war, bekleidet zu sein. Stephanie wusste wahrscheinlich gar nicht, wer ich war, weil sie keine Menschen kannte; sie kannte nur Körper, und mein Körper war es nicht wert, dass man ihn kannte. Aber ich wusste, wer sie war. Jeder wusste, wer Stephanie Schnuck war, und die Erwähnung ihres

Namens wurde gewöhnlich von einem wissenden Grinsen begleitet.

Angeblich hatte sie einmal einen Jungen *während des Unterrichts* befriedigt, als gerade ein Film (ich glaube, es war *Gandhi*) gezeigt wurde. In Sachen Fortpflanzungsakt waren ihre gewagteren Schauplätze die im Kunstunterricht für Fotografie verwendete Dunkelkammer und das im Landwirtschaftsunterricht benutzte Gewächshaus. Ich hatte Gerüchte über Dreier, Vierer und eine angebliche Abtreibung gehört.

»Es muss nur jeweils ein Satz Antworten abgegeben werden, aber beide Namen sollten draufstehen. Am Ende des Unterrichts besprechen wir Ihre Resultate.«

In meinem Magen bildete sich eine Blase. Ich wollte nicht mit Stephanie im Team sein. Zugegeben, ich kannte sie gar nicht und hatte bisher vielleicht sechs Worte mit ihr gewechselt, doch man sah ihr förmlich an, dass sie Ärger bedeutete. Außerdem wusste ich, dass sie mit Morgan befreundet war, der Pferdeschwanzträgerin, die einmal gesagt hatte, sie wisse nicht, »warum dieser James sich immer so schick anzieht, schließlich ist er doch nicht reich«, was ich zufällig mitgehört hatte. Ich stellte mir vor, wie ich die ganze Laborarbeit machte, während Stephanie verschwand, um mit irgendeinem frettchenäugigen Höhlenmenschen zu flirten. Es gab auch die Möglichkeit, dass wir beide uns auf Anhieb gut verstanden, doch ich verstand mich kaum einmal mit jemandem spontan gut.

»In Ordnung. An die Arbeit. Ich werde vorbeikommen und kontrollieren, was Sie so treiben.«

Dann sprangen alle von ihren Sitzen. Offenbar wusste

Stephanie doch, wer ich war, weil sie sofort auf mich zukam. Ich konnte unmöglich ihre Brüste übersehen, die zwar nicht gewaltig, aber ganz gewiss auch nicht klein waren, und sie zeigte ein wenig Dekolleté. Ich rief mir in Erinnerung, dass ich durchaus hinsehen durfte, denn durch die Augen eines Asexuellen war Stephanie einem Gemälde vergleichbar, das ich bewundern durfte, und es war klar, welche Schwerpunkte der Künstler gesetzt hatte.

»Hey«, sagte sie lächelnd. Vielleicht war das eine Projektion meinerseits, doch ihr Mund schien etwas Vulgäres zu haben, er wirkte so einladend wie die Neonschilder in Kneipenfenstern.

»Wie geht's dir so?«

Sie lachte. »Gut. Wie geht's *dir*?«

»Gut, danke der Nachfrage.«

Auch wenn wir noch nie miteinander gesprochen hatten, waren wir doch im Vorjahr beide im selben Mathekurs gewesen, daher brauchte ich mich nicht in aller Form vorzustellen. Ein Händeschütteln kam nicht in Frage, da man mir beigebracht hatte, dabei müsse die Initiative von der Frau ausgehen, was hier nicht der Fall war.

»Ist dir klar, was wir machen sollen?«, fragte sie.

»Eigentlich nicht, nein.«

Sie lachte. »Mir auch nicht. Wir improvisieren.«

Das sah doch gar nicht so übel aus. Andererseits *musste* sie ja umgänglich sein, oder?

Ich folgte ihr zu den Laborkitteln, wo sie sich zu meiner Erleichterung vorne wie hinten bedeckte, doch irgendwie sah sie in einem Kittel sogar noch betörender aus. »Ich hol die Reagenzgläser und den restlichen Kram«, sagte sie.

»Danke. Und ich hole die Lösungen.«

Einer Vitrine entnahm ich die Flaschen mit der Aufschrift Jod, destilliertes Wasser etc. und wählte den Arbeitsplatz gegenüber von Timothy und seiner Partnerin, einem Mädchen in einem Korn-T-Shirt. Ich beobachtete Stephanie, während sie die Bechergläser und Reagenzgläser holte.

Sie war ein perfektes Beispiel für meine These, dass das Aussehen das Schicksal bestimmt. Sah man sich ihr hübsches Gesicht mit den niedlichen Apfelbäckchen und den vollen, glänzenden Lippen an, von ihrer Figur ganz zu schweigen, begriff man, wie das Leben ihr den Weg wies, den sie eingeschlagen hatte. Wäre sie ein unscheinbares Mädchen mit vorstehenden Zähnen und dem Körperbau einer ältlichen Krankenschwester gewesen, wäre sie wohl kaum die Dorfmatratze geworden. Doch bei ihrem Aussehen gab es kaum eine Möglichkeit, nicht zur – ganz offen gesagt – Klassenschlampe zu werden. Anders formuliert, ihre Chancen standen besser, eine Schlampe zu werden, als keine Schlampe zu werden.

8.49 Was mein Aussehen anging – ich sah nicht gut aus, trotz gegenteiliger Versicherungen meiner Mutter. (»Diese langen Wimpern!«, sagte sie immer bewundernd.) Doch was mir an gutem Aussehen fehlte, half mit, mich zu dem zu machen, der ich war, da mir genau bewusst war, dass einen die Leute nicht so gut behandeln, wenn man nicht attraktiv ist. Dass ich nicht gut aussah, lag an meinen länglichen Gesichtszügen, der hautarztsicheren Akne und meiner Körpergröße (ein Meter dreiundneunzig), was kein Vorteil war, da ich fast, aber nicht ganz klapperdürr war, obwohl es vermutlich allein meiner Größe gepaart mit meinem Humor zuzuschreiben war, dass ich nicht gemobbt wurde. Ein älterer Mensch hätte über mich vielleicht gesagt: »Dir fehlt halt noch ein wenig Fleisch auf den Knochen.« Ich hatte etwas Linkisch-Schlaksiges, wodurch ich, wie ich fand, einer Vogelscheuche ähnelte. Wenn sich dieser Vogelscheuchenmann setzte, schlug er die Beine übereinander, und wenn er stand, stand er kerzengerade da, als hätte er einen Besen als Rückgrat, und den Kopf hielt er buchstäblich hoch erhoben.

Mein Gesicht sah aus, als wäre es auf den letzten Drücker zusammengeschustert worden. Mein Auftreten wechselte zwischen düster und amüsiert, Letzteres bewirkt durch die idiotischen Ereignisse um mich herum. Wie Mr. Runnels hatte ich einen verschleierten Blick. Ich sah aus wie jemand, der nicht gut schlief, und so war es auch.

Im Jahr zuvor hatte ich angefangen, die Haare so zu tragen wie ein Schauspieler, den ich in einem alten Film gesehen hatte, in dem Bette Davis an einem Hirntumor stirbt. Sie waren nach hinten gekämmt, von ein, zwei Locken vorne abgesehen, die mir unruhig in die Stirn hingen. Wenn ich bei schummrigem Licht die Haare so trug, sah ich womöglich wenigstens *interessant* aus. Gut aussehen: keine Chance! Aber vermutlich konnte ich als *interessant* durchgehen.

Wenn ein Seufzer menschliche Form annehmen könnte, würde er wohl wie ich mit siebzehn aussehen.

8.50 Stephanie zog es offensichtlich vor, andere Dinge als mich anzusehen. Wie ein kleiner blonder Wirbelwind war sie zugange, kippte Jodkristalle in ein Becherglas, das sie über einem metallenen Ständer festklemmte. Ich schämte mich, dass ich sie für eine schlechte Schülerin gehalten hatte.

»Kann ich auch irgendwas machen?«, fragte ich lahm.

»Ich glaub nicht. Na ja, du könntest den Bunsenbrenner in Gang setzen.« Jetzt bereute ich, sie gefragt zu haben. Ich ärgerte mich, dass wir wegen dieser albernen Experimente unter Umständen gefährliche Dinge tun sollten. »Und, was hast du im Spring Break so gemacht?«, fragte sie, während ich linkisch einen Gummischlauch mit dem Brenner verband.

»Och, dasselbe wie immer. Hauptsächlich hab ich versucht, nicht zu kotzen.«

Sie lachte. Ich konnte sie so leicht zum Lachen bringen, weil ich jetzt asexuell war und mich von ihrem unfassbar sinnlichen Teenagerkörper nicht einschüchtern ließ.

»Warst du krank?«

»Nein. Mich ekelt generell alles. Warst du in Panama City Beach?«

»Nein«, sagte sie. »Ich musste arbeiten. Mein Spring Break war ätzend.«

»Wo hast du gearbeitet?«

»Bei Orange Julius im Einkaufszentrum. Du bist also nicht verreist?«

»Nein. Ich bin fast die ganze Zeit zu Hause gewesen.«

»Nichts dagegen zu sagen. Ich bin am liebsten zu Hause.« Ich lächelte irritiert. Sie steckte voller Überraschungen. Und ihr Südstaatenakzent hatte etwas Berauschendes. Ich hatte mir meinen Südstaatenakzent abgewöhnt. In der Zeitung hatte ich mal von einem hiesigen Nachrichtensprecher gelesen, der sagte, ein guter Nachrichtensprecher solle überhaupt keinen Dialekt haben, sondern sich anhören, als könne er von überall sein. Das gefiel mir, und ich hatte es geschafft, seit ich Osborne besuchte, meinen eigenen Dialekt komplett zu eliminieren.

Ich setzte meine Schutzbrille auf, und meine langen Wimpern drückten gegen die Gläser. Beim ersten Versuch gelang es mir, ein Streichholz anzuzünden. Dann drehte ich am Gasknopf und hielt das Streichholz äußerst vorsichtig über den Brenner. Dankbar nahm ich wahr, dass die blaue Flamme emporloderte. Als ich mich umschaute, sah ich, dass sich offenbar keiner außer mir etwas dabei dachte, mit Gas und Feuer zu hantieren.

»Mal sehen«, sagte Stephanie mit einem Blick in ihr Lehrbuch. »Jetzt sollen wir die Kristalle zwei Minuten lang erhitzen.« Sie schob den Ständer und das Becherglas mit den Kristallen über die Flamme. Während wir zusahen, wie die Flamme die Kristalle schmolz, sagte mir mein Bauch, dass ich noch etwas anderes machen wollte.

»Ich bin echt froh, dass wir das machen«, sagte ich. »Es ist wohl noch kein Tag vergangen, an dem ich nicht dachte: Bei Gott, wir müssen unbedingt diese Jodkristalle verbrennen.«

»Ich weiß. Das ist total debil. Ich wüsste wirklich nicht, wozu ich diese Fähigkeit später im Leben brauche.«

Wir lachten beide. Wenn man bedachte, dass wir seit Kursbeginn im August so hätten reden und lachen können!

»Setzt eure Schutzbrillen auf, Leute. Ganz egal, was Sie gerade machen, Brillen aufsetzen.«

»Die sind sowas von peinlich«, sagte Stephanie, als sie

ihre Brille aufsetzte. Plötzlich schnipste sie vorn gegen meine Schutzbrille, so dass ich unwillkürlich zusammenzuckte. »Entschuldige. Ist einfach über mich gekommen.«

»Anscheinend hast du keinerlei Impulskontrolle.«

»Kein bisschen«, sagte sie lachend. »Du kennst mich inzwischen schon ganz gut.«

Ich lächelte sie an, runzelte aber die Stirn, als ich sah, dass Timothy mich beobachtete. Die nächste Minute schwieg ich.

Stephanie beugte sich vor, so dass ihre Augen auf einer Ebene mit dem Becherglas waren. Am liebsten hätte ich ihr gesagt, sie solle das bleibenlassen, es könne ja explodieren, und wir wollten doch nicht, dass sich Glassplitter in ihr hübsches Gesicht bohrten. Ich betrachtete sie genau und befand, dass ihr Mund weniger vulgär als bedrohlich war.

8.55 »Die Zeit ist um. Jetzt müssen wir zehn Minuten warten, um zu sehen, was passiert.« Stephanie machte den Bunsenbrenner aus, lehnte sich dann gegen den Arbeitsplatz und musterte mich von oben bis unten.

»Darf ich dir eine Frage stellen?«, sagte sie.

»Du darfst eine zweite stellen.«

»Was? ... Oh! Bäh. Gar nicht übel.«

»Du willst wissen, warum ich jeden Tag diesen Anzug trage.«

»Stimmt. Tut mir leid. Das musst du dir bestimmt oft anhören.«

»Nicht so oft, wie du glaubst.«

»Also, warum?«

Mittlerweile musste ich ihr nicht mehr zwanghaft auf

den Mund starren und bemerkte, dass sie vielleicht ein klein wenig schielte – oder doch nicht, wie mir bei genauerem Hinsehen auffiel. Sicher konnte ich mir aber nicht sein.

»Dafür gibt es zu viele Gründe, um sie alle aufzuzählen. Ich möchte dich nicht langweilen.«

»Du langweilst mich schon nicht, aber vielleicht willst du ja nicht darüber reden. Das wäre in Ordnung.«

»Nein. Es ist eine berechtigte Frage. Ein Grund ist … wie sag ich das am besten? Auf diese Weise entziehe ich mich dem allen.«

Sie nickte langsam, als verstünde sie, dabei war ich mir selbst nicht mal ganz sicher, ob ich es verstand. Dann quetschte sie meine Schulterpolster. »Ist es jeden Tag derselbe Anzug?«

»Ja, aber mit wechselnden Hemden und Krawatten. Was nicht bedeutet, dass der Anzug dreckig ist. Ich gebe ihn alle zwei Wochen in die Reinigung.«

»Woher hast du ihn?«

»Weiß ich nicht mehr. Mir ist *schon* klar, dass es albern ist, ihn zu tragen.«

»Ich find ihn cool!«

»Danke, aber ich gebe mir alle erdenkliche Mühe, um sicherzugehen, dass ich nicht einmal ansatzweise cool bin.«

»*Blödsinn.* Er sieht gut aus. Wenn sie schicke Klamotten tragen, sehen viele Typen wie kleine Jungs aus, die sich verkleiden. Ihre Hosen sind unten ganz zerknittert, und man merkt, wie sehr es ihnen widerstrebt, sich fein anziehen zu müssen. Aber du – gut siehst du aus. Es sieht so natürlich aus, als wärst du dafür gemacht, diesen Anzug zu tragen.«

»Wow. Danke.« Ich brachte die Wörter kaum heraus. Etwas Besseres als das konnte wohl keiner über mich sagen.

Während sie weiter meinen Anzug ansah, war es mir so unangenehm, betrachtet zu werden, dass ich mich abwenden musste, und damit es so aussah, als wendete ich mich aus gutem Grund ab, rückte ich den metallenen Ständer zurecht. Ich hatte ihn gerade verschoben, als mir klar wurde, dass ich mir die Finger verbrannt hatte. Ich Idiot hatte nicht bedacht, dass die Beine des Ständers glühend heiß sein würden. Tränen traten mir in die Augenwinkel.

»Wollen wir dann versuchen, einige dieser Fragen zu beantworten?«, fragte ich, bemüht, normal zu klingen.

»Weiß nicht.« Als Stephanie in ihr Lehrbuch sah, drehte ich das kalte Wasser auf und ließ es mir über die Finger rinnen. Erstaunlicherweise konnte ich verbergen, dass ich mir soeben zwei Fingerkuppen verbrannt hatte. Natürlich kontrollierte Ms. Calaway in dem Moment unsere Arbeit, als ich versuchte, den Schmerz zu unterdrücken.

»Wie läuft's hier so?«

»Gut, danke«, sagte ich.

Sie beugte sich über den Arbeitsplatz, betrachtete unser Becherglas und behielt diese Stellung eine kleine Ewigkeit bei.

»Was machen Sie gerade?«, fragte sie schließlich.

»Wir warten die zehn Minuten«, sagte Stephanie.

»Genaaau. Und Sie haben noch nicht mit Teil B begonnen, weil …?«

»Äh«, sagte Stephanie. »Ich wusste nicht …«

»Ich sagte Ihnen allen, Sie könnten sich mit Chromaten und Dichromaten befassen, während Sie darauf warten, dass sich die Kristalle umformen.« Das alles richtete sie an Stephanie. (Ms. Calaway war berüchtigt dafür, Jungs zu bevorzugen.) »Ich habe euch nicht gesagt, dass ihr rumstehen, zehn Minuten warten und nichts tun sollt.«

»Das war mein Fehler«, sagte ich. »Ich habe es ihr falsch gesagt. Das war unüberlegt von mir.«

»Machen Sie mit Teil B weiter.«

»Jawohl, Ma'am«, sagte ich, und sie ging weiter.

»Danke.«

»Gern geschehen.«

»Das war wirklich lieb von dir. Sie ist ein echtes *Biest.*«

Ich bereute mein ritterliches Verhalten bereits, weil die Wahrscheinlichkeit immer noch groß war, dass ich die Toilette aufsuchen musste, und ich mir Sorgen machte, wie dieser Zwischenfall Ms. Calaways Entscheidung beeinflussen würde, wenn ich sie um Erlaubnis bat.

Ich blies dezent auf meine Fingerspitzen, während ich die Anweisungen für den nächsten Versuchsteil las. Dann sah ich aus den Augenwinkeln, dass Stephanie abwechselnd las und mich ansah. Mir kam der Gedanke, dass sie eventuell überlegte, ob ich in Betracht kam. Hier stand ein Mann vor ihr, der imstande war, sie wie eine Dame zu behandeln. Mir gefiel zwar die Vorstellung, in Betracht gezogen zu werden, ich wusste aber nicht recht, wie ich damit umgehen sollte. »Und …«, sagte ich, ohne zu wissen, warum ich das sagte.

»Und«, äffte sie mich scherzhaft nach. Und dann, wie aus dem Nichts: »Du und Chloe Gummere, seid ihr denn nicht zusammen, ich meine befreundet?«

8.59 Ich für meinen Teil hätte nie ein so profanes Wort wie »Freundin« verwendet, um Chloe zu beschreiben. Als ich sie in unserem dritten Highschool-Jahr das erste Mal in Mr. Ottmans Kurs Kunst III kommen sah, machte mein Herz einen freudigen, Fred-Astaire-mäßigen Satz; Freundschaft kam von Anfang an nicht in Frage. Sie war soeben von St. Clement's gewechselt, einer katholischen Privatschule im Nachbarort. Am ersten Tag trug sie einen schwarzen Bleistiftrock aus Tweed. Nicht jeder war mit ihrem Modegeschmack einverstanden; später erzählte sie mir, dass sich viele Mädchen über sie lustig machten. Auch ihr ganzes Auftreten gefiel mir. Aus ihren Bewegungen sprach *keinerlei* Selbstsicherheit, was, wie ich später herausfand, nicht daran lag, dass es ihr erster Tag in einer neuen Schule war. Der Grund war vielmehr, dass sie sich überall unbehaglich fühlte, genau wie ich.

Im Kunstkurs gab es eine festgelegte Sitzordnung, und Mr. Ottman brachte uns am jeweils anderen Ende des Raums unter. Doch ich spähte bei jeder Gelegenheit zu ihr rüber. Mehrere Tage vergingen, bis mir ihre Ticks auffielen.

Sie zuckte zwanghaft mit den Schultern, manchmal nur mit einer, dann wieder mit beiden, und manchmal wurde das Zucken von einem raschen, beinahe unmerklichen Kopfrucken begleitet. Auch blinzelte sie mehr, als man für normal halten würde. Als ich quer durch den Raum sah, wie ihr Körper im Zehnminutentakt all das gegen ihren Willen tat, fand ich sie sogar noch attraktiver. So eine wie sie war mir noch nie begegnet.

Während des gesamten Halbjahres bemühte ich mich ungeschickt um sie. Wenn sie zum Schrank ging, um Materialien zu holen, tauchte ich hinter ihr auf und sagte: »Dein Outfit gefällt mir.« Dann lächelte sie, bedankte sich und verriet mir, wo sie es gekauft hatte – meist bei Marshall's, T. J. Maxx oder in Secondhandläden –, doch unsere Gespräche beschränkten sich immer auf den flüchtigen Austausch von Smalltalk. Manchmal machte sie mir ein Kompliment über meine Schuhe. Mittlerweile hatte ich angefangen, meine schwarzen Abendschuhe zu tragen; der komplette Anzug war erst im folgenden Januar an der Reihe.

Irgendwann erfuhr ich, dass Chloe strenge Eltern hatte, die ihr nicht mal erlaubten, mit irgendwem auszugehen. Dieser Klatsch samt der Tatsache, dass sich ein anderes Mädchen vorübergehend für mich interessierte, bewirkte, dass ich meine Bemühungen um Chloe zeitweise einstellte. Außerdem ließ Chloe nicht erkennen, dass sie mich mochte.

Als wir nach den Sommerferien zu unserem letzten Schuljahr in die Schule zurückkehrten, entdeckte ich zu meiner Freude, dass Chloe und ich nicht einen, sondern zwei gemeinsame Kurse hatten. Und diesmal setzte Mr. Ottman Chloe und mich in Kunst IV an einen Tisch. Was dazu führte, dass ich zum ersten Mal in meinem Leben wirklich *gern* zur Schule ging. Bei der Arbeit an unseren Gemälden, Pastellen und Kohlezeichnungen lernten wir einander dann näher kennen. Genau wie ich hegte sie eine generelle Abneigung gegenüber anderen jungen Leuten. Und genau wie ich war sie in einem Mittelschichtvorort aufgewachsen. Und im Kunstunterricht erfuhr ich auch, dass sie nach Osborne gewechselt war, weil die Schüler auf St. Clement's sie wegen ihrer Ticks so sehr gemobbt hatten, dass sie sich weigerte, weiter in diese Schule zu gehen.

Im Kurs Kreatives Schreiben, wo Slim uns freie Sitzwahl erlaubte, setzte sich Chloe gleich freiwillig neben mich, was mich überglücklich machte. Im Oktober war ich bereit, den ersten Schritt zu machen, aber natürlich hatte sie ausgerechnet da etwas mit einem anderen. (Offenbar lockerten ihre Eltern die Zügel, und ihre Ticks hatten sich im Laufe des Sommers gebessert.) Und, bei Gott, sie und dieser Junge waren wirklich ein nettes Paar. Sie sangen gemeinsam im Chor, und er schien gut erzogen zu sein. Doch ich gab nicht auf. In Kreatives Schreiben und Kunst ergriff ich häufiger das Wort als üblich, meist ihr zuliebe. Alle meine Scherze galten ihr. Ich wollte sie zwingen, mich zu mögen.

Im Dezember machte Chloe mit ihrem Chorknaben Schluss. Dann, als die Schule eines Tages wegen eines Schneesturms ausfiel – es war Montag, der 25. Januar, gegen sechzehn Uhr –, rief Chloe mich zum ersten Mal an. Ich saß gerade am Computer und schrieb an meinem Roman, als Mom an die Tür klopfte und mir sagte, da sei ein Anruf für mich. Wir redeten länger als drei Stunden.

Die Telefonate setzten wir bis zum Spring Break fort. Besonders beeindruckend fand ich, dass Chloe auch wirklich anrief, wenn sie versprach anzurufen. Grundsätzlich machte sie alles, was sie versprochen hatte. Irgendwann fing ich an, nach den Kursen mit ihr durch die Flure zu schlendern. Wir sprachen zwar nie darüber, doch für mich stand fest, dass das mehr als nur eine Freundschaft war.

Dann kam der Spring Break. Kurz davor gab es keinerlei Anzeichen dafür, dass sich etwas geändert hätte. Sie hatte von ihrem Plan erzählt, sich Kontaktlinsen zu besorgen, was ich einen schlimmen Fehler nannte. In der Woche davor konnte sie einmal meinen Anruf nicht entgegennehmen, weil sie gerade mit ihrem kleinen Bruder einkaufen gehen wollte, doch ich dachte mir nichts dabei.

Jedenfalls war Chloe seit meinem eine Stunde alten Beschluss, mich mental zu kastrieren, für mich nur irgendein weibliches Wesen, über das ich reden konnte wie über einen Adam-Sandler-Film oder Salzwassergarnelen. Dennoch schlug mein Herz schneller, als ihr Name fiel. Stephanie und ich konnten gleichzeitig reden und arbeiten, da die nächste Aufgabe schlicht verlangte, Tropfen von Lösungen in Wasser zu geben und die Farbe zu notieren – eine ausgesprochen sinnvolle Tätigkeit. Wenigstens konnte ich mir das Wasser über die Fingerspitzen laufen lassen.

»Stimmt. Ja, man könnte sagen, dass Chloe und ich Freunde sind. Weshalb fragst du?«

»Hast du gehört, was sie im Spring Break getrieben hat?«

»Du meinst das mit der Fließbandnummer?«

»Das mit der Fließbandnummer?«

»Ja. Die Jungs aus Tennessee?«

»Davon weiß ich *überhaupt* nichts.«

»Ich dachte, das hätte sich inzwischen in der ganzen Schule herumgesprochen.«

»Das mag wohl so sein. Ich beteilige mich nicht an Klatsch und Tratsch, ob du's glaubst oder nicht. Was war mit den Jungs aus Tennessee?«

»Och – das möchte ich lieber nicht sagen.«

»Verstehe. Du willst nicht über deine Freundin reden.«

»Na ja, es ist halt ein pikantes Thema.«

»Kein Problem. Wir müssen nicht darüber reden.« Sie

widmete sich ihrem Lehrbuch, genau wie ich. Dann fiel mir etwas auf.

»Moment mal«, sagte ich. »Was hast *du* denn gemeint?«

»Was soll das heißen?«

»Wenn du dich nicht auf die Fließbandnummer bezogen hast, was hast du *dann* gemeint?«

»Ach so.« Sie lachte. »Das ist auch pikant.«

»Trotzdem sollte ich es wohl erfahren. Wo wir doch befreundet sind.«

»Na schön. Ich hab gehört, dass sie in Panama City was mit Hamilton Sweeney hatte.«

»Oh.« Ich hatte wohl noch nie gehört, dass mein Atem eine Silbe so traurig hauchte. Die Wörter »Hamilton Sweeney« setzten mir zu. Er war vermutlich die Person in der Geschichte der Menschheit, die ich am meisten verabscheute.

»Ja«, fuhr Stephanie fort. »Was keine so große Sache wäre – das heißt, eine Menge Leute fangen etwas miteinander an, wenn sie da unten sind. Doch bei ihr hätte man es einfach nicht erwartet.«

»Aha.«

»Es war in einer der Ferienwohnungen, wo die Osborne-Leute Party gemacht haben. Sie haben beide geschrien und so, als ob sie *wollten,* dass die anderen sie hörten.«

»Herrje. Da hat sie sich aber echt die Hörner abgestoßen, oder?«

»Das kannst du laut sagen.« Neben der Gefühlsmurmel, die im Zentrum meiner Eingeweide wie wild rotierte, hatten offenbar alle meine Nerven in den tieferen Gedärmen einen kompakt-flüssigen Wirbel gebildet. Ich schien mein

Magen zu werden, als breite er sich überall in mir aus. »Und jetzt gehen sie und Hamilton zusammen auf den Ball, was komisch ist, weil er eigentlich mit mir gehen wollte, aber was soll's.«

»Darauf, dass die beiden mal ein Paar werden, hätte ich nie getippt«, sagte ich ruhig.

»Ich auch nicht. Aber anscheinend sind die beiden ganz schnell dicke Freunde geworden.«

Ich musste diese Information beiseiteschieben und mich auf das konzentrieren, was das Lehrbuch als Nächstes verlangte. Die andere Sache musste ich erst mal ausklammern.

Doch wenn ich das zweite Wort las, hatte ich das erste schon vergessen. Und der Aufruhr in mir ließ sich nicht länger unterdrücken.

»Verzeihung.«

9.01 »Ihr müsst dieses Dingsdabumsda nehmen und es da reinfallen lassen, und –«

»Verzeihung, Ms. Calaway. Entschuldigen Sie die Störung, aber darf ich bitte auf die Toilette gehen?«

»Nein – aber weil Sie so selten fragen, wüsste ich nicht, was dagegen spricht. Ich schreibe Ihnen mal eben einen Passierschein.«

Tatsächlich hatte ich noch nie gefragt. Auf den Toiletten von Osborne High gab es böse Schwingungen, und ich bemühte mich, sie möglichst selten zu frequentieren (sehr zum Leidwesen meiner Blase). Meine Gedärme in eine Schultoilette zu entleeren, wäre vor dem heutigen Tag undenkbar gewesen. Ich folgte Ms. Calaway zu ihrem unaufgeräumten Pult. Sie kritzelte ihre Unterschrift und die

Uhrzeit auf einen Passierschein, den sie von einem Block abriss.

Ich dankte ihr und ging langsam Richtung Tür, doch sobald meine Schuhe den Teppichboden des Flurs berührten, beschleunigte ich und verfluchte den Flur, weil er so lang war. Ich sah zur Decke, an der alle sieben, acht Meter schwarze Plastikkuppeln befestigt waren. Im Kuppelinneren hingen Videokameras, was an Orwells Roman *1984* erinnerte, den ich gerade für den Englischkurs in der fünften Stunde las, an dem auch Hamilton Sweeney teilnahm.

Er war nicht der beliebteste Schüler auf Osborne (das war wohl Tate Baker); er war der zweitbeliebteste. Beliebtheit war für mich nicht gleichbedeutend mit Bosheit. Ich hatte gelernt, dass man durchaus beliebt *sein* konnte, ohne sich einzuschleimen. Sweeney schleimte. Ich konnte ihn seit unserem ersten Jahr auf der Highschool nicht ausstehen, als wir gemeinsam Weltkulturen hatten und er am ersten Tag, als jeder sich vorstellte, sagte: »Falls es einer noch nicht weiß: Ich bin Hamilton Sweeney.« Er war einer von der Sorte, die in Kursen vorbeischauten, die sie nicht belegt hatten, nur weil sie sich berechtigt fühlten, ihre Freunde zu besuchen. Ich erfand einen Spitznamen für ihn, den Chloe und ich regelmäßig benutzten: »Gottesgeschenk«, wie in »Gottes Geschenk an die Menschheit«. Chloe hatte Gottesgeschenk bekommen, was sie wahrscheinlich schon immer gewollt hatte.

Endlich: Ich war an der Tür zum Jungsklo angekommen. Ein Stoßgebet wurde erhört, als ich sah, dass niemand drin war. Ich entschied mich für die am weitesten vom Eingang entfernte Kabine. Die untere Türhälfte war zwar eingetreten, aber wenigstens hatte sie noch ein Schloss. Rasch hängte ich mein Jackett über die Tür, dann drehte ich mich um und bemerkte angewidert, dass der letzte Anwesende mir nicht den Gefallen getan hatte, seine Exkremente wegzuspülen. Das war mir immer schon ein Rätsel gewesen. Wie kam jemand auf so eine Idee? War da jemand so stolz auf sein Werk?

Doch eigentlich, sagte ich mir im Stillen, ist es ganz einfach:

Die Leute tun verdammt nochmal das, wonach ihnen der Sinn steht, und damit hat sich's.

9.03 Ich spülte nach, *während* es geschah.

Es war ärgerlich, da ich das heute vor dem Aufbruch in die Schule nicht nur ein-, sondern schon zweimal gemacht hatte. Meist litt ich vor der Schule an einem nervösen Magen, doch angesichts des ganz besonderen Grauens dieses bestimmten Tages ließ mich das Klosett heute nicht in Ruhe.

Es nahm kein Ende. Ich sagte mir, dass ich von nun an immer für die Phasen dankbar sein würde, in denen mein Magen *nicht* in diesem Zustand war. Wenn man bedachte, dass ich es den größten Teil meines Lebens so gut hatte, dass sich mein Magen nicht so anfühlte, und ich das für selbstverständlich hielt. Das war typisch Mensch.

Ich spülte erneut nach und las die Inschriften, die meine Vorgänger in dieser Klokabine hinterlassen hatten: »Scheißschule.« – »Vergiss die Schule. Hab Sex.« – »Jenny Livermore fickt mit dir.« Ich hatte noch nie von ihr gehört, wahrscheinlich war das vor zwanzig Jahren geschrieben worden, und das war der einzige Hinweis darauf, dass sie je hier war.

Nach der dritten Spülung musste ich mich dem Toilettenpapier widmen, das die Konsistenz einer Zeitung hatte und sich nicht ordnungsgemäß abrollen ließ.

Schließlich zog ich mein Jackett wieder an, erleichtert darüber, dass während eines so ekligen Geschäfts niemand eingetreten war, und begab mich zum Waschbecken, wo ich mir gründlich die Hände wusch und mit einem bräunlichen Papiertuch den Schweiß vom Gesicht wischte. Ich ließ kaltes Wasser über die verbrannten Fingerspitzen laufen, was für ein wenig Linderung sorgte. Dann betrachtete ich mich prüfend und fragte: »Sehe ich wie ein Mensch aus, der soeben an heftigem Durchfall gelitten hat?« Ich stellte mir vor, wie alle glotzten und lächelten, wenn ich den Kursraum betrat, weil sie irgendwie genau wussten, was ich gerade getan hatte.

Bei dem gleißend hellen Licht konnte ich die winzigen schwarzen Mitesser auf meiner Nase sehen. Eiter aus den Mitessern zu holen war meiner Ansicht nach eine der angenehmeren Tätigkeiten, denen sich ein Mann hingeben konnte. Ich hielt den Kopf dicht vor den Spiegel und überlegte, ob ich auf der Stelle ein paar von ihnen operieren sollte, beschloss aber, Stephanie nicht die ganze Arbeit machen zu lassen.

Als ich mich zur Tür wandte, wurde sie aufgestoßen. Herein spazierte ein mir unbekannter Junge, ein Schlägertyp in einem nicht zugeknöpften Baseballtrikot der Philadelphia Phillies und besonders schlabbrigen Jeans. Etwas auf seiner Oberlippe wollte irgendwann mal ein Schnurrbart werden.

»Yo, Kumpel, tust du mir 'n Gefallen?«

»Kommt drauf an.«

»Stehst du an der Tür für mich Wache?«

»Warum?«

»Weil ich nicht will, dass sie mich wegen Rauchen drankriegen«, antwortete er rotzig. Er verlangte von mir – einem völlig Fremden, wohlbemerkt –, ihm einen Gefallen zu tun, redete aber mit mir, als stünde er kurz davor, mich offen zu beleidigen. »Dauert keine Minute.«

Zahlreiche mögliche Reaktionen schossen mir durch den Kopf: Warum? Warum sollte ich das für jemanden tun, den ich gar nicht kannte? Warum erwartete man so etwas überhaupt von mir? Ich selbst hätte nicht *im Traum* daran gedacht, einen völlig Fremden in so eine Lage zu bringen.

»Na los, Kumpel. Bleib einfach in der Tür stehen, und wenn du einen Lehrer kommen siehst, rufst du ›Blasrohr‹.«

»Blasrohr« war ein Slangbegriff, der sich auf jene für Jungs wie Mädchen gleichermaßen faszinierende orale Aktivität bezog. Keine Ahnung, wer sich den Begriff ausgedacht hatte – typischer Osborne-High-Jargon. Niemand außerhalb Vandalias hatte ihn jemals gehört. Ich fand das amüsant; »Blasrohr« war das einzig Originelle, was Osborne der Welt zu bieten hatte. »Dein Codewort ist *Blasrohr*?«

»Genau.«

»Es klänge aber unnatürlich, wenn jemand aus heiterem Himmel einfach *Blasrohr* rufen würde.«

»Das stimmt.« Er verdrehte die Augen. »Mir egal, was

du schreist. Lass mich bloß wissen, wenn jemand kommt.« Er hatte schon eine Zigarette im Mund.

»Tut mir leid, aber ich kann dir nicht helfen.« Als ich mich umdrehte und ging, sagte der Junge: »Fick dich doch, Motherfucker«, dann hörte ich das Klicken des Feuerzeugs.

Unfassbar, dachte ich. In seinen Augen hatte *ich* unrecht.

Auf meinem Rückweg durch den Flur ließ ich immer wieder die Begegnung auf der Toilette in meinem Kopf ablaufen. Warum hatte ich gesagt, es täte mir leid? Das machte ich *immer.*

Dann wurde mir klar, warum er von mir erwartet hatte, seiner Anweisung Folge zu leisten: In den zwei Sekunden zwischen dem Moment, als er mich sah, und dem Moment, als er mich fragte, war er zu dem Schluss gekommen, dass ich ihm unterlegen und es von ihm keineswegs zu viel verlangt war, dass ich mich seinem Willen unterwarf. Hamilton Sweeney hätte er nie und nimmer um diesen Gefallen gebeten.

Aber *ich* war es, der sich falsch verhielt.

Menschen sind merkwürdig.

9.10 Vor dem Chemielabor bückte ich mich, hob einen Druckbleistift ohne Mine auf und steckte ihn in meine Jacketttasche. Als ich eintrat, sah keiner auf. An unserem Arbeitsplatz hatte Stephanie ihren Laborkittel abgelegt. Wahrscheinlich war es nur Einbildung, doch als ich näher kam, schien ihre Miene zu sagen: »Ich möchte, dass du dich an meinen Lenden ergötzt.« Ich ließ mich davon nicht irritieren.

»Geht's dir gut?«, fragte sie.

»Großartig. Warum fragst du?«

»Du warst so schnell weg. Ich dachte, vielleicht war das mit dem Kotzen ernst gemeint.«

»Mir geht's gut, danke. Entschuldige, dass ich dich mit der Arbeit alleingelassen habe.«

»Schon in Ordnung. Die Kristalle haben sich neu formiert. Und ich hab schon mal die restlichen Fragen beantwortet.«

»Danke. Du hättest nicht mehr als deinen Teil machen müssen. Tut mir leid, dass ich kein besserer Laborpartner war.«

»Sie müssen in den nächsten fünf Minuten zum Schluss kommen«, mahnte Ms. Calaway.

»Ich finde, du warst ein *phantastischer* Laborpartner.« Sie griff sich meinen Schlips und streichelte ihn oder so ähnlich.

»Danke für deine netten Worte. So, nun lass mich wenigstens alles wegräumen.«

»Nein. Ich helfe mit.«

»Bitte. Du hast mehr als genug getan.«

Ich entriss ihr meine Krawatte und wandte mich ab, ehe sie noch etwas sagen konnte. Ich stellte die Lösungen in die Vitrine zurück, und als ich mich umdrehte, hatte Stephanie unseren Arbeitsplatz verlassen und sich zu einem Tennisspieler gesellt, den ich wegen seiner Bemühungen bewunderte, sich mit seiner voluminösen Lockenfrisur von den anderen abzuheben, was mich zugleich beeindruckte und nervte. Stephanie hatte mit dem Jungen Körperkontakt, legte den Arm um ihn und schmiegte sich beim Reden sogar an ihn.

Ich ging zweimal quer durch den Raum, um die Sachen zu verstauen. Als ich meinen Laborkittel aufgehängt hatte, kehrte ich zu meinem Pult zurück, so wie schon zwei andere Schüler vor mir. Sobald ich mich setzte, spürte ich einen besonderen Schmerz. Durch meine letzten Ausflüge zum Klo in den letzten beiden Stunden hatte ich Hämorrhoiden bekommen, was mich immerhin von den versengten Fingerkuppen ablenkte.

Ich holte meine deutschen Vokabeln heraus und prägte sie mir ein – oder versuchte es zumindest, da mir Chloe und Hamilton durch den Kopf tollten und hin und her tanzten. Plötzlich, kurz hinter *traurig* und *scheußlich*, schob sich ein Dekolleté in mein Blickfeld.

»Alles klar?«

»Ja. Warum fragst du?«

»Ich sah dich hier ganz allein sitzen und –«

»Mir geht's gut, danke. Sehr aufmerksam von dir.«

Sie saß mit dem Gesicht in meine Richtung auf dem Stuhl vor mir, und trotz meines Talents, vom anderen Geschlecht ausgesandte Signale falsch zu interpretieren, war diese Botschaft klar und deutlich: Sie wollte, dass ich ihr verdammtes Dekolletee bemerkte. Ich weigerte mich zwar, direkt hinzusehen, war mir aber bewusst, dass der Ausschnitt da war. Ich wünschte, sie würde ihre Dingsdabumsdas wegpacken.

»Hätte ich dir das von Chloe und Hamilton nicht erzählen sollen?«

»Na klar hättest du. Warum denn nicht?«

»Keine Ahnung. Du wirkst irgendwie mitgenommen.«

»Ich bin nicht mitgenommen.«

»Was ich über Chloe gehört habe – das muss ja gar nicht stimmen, weißt du.«

»Das ist mir egal. Ich bin nur … Ich bin wegen etwas aufgeregt, das in meinem nächsten Kurs passiert.«

»Was passiert da?«

»Der ganze Kurs wird einen Textauszug aus meinem Roman kritisieren.«

»Ist das Slims Kurs?«

»Ja.«

»Ihr lest euch also in seinem Kurs gegenseitig vor, was ihr geschrieben habt?«

»Genau. Wir machen Kopien und verteilen sie.«

»Puuh. Sowas *hasse* ich. Du machst dir also Sorgen, was sie über deinen Text sagen werden?«

»Ich bin gespannt, wie die anderen ihn aufnehmen werden.«

»Er gefällt ihnen bestimmt.«

»Danke.«

»Wovon handelt er?«

»Mein Roman?«

»Ja.«

»Es geht bloß darum, wie grässlich alle sind.«

Sie lachte, hörte aber wieder auf, als sie sah, dass ich keine Miene verzog.

»Bloß darum, wie *grässlich* alle sind?«

»Ja.«

»Findest du *mich* grässlich?«

»Du bist eine der Schlimmsten.« Sie musterte mich kurz, als wüsste sie, dass ich über meine Behauptung lächeln würde, was ich auch tat (kaum merklich).

»James!«, sagte sie und gab mir einen Klaps auf die Schulter. Als sie lächelte, überkam mich der Drang, einen Finger in jedes ihrer ansehnlichen Grübchen zu stecken. »Das willst du also werden? Schriftsteller?«

»Das wird zwar nicht passieren, aber es stimmt, ja.«

»Es wird passieren. Ich will Schauspielerin werden. Das oder Tänzerin.«

Immer mehr Schüler kehrten an ihre Arbeitsplätze zurück, und Stephanie musste aufstehen, um den vor mir sitzenden, guterzogenen Bauernjungen auf seinen Platz zu lassen. Sie stellte sich neben mein Pult und fragte: »Mit *wem* gehst du denn nun zum Abschlussball?«

»Mit niemandem. Ich geh nicht auf diesen blöden Ball.«

»Wieso denn nicht?«

»Wenn ich da wäre, wüsste ich nichts mit mir anzufangen.«

»Du musst nichts weiter tun als tanzen.«

»So wie ihr heutzutage tanzt, kann ich nicht tanzen.«

»Du meinst à la *Dirty Dancing*?« Während sie das sagte, drehte sie sich rasch herum und rieb ihren verführerischen Hintern an meiner Schulter. Ich schaute mich um, ob jemand hinsah. Auch als sie mich nicht mehr berührte, spürte ich immer noch ihren Druck auf meinem Arm wie von einer Phantom-Nackttänzerin.

Da ich nicht den Eindruck erwecken wollte, als hätte das irgendeine Auswirkung auf mich, redete ich weiter. »Es war nett, wie früher getanzt wurde. Ich sehe mir viele alte Filme an, und wie da die Leute tanzen – das hatte wirklich *Klasse*. Doch das war einmal. Heute hat niemand mehr Klasse. Sie können ihre Gesellschaftskleidung und ihre

Smokings tragen, solange sie wollen, Klasse kriegen sie davon nicht.«

»Die langsamen Tänze sind immer noch schön. Dabei wird die Beleuchtung gedämpft. Es kann romantisch sein.«

»In einer Sporthalle?«

Sie lachte. »Du *musst* gar nicht tanzen. Eine Menge Leute hängen einfach nur ab.«

»Nicht einmal dazu bin ich in der Lage. Und ich müsste mir ihre gottserbärmliche Musik anhören. Ihre Musik ist so schlecht, dass sie die Leute vermutlich in einen frühen Tod treibt.«

»Ja-ames.«

»Mir hat seit Jahren kein Song mehr gefallen.«

»Warum machst du alles so *runter*?«

»Glaub mir, ich habe gute Gründe dafür.«

»Und zwar?«

»Weiß auch nicht.«

»Du solltest *hingehen.*«

»Warum interessiert es dich, ob ich gehe oder nicht?«

»Weil du es eines Tages vielleicht bereust, wenn du nicht gehst.«

»Eigentlich habe ich mich immer darauf gefreut, als Erwachsener zu sagen, dass ich nicht auf meinem Schulabschlussball war.«

»Oh, du nimmst dich dermaßen *wichtig*. Es ist doch nur eine Tanzveranstaltung.«

»Klar ist es nur eine Tanzveranstaltung, aber es ist auch alles, was ich hasse, in einen fetten, aufgedunsenen Abend gepackt.«

»Aber –«

»Vier Jahre Idiotie kulminieren in diesem Abend.«

»Du bist sowas von schlecht drauf. Jetzt, wo mich Hamilton sitzenlässt, gehe ich mit Matt Sabatino.«

»Aha.« Für einen Schönling war Matt ein ziemlich netter Kerl.

»Es wird peinlich werden, weil Matt mit Hamilton befreundet ist, und wir sitzen wohl alle in derselben Limousine und gehen in dasselbe Restaurant wie Hamilton und Chloe.«

»War denn Hamilton dein *fester Freund*?«, fragte ich irritiert.

»Nein. Das heißt, mal sind wir zusammen, dann trennen wir uns wieder, aber ich dachte, wir beide hätten fest vereinbart, dass wir gemeinsam auf den Ball gehen. Aber offenbar hat deine Freundin einen bleibenden Eindruck auf ihn gemacht.«

»Ich wünschte, du würdest sie nicht dauernd meine Freundin nennen.«

»Wieso? Ist sie's etwa nicht?«

»Irgendwie vielleicht schon, doch ich glaube nicht, dass Männer und Frauen Freunde sein können.«

»Warum nicht?«

»Das ist eine rundum ungesunde Vorstellung. Ich weiß, mit dieser Auffassung bin ich in der Minderheit, aber ich bin wohl ein Sonderling.«

»Ich habe jede Menge männlicher Freunde. Genau genommen bin ich überwiegend mit Jungs befreundet.«

Und hast wahrscheinlich mit jedem Einzelnen von ihnen geschlafen, dachte ich.

»Wie gesagt, ich bin ein Sonderling.«

»Wirklich schade, dass du es so siehst. Ich dachte, vielleicht könnten wir beide Freunde sein.«

Mir kam der Gedanke, dass es für mich als Asexuellen nun unkomplizierter war, mit einem Mädchen befreundet zu sein. Doch die konnten mich alle mal. Es war besser, man ließ sich auf nichts ein. Ich ertappte mich dabei, dass ich mit ihren nackten Beinen sprach, die in Jeans-Shorts steckten, die vermutlich kaum eine Hand breit über den Schritt reichten. »Wie wär's, wenn wir einfach Laborpartner bleiben?«

»Zurück an die Pulte, Leute.«

»Einverstanden«, sagte Stephanie. »Laborpartner.« Dabei blinzelte sie mir zu und hielt mir die Hand hin, mit der sie die Hälfte der Jungs auf Osborne betatscht hatte. Mir blieb nichts anderes übrig, als sie zu schütteln.

9.18 Es folgte eines der mir seit der ersten Klasse verhasstesten schulischen Rituale: Eine Lehrerin rief Schüler willkürlich auf. Allerdings ließ ich mich davon nicht so irritieren wie gewöhnlich, weil ich gründlich abgelenkt war. Ich konnte den Blick nicht von Stephanie wenden. Sie hatte sich so hingesetzt, dass ich ihre nackten Beine sah, und obwohl ich mich sehr bemühte, musste ich immerzu hinsehen. Weswegen ich mich selbst verachtete.

»Welche Wirkung hatte das auf das Jod? ... Timothy?« Es tat mir leid, dass Timothy antworten musste, doch besser er als ich.

Das Mädchen hatte sogar hübsche Arme. Wieso fand ich das nicht abstoßend?! Sie war die Sorte Mädchen, die Kinderkram wie *Antz – Was krabbelt da?* für erstklassige Filme hielt, doch schlagartig zur erwachsenen Pornodarstellerin mutierte, sobald sie mit einem Jungen allein war. Bestimmt saß sie gerade da und wünschte sich, ihr Pult wäre ein Mann.

»Josh und Erin – *Ruhe.* Jetzt wird nicht gequatscht.«

Warum war ich so, wie ich war? Woher kam meine Tendenz zur Selbstverleugnung? Wieso konnte ich das nicht abstellen?! Ja, ich fühlte mich unbestreitbar zu ihr hingezogen und war von ihrer Freundlichkeit und ihrer Arbeitsmoral angenehm überrascht, hatte aber mit diesem Mädchen nichts gemein. Während wir arbeiteten, hörte ich sie irgendwann leise einen erschreckend schlechten Popsong trällern, es ging um »rockin' your body«. Warum konnte ich mich nicht von ihnen allen befreien?! Ja, ich fühlte mich zu ihr hingezogen, aber nicht zu ihrem Verstand. Sich zu einem Körper und zu einem Verstand hingezogen zu fühlen – das wäre mal was. Das wäre …

Tja, das wäre dann wohl Chloe.

»War es eine exotherme oder eine endotherme Reaktion?« Wieder verschonte mich Ms. Calaway und rief Pippin auf. Um meine Augen von Stephanie und meine Gedanken von Chloe abzulenken – die beiden verschmolzen allmählich zu einer Einheit –, schrieb ich etwas in mein Lehrbuch. Jedes Jahr wurden dieselben Bücher verwendet, und mir gefiel die Vorstellung, dass in fünf Jahren irgendein Schüler meine Nachricht las und sich fragte, wer das wohl geschrieben hatte. Ich entschied mich für mein Standardzitat: »Die guten alten Zeiten sind ein für alle Mal vorbei, und das ist eure Schuld.«

Doch Chloe ließ mir keine Ruhe. O Chloe, dachte ich.

Sag, dass es nicht wahr ist. Aber selbst *wenn* es wahr sein sollte, könnte sie sich nicht von jetzt an für mich aufbewahren? Ob die Berichte über ihre Spermataufe stimmten oder nicht, für mich war Chloe mehr als eine Ansammlung von Körperöffnungen, und ich könnte ihre Hand halten, während sie den Resetknopf an sich drückte.

Es stimmte, ich stand *total* auf sie! Ich konnte mich nicht entfernen, mich ihr nicht dauerhaft entziehen, sie nicht ein für alle Mal zurückweisen, mir dieses Verlangen nach ihr nicht austreiben, das nur Minuten später wieder neu auflebte. Ich sah meine Mitschüler an und dachte an all die Herzen, die an diesen Pulten vor sich hin pumpten. Ich unterschied mich kein bisschen von ihnen.

»Und was geschah, als Sie das Chlorid hinzugaben?« Ms. Calaways Blick blieb an mir hängen, doch im selben Moment, als ihr Mund ein »J« formte, klingelte es zur Pause. »In Ordnung. Wir beenden dieses Gespräch morgen. Geben Sie Ihre Laborergebnisse auf dem Weg nach draußen ab.«

Beim Aufstehen versuchte ich, einen letzten langen Blick auf Stephanie zu erhaschen, als sie unsere Ergebnisse abgab, doch vorn drängten sich zu viele Leute, und ich sah nur ein Stückchen weißes Fleisch. Ich schaute auf die Uhr. Meine Laufbahn als Asexueller hatte gerade mal 57 Minuten gedauert.

9.22 Da ich nun wusste, dass sich meine Gefühle für Chloe nicht so leicht abschalten ließen, musste ich herausfinden, was an diesen Gerüchten über ihre Ausschweifungen dran war. Normalerweise traf Chloe früh im Kursraum ein, so dass ich – angenommen, der Pünktlichkeitsaspekt ihrer

Persönlichkeit hatte sich während der Ferien nicht geändert – noch mit ihr reden konnte, ehe Kreatives Schreiben begann. Insgeheim übte ich schon die dezent-zurückhaltende Art, mit der ich das Thema ansprechen wollte.

Ich eilte zu meinem Spind, um mein Chemiebuch gegen Schreibhefter und Notizbuch einzutauschen. Als ich die Kombination meines Spindschlosses eingab, schlenderte Tommy Herlihy heran, für mich das, was einem Freund am nächsten kam.

Tommy hatte blondierte Haare und trug schwarze Chuck Taylors und eine schlabbrige Cordhose. Er war ein echtes Original, wie der Nachbar in einer Screwball-Komödie, aber mit Tiefgang. Hinter dem absurden Humor (»Das ist so, als würde man Badewasser trinken – es erscheint irgendwie logisch, aber man macht's einfach nicht.«) und dem schläfrigen Auftreten (man hatte immer den Eindruck, dass er soeben aus einem langen Nickerchen aufgewacht war) verbarg sich ein höchst kreativer, aber mit Problemen belasteter junger Mann.

»Hast du das von Chloe gehört?«

»Ja«, antwortete ich bedrückt.

»Was mich echt überrascht, ich hätte gedacht, sie wäre zu etepetete für Pustebalg.«

»Pustebalg?«

»Jawoll. Sie hat Tate Baker einen geblasen. Und vielleicht auch ein paar anderen Kerlen.«

»Großer Gott!«

»Was denn?«

»Das hatte ich noch nicht gehört. Hat sie eigentlich da unten auch mal *geschlafen*?«

»Mit Typen geschlafen, ja.«

»Was ist mit diesem Mädchen nur *passiert*?«

»Sie hat wohl entdeckt, dass sie Pimmel mag. Und zwar sehr.«

»Tut mir leid, aber ich muss los. Sie ist in meinem nächsten Kurs. Ich muss sie danach fragen.«

»Mach das *bloß* nicht.«

»Warum nicht?«

»Dann wird sie echt sauer. Würdest du wollen, dass *dich* jemand nach all den Kerlen fragt, die *du* in Florida genagelt hast?«

»Aha, ich verstehe, wie das läuft. Sie kann den ganzen Scheiß *machen*, aber es gehört sich nicht, darüber zu *reden*? Sie kann nach Belieben rumvögeln, ist aber zu prüde, um es auszusprechen?«

»Jau. *Genauso* isses. Verlier kein Wort darüber, Mann. Vertrau mir.«

»In den letzten drei Monaten hat sie mich dauernd angerufen, mir stundenlang ein Ohr abgekaut. Habe ich da keine Erklärung verdient?«

»Sollte man meinen, aber du machst sie damit nur stinkig. Sag kein Wort.«

»Ich kann nicht *nichts* dazu sagen. Wir sehen uns später.«

»Bis dann.«

Ich knallte meine Spindtür zu und rannte fast zum Kursraum, vor dessen Tür Slim stand.

»James!«, sagte er. Er nannte einen zur Begrüßung immer beim Namen.

»Slim«, sagte ich mit einer leichten Verbeugung. Ich ging an ihm vorbei in den Raum.

»James, Moment.« Ich blieb stehen. Mit noch leiserer Stimme als gewohnt, fuhr er fort: »Ich habe das mit Ihrem Vater gehört. Es tut mir leid.«

»Danke.«

»Ich wäre zur Beerdigung gekommen, habe aber an dem Tag meine Tochter in Colorado besucht.«

»Ist schon in Ordnung. Ich verstehe.« Ich überlegte, das Thema zu wechseln, wollte aber nicht zu oberflächlich wirken, weshalb ich schwieg, so dass wir beide dastanden und nicht wussten, wo wir hinsehen sollten.

»Sie hätten heute nicht kommen müssen. Falls Sie mehr Zeit brauchen, Sie verstehen schon.«

»Ich weiß. Aber mein Text soll heute kritisiert werden, und ich kann es kaum erwarten zu hören, was sie zu sagen haben.«

»Sie sollten eine Menge zu sagen haben. Es ist ein interessanter Text.«

»O nein. *Interessant* ist ein Euphemismus, das sagt jemand, wenn ihm etwas nicht gefällt, ihm aber nichts Besseres einfällt. Das sagt man zu einem Mann, der sich eine Dauerwelle machen lässt.«

Slim lachte. »Es war so interessant, wie es nur sein kann. Ich fand es großartig.«

»Danke sehr.« Ich fragte mich unwillkürlich, ob ich diese Beurteilung der Tatsache verdankte, dass mein Dad gestorben war. »Wollten Sie noch über etwas anderes sprechen?«

»Nein. Wir sehen uns im Kurs.«

Chloe saß tatsächlich schon da, über ein paar Blätter gebeugt, und schrieb. Wie immer waren alle Pulte kreisförmig angeordnet. Ich setzte mich neben Chloe und ihre neuen

Schuhe. Hinter uns an der Wand hing ein Schwarzweißposter von Bobby Kennedy, einer von Slims Helden.

»Hey, Chloe.«

»Hey.« Sie sah mich nicht einmal an, was mich wütend machte. Das und die eben erst erfolgten intimen Enthüllungen durch Tommy ließen mich die erwähnte, fest geplante dezente Zurückhaltung vergessen.

»Stimmt es?«

Jetzt sah sie mich an. »Stimmt *was*?«

»Das über dich in Panama City?«

»*Was* über mich in Panama City?«

»Also, wie soll ich … Die Leute *reden* über dich.«

»Was reden sie über mich?«

»Viel. Ich möchte es lieber nicht wiederholen.«

Sie sagte gar nichts. Ich sah sie an und fragte mich, ob sie die Brille aufgehabt hatte, als sie es mit all den Jungs trieb.

»Bitte, Chloe. Sprich mit mir.«

»Was willst du von mir hören?«

»Ist es wahr?«

»Nein.«

»Woher stammen dann die vielen Gerüchte?«

»Ich weiß es nicht.«

Sie sagte möglichst wenig und zwang mich, das Reden zu übernehmen. Mir war aufgefallen, dass Mädchen gern diese Taktik benutzten. Diesmal beschloss ich, nicht in die Falle zu gehen, und sagte: »Verzeih die Störung.« Ich holte mein Exemplar des Romanauszugs heraus und ging ihn nochmal durch. Aus den Augenwinkeln sah ich, dass sich Chloe nicht wieder mit ihrer Arbeit beschäftigte.

»Falls etwas davon zuträfe«, sagte sie schnippisch, »hättest du kein Recht, mir ein schlechtes Gewissen einzureden.«

»Ich hätte zwar kein Recht, dir ein schlechtes Gewissen einzureden, aber wenn es wahr *wäre*, hätte ich doch zumindest das Recht, dich danach zu fragen, oder nicht?«

»*Warum?* Warum ginge es dich etwas an?«

Unfassbar, dachte ich. Plötzlich sahen ihre langen braunen Locken wie Schlangen aus. »Weil du mich immer wieder hast glauben lassen, dass du die Absicht hattest, eine Liebesbeziehung mit mir einzugehen.«

Ohne zu zögern, entgegnete sie: »Es tut mir leid, wenn du diesen Eindruck gewonnen hast, aber ich dachte immer, wir wären nur Freunde.«

Meine leeren Eingeweide füllten sich mit schäumender Säure. »Aber ja. Nur Freunde. Na klar. Freunde, die jeden Abend miteinander telefonieren. Was soll der Scheiß, Chloe?! Wenn wir nur Freunde wären, warum wurdest du dann jedes Mal eifersüchtig, wenn ich ein anderes Mädchen erwähnt habe?«

»Tut mir leid.«

»Was tut dir leid?« Sie atmete tief durch, rückte ihre Brille zurecht und widmete sich wieder ihrer Arbeit. »Erkennst du denn nicht, weshalb ich den Eindruck hatte, dass dein Interesse an mir nicht rein platonisch war?«

»Tut mir leid. Ich werde dich nicht mehr anrufen.«

»Du hättest sowieso aufgehört.«

»Nein, hätte ich nicht.«

Offenbar hatte ich wieder an meinem Daumen gepult, denn der blutete schlimmer als zuvor. Ich versteckte ihn in meinem schon blutigen Taschentuch. Auch hatte ich nicht bemerkt, dass die meisten anderen Kursteilnehmer ihre Sitzplätze in dem Kreis aus Pulten eingenommen hatten. Neben mir saß ein schwarzgekleideter Wicca, den ich bewunderte, weil er sich so völlig einer Sache verschrieben hatte, dass er dafür nur Hohn und Spott ernten konnte. Man wurde kein Wicca, um seinen gesellschaftlichen Status zu verbessern.

Ich beugte mich Richtung Chloe und sagte leise: »Ich hatte Recht mit den Schuhen, stimmt's? Du hast dich verändert.«

»Nein, hab ich nicht.«

»Warum sagen die Leute dann solche Sachen? Willst du behaupten, *nichts davon* ist wahr?«

Als es klingelte, betrat Slim den Raum, allerdings gingen alle Gespräche weiter, weil es Slim nicht störte. Chloe wandte sich mir zu und sagte mitleidig: »Verstehst du denn nicht? In unserem Alter gibt es nichts Schlimmeres, als dass die Leute einen für ein braves Mädchen halten.«

Kreatives Schreiben

9.28 Auch wenn ich mir nicht sicher war, ob sie damit indirekt zugab, dass die Gerüchte stimmten, ließ sich aus unserem Gespräch zumindest eine Erkenntnis ableiten: Es würde weder einen James für Chloe noch eine Chloe für James geben. Das hätte nicht klarer sein können, selbst wenn es auf meine Drüsen gestempelt worden wäre. Sie dachte, wir wären nur Freunde. Für uns beide würde es kein Abholen abends um sieben, keinen Tisch für zwei, keinen romantischen Höhepunkt geben. Ich würde sie nie berühren. Ich musste akzeptieren, dass das einzige weibliche Wesen, das die Schicksalsgöttinnen mir zugestanden, jene imaginäre Muse war, die mich zum Schreiben inspirierte. Was wir gemeinsam zustande gebracht hatten, würde innerhalb der nächsten Stunde seine erste öffentliche Einschätzung erfahren.

Vor Kursbeginn kam immer jemand an Slims Pult, um ihn wegen irgendwas zu nerven. Heute war Lauren Mellor an der Reihe, die mit dem schulterlangen blonden Haar und einer nach oben gerichteten Schweineschnauze – Lauren, die ständig den Brustkorb vorstreckte, und deren Eltern nicht nur Chirurgen waren, sondern die sich auch so *aufführte,* als wären ihre Eltern Chirurgen. Sie war nicht nur Favoritin für die Wahl zur Ballkönigin, sondern gewann auch regelmäßig die Beliebtheitswettbewerbe auf Osborne, und ihre Beliebtheit mochte daher rühren, dass, wie bei Stephanie, gewisse männliche Organe relativ problemlos den Weg in ihre Person fanden.

Chloe drehte mir inzwischen den Rücken zu (ich fand sogar ihren Rücken attraktiv) und widmete ihre Aufmerksamkeit der Einserschülerin zu ihrer Linken, die ein »Was würde Jesus tun?«-Armband trug. Ich versuchte, mich auf die bevorstehende Kritik meiner Arbeit zu konzentrieren, was nicht leicht war, weil mir Chloes »Nur Freunde«-Kommentar schwer im Magen lag. Mein übriger Körper fühlte sich unterkühlt an, doch jetzt schien mein Magen zu glühen und sich flach gegen meine Wirbelsäule drücken zu wollen, als versuche mein Körper, sich nach innen zu stülpen. Warum machte immer der Magen Stress?

Die Kritik würde eine Stunde dauern. Der Hauptkritiker (den Slim dazu bestimmt hatte, mit der Diskussion über meinen Text zu beginnen) war noch nicht da, was mich aber nicht beunruhigte, da er immer zu spät kam. Er hieß Dannon McCall und war ein ungewöhnlich umgänglicher cooler Bursche, dessen Kritik, da war ich zuversichtlich, positiv ausfallen würde. Doch Dannons Mitschüler machten mir Sorgen. Ich sah mich in dem Kreis um und versuchte abzuschätzen, was die vierundzwanzig Schüler von meinem Text hielten, den ich am Freitag vor dem Spring Break verteilt hatte. In der Regel legte sich Pessimismus wie Mehltau auf alles, was ich machte – ein Zug von mir, den ich eines Tages zu ändern hoffte (sicher war ich mir da aber nicht) –, deshalb ging ich zunächst davon aus, dass niemandem mein Text gefallen würde. Und doch machte ich mir insgeheim in diesem Fall Hoffnung. Auch wenn einige meiner Mitschüler nicht wissen mochten, wie sie mit den Ideen umgehen sollten, die ich in diesem Text darlegte, so hatte ich noch nie so schwer an etwas gearbeitet wie an diesen fünfzehn Seiten Literatur.

Was die Schüler betraf, denen mein Text womöglich *nicht* gefallen würde, so machte mir Braxton Burkett Sorgen, ein grobknochiger Typ mit weichen Gesichtszügen und Kreolen in den Ohren. Er gehörte zu den Jungs, die Chloe am Morgen auf dem Parkplatz angesehen hatte (der, den ich nicht leiden konnte), und gehörte auch zu denen, die auf Timothy Gregory herumgehackt hatten. Außerdem war er mit Hamilton Sweeney Mitglied der Van-Van-Mafia. Meines Wissens war die Van-Van-Mafia eine Art Witz-Gang, allerdings schien einigen ihrer Mitglieder nicht bewusst zu sein, dass es ein Witz war. Ihre Gang-Aktionen waren hauptsächlich, bekifft Playstation zu spielen und ihr Gang-Handzeichen zu machen.

Dann war da noch die boshafte und geistlose Haley Albert, wahrscheinlich meine größte Bedrohung. Doch meine Hoffnung basierte auf der buntgemischten Zusammensetzung meines Publikums. Kreatives Schreiben war ein Wahlkurs, man hatte diese Schüler also nicht gezwungen, an diesem Kurs teilzunehmen. Folglich enthielt dieser Raum ungewöhnlich viele junge Leute, denen Lesen und Schreiben nicht zuwider waren. Wenn ein Kurs auf dieser Schule meinen Text akzeptieren würde, dann dieser.

Slim blätterte in seinem Zensurenheft, den grünen Füllfederhalter, sein Markenzeichen, in der Hand. Als überzeugter Pazifist korrigierte er unsere Arbeiten lieber mit

Grün als mit Rot, weil Grün »weniger brutal« aussah. Während er stumm unsere Anwesenheit kontrollierte, drehte sich Chloe wieder um. Mir ging noch eine Frage durch den Kopf, die ich nicht unbeantwortet lassen konnte: »Stimmt es, dass du mit Hamilton Sweeney auf den Ball gehst?«

»Ja. Aber es ist nicht so wie – oh, na gut, mach dich nur über mich lustig.«

»Ich werd mich nicht über dich lustig machen, aber ich dachte, er wäre für *dich* ein Witz.«

»Das war er auch, aber wenn man sich die Zeit nimmt, Leute wirklich kennenzulernen, kann man nie wissen, man wird vielleicht überrascht.«

Ich nickte. »Trotzdem, wir reden hier von Gottesgeschenk.«

»Wir waren gemein, denn – hast du je darüber nachgedacht – wir sind genauso gemein wie alle anderen, wenn wir so etwas sagen.«

»Klar. Du hast ihn wohl in Panama City kennengelernt?«

»Ja.«

»Bestimmt war er ein talentierter Gesprächspartner.«

»James, hör auf. Ich weiß – tut mir leid, aber – hör zu, ich will darüber einfach nicht mit dir reden, okay?«

»Und ich will darüber nicht mit *dir* reden. Aber eins macht mich doch neugierig. Was ist nur an ihm dran? Wenn du mit ihm auf den Ball gehst, kann er wohl doch nicht der Volltrottel sein, für den ich ihn halte.«

»Also wirklich. Du hast in letzter Zeit viel durchgemacht. Ich will mich nicht mit dir streiten.«

»Oder könnte er möglicherweise …«

»Dein Kopf muss ein einziges Chaos sein. Lass uns bitte einfach schweigen.«

»... doch der Depp sein, für den wir ihn immer gehalten haben, aber du fühlst dich zu ihm hingezogen, was die einzige Grundlage für diese Beziehung ist? Und zufällig geht es mir gut, danke.«

»Wieso *das* denn? Dein Dad ist vor zwei Tagen gestorben.«

»Vor *vier* Tagen. Vor zwei Tagen war die Beerdigung.«

»Trotzdem –«

»Nein, hör jetzt auf damit. Mach dir um mich keine Sorgen. Ich bin stärker als ihr anderen alle zusammen.«

»Sei bitte nicht sauer. Wir reden später über alles.«

Slim gab die mit grüner Tinte korrigierten Essays zurück. Als er Chloe ihren zurückgab, las sie konzentriert seine Kommentare, um mir auszuweichen. Doch mir konnte man heute nicht ausweichen. Anscheinend zogen es alle vor, die Dinge in der Schwebe zu halten. Ich dagegen wollte alle Stricke durchtrennen, damit alles nicht mehr schwebt, sondern hinfällt.

»Du findest ihn attraktiv, und du findest mich unattraktiv, das ist alles, Punkt. Würdest du das bitte zugeben?«

»Nein. Das ist beileibe nicht alles.«

»Was denn noch? Fährst du insgeheim auf seine futuristische Gesichtsbehaarung ab?«

»Nein. Es hat nichts ... Es ist privat.«

»Beleidige bitte nicht meine Intelligenz, und tu so, als ginge es dabei nicht nur darum, dass ein Säugetier ein anderes Säugetier attraktiv findet.«

»Also *wirklich.* Was traust du mir eigentlich zu?«

Slim gab mir meinen Essay zurück (einen während des Unterrichts verfassten Essay zu dem Stichwort »Frei bleiben«), doch ich warf keinen Blick drauf. »Und weißt du noch was? Er sieht nicht mal so gut aus. Alle halten ihn für gutaussehend, aber ich finde ihn schlicht *bieder.* Er gehört einfach zu den Typen, die man für gutaussehend halten *soll.* So wie alle Jungs glauben sollen, die Ballkönigin da drüben sei irre scharf, aber das seh ich gar nicht. Du findest einen Besseren.«

Sie atmete abrupt aus und schüttelte den Kopf, als wolle sie sagen: »Jetzt reicht's.« Und dann sagte sie in sachlichem Ton: »Ich glaube, dir macht die Vorstellung Angst, dass einer wie Hamilton Sweeney genauso tiefsinnig und rücksichtsvoll sein könnte wie du.«

»Ja. Das wäre *wirklich* beängstigend.«

»Und du demonstrierst mir gerade, dass er der Nettere von euch beiden ist.«

Wörter wie »Amateurprostituierte« und »Syphilis« lagen mir auf der Zunge, doch ich entschied mich für etwas nicht ganz so Feindseliges. »Aha. Verstehe. Eins noch. Du hast ihn rücksichtsvoll genannt. Diese Rücksichtnahme – kam das vorher oder nachher?«

»Wovor oder wonach?«

»Was glaubst du denn?«

»Was auch immer du gehört hast, es ist nicht wahr.«

»Ich glaube dir nicht, kein Wort. So leid es mir tut. Klar, ich bin gemein, aber du hast mich gekränkt. Und ist dir nicht klar, dass das an dir kleben bleibt, solange du lebst? Von jetzt an bist du nur das Mädchen, das sich in Panama City jedem x-beliebigen hingegeben hat.«

Sie schwieg, was die beste Taktik war, weil ich mir dadurch so richtig mies vorkam. »Es tut mir leid«, sagte ich.

Sie hatte alles gesagt. Und was dann geschah, war mir so peinlich, dass ich mich am liebsten auf der Stelle selbst zu Boden geschlagen hätte.

Ihr Tick meldete sich zurück. Sie zog beide Schultern hoch und zuckte zusammen, als wolle sie einen unerwünschten Gedanken aus dem Kopf schütteln.

»Hey, Chloe. Es tut mir leid. Ich bin *wirklich* fix und fertig. Ich weiß nicht, was ich sage.«

Slim gab die letzten Essays zurück und begab sich auf den Weg zu seinem Pult, als Chloe ihr Schweigen beendete: »Kann ich auf die Toilette gehen?«

»Ja«, sagte Slim. »Aber Beeilung bitte.« Slim stellte nie irgendwelche Passierscheine aus. Chloe eilte aus der Tür, dabei strich sie sich auf beiden Seiten die Haare aus dem Gesicht.

Um meine Schuldgefühle zu lindern, musste ich diesen Vorfall in einem ganz bestimmten Licht betrachten: Das Mädchen hatte mir ein Unrecht angetan, ein schlimmes. Sie hatte mich an der Nase herumgeführt, wie mich noch nie jemand an der Nase herumgeführt hatte, also sollte sie ruhig aufs Klo laufen, so wie ich wegen ihr in der letzten Stunde aufs Klo gerannt war.

Ich wünschte ihr Durchfall an den Hals.

9.34 Eigentlich hieß er Steven Remus, doch seine Schüler benutzten nur seinen Spitznamen, den er sich wegen seiner Mick-Jagger-mäßigen Statur verdient hatte. Ich vergötterte ihn. Er war die Sorte Lehrer, dem man es recht machen möchte, charismatisch, aber auf eine stille Art, und zwar so still, dass man seine einschüchternden zwei Meter Körpergröße vergaß. Er hatte einen grauen Bart, und seine Haare waren nie lang, sahen aber aus, als müssten sie dringend mal gestutzt werden. Wie die meisten Englischlehrer mochte er Bob Dylan, doch in seinem Fall war das kein pseudokünstlerisches Getue. Er war ein echter Exzentriker, dessen rustikaler Pick-up das unattraktivste Fahrzeug auf dem gesamten Parkplatz war. Für mich gehörte er einer aussterbenden Gattung an, die die amerikanische Gegenkultur in ihrer ehrlichsten Ausprägung verkörperte. Einmal hatte er an die Tafel geschrieben: »Ich bin aus der Zukunft, werde aber allmählich Vergangenheit.«

»Ein paar Bekanntmachungen«, sagte er mit einem Blick in seinen Kalender. Wir schenkten ihm unsere Aufmerksamkeit, weil die meisten von uns ihn mochten. Nur die mochten ihn nicht, denen er schlechte Noten gab, und diese schlechten Noten wurden häufig von Beleidigungen begleitet. Ein Mädchen behauptete, er habe zu ihr gesagt: »Sie schreiben wie jemand, der nicht liest.«

»Morgen Abend haben wir den *poet laureate* unseres Bundesstaats im Café zu Gast. Wer hingeht und mir auf einer Seite seine Beobachtungen mitteilt, bekommt Leistungspunkte.«

Es war nicht das erste Mal, dass Slim Punkte anbot, wenn man an einer Lesung teilnahm. Einmal im Monat veranstaltete er in einem Café der Innenstadt selbst eine Lesung – eines der wenigen Ereignisse, die mich aus meinem Zimmer lockten. Wie er mir gestand, waren die Leistungspunkte keine Vergünstigung für seine Schüler, sie sollten vielmehr sicherstellen, dass das Publikum des anreisenden Schriftstellers groß genug war. Nicht selten hatten sich einige der besten Schriftsteller des Bundesstaats nach einer dreistündigen Anreise vor sechs Personen wiedergefunden.

Während Slim uns von dem *poet laureate* erzählte, stellte ich mir Chloe vor, wie sie in einer Toilettenkabine weinte, und verspürte dabei eine Mischung aus Triumph und Mitleid. Wieder ermahnte ich mich, sie zu vergessen und mich auf meine Zukunft zu konzentrieren. Die Zukunft gehörte mir – nicht Chloe –, und sie begann heute, in diesem Kurs, mit meiner, wie ich fand, ersten Veröffentlichung. Wenigstens einer Hand voll Mitschüler würde mein Text gewiss gefallen, und zwar denen, die sich selbst für Freidenker hielten. Die eine war ein Hippiemädchen, das nach Patschuli roch, Halsketten aus Hanf trug und all die anderen Dinge machte, die man von Hippies erwartete. Dann waren da noch zwei Rock-'n'-Roller. Den einen würden die meisten Leute einen »Freak« nennen, der sich mit seinem pockennarbigen Krötengesicht ohnehin nie anpassen würde, warum sollte er also nicht schwarzen Lippenstift und ein Hundehalsband tragen? Den anderen Rock-'n'-Roller könnte man als »Hipster« kategorisieren. In seinen Tom-Waits-T-Shirts und der zerrissenen Jeans sah er aus wie etwas, das man in einen U-Bahn-Zug stellen sollte, mit einem Gitarrenkasten daneben. Schließlich war da noch der einzige schwarze Schüler des Kurses, der einen beeindruckenden Afro hatte, wie ich ihn mir insgeheim zu gern wachsen lassen würde. Wie die meisten anderen männlichen Schwarzen auf Osborne umgab auch ihn eine gewisse Härte. Ich wusste seine enzyklopädischen Hip-Hop-

Kenntnisse zu schätzen, da so viele Menschen unseres Alters heutzutage anscheinend überhaupt nichts wussten.

Während Slim weiterredete, traf endlich Dannon McCall ein. Als unpünktlich verschrien zu sein war für einen Jungen, der manchmal eine ganze Woche lang die Schule schwänzte, eher unwichtig. Ich hatte gehört, er sei DJ und seine 28-jährige Freundin beschaffe ihm an Wochenenden Gigs bei Raves in Großstädten. Seine Coolness hatte ein solches Ausmaß erreicht, dass irgendwann das Gerücht aufkam, er sei tot.

Dannon schien ein wirklich netter Kerl zu sein, doch sein ganzes Auftreten und Erscheinungsbild waren cool, und ich hegte unwillkürlich ein heftiges Misstrauen gegen alles Coole. Er sah aus, als hätte er zu den Beastie Boys gehören können, dieser weißen Rapgruppe, anscheinend der einzige Musik-Act, auf den sich alle Jugendlichen einigen konnten. (Ich mochte sie nicht.) Dazu passte, dass alle Dannon mochten. Ich war ein wenig neidisch auf ihn, doch nachdem ich zu Beginn des Semesters eine von ihm verfasste Geschichte gelesen hatte, merkte ich erleichtert, dass dem Jungen, der alles zu haben schien, eins fehlte: schriftstellerisches Talent.

»… und Ihre satirischen Geschichten werden am Montag, dem dritten Mai, fällig. Okay. Es folgt eine Shortstory-Vorstellung von Kirstie, und dann sprechen wir mit James. Doch zuerst holt eure Hefte hervor, wir machen eine Schnellschreibaktion. Uns bleiben sechs oder sieben Minuten. Los.«

9.37 Verfluchte Scheiße. Was kann ich sagen? Was kann ich machen? Hilflos hoffnungslos. Sie nimmt mir den Wind aus den Segeln. Kann nicht gewinnen, weil ich verliere. Verklärte Schlampengöttin. Macht mich fertig. Sie hat mich bei jeder sich bietenden Gelegenheit fertiggemacht. Kein Hautkontakt. Nichts dringt durch. Warum dringe ich mit gar nichts zu ihr durch? Warum bin ich so ein Mutant? Warum bin ich so ein Aussätziger? Warum scheint die Sonne? Wo wird das alles enden? Nie geht was in Erfüllung. Warum mögen sie mich nicht? Ärsche. Arschlöcher. Titten. Was stimmt mit mir nicht!? Saukomisch, dass ich immer so geschockt bin, wenn ein Mädchen meine Zuneigung nicht erwidert, bedenkt man, wie abscheulich ich bin. Und doch komme ich immer zurück und will mehr. Warum denke ich darüber nach? Warum denke ich nicht an Dad? Danke für alles. Ernsthaft, was zum Teufel stimmt nicht mit mir? Ich bin schrecklich. Ich kann mich selbst nicht ausstehen. Verfluchte Kacke. Ich muss über so viel nachdenken, und ich denke an sie. Sie ist eine Krankheit. Eine ansteckende. Ich habe eine Krankheit, und die heißt Chloe Gummere. Gott, warum heilst du mich nicht von ihr? Heile mich. Mach, dass ich sie vergesse. Erlöse mich von diesem Übel. Hörst du mich Gott? Wo steckst du? Komme ich gerade ungelegen? Warum? Warum musste ich sie überhaupt kennenlernen? Warum musste sie ausgerechnet diese Schule besuchen? Von allen Schulen, von allen Bundesstaaten, von allen Ländern, warum diese? Scheiße verdammte. Nie geht was in Erfüllung. Nichts ändert sich je wirklich. Ich will ihre Haare. Ich will ihre Hautfalten berühren! Was stimmt nicht mit mir? Ich mag ihre Haut. Ich will mit ihr herumrollen. Ich will ihre Pickel lecken. Was stimmt nicht mit mir? Ich hasse sie so. Ich will sie sehen. Ausgerechnet heute musste sie eins ihrer besten Outfits anziehen. Ich ertrage es nicht. Ich ertrage mich selbst nicht. Baseballsammelkarten. Hör nur, wie sie ihren Mist hinkritzeln, wie ihre Stifte übers Papier huschen. Wahrscheinlich schreiben sie über den Abschlussball. Ball, Ball, Ball. Ballaballa. Weil es Frühling ist und sie leben. Der Ball ist ihr Leben. Ball ist Leben. Er ist ihre Wonne. Er ist ein Fest des Lebens, aber ich habe ihren Punsch mit Strychnin versetzt. Hatte nie eine Chance. Habe nie gefragt. Habe nie gewollt. Es ist deren Welt, nicht meine. Sorry Süße. Jeder darf ein Mädchen küssen außer dem Nerd, der seinen Essay geküsst hat. Ist doch kein Ding! Ihnen gehört die Gegenwart, aber mir gehört die Zukunft. Die nie endet. Mein Hirn tut weh. Herzschluckauf. Einen runterleiern, einen runterholen. Ich kann nicht weinen. Ich weine Tinte. In der Erde liegt ein Körper, dem ich meinen Körper verdanke. Es gibt dauerhafte Finsternis, und ich will nur ihr Gesicht sehen. Ich verlange nicht viel. Ich leide. Ist es schon vorbei? Eines Tages wird es mir gutgehen. Ich werde mich aus dieser Stadt herausschreiben. Ich werde schreiben. Ich werde etwas aus mir machen, dann war das alles es wert. Wenn ich es schaffe, werde ich irgendwie die Regeln geändert haben. Sie wird ihre Ansicht ändern. Alle werden ihre Ansichten ändern. Was erzähle ich da? Ich werde in der Erde enden, so namenlos wie ich immer war. Ich will davonfliegen, ehe mich die Erde verschluckt. Sie alle verbreiten sich durch die Luft wie Bazillen, und ich bin ein Kraut mit tiefen Wurzeln, das aus einem Grab sprießt. O Gott, was, wenn meine Träume nicht wahr werden? Was, wenn ich schließlich doch als Büromensch ende? Verfluchte Scheiße. Warum musste sie je ein Wort mit mir wechseln? Haare. Arme. Beine. Brüste. Warum? Ich weiß es nicht. Du wirst sie nie bekommen. Du wirst sie nie berühren. Das werden sie mir büßen. Ich will ihnen weh tun. Ich bin grässlich! Was ist nur los mit mir? Es sind Kinder. Ich kann doch keinen Kindern weh tun. Mickrige Kinder, entweder dick oder im Abspeckwahn. Herr, hilf mir. Krank kränker am kränksten. Wem hab ich was vorgemacht? Ich war für sie nur ein Zeitvertreib. Ein Trottel im Anzug. Ihr Hals und seine Falten. Gott wie ich ihre Lippen hasse. Ich könnte ihre Lippen zur Hölle schicken. Diese Lippen wurden geschaffen, um mich zu foltern. Hör mich doch an. Warum gehe ich mir selbst aus dem Weg? Wie war dein Spring Break? Wir haben uns prima amüsiert. Hast du es gehört? Sex. Verfluchter Sex, was kann ich tun? Die Eins gehört in die Null, basta! Jungfräulichkeit bleibt in einer Ferienwohnung mit weißem Teppichboden auf der Strecke. Jungfrau. Jungfrauen. Jeder sollte Jungfrau bleiben. Nur so kann man es aufhalten. Die Libido. Muss. Vernichtet. Werden. Eigentlich ändert sich nie etwas. Ich ertrage diese Leute nicht. O Gott, ich will sie doch lieben. Lasst uns alle zum Pinkelwettbewerb gehen. Nie werde ich ihre Strümpfe sehen. Wie sie schlaff um die Knöchel hängen. Ob ihnen gefällt, was ich schreibe? Werde es bald erfahren. Aber sie werden es nicht mögen. Warum sollten sie? Warum sollten sie überhaupt ein nettes Wort über mich verlieren? Warum interessiert es mich? Ich hasse das. Ich bin es leid zu schreiben. Die längste verdammte Woche, dabei ist es erst Montag. Gott helfe mir. Teufel nein. Habe das alles so satt. Kein Jubiläum. Kein Jubilieren. Nur Leichen und Clearasil. Keine Ahnung. Sie ist verschwunden. Er ist verschwunden. So viel geht mir durch den Kopf und sie an erster Stelle. Mein Herz schreit nach Chloe. Herrje das schmerzt. Wie konnte ich es dazu kommen lassen? Gott. Warum? Sie ist nicht einmal real. Sie ist eine Erfindung. Die Chloe, die ich kenne. Ich habe sie überhöht. Kein Wunder, dass ich sie nicht kriege. Für alle außer mir wird alles klar und deutlich. Ich will Spaß, verdammt. Ich will Spaß –

»In Ordnung«, sagte Slim. »Bringt den Gedanken zu Ende und legt eure Hefte weg.«

– – – so wie alle anderen auch.

9.44 »Na schön. Jetzt spricht Kirstie zu uns über ›A & P‹. Kirstie?«

Kirstie war eine blöde Schickimicki-Torte, die klang, als wären ihre Stimmbänder mit Froschspeichel und Superoxid überzogen. Ich begriff nicht, warum sie sich überhaupt in diesem Kurs angemeldet hatte; sie interessierte sich nur für ihr Bauchnabelpiercing.

»Okay. Der Titel lautet ›A & P‹«, begann Kirstie mit ihrer amphibischen Valley-Girl-Stimme. »Und die Story stammt von John Updike.« Bei »dike« – als »dyke« ein englisches Slangwort für Lesbe – grinsten einige Schuler. »Und … tja, was wollen Sie darüber wissen?«

»Verständlich, dass Sie fragen, da wir so wenige dieser Referate gemacht haben«, sagte Slim. Seit August hatten wir mindestens zwanzig Kurzgeschichten vorgestellt. Mir war *Harrison Bergeron* von Kurt Vonnegut zugeteilt worden.

»Ja. Äh, ich wusste nicht, dass ich meins heute machen sollte.«

»Sie haben die Story also nicht einmal gelesen?«

»Ich hab die ersten beiden Seiten gelesen, aber nicht alles. Tut mir leid.«

»Ich habe Ihnen mindestens viermal gesagt, dass Ihr Referat heute dran ist, außerdem steht es auf einem Arbeitsblatt, das ich Ihnen gegeben habe.«

»Darf ich es morgen machen?«

»Nein.« Kirstie wirkte geschockt und beleidigt. Bei gewissen Menschen, darunter Kirstie, dachte ich mir oft: Wie haben sie es im Leben nur so weit gebracht? »Da Kirstie uns im Stich gelassen hat, muss ich nun über ›A & P‹ sprechen. Vermutlich ist noch keiner von Ihnen in einem A & P gewesen, aber er war so etwas wie der Wal-Mart seiner Zeit …«

Während Slim fortfuhr, kehrte Chloe leise ohne ihren Tick zurück.

»Geht's dir gut?«, flüsterte ich. Sie nickte. Ich schaute mich um, wollte wissen, ob jemand sie ansah, doch das tat keiner. Im Allgemeinen war ich immer erstaunt, wenn ich mich in den Kursen umschaute, die Chloe und ich gemeinsam hatten, und merkte, dass kein anderer sie ansah. Wie konnten sie Chloe nicht anschauen?

Ich schaute auf meine Uhr. Es war 9.46. Ich schätzte, die Besprechung meines Textes würde in fünf bis zehn Minuten beginnen. Ich war nervös, doch Slims Stimme hatte etwas Beruhigendes. Er hatte eine sonore, aber leise Stimme, und je länger er redete, desto leiser wurde er, bis man schließlich eingelullt und tiefenentspannt war oder sich anstrengen musste, um ihn überhaupt zu hören.

Ich hatte Updikes Kurzgeschichte gern gelesen, und mich interessierte, was Slim zu sagen hatte. Doch ich war abgelenkt, da ich mir zwangsläufig um Chloe Sorgen machte. Sie wirkte kein bisschen verärgert. Dennoch hätte ich ihr gern zugeflüstert, dass es mir leid tat, aber es störte mich, wenn andere im Kurs flüsterten besonders da sie gemäß meinem paranoiden Verstand unter Garantie über mich flüsterten.

Ich beschloss, etwas zu tun, was ich noch nie gemacht hatte: eine Notiz zu schreiben und sie einem Mitschüler weiterzureichen. Ich hatte jede Menge von Mitschülern verfasste Notizen gelesen, da unter dem Schülermüll, den ich vom Boden aufsammelte, häufig gefaltete Zettel lagen, die sie achtlos fallengelassen hatten. Ich hatte mich aber nie persönlich an dem Zeitvertreib des Notizenweitergebens beteiligt, da ich es zu kindisch fand.

Slim erzählte gerade Interessantes darüber, dass der Chef in dem A & P die Autorität, das System oder die Institutionen verkörpern könne, doch ich musste ihn komplett ausblenden und mir die perfekte Nachricht überlegen, die ich Chloe schreiben wollte. »Es tut mir leid«, würde nicht genügen.

Doch eine Minute verging, und mir wollte partout nichts einfallen. Auf einen Zettel schrieb ich: »Es tut mir sehr leid.« Das verstieß gegen eine von Slims Schreibregeln: Vermeiden Sie, »sehr« oder »wirklich« zu verwenden, weil diese Wörter durch inflationären Gebrauch inhaltsleer geworden sind. Aber wie erwähnt, »Es tut mir leid« reichte nicht.

Ich vergewisserte mich, dass niemand mich beobachtete. Ich schob den Zettel Chloe hin. Sie warf einen Blick darauf und richtete ihre Aufmerksamkeit sofort wieder auf Slim, was mich irritierte. Wenn ich es recht bedachte, hätte sie mir »Es tut mir leid« schreiben müssen.

»Lassen Sie uns über Themen reden«, sagte Slim. »Mit welcher Thematik befasst sich ›A & P‹?« Es entstand eine lange Pause, in der wir auf unsere Exemplare der Geschichte starrten. »James?«

»Nun, die Teenangst wäre ein naheliegendes Thema.«

»Was noch?«

»Ich glaube, das Ende der Ritterlichkeit wäre ein Thema.«

»Wie kommen Sie darauf?«

»Weil Sammy gegen seinen Chef Stellung bezieht und sich damit, in seinen Augen, heldenhaft für die Mädchen einsetzt. Doch dann geht er hinaus auf den Parkplatz, und sie sind schon weg. Er wird also für seine Ritterlichkeit nicht belohnt. Ja, er wird sogar dafür bestraft.«

Slim hielt inne, man konnte ihn fast denken hören, und dann atmete er tief ein, als nehme er meine Idee auf. Dann atmete er rasch aus und gab dabei eine kurze Silbe von sich: »Gut.«

»Ich glaube nicht, dass Ritterlichkeit irgendwas damit zu tun hatte«, sagte Haley. »Ich glaube, er wollte sich einfach bei den Mädchen einschleimen.«

Zu Haley und mir gab es eine kurze, unangenehme Vorgeschichte. Als sie zu Beginn des Semesters ihren selbstverfassten Text im Kurs verteilte, war der so schlecht, dass Slim keinen im Kurs dazu brachte, auch nur ein Wort darüber zu sagen. Und so trat ich auf den Plan und schaffte es mit einigen kreativen Kniffen, ihr Komplimente zu machen. Am selben Abend rief sie mich an. Wegen meiner Komplimente nahm sie an, dass ich sie mochte. Sie wollte mit mir ins Kino gehen, und zwar in *Rugrats – Der Film.* Sie war durch und durch bieder, und unsere einzige Verabredung zeigte, wie dröge sie sein konnte. Sogar ihre Träume waren uninteressant. Sie erzählte mir von einem Traum, in dem sie in einem Einkaufszentrum einen Pullover kaufte und zu Hause merkte, dass der Pulli zu klein war.

Als sie ein zweites Mal mit mir ausgehen wollte, lehnte ich so höflich wie möglich ab. Seitdem zeigte sie mir die kalte Schulter.

»Kein Widerspruch von mir«, sagte ich. »So oder so, nichts geht in Erfüllung. Für Sammy.«

»Na schön«, sagte Slim. »Um eine Verbindung zu Ihren selbstverfassten Texten herzustellen, Sie haben mich schon früher sagen hören, wie wichtig es ist, dass Ihre Hauptfigur bis zum Ende der Geschichte eine gewisse Veränderung erlebt, und das sehen wir in ›A & P‹, als Sammy ins Freie tritt und bemerkt, wie rauh die wirkliche Welt sein kann …«

Während Slim sprach, fiel mir auf, dass Chloe etwas unter meine Nachricht kritzelte. Ich fragte mich, warum sie mich nicht ansah. Wenn ich es recht bedachte, sah sie mich eigentlich nie viel an. Ich war immer derjenige, der sie ansah. Ich wünschte, ich könnte ihr Profil sehen.

»… und dann ist mir ein Problem in dieser Gruppe aufgefallen, nämlich dass etliche von Ihnen Ihre Texte damit enden lassen, dass die Hauptfigur stirbt, was ich billig finde. Das ist eine der beiden großen Regeln, an die ich mich halte, um eine Geschichte zu beschließen. Die eine lautet, beende deine Geschichte nie mit der Behauptung, es sei alles nur ein Traum gewesen ...«

Chloe schob mir den Zettel hin, und da stand in ihrer hübschen, eleganten Handschrift: »Ich verzeihe dir.« Außerdem hatte sie einen Pfeil gemalt, der auf das Wort »sehr« wies, und geschrieben: »inhaltsleer wegen inflationären Gebrauchs«, dazu ein Smiley. Ich lächelte ihr zu, doch sie sah mich nicht an.

»... meine andere Regel lautet, man sollte nie die Hauptfigur umbringen. Sie sterben zu lassen ist zu einfach. Wenn man das macht, beraubt man sie jeder Möglichkeit zum Wachsen oder zur Veränderung. Das ist so, als würde man dem Leser sagen: Mir fiel nichts Besseres ein, daher hab ich den Dreckskerl einfach umgebracht.«

Dafür gab es ein paar Lacher. Slims Vortragsweise und seine Einstellung erinnerten mich an David Letterman. Allerdings erinnerten mich alle Männer, die ich bewunderte, an David Letterman.

»Na schön. Genug damit.« Slim schaute in seinen Terminkalender. »Dannon, erzählen Sie uns etwas über James' Stück.«

Weil in seinem letzten Satz die winzige Möglichkeit versteckt war, dass er eine sexuelle Anspielung enthielt, kicherte mindestens der halbe Kurs. »Ihr seid eine echt notgeile Truppe, stimmt's?«, fragte Slim. Alle lachten, ich auch. »Legen Sie los, Dannon.«

9.54 »Der Titel lautet: ›Exzerpt aus *Neurotica,* einem in Entstehung begriffenen Roman – 5. Kapitel.‹ Der Schauplatz ist eine Kleinstadt irgendwo im Mittleren Westen Amerikas. Den Namen der Stadt verrät er uns nicht.« Ich freute mich, dass er aus seinen Notizen ablas; zu meiner Überraschung war er offenbar ausgezeichnet vorbereitet. »Die Handlung spielt in der heutigen Zeit. Der Protagonist heißt Woolworth, und man weiß nicht, ob es sich um seinen Vor- oder Nachnamen handelt. Woolworth ist, ich zitiere, ein schmerzhaft neurotischer, unfassbar gutaussehender Mittdreißiger, buchstäblich der letzte Gentleman, der über die Erde schreitet. Was die Handlung angeht – nun, James hat eine vierseitige Zusammenfassung des Inhalts seines Romans beigefügt. Soll ich seine Zusammenfassung zusammenfassen oder mich gleich mit dem fünften Kapitel befassen?«

»Warum sagen Sie nicht ein paar Worte zu der Zusammenfassung?«

»Okay. Der Roman dreht sich um eine geheimnisvolle Krankheit, die dazu führt, dass sich alle *zurückentwickeln.* Wer diese Krankheit bekommt, beschäftigt sich mehr und mehr mit seinen Genitalien, weil die Genitalien wachsen, während die Hirne schrumpfen. Einigen Stadtbewohnern fällt es schwer zu sprechen, und sie geben Tierlaute von sich, ohne es zu merken. Woolworth ist einer der wenigen noch nicht erkrankten Menschen, und deshalb setzt er alles daran, die, wie er sie nennt, Große Regression rückgängig zu machen, die von der Krankheit verursacht wird. Doch während er versucht, den anderen zu helfen, bemühen sie sich, ihn anzustecken.

Und nun zum fünften Kapitel, in dem Woolworth allein an einer Sonntagsmesse teilnimmt. Fast alle Kirchenbesucher haben die Krankheit. Sein Gegenspieler ist der Mann, der vor Woolworth sitzt. Er hat keinen Namen, sondern wird nur der Philister genannt. Der Philister kann während der ganzen Messe nicht die Hände von seiner Freundin lassen. Das stört Woolworth, der es schließlich nicht mehr erträgt und dem Mann zuflüstert, er solle bitte damit aufhören. Der Mann fordert Woolworth auf, sich nach der Messe draußen vor der Kirche mit ihm zu prügeln. Als sie gerade kämpfen wollen, hält Pater Genaro sie auf. Am Ende macht der Priester Woolworth für den Vorfall verantwortlich und fordert ihn auf, am Montag in sein Büro zu kommen.

Am Montag fordert der Priester Woolworth auf, nie wieder eine Messe zu besuchen. Wie sich herausstellt, war der Zwischenfall mit dem Philister nur der letzte in einer ganzen Reihe von Kontroversen, an denen Woolworth beteiligt war, meist hatte er die Gemeindemitglieder zurechtgewiesen. Beispielsweise hatte Woolworth mit einer Unterschriftensammlung versucht, die Einhaltung einer Kleiderordnung in der Kirche durchzusetzen, weil er sich schick macht und alle anderen in Shorts zur Messe gehen.«

»Woolworth und James haben also nichts gemein«, sagte Slim, was zu einer kurzen Kichersalve führte.

»Ich verstehe, warum Sie das sagen«, sagte ich rasch, wohl wissend, dass ich noch gar nicht dran war, »aber glauben Sie bitte nicht, dass Woolworth mein Alter Ego ist.« Eine Regel bei unseren Textkritiken lautete, dass die kritisierte Person erst das Wort ergreifen durfte, wenn die Kritik beendet war.

»Ja«, sagte Dannon. »Das erwähntest du in deinen Nachbemerkungen. Nun streitet sich Woolworth mit dem Priester, bis dieser schließlich verrät, dass die Gemeindemitglieder mit einer eigenen Unterschriftensammlung anstreben, Woolworth dauerhaft aus der Kirche zu verbannen, weil sie ihn nicht mehr ertragen. Das Kapitel endet damit, dass Woolworth sich eine Hand voll Hostien nimmt, sie sich in den Mund stopft und aus der Kirche stürmt.«

»Gute Zusammenfassung«, sagte Slim. »Warum sprechen Sie nicht gleich weiter über das Thema?«

»Ich würde sagen, das Thema lautet Konformismus gegen Nonkonformismus.«

Bisher war ich mit Dannon mehr als zufrieden, obwohl das Thema umfassender war, als er dachte. Zugegeben, ich war mir selbst nicht sicher, was das zentrale Thema war, hoffte aber, es gegen Ende des Romans herauszufinden.

Etliche Schüler führten Privatgespräche. Slim sagte: »Ruhe. Fahren wir mit der allgemeinen Kritik fort.«

»Alles in allem«, sagte Dannon, »hat es mir richtig gut gefallen. Woolworth ist eine interessante Figur. Ich bin wirklich gespannt, was am Ende passiert. Wenn James sein Buch fertig hat, würde ich es gern lesen.«

»Danke«, sagte ich.

»Was finden Sie an Woolworth interessant?«

»Einfach wie er sich benimmt. Dass er beispielsweise immer Handschuhe trägt und sich beim Autofahren einen Helm aufsetzt, und dass er zum Vergnügen in Krankenhäusern abhängt. Er ist ein Original ...«

Lauren und Braxton fingen an zu flüstern, aber ich sagte mir, dass sie mir das nicht verderben würden. Zum ersten

Mal seit Menschengedenken hatte ich das Gefühl, dass mir die Schule außer Komplexen etwas gab. Besorgt behielt ich Chloe im Blick, doch offenbar kamen ihre Ticks nicht wieder, deshalb versuchte ich, Spaß zu haben.

»... und außerdem ist Woolworth kompliziert. Er hat einige Widersprüche, beispielsweise ist er so fixiert darauf, ein Gentleman zu sein, dass er manchmal sein Ziel aus den Augen verliert und grob wird. Möglicherweise soll seine Höflichkeit seine Feindseligkeit gegenüber Menschen kaschieren.«

Bei diesem Kommentar drehte sich Chloe um und warf mir einen vorwurfsvollen Blick zu. Ich erwiderte ihren Blick, doch mein Blick besagte, dass ich keinen blassen Schimmer hatte, warum sie mich so ansah.

»Was hat Ihnen sonst noch gefallen?«

»Mir gefällt das Konzept des Buchs im Buch. Mehrmals erwähnt er, dass Woolworth ein Buch mit dem Titel *Kinder der Wut* schreibt, das von einem gewissen Charles Pontchartrain handelt, der eine Ritterrüstung trägt, obwohl es im Jahr 1999 spielt.«

»Was noch?«

»Ein paarmal bezeichnet er Amerika als Nuttennation, was ich lustig fand. Und als Woolworth aus der Kirche stürmt, gibt es eine Zeile, die ich witzig fand ... ›Nach dem Treffen mit Pater Genaro war Woolworths Verstand etwa so stabil wie eine Hollywood-Ehe.‹« Keiner lachte. »Doch der allerbeste Spruch kommt, als Woolworth zufällig vor der Kirche jeden sagen hört: ›Hey, gehst du diesen Dienstag zum Stringtanga-Donnerstag?‹« Darauf folgte ein großer Lacher. Ich bemühte mich, nicht über meine eigenen

Sätze zu lachen oder zu lächeln. »Der Satz gefällt mir, weil er witzig ist, er zeigt aber wohl auch, ich sag mal, den geistigen Verfall der Menschen in Woolworths Umfeld. Und ... das war meine Kritik. Alles in allem fand ich, dass James gute Arbeit geleistet hat.«

Ich bildete mit den Lippen ein »Danke« in Richtung Dannon, der grinste.

»Danke, Dannon«, sagte Slim. »Jetzt die anderen. Reden wir mit James.«

»Mir hat der Teil gefallen«, sagte der Rock 'n' Roll Freak, »wo es fast eine Schlägerei gab.«

»Das mit dem Helm fand ich auch toll, was Dannon erwähnt hat«, sagte Summer, das Hippiemädchen. »Ich dachte, das ist eigentlich gar keine schlechte Idee, im Auto 'n Helm tragen.«

›Das mit dem Helm‹ gehörte zu den cartoonesken Elementen meines Romans, und ich wünschte, sie würden nicht mehr weiter darauf herumreiten, wusste aber Summers Kommentar dennoch zu schätzen. Auf ihre Bemerkung folgte Schweigen. Meine Güte, dachte ich. Waren ihnen schon die Kommentare ausgegangen?

William, ein gutgekleideter chinesischstämmiger Schüler, ergriff das Wort. »Mir hat James' Stil insgesamt gut gefallen. Mein Lieblingszitat steht auf der ersten Seite ... In Woolworths Vorstellung von der Zukunft glich die amerikanische Landschaft Hugh Hefners verfaulendem Penis.« Auf »Penis« folgte lautes Gelächter.

»Um Williams Kommentar zu ergänzen«, sagte Lauren, die designierte Ballkönigin, »mir hat auf derselben Seite gefallen, wo er von Madonnas verfaulenden Brüsten spricht.

Ich find's cool, wie er hier und da die Namen von Promis einfließen lässt. Das weckt die Aufmerksamkeit des Lesers.«

Mich störte es, wenn Leute Bemerkungen anderer Leute »ergänzen«, aber vielleicht war Lauren doch nicht so übel. Nach ihrem Kommentar gab es die nächste peinliche Pause. An der Stelle beschlich mich das schreckliche Gefühl, dass kein anderer meinen Text gelesen hatte. Ich nahm an, dass Chloe auf dem Parkplatz die Wahrheit gesagt hatte, als sie behauptete, ihn gelesen zu haben, aber offenbar wollte sie kein Wort sagen, sondern schaute nur bekümmert auf das Poster von Einstein, auf dem er die Zunge herausstreckte.

»Na los. Was hat euch sonst noch an James' Text gefallen?«

Keine Antwort. Haley schaute mir direkt in die Augen; sie sah aus, als wollte sie auf mich losgehen, wie schon einige Male seit Beginn der Textkritik.

Als das Schweigen andauerte, wurde die Lage immer peinlicher. Ein Problem bestand darin, dass die klügsten Leute in dem Kurs auch die stillsten waren. Beispielsweise wusste ich, dass einem gewissen Jonathan, der obskure Sci-Fi mochte, mein Text gefiel, er aber so schüchtern war, dass er nie ein Wort sagte, außer er wurde dazu gezwungen, vielleicht weil er fürchtete, wenn er etwas sagte, würde sich irgendwer bemüßigt fühlen, seinen unglückseligen Spitznamen zu rufen, »Vaginathan«. Slim rief ihn auf.

»Mir hat gefallen, dass Woolworth ein echtes Individuum ist«, sagte Jonathan. »Er isoliert sich freiwillig von der Gesellschaft. Ich glaube, darum geht es bei den Handschuhen und dem Helm. Er schützt seinen Verstand mit dem Helm, und er will buchstäblich niemanden berühren.«

»Für mich bedeuteten Helm und Handschuhe, dass er sich vor dem Leben *fürchtet*«, sagte Summer.

»Wollten Sie sonst noch etwas sagen, Jonathan?«

»Nein.« Es folgte die nächste Pause.

»Melanie? Was denken Sie?«

»Tut mir leid. Ich hab's nicht gelesen.«

Slim seufzte schwer. »Lucas?«

»Mir tut es auch leid. Ich hab's auch nicht gelesen.«

»Die verteilten Texte zu lesen ist *nicht* freigestellt. Und James hat für Sie alle immer Kommentare vorbereitet.« Ich wünschte, er hätte sich das verkniffen. »Also, ich verlange eine Wortmeldung.«

»Es hat einen guten Fluss«, sagte Lauren, die diesen Kommentar mindestens einmal pro Kursstunde machte.

»Wir wollen mal jemanden hören, der sich heute noch nicht beteiligt hat. Chloe?«

Aufgeschreckt drehte Chloe den Kopf Richtung Slim. »Oh – ich … ich halte James für einen enorm begabten Schriftsteller.«

»Danke«, sagte ich.

»Hat Ihnen an dem Text etwas besonders gut gefallen?«, fragte Slim.

»Er regt zum Nachdenken an.« Normalerweise fand sie kein Ende, weil es sie nervös machte, vor dem ganzen Kurs zu reden. Doch heute war sie auf der Hut.

»Woran denken Sie dabei?«

»An Moral. *Das* ist meiner Ansicht nach das zentrale Thema.«

»Weshalb halten Sie Moral für ein Thema?«

»Nun, ich glaube, er untersucht Moral contra Unmoral, und was davon was ist oder – ich weiß es wirklich nicht.«

»Können Sie ein Beispiel dafür nennen, wie sich das Thema Moral darstellt?«

»Ich nehme an –«, begann sie, brach aber ab und blätterte die Seiten durch. »Ich weiß es nicht. Würden Sie bitte jemand anderen drannehmen?«

Das sah Chloe gar nicht ähnlich. Zum Glück nickte Slim und ließ sie in Ruhe. »Malik?«

Malik und sein Afro richteten sich langsam aus einer zusammengesackten Position auf. »Mir hat gefallen, wie der Typ aus der Kirche geschmissen wurde, denn wenn man's recht bedenkt, ist das schon mal *total* übel.«

Wir alle lachten, außer Chloe, die nicht aufschaute.

»Würden Sie alle Woolworth als Rebellen bezeichnen?«

»Ich finde, man könnte es umgekehrte Rebellion nennen«, sagte das kluge Mädchen neben Chloe, »weil er gegen die Dinge rebelliert, die die meisten Menschen rebellisch nennen würden.«

»Auf seine eigene Art ist er rebellisch, aber manchmal schlägt er sich halt auf die Seite des Establishments«, sagte der Hipster. Gerade wollte ich ihm sagen, wie falsch er lag, als Braxton Lauren etwas zuflüsterte, woraufhin die laut kicherte, was die Textkritik stocken ließ.

»Verzeihung«, sagte sie.

»Braxton?«, sagte Slim.

»Was steht an?«

»Was haben Sie über James' Text zu sagen?«

Braxton blätterte die Seiten durch. »Mir hat gefallen, wie

er auf Seite zwölf das Wort Cockpit benutzt hat. Das ist ein gutes Wort.«

»Wollen Sie damit andeuten, dass Sie es nicht gelesen haben?«

»Stimmt. Mein Fehler.«

»Leute, ihr vergeudet euer Leben«, sagte Slim.

»Es war echt schwer, während der Ferien Sachen zu lesen«, sagte Braxton.

»Hören Sie, in diesem Text passiert eine Menge, und er hat es verdient, dass man darüber spricht«, sagte Slim. »*Ich* habe ihn gelesen, fand ihn großartig und bin ganz Dannons Meinung. Woolworth ist *wirklich* eine interessante Figur. Man weiß nicht, soll man ihn lieben oder hassen, so ähnlich wie er nicht weiß, ob er seine Mitmenschen lieben oder hassen soll. Er will sich partout nicht ändern, was ich in seinem Fall bewundere, und das erinnert mich daran, dass es für den Wandel einer Figur in einem literarischen Text doch eine Alternative zu Entwicklung oder Veränderung gibt. Wenn eine Figur keine Entwicklung durchmacht, kann sie eventuell die Entwicklung von Personen in ihrem Umfeld *beeinflussen.* Und darum bemüht sich Woolworth.

Was Vorschläge angeht, ließ mich etwas in James' Zusammenfassung ratlos zurück. Woolworth will all den von dieser Krankheit befallenen Leuten helfen – so versucht er, eine Veränderung herbeizuführen –, aber ich fragte mich am Ende nach dem *Grund.* Was motiviert ihn, diesen Leuten helfen zu wollen, die er so sehr hasst? Davon abgesehen – Dannon, hatten Sie irgendwelche Vorschläge?«

»Eigentlich nicht«, sagte Dannon. »Ich weiß ehrlich nicht, wie ich den Text verbessern würde.«

Guter Junge, dachte ich.

»Vorschläge von anderen?«

Wir alle, mich eingeschlossen, hielten uns normalerweise an dieser Stelle zurück. Es folgte das nächste Schweigen, gefolgt von Papiergeraschel. Manche Schüler klappten meinen Romanauszug schon zu, bereit, ihn mir zurückzugeben. Ich traute meinen Ohren nicht, als schließlich jemand etwas sagte, und zwar die Person neben mir.

10.08 »Manchmal kommt die Figur Woolworth ein wenig überkritisch rüber«, sagte Chloe. Bestimmt wurde mein Pulsschlag sofort dreimal schneller.

»Was würden Sie denn vorschlagen?«

Ihre Antwort erfolgte ohne die bei ihr üblichen Pausen, Neuanfänge und Abschweifungen. »Ich würde vorschlagen, dass James in Erwägung zieht abzumildern, wie Woolworth über alle urteilt, weil einige Leser sich mit einer so borniert handelnden Figur vielleicht nicht identifizieren können.«

»Genau dasselbe dachte ich auch«, trat Haley nach.

»Ich wollte nichts sagen«, sagte Lauren, »aber genau das ging mir durch den Kopf, was Chloe gerade gesagt hat. Er scheint die Leute von oben herab zu betrachten oder sowas.«

Am liebsten hätte ich eingeworfen, dass Woolworth nur auf diejenigen herabsah, die es nicht anders verdient hatten, doch man musste sich an die Etikette halten.

»Woolworth ist …«, fuhr Lauren fort. »Er ist irgendwie … Mir fällt das richtige Wort nicht ein.«

»Kleinlich?«, sagte Kirstie.

»Nein.«

»Gehässig?«, sagte Haley.

»Fast, aber nicht ganz.«

»Prüde?«, schlug ich vor.

»Nein. Also, versteht mich nicht falsch. Wahrscheinlich wäre ich in der Kirche genauso, wenn jemand das machen würde, aber ...«

»Lauren, können Sie mir ein Beispiel nennen, wie Woolworth auf Menschen herabsieht?«

Ha! Slim brachte sie in die Defensive. Aber bei Gott, sie hatte sofort eine Antwort parat.

»Klar. Gleich auf Seite drei heißt es im mittleren Absatz, Woolworth glaube, eins der größten Probleme der Welt sei, dass es so viele Menschen gäbe, die keine Ahnung hätten, wie dumm sie seien, und wenn die Leute nur wüssten, wie dumm sie wirklich seien, wären sie völlig entsetzt.«

»Ich weiß, dass ich erst am Schluss reden sollte«, sagte ich, »aber ich fühle mich verpflichtet, darauf hinzuweisen, nur weil meine Figur eine Meinung hat, bedeutet noch lange nicht, dass *ich* dieser Meinung bin. Mit *manchem*, was meine Figuren sagen, bin ich einverstanden, aber nicht mit *allem.*«

»Na klar«, sagte Lauren und nickte. »Das ist mir völlig klar, und glaub nicht, dass ich sagen will – versteh mich nicht falsch. Ich rede von der Figur im Buch. Nicht von dir.«

»Allerdings«, sagte meine spezielle Freundin Haley, »entstammen die Worte James' *Kopf.*«

Ich öffnete den Mund, um etwas zu erwidern, doch Slim schnitt mir das Wort ab. »Woolworth ist *tatsächlich* eine streitlustige Figur, aber gerade das mag ich an ihm. Ich möchte Sie eins fragen. Selbst wenn Woolworth überkritisch *ist*, hat der Autor ihm zum Ausgleich andere Eigenschaften mitgegeben?«

Wo ich bin, ist einfach immer peinliches Schweigen. Etliche Mitschüler blätterten die Seiten durch, auf der Suche nach diesen schwer fassbaren ausgleichenden Eigenschaften. Ich sah mich in dem Kreis um. Wer würde Woolworth verteidigen? Das Was-würde-Jesus-tun-Mädchen? Der Wicca? Es musste irgendwen geben, der Woolworths Ansichten teilte. Ich hielt Ausschau nach einem Lächeln, nach irgendwas. Doch alle sahen nach unten auf die Seiten. Und Chloe, die den Stein ins Rollen gebracht hatte, schaute wieder das Einstein-Poster an und wirkte verloren.

»Ich würde sagen, er hat auf jeden Fall ausgleichende Eigenschaften«, sagte Dannon endlich. »Seine Individualität, wie jemand bereits erwähnte, und außerdem hat er feste Überzeugungen.«

»Meiner Meinung nach schaut er nicht auf alle herab«, sagte Summer. Ich wusste ja, einer der Freidenker würde mir helfen. »Ich glaube nur, dass er alles und jeden hasst.« Oh.

»Als Woolworth fast in eine Schlägerei geriet, merkte ich plötzlich, dass ich den anderen Typ angefeuert habe«, sagte Jonathan aus heiterem Himmel. Großer Gott! Wann ergriff *der* schon mal das Wort!? »Ich bin mir nicht sicher, ob der Autor das erreichen wollte.«

»Fahr doch zu Hölle, Vaginathan«, lag mir auf der Zunge, doch ich schluckte es mit meinem bisschen Speichel runter. Plötzlich hatte ich einen trockenen Mund, und mir war so warm, dass ich erwog, mein Jackett auszuziehen.

»Der Philister wollte doch nur mit seiner Freundin Spaß haben«, sagte der freakige Rock-'n'-Roll-Idiot. »Bei Woolworth hat man den Eindruck, er sitzt auf seinem hohen Ross, besonders mit diesem ganzen Gentleman-Quatsch.«

»Stimmt«, sagte Kirstie mit der Froschstimme. »Das ganze Ding mit den Klamotten in der Kirche – also echt, ich trag auch Shorts im Gottesdienst.«

»Leute, das ist nur eine Romanfigur«, sagte ich. »Von mir aus könnt ihr im Bikini zur Kirche gehen.«

Das Gelächter war schwach, genügte aber, um die Spannung zu lindern.

»Also, James«, sagte Slim, »wie ich den Diskussionsbeiträgen entnehme, sollten Sie sich vielleicht überlegen, ob Woolworth sich nicht etwas zurücknehmen sollte, wenn er anderen seine Ansichten aufzwingt. Ich würde einwenden, dass es die Figur möglicherweise kastriert, aber seien Sie sich zumindest bewusst, dass Sie eine Grenze überschreiten könnten, nach der manche Leser Sie als moralisierend interpretieren könnten –«

»Das ist es!«, rief Lauren. »*Moralisierend.* Das Wort hab ich gesucht. Woolworth moralisiert. Besonders wenn es um sexuelle Dinge geht. Hat noch jemand den Eindruck gewonnen, dass die Krankheit, über die er dauernd geredet hat, sexuell übertragen wurde oder sowas?«

Jetzt geht's los, dachte ich.

Mehrere Schüler nickten. Sogar Dannon nickte.

»Stimmt«, sagte er. »Er erwähnt es zwar nicht direkt, was ich cool finde, aber es liegt irgendwie in der Luft. Und ich verstehe, was ihr mit überkritisch meint.«

Weshalb musste er überhaupt an diesem Kurs teilnehmen? Sollte er nicht irgendwo in einer Großstadt sein und mit schönen Schlampen, deren Atem nach Kotze roch, Angel Dust rauchen?

»Tut mir leid, dass ich mich immer wieder einschalte«, sagte ich, »aber es ist keine Geschlechtskrankheit. Ich lasse den Leser zunächst in dem Glauben, doch gegen Ende des Buchs erfährt man, dass es keine ist. Das ist einer der Nachteile, wenn man einen Auszug für eine Kritik verteilt, aber ich kann erklären, was wirklich Sache ist.«

»Wir schließen das rasch ab«, sagte Slim, »dann haben Sie das Wort.«

Für Slim war all das bestimmt schwierig, da er mich einerseits wohl für labil hielt und mich schützen wollte, andererseits aber lange, kontrovers geführte Diskussionen in seinen Kursen genoss. Diese Kursdebatten glichen am Ende häufig Gruppentherapiesitzungen, daher wusste ich, dass über die Hälfte meiner Mitschüler Scheidungskinder waren.

Während mein Schweiß zu fließen begann, entschloss ich mich, jedes Mal Notizen zu machen, wenn einer etwas sagte, damit ich die Vorwürfe widerlegen konnte, wie ein Politiker, der darauf wartet, seinen Beitrag in einer Debatte zu leisten.

»Ich habe es so interpretiert«, sagte Ballkönigin Lauren, »dass Woolworth in dieser Geschichte sozusagen die einzige Figur ist, die sich diese Krankheit nicht einfängt, weil er als Einziger keinen Sex hat.«

Das brachte das Was-würde-Jesus-tun?-Mädchen dazu, sich einzuschalten: »Ich fand, der ganze Text hat einen puritanischen Unterton. Keine Ahnung, ob das beabsichtigt ist oder nicht.«

»Noch einmal«, sagte Lauren, »ich weiß, dass ein Unterschied besteht zwischen der Figur und James, deshalb beschuldige ich nicht James persönlich, aber die in diesem Text herrschende Atmosphäre läuft darauf hinaus, dass – sie stellt Sex als etwas so *Negatives* dar, was ich irgendwie unerträglich fand, weil Sex meiner Meinung nach etwas Wunderschönes und –«

Ich konnte es nicht ändern, aber mir entfuhr unwillkürlich ein lautes, verächtliches Lachen. Es glich mehr einem Schnauben, bei dem ich mir vorsichtshalber die Nase zuhielt und schniefte. Lauren warf mir einen bitterbösen Blick zu. »Was ist daran so komisch?«

Am liebsten hätte ich sie gefragt, was so wunderschön daran sei, mit der halben Footballmannschaft Analverkehr zu haben, sagte aber stattdessen: »Tut mir leid. Das hatte nichts mit deiner Bemerkung zu tun. Das war Nervosität.«

»Ach ja? Weil ich glaube, du hast mich ausgelacht.«

»Immer mit der Ruhe«, sagte Slim. Lauren und ich sahen einander an, während ich mir auf die Unterlippe biss und versuchte, nicht zu lachen. »Denken Sie daran, *sachlich* zu bleiben. Was würden Sie der Figur Woolworth denn *empfehlen*?«

»Ich seh das total wie Lauren«, sagte Summer, die normalerweise keinen Hehl daraus machte, dass sie Lauren für ihre Feindin hielt. »So, wie es geschrieben ist, läuft es darauf hinaus, dass Woolworth jeden total verachtet, der sich mit seiner Sexualität wohl fühlt. Und die Figuren, die diese Krankheit bekommen, werden als sexgeile Schwachköpfe dargestellt. Ihr Charakter wird darauf reduziert. Als würden sie vorsätzlich eindimensional gezeichnet.«

»Darin steckt übrigens eine gewisse Ironie«, sagte der Hipster. »Der Text macht Menschen runter, nur weil sie auf Sex stehen – womit ich, nebenbei bemerkt, nicht einverstanden bin. Dabei wird in diesem Auszug mehr über Sexualität geschrieben als in allen anderen Texten, die bisher in diesem Kurs verteilt wurden.«

Viele nickten. Diskret pustete ich aufwärts, um mein Gesicht zu kühlen, und lockerte meine Krawatte.

»Sogar der Titel, *Neurotica,* wie in Erotica«, sagte Malik. »Da geht's gleich sexy los.«

»Bekommt die Geschichte durch die Ironie nicht eine neue Ebene?«, fragte Slim.

»Schon«, sagte Malik, »aber gleichzeitig gilt doch, na ja – man sollte Leute nicht danach beurteilen, was sie mit ihren Körpern machen.«

Plötzlich fiel es mir auf: Wieso dachten alle Freidenker immer dasselbe?

»Echt, Mann«, sagte Braxton. »Wir sind doch keine Pilger.«

»Ach ja, du hast es doch nicht mal gelesen.« Der Satz kam einfach so aus meinem Mund geschossen, und über den scharfen Tonfall war ich selbst überrascht.

»*Was* hast du gerade gesagt?«

»Es reicht«, sagte Slim.

»Darf ich nur eins sagen?«, fragte ein gutgekleideter, schlanker junger Mann, dessen Kurzgeschichte ich für moralisierend gehalten hatte.

»Ja.«

»Ich mag Woolworth. Es ist erfrischend, jemanden mit konservativen –«

»Nein«, sagte ich und spürte, wie mein Gesicht rot anlief.

»– konservativen und christlichen Werten zu sehen.«

»Nein, nein, nein, nein, nein, nein, nein. Das ist *nicht* die Botschaft, die ihr aus diesem Text beziehen solltet. Woolworth ist *nicht* konservativ.«

»Meine Güte. Ich will dir doch nur helfen, Alter.«

»Danke, und entschuldige bitte. Aber wenn überhaupt, ist er ein wütender, radikaler Progressiver.«

»Das hab ich völlig anders gesehen«, sagte Haley. »Sieht das irgendwer so?«

»Ich halte Woolworth für einen frechen Rüpel, eine Art Punk«, sagte Lauren, die mich immer noch ganz böse ansah.

»Ja«, sagte ich. »Genau. Er ist ein Punker. Er ist Punkrock.«

»Das meine ich aber nicht positiv.«

»Und was ist mit deinem Anzug?«, fragte Kirstie.

»Was soll der Scheiß?«, sagte ich. »Kritisierst du mich als *Person*?«

»Ich sag bloß, jeder, der schon mal Sex hatte, weiß, dass es nix Schlechtes is«, sagte Braxton.

»Noch mal«, sagte ich. »Ich glaube, wer meinen Text nicht gelesen hat, sollte sich an dieser Textkritik nicht beteiligen.«

»Aber *du* solltest erst reden, wenn die Kritik vorbei ist«, sagte Lauren.

»Die Kritik *ist* vorbei«, sagte Slim. »Alle sind jetzt still und geben James Gelegenheit zu antworten.«

10.14 »Danke. Und Dank an alle für eine gründliche, wenn auch irgendwie fehlgeleitete Kritik. Ich muss wohl einige Dinge klarstellen. Malik, du hast völlig Recht. Was die Leute in ihren Schlafzimmern treiben, ist mir egal. Sorgen macht mir nur, dass das Schlafzimmer seine Wände gesprengt hat und sich in alle anderen Zimmer ausbreitet. Damit meine ich, es kommt mir so vor, als würde *alles* immer sexyer und dümmlicher, und als Folge davon verlieren die Leute ihr *Denkvermögen.* Oder wenn sie denken können, sind sie nur das, was Orwell Gutdenker genannt hätte. Ich habe *nicht* behauptet, Geschlechtsverkehr sei grundsätzlich schlecht. Slim, es ist ein Manko, wenn man in seinen Texten etwas *zeigt* und nicht *erzählt.*«

Er lächelte. Ich fuhr fort, bemüht, die drei oder vier mich finster anblickenden Schüler nicht zu beachten.

»Unsere Diskussion begann vorhin mit Chloes Aussage, sie finde Woolworth überkritisch, und dem stimme ich zu. Das ist sein tragischer Mangel. Ist jemandem aufgefallen, dass er kein glücklicher Mensch ist? Offenbar besteht das Leben für ihn nur aus Leid und Enttäuschung. Ich habe versucht zu zeigen, dass zwar einige von Woolworths Ideen zutreffen mögen, er aber nicht unbedingt *Recht hat.* Anscheinend ist mir das nicht gelungen.

Jedenfalls wird es euch freuen zu hören, dass Woolworth am Ende allein ist. Und wäre dieser Auszug fünf Seiten länger, hättet ihr einen kurzen Eindruck davon bekommen, wie einsam er wirklich ist, denn schon in der nächsten Szene lasse ich Woolworth nach Hause gehen, wo er und seine Oma einander den Blutdruck messen. Was für Woolworth ein typischer Freitagabend ist. Also ja, er *ist* überkritisch, aber er ist auch allein, während all die Leute, die er kritisiert, *einander* haben, und all diese Leute können ihre Krankheit sogar gemeinsam genießen. Und darum dachte ich, das würde es wieder ausgleichen. Also wirklich, ich lasse ihn aus der Kirche werfen, weil er überkritisch ist. Nicht einmal die Kirche will den Typ haben.« Ich hielt inne und sah Chloe in die Augen. »*Niemand* will den Typ haben.« Ihre Lippen zitterten, als sie wegsah.

»Was ich noch ansprechen wollte, ist die Krankheit. Wie gesagt, es ist keine Geschlechtskrankheit. Später im Roman erfahren wir – was eine überraschende Wendung in der Handlung ist, doch vermutlich hat niemand etwas dagegen, wenn ich sie vorab verrate –, erfahren wir, dass diese Krankheit tatsächlich von der Regierung in Umlauf gebracht wurde, oder, genauer gesagt, von einer Firma, die insgeheim die Regierung kontrolliert. Also –«

»Was *quatschst* du da eigentlich?«, unterbrach mich Braxton, doch ich beachtete ihn nicht.

»Arthur Mabus, der CEO dieses Unternehmens, glaubt, Profite könne man am besten vermehren, wenn man dafür sorgt, dass die übrige Bevölkerung ihr Denkvermögen verliert, weil sie sich so leichter kontrollieren ließe und sie nicht merkt, dass er sich ihr ganzes Geld unter den Nagel reißt. Und damit die Menschen ihr Denkvermögen verlieren … Da kommt die Krankheit ins Spiel. Die Krankheit wird übrigens durch Radiowellen verbreitet. Sie ist in einen blöden Rapsong eingebettet, und wenn man den Song bis zum Ende anhört, bekommt man diese Krankheit, und weil dieses riesige Unternehmen sämtliche Radiostationen und Fernsehsender kontrolliert, wird der Song problemlos zum

Hit, weil man ihm nicht entkommen kann. Alle finden den Song phantastisch, außer Woolworth. Er weigert sich, ihn zu hören, *deshalb* ist er der einzige Gesunde.

Ich bin fast fertig. Slim, mir hat Ihr Vorschlag gefallen, dass Woolworth eine bessere Motivation braucht, um diese Leute retten zu wollen, und mir kam eine Idee. Wie wäre es, wenn ich eine Figur hinzufügte? Es könnte eine Frau sein, für die er etwas empfindet, weil sie so einzigartig und klug und ideal für ihn ist, doch dann infiziert *sie* sich mit der Krankheit. Dann stünde für ihn etwas Persönliches auf dem Spiel.«

»Das ist gar nicht schlecht«, sagte Slim.

Chloes zarte, katzenhafte Gesichtszüge wirkten auf einmal bedrückt und kraftlos.

»Und schließlich, nur für den Fall, dass ihr Woolworth *immer noch* nicht mögt, schenkt ihr ihm vielleicht euer Mitgefühl, wenn ihr die letzte überraschende Wendung erfahrt, nämlich dass auch Woolworth schon lange selbst an der Krankheit leidet. Und auf der letzten Seite erfährt man, dass er sogar *als Einziger* an ihr erkrankt ist. Deswegen leidet er an Realitätsverlust, und er ist überzeugt davon, dass sein Leben nur ein Buch ist. Es lässt sich schwer erklären – es ist eine seltsame metaphysische Sache –, aber wie sich herausstellt, spielte sich mein Buch ausschließlich in seinem Kopf ab.«

»Hm«, machte Slim.

»Das war's. Danke für eure Aufmerksamkeit.«

»Das heißt doch, was Woolworth erlebt, ist nicht real?«, fragte Slim.

»Äh, irgendwie schon. So ziemlich. Warum?«

»Da könnte man doch auch sagen, das ganze Buch sei nur ein Traum gewesen, nicht wahr? Was ich vorhin angesprochen habe?«

»Eigentlich nicht. Er hat das alles erlebt, aber seine Wahrnehmung war getrübt weil – stimmt. Okay. In Ordnung. Sie haben Recht. Ich ändere das.«

»Sie müssen es nicht ändern. Ich fände es nur schade zu erfahren, dass sich der gesamte Roman auf ein Hirngespinst reduzieren lässt.«

Ich wollte nicht mehr reden.

Ich hatte versagt. Mein Text hatte versagt. Diese Stadt würde nicht zulassen, dass ich mich aus ihr hinausschrieb. Man würde die Regeln nicht ändern, und falls doch, würden die Mannschaften völlig unterschiedlich stark sein. Keiner würde je seine Meinung über mich oder sonst etwas ändern.

10.17 Als alle mir meinen Text zurückgaben und ich endlich Gelegenheit hatte, durchzuatmen, ging mir erst auf, was gerade geschehen war. Ich spürte, wie meine Emotionen von innen gegen die Augäpfel drückten, und sogar die Luft um mich herum fühlte sich schwer an.

»Tut mir leid«, sagte Chloe leise, als sie mir die Papiere gab. »Ich wusste ja nicht, dass *so etwas* passieren würde.«

Ich öffnete den Mund, um ihr zu sagen, das sei schon okay, doch mein Hals war wie zugeschnürt, und ich hatte das Gefühl, wenn ich auch nur ein Wort sagte, würde ich anfangen zu schluchzen wie ein Kleinkind.

»James?«, sagte sie fragend.

Ich konnte nicht sprechen. Ich musste meine ganze Kraft zusammennehmen, um nicht zu weinen. Ich dachte an die vielen Besuche im Krankenhaus, an die Trauerfeier und die Beerdigung, und dass ich dabei nie geweint hatte, und ich dachte, was fällt ihnen ein. Was fällt ihnen ein, mich so weit zu bringen, dass ich weinen will? Was fällt ihnen ein? Was fällt ihnen ein? Was fällt ihnen ein?!

»Du hast also was gegen Rap?«, fragte Braxton, als ich die Papiere in meinen Ordner packte.

»Nein. Ich habe Rap genommen, weil das gegenwärtig die beliebteste Musikform ist.«

»Nur damit du's weißt, du wirkst dadurch ein bisschen rassistisch, also solltest du vielleicht was anderes als Rap nehmen.«

»Wieso sollte –«

»Ich sagte, die Kritik ist beendet«, griff Slim von seinem Pult aus ein.

»Er hat mich gerade Rassist genannt. Darf ich wenigstens antworten?«

»Aber kurz.«

»Ich habe tausend Jazzplatten zu Hause, und auf neunundneunzig Prozent davon spielen schwarze Musiker. Und ich glaube nicht, dass jeder Rap automatisch schlecht ist, doch der Song in meinem Roman heißt ›The Body Song‹, und der *ist* schlecht, aber dennoch finden alle ihn toll, weil sie einen grässlichen Geschmack haben. Schlechte Musik, Dummheit und moralische Verwerflichkeit bilden für Woolworth eine untrennbare Einheit. Jedenfalls ändere ich es nicht, vergiss es also.«

»Siehst du, jetzt verurteilst du uns praktisch alle«, sagte Lauren. »Im Grunde behauptest du, die Leute sind schlecht, wenn sie nicht die Musik hören, die du magst.«

»In echt«, sagte Braxton. »Du kommst her, ziehst über die Musik her, die wir hören, und ziehst über uns alle her, weil wir gern vögeln, aber weißt du was, wir könnten dich auch kritisieren. Beispielsweise, warum trägst du ’n Anzug, oder warum hast du was dagegen, dass Leute vögeln?«

»Weil ich so verflucht sonderbar bin.«

Die meisten Kursteilnehmer drehten sich um, weil sie sehen wollten, wie Slim reagierte. Er konnte dazu nichts sagen, weil er einmal selbst das Wort im Kurs verwendet hatte.

»Ich verstehe aber, was Braxton über Rassismus gesagt hat«, sagte Haley. »Ich fand die ganze Geschichte schwulenfeindlich und stellenweise auch sexistisch.«

»Woher *habt* ihr sowas alles?«

»Ich stimme dem zu«, sagte Lauren. »Ich fühlte mich beleidigt.«

»Herrgott noch mal! In der Hälfte der von euch verfassten Geschichten werden Figuren auf die denkbar obszönste Weise umgebracht, aber *davon* fühlt sich nie jemand beleidigt, stimmt’s? Ich finde das unfassbar. Ihr seid alle dermaßen fixiert darauf, politisch korrekt zu sein, nur ja das Richtige zu sagen, aber wenn es darum geht, wirklich gut zu Menschen zu sein …«

»Nur damit du’s weißt«, sagte Strohkopf Kirstie, »ich weiß, auf wem eine deiner Figuren basiert – nämlich das Mädchen, das mit ihrem Bruder geschlafen hat, und ich werd’s ihr erzählen.«

Ich lachte wieder. »In Wirklichkeit basiert diese Figur auf dir.«

»Wie war das?«

»Alle an der Krankheit leidenden Figuren basieren auf euch allen. Ihr seid alle gleich. Bei euch allen denkt man: hallo. Kennen wir uns nicht? Ich *schwör's,* wir sind uns schon mal begegnet.«

»Das reicht«, sagte Slim.

»Ihr seid alle ein Haufen Automaten, und zwar Automaten von der schlimmsten Sorte, weil ihr euch alle für aufgeschlossen und progressiv haltet mit eurem ganzen jugendlichen Gequatsche von wegen *Menschen sollten mit ihren Körpern machen können, was sie wollen,* aber wie aufgeschlossen könnt ihr sein, wenn ihr alle genau gleich seid? Habt ihr darüber schon mal nachgedacht? Habt ihr euch schon mal überlegt, wie *einförmig* ihr alle seid?«

»Was hast du für 'n *Problem,* Typ?«, fragte Lauren.

»Lasst ihn in Ruhe«, sagte Chloe. »Er hat in letzter Zeit eine Menge durchgemacht.«

»Oh, bestimmt ist es ihnen allen schlimmer ergangen«, sagte ich.

»Du weißt einen Dreck über uns, egal über wen«, sagte Braxton. »Du hältst besser die Klappe.«

»Es reicht!«, schrie Slim. Ich hatte nicht gewusst, dass er so laut werden konnte. »Jetzt rede *ich.* Ich will von *keinem* von Ihnen noch ein Sterbenswörtchen hören.«

Dann sagte er uns, was wir am nächsten Tag machen würden, doch davon hörte ich kaum ein Wort. Wie man mich heute behandelt hatte, war inakzeptabel. Ich meldete mich.

»... Und nicht vergessen, dass die Vokabeln immer noch jeden Freitag an der Reihe sind. James, egal was es ist, hat es nicht Zeit bis nach dem Unterricht?«

»Ich wollte nur sagen, dass ich es ganz bezaubernd finde,

wie alle kleinen Schlampen immer zusammenhalten. Woolworth und ich hatten nie eine Chance. Und bevor ihr alle einen Anfall kriegt, ich bin nicht sexistisch, wenn ich kleine Schlampen sage. Denn damit meine ich Jungs wie Mädchen. Vielleicht sogar ein wenig mehr die Jungs. Mir tut es ehrlich leid, dass ihr es euch wegen meines Textes nun zweimal überlegen müsst, ehe ihr euch dem Gelegenheitssex hingebt.«

»Gehen Sie raus auf den Flur«, sagte Slim so untypisch streng, dass es beunruhigend war.

Ich stand auf und nahm meinen Hefter und das Notizbuch mit. An der Tür blieb ich stehen, drehte mich um und sagte: »Ihr seid alle ein Haufen schlecht erzogener Huren.«

»Das reicht«, sagte Slim. Jetzt stand *er* auf. »Wir gehen ins Büro des Direktors.«

»Ich weiß genau, dass der auch eine Hure ist.«

10.21 »Alles in Ordnung?«, fragte Slim, als er die Tür des Kursraums geschlossen hatte.

»Nein.«

»Warum gehen Sie nicht nach Hause?«

»Ich lasse mich von denen nicht verjagen. Gehen wir ins Büro des Direktors?«

»Nein. Das musste ich vor den Schülern sagen. Es wird für Sie kein Nachspiel geben.«

»Ich erwarte keine Sonderbehandlung. Bestrafen Sie mich, wie Sie es für richtig halten.«

»Sie brauchen keine Bestrafung. Hören Sie, der Kurs dauert nur noch wenige Minuten. Bleiben Sie hier draußen, und wenn der Kurs vorbei ist, kommen Sie wieder rein, dann reden wir, einverstanden?«

»Einverstanden.«

Er ging wieder zurück, und in dem kurzen Moment, als die Tür offen stand, hörte ich sie alle kreischen und lachen.

Bestimmt waren einige von ihnen in ihrem ganzen Leben noch nie auf einer Beerdigung gewesen.

Ich setzte mich auf den kalten, harten Fußboden und überlegte, wieso ich nicht auseinanderfiel. Ich fragte mich: Was jetzt? An wen konnte ich mich wenden? Was war noch übrig? Ich hasste alles und jeden, mich selbst eingeschlossen.

Doch dann, in diesem Augenblick jämmerlichen Selbstmitleids, sah ich einen der Sonderpädagogen, der am anderen Flurende einen missgestalteten Jungen in einem Rollstuhl schob. Als sie näher kamen, hörte ich den Jungen leise stöhnen. Beide Arme waren augenscheinlich auf Dauer schmerzhaft verdreht, und ich hatte keine Ahnung, wie alt er war. Ich sagte mir, dass ich gar keine echten Probleme kannte.

Nicht mal eine Minute, nachdem sie verschwunden waren, hatte sich diese neue Perspektive komplett in Luft aufgelöst. Ständig musste ich an meinen Spring Break denken, verglichen mit dem Spring Break der anderen. Ich spürte, wie ein schrecklicher Wutanfall aus mir herausbrechen wollte. In meinem ganzen Leben war ich noch nie so zornig gewesen. Und Chloe hatte damit angefangen; sie hatte die Textkritik in die falsche Richtung gelenkt. Sollen doch alle zur Hölle fahren!, dachte ich. Ich beschloss, wieder zur Asexualität zurückzukehren.

Ganz plötzlich wusste ich genau, was als Nächstes passieren sollte, was ich machen musste. Ich stand auf und ging rasch und energisch in Richtung einer schlechten Idee.

10.22 Mit zitternden Fingern öffnete ich meinen Spind und hoffte, diese Nervosität würde bald ein Ende haben. Ich entledigte mich des Notizbuchs und des Hefters und bemerkte, dass Tyler auf die Bücher auf seinem Regalbrett zwei Karten für den Abschlussball gelegt hatte. Im unteren Bereich des Spinds, genau, wo ich ihn zurückgelassen hatte, war der Wodka.

Ich versteckte mich hinter der Spindtür, damit die Kameras nicht erfassten, was ich machte. Ich hob die Flasche hoch, vergewisserte mich, dass der Deckel fest zugeschraubt war, und steckte sie in meine innere Jacketttasche.

Dann eilte ich Richtung Jungsklo. Mir fielen die Kameras ein und welchen Eindruck jemand gewönne, der die Monitore beobachtete, deshalb ging ich langsamer. Der einzige andere Mensch, der mir begegnete, war ein Junge mit Irokesenfrisur und Lederjacke, der gerade aus der Toilette gekommen war. Ich beschloss, mich wie üblich zu benehmen, senkte also leicht den Kopf und sagte: »Guten Morgen.« Der Junge, der nach Zigarettenqualm stank, sah mich an und sagte kein Wort, was mich in der Auffassung bestätigte, das Richtige zu tun. Ich bekam zu keinem von ihnen Kontakt, egal wie, also konnte ich mich genauso gut abkoppeln.

10.23 Weil ich mich nicht in mir selbst verkriechen konnte, wollte ich stattdessen in die Flasche kriechen. Ich hockte mich hin und sah in den Kabinen keine Füße. Ich wählte dieselbe Kabine wie in der letzten Stunde, verriegelte die

Tür und zog den Dark Eyes heraus. Meine Hände zitterten, als ich den Deckel abschraubte und am Wodka roch, um meine Zunge auf das kommende Leid vorzubereiten.

»Gemeinsam im Himmel«, flüsterte ich. Während ich die Flasche hob, dachte ich an einen Jungen, der Elliot Pearson hieß. Als ich die zehnte und Elliot die zwölfte Klasse besuchte, saßen wir zusammen beim Mittagessen. Elliot war ein freundlicher, nachdenklicher und intelligenter Mensch. Solange er Osborne besuchte, war er militant gegen Trinken und Drogen. Nachdem er ein Vollstipendium auf der Universität Kentucky bekommen hatte, starb er in seinem ersten Studienjahr an Alkoholvergiftung.

Mit der Flasche an den Lippen erwog ich, doch nichts zu trinken.

Doch ich konnte nicht mehr kämpfen.

Ich nahm ein Schlückchen, kaum mehr als ein Nippen, und es brannte auf meiner Zunge, dann in meiner Kehle. Das scheußliche Gefühl führte bei mir zu einem Hustenanfall, der mit der Pausenklingel zusammenfiel. Ich wusste, ich musste mehr trinken, und zwar schnell, wenn mir das hier irgendwas bringen sollte.

Ich hörte, wie die Tür aufschwang, was seltsam war, da es erst fünf Sekunden zuvor geklingelt hatte. Wer da gekommen war, musste es eilig haben. Doch dann hörte ich seine schwerfälligen Schritte. Unterdessen hustete ich immer noch. Ich beugte mich nach unten und sah ein großes Paar weißer Reeboks in meine Richtung kommen.

Dann klopfte es an meiner Kabinentür.

»Besetzt«, sagte ich. Von Panik erfasst, steckte ich die Flasche wieder in mein Jackett.

»Komm da raus«, sagte eine tiefe, grimmige Erwachsenenstimme.

»Äh … ich entleere gerade meinen Darm.«

»Das glaube ich nicht, aber es macht nichts. Ich warte.«

»Kann ich irgendetwas für Sie tun?« Ich hielt eine verschwitzte Handfläche an meinen Brustkorb und fragte mich, ob mein Herz wirklich so schnell schlagen konnte. (Das tat es.)

»Beeil dich und beende dein Geschäft.«

In diesem Moment wurde mir klar, dass es ein Fehler gewesen war zu behaupten, ich sei mit der Darmentleerung beschäftigt. »Das kann ich nicht, wenn Sie dastehen. Ich bin schüchtern.«

»Pech gehabt.«

Ich seufzte laut und schwer. »Ich bin körperlich nicht in der Lage, das unter diesen Bedingungen zu tun, also verschiebe ich es auf ein anderes Mal.«

»Wie du willst. Und jetzt komm da raus.«

Um das Geräusch zu imitieren, das entsteht, wenn man die Hose hochzieht, zog ich sie runter, dann wieder hoch. Als ich die Tür öffnete, sah ich Mr. Toombs, den dickbäuchigen, in einem Trainingsanzug steckenden Coach des Footballteams von Osborne High.

»Möchten Sie mir etwas zeigen?«

»Was meinen Sie damit, Sir?«

»Lassen wir diese Spielchen. Wir können das auf die harte Tour oder auf die sanfte Tour machen.« Wahrscheinlich hatte er das im Fernsehen gehört, vermutlich beim Wrestling, und während er zusah, sagte er sich: »Ooh, das ist ein guter Spruch. Den werd ich irgendwann mal verwenden, um junge Burschen auf Toiletten einzuschüchtern.« – »Was soll's sein?«

»Ich … Nun, mir wäre die sanfte Tour natürlich lieber, aber –«

»Gute Wahl.« Er streckte seine große Hand aus. Ich sah auf die Hand, dann in seine Augen, die Augen eines Schlägers, bösartig und zusammengekniffen. Bestimmt kniff er die Augen zusammen, weil er eine Brille brauchte, aber keine tragen wollte, weil er sein Leben lang Angst davor hatte, dass man ihn Nerd nannte.

Wieder fehlte mir die Kraft zu kämpfen. Ich zog die Wodkaflasche aus meinem Jackett und gab sie ihm. Er riss kurz die Augen auf und lachte.

»Sie haben also nicht geraucht?«

»Nein, Sir.«

Zwei Nichtsnutze mit Bürstenhaarschnitt traten ein. »Jungs, wir sind beschäftigt. Kommt in einer Minute wieder.«

»Erwischt!«, sagte eines der jungen Genies auf dem Weg nach draußen.

»Haben Sie auch bestimmt keine Zigaretten?«

»Nein, Sir. Bestimmt nicht.«

»Ich habe Sie husten gehört und den Qualm gerochen.«

»Der Qualm stammte von meinem Vorgänger.«

»Haben Sie das alles getrunken?«

»Nein, Sir. Nur einen einzigen Schluck.«

Er steckte die Flasche in eine Tasche seiner Windjacke, sagte: »Gehn wir«, und hielt mir die Tür auf.

»Danke.«

Alle sollten sich fragen, warum mich der Footballcoach

mürrisch durch den Flur begleitete, doch sie steckten wie weidende Kühe in Grüppchen die Köpfe zusammen und bemerkten mich nicht. Etliche Jungs sagten: »Was gibt's, Coach?«, worauf er einfach ihre Nachnamen nannte, während er vermutlich gegen den Drang ankämpfte, ihnen den Hintern zu versohlen. Er war Trainer durch und durch. Sein Gesichtsausdruck war dauerhaft auf finster fixiert, und sein Schnauzer war mit dem kurzgetrimmten Kinnbart verbunden, eine bei den Männern Vandalias beliebte Mode.

Wir betraten das lärmige Sekretariat, in dem es von Lehrern und Leuten aus der Verwaltung wimmelte, die kicherten und lauter redeten als nötig. Der Trainer sagte zu der faltigen Sekretärin: »Ich muss diesen jungen Mann zu Mr. Shankly bringen.«

Ob der Trainer sah, dass ich den Kopf schüttelte, war mir egal. Shankly, ein Mann mit der Moral eines Stinktiers, würde mich bald maßregeln.

»Er hat gerade Besuch, aber ich lasse ihn wissen, dass Sie warten.«

»Setzen«, befahl er mir.

Ich setzte mich auf einen der drei Stühle vis-à-vis von der Sekretärin, schlug die Beine übereinander, und als der Sitz bewirkte, dass meine Hämorrhoiden im Hintern zwackten, nahm ich das hin. Während der Trainer mit der Sekretärin sprach, überlegte ich, wie meine Bestrafung ausfallen würde. Wirklich Angst machte mir die Aussicht, dass meine Mutter herausfand, was ich getan hatte. Sie hatte gerade die schlimmsten Wochen ihres Lebens hinter sich gebracht, und wenn sie eins nicht brauchte, dann war es der Schock zu erfahren, dass ein bisher artiger Sohn plötzlich in der

Schule Zicken machte. Eines Tages könnte ich es ihr beichten, Monate oder Jahre später, aber nicht jetzt.

Der Trainer schrieb rasch etwas auf einen rosa Notizblock und riss dann das oberste Blatt ab. Anschließend hing er noch am Tresen der Sekretärin herum und schlenkerte mit seinen Schlüsseln. Ich beugte mich vor, streckte die Hand aus und sagte: »James Weinbach.«

Er zögerte, gab mir dann die Hand. Sein Griff war genauso wie erwartet, und ich ertappte mich dabei, wie ich meine ganze Wut durch meinen Arm in meine Hand schickte und den Griff ebenso energisch erwiderte. Als ich merkte, dass er sich nicht vorstellen würde, sagte ich beinahe schnippisch: »Mr. Toombs, stimmt's?«

»Ja.«

Er schaute weg, spielte weiter mit seinen Schlüsseln, ehe er schließlich beschloss, sich neben mich zu setzen.

»Das ist für mich neu«, sagte ich. »Ich hatte noch nie Ärger.«

»Aber jetzt haben Sie welchen.«

»Ich habe vorher nur ein Mal erwähnenswerte Mengen getrunken.«

»Heben Sie sich das für den Direktor auf.«

»Ja, Sir.«

»Und genug ja, Sir, nein, Sir. Wir sind nicht bei der Army. Was ist eigentlich dein Ding, Kleiner?«

»Wie bitte?«

»Na ja, wie du rumläufst. Du siehst aus, als wolltest du zu 'ner Benefizveranstaltung oder sowas.«

»Ich ziehe mich gern schick an.«

»Na sowas, James! Was machen *Sie* denn hier?«

Ich drehte mich um und sah Mr. Hellwig, meinen ehemaligen Lehrer im Leistungskurs Geschichte und einen der besten Pädagogen aller Zeiten.

»Och, ich warte nur auf ein Gespräch mit dem Rektor.«

»Heißt das, Sie haben *Ärger*?« Wie sich seine Augenbrauen schräg legten, erinnerte mich an Ronald Reagan.

»Leider ja.«

»Tja, halten Sie die Ohren steif, James.«

»Danke, Mr. Hellwig.«

»Es gibt also keinen besonderen *Grund*, warum du so rumläufst?«, fragte Coach Toombs. »Du hast nicht nach der Schule etwas vor?«

»Nein. Ich ziehe mich jeden Tag so an.«

»O-kaay.«

Ich hasse es, wenn Leute »okay« so zerdehnen. (Das erlebte ich ziemlich oft.) Ich wollte mit diesem Mann nicht mehr reden, wenn ich nicht offen sagen konnte, was ich dachte, nämlich: »Wir haben nicht alle die Klasse, ausschließlich in Sweatpants City einzukaufen oder wo auch immer Sie Ihre elegante Garderobe erstehen.« Ganz ehrlich, noch ein, zwei Tage, und der Mann würde aussehen wie ein obdachloser Pädophiler.

Doch dann fiel mir etwas ein, was meinen Zorn dämpfte.

»Ich habe Sie mal bei Rafferty's gesehen.« Er reagierte überhaupt nicht. »Sie waren mit Frau und Kindern da. Jedenfalls vermute ich, dass Sie das waren.« Er blieb immer noch stumm. »Finden Sie das Essen dort nicht großartig?«

»Ja.«

»Wenn ich dort esse, bestelle ich immer genau das Gleiche.«

Er hielt inne und sagte dann: *»Und?«*

»Das Ultimative Club-Sandwich.«

»Ja. Hatte ich auch schon.«

Es klingelte. So schlecht das auch war, ich freute mich, nicht in Algebra II zu sitzen, einem Kurs, wo ich mir sogar noch deplatzierter vorkam als in Chemie.

»Warum hast du das gemacht?«, fragte der Coach plötzlich.

»Getrunken?«

»Genau. Du scheinst kein übler Junge zu sein. Warum trinkst du in der Schule?«

»Vermutlich aus denselben Gründen, warum alle trinken.«

»Nämlich?«

»Ich wollte mich besser fühlen.«

Algebra *II*

10.30 Der Coach nickte, und ich sah, wie sich sein Mund widerwillig zu einer Art Lächeln verzog.

Ich hielt mir die gewölbte Hand vor den Mund, um meinen Atem besser riechen zu können, und staunte, dass man mir so leicht auf die Schliche gekommen war. Während meiner gesamten Schulzeit hatte ich nur dieses eine Mal so massiv gegen die Regeln verstoßen. Es hatte zwar kleinere Verstöße gegeben, wie damals, als man mich dabei erwischte, wie ich mich im Foyer versteckte, obwohl ich auf dem Pep Rally für unser Basketballteam hätte sein sollen, oder als ich den Vortrag eines Gastredners verließ, der uns kindische Spielchen machen ließ, beispielsweise sollte man in einer Minute möglichst viele Leute mit den Hüften anstoßen. Bei den Worten: »Für unsere nächste Aktivität möchte ich, dass alle die Schuhe ausziehen«, verließ ich die Sporthalle. Der Lehrer, der uns in Werken unterrichtete, lief mir nach und bestand darauf, dass ich zurückging. Doch diese letzte Verfehlung war schlimm genug, dass sie zu meiner allerersten Begegnung mit Direktor Shankly führte.

Ich war irgendwie benommen und nervös zugleich, als Mr. Shanklys Tür endlich aufging und ein Mädchen mit fettigen Haaren herauskam, die aussah, als sei sie dazu berufen, den Rest ihres Lebens im Schlafanzug zu verbringen.

»Sie beide können jetzt eintreten«, sagte die Sekretärin, während das Mädchen ihre Tränen trocknete.

10.32 Er war ein kleiner Mann mit der Statur eines Jockeys, zierlich, aber sehnig, und er hatte ein hartes, eckiges Gesicht, das hauptsächlich aus Wangenknochen zu bestehen schien. Er machte einen durch und durch *ernsten* Eindruck; ich konnte mir nicht vorstellen, dass er jemals lachte, fernsah oder Musik hörte. Doch ich konnte mir, weshalb auch immer, vorstellen, dass er zu Countrymusic an einem Squaredance teilnahm. Aber vor meinem inneren Auge hatte er selbst beim Squaredance eine so ernste Miene aufgesetzt, dass alle anderen Tänzer deprimiert waren und ihn aufforderten zu gehen. Er blieb sitzen, als der Coach mir bedeutete, in das kleine, triste Büro einzutreten.

»Wodka in der Toilettenkabine«, verkündete der Coach.

Ich streckte die Hand über den außerordentlich aufgeräumten Schreibtisch des Direktors. »James Weinbach. Freut mich sehr, wenn auch nicht die Umstände.«

Man hätte meinen können, beide Männer hätten noch nie Hände geschüttelt. Nach kurzem Zögern tat es Shankly. Als er wieder losgelassen hatte, spürte ich auf meiner Handfläche, wo sich sein Ehering in meine Haut gegraben hatte. Ich konnte mir kaum vorstellen, dass er eine Person fand, die bereit war, ihn zu heiraten.

»Nehmen Sie Platz«, sagte er.

»Danke.« Ich setzte mich und spürte wieder den stechenden Schmerz meiner Hämorrhoiden. Ich schlug die Beine übereinander und sah mich in dem Büro um, doch da gab es wenig zu sehen. Auf seinem Schreibtisch standen zwei Bilderrahmen, deren Bilder er sehen konnte, sein Namensschild, das ich lesen konnte, die kleine Messingstatue eines Golfspielers sowie ein unförmiger, hellgrauer Computer.

Der Trainer gab den Dark-Eyes-Wodka und den rosa Zettel dem Rektor. »Ich hatte in der letzten Stunde Fluraufsicht und habe ihn keine fünf Minuten nach Ihrer Ansprache an uns erwischt.«

»Freut mich, dass wenigstens *einer* zuhört.« Shankly wies auf die Wodkaflasche. »Woher haben Sie die?« Er hatte die energische Stimme eines viel größeren, besser aussehenden Mannes.

»Ich habe ihn aus unserer Hausbar.« Statt ihm dabei in die Augen zu sehen, schaffte ich es gerade mal, zu seinem fiesen, kleinen, weißen Schnauzbart zu sprechen.

»Warum haben Sie sich so feingemacht?«

»Er sagt, er sieht gern schick aus.« Das kleine, hässliche Gesicht des Rektors verzog sich, als habe er gerade Blähungen. Es war nicht das erste Mal, dass Erwachsene mir das Gefühl gaben, etwas falsch zu machen, weil ich mich schick anzog. »Ich muss in den Unterricht.«

»Sollte ich sonst noch etwas wissen?«, fragte der Rektor.

»Ne. Er war weitgehend kooperativ.«

»Na schön. Ich übernehme jetzt.«

Als sich der Coach umdrehte, um zu gehen, sagte er: »Ich will dich nie wieder bei so etwas erwischen.«

»Das werden Sie auch nicht. Ich bin für so etwas nicht geschaffen. Hat mich gefreut.«

»Jau«, sagte er lachend. »Viel Glück, mein Junge.« Er schloss die Tür.

Der Rektor lehnte sich in seinem Drehsessel zurück. »Also, raus mit der Sprache.«

»In Ordnung. Ich ... ich kann wohl nicht viel zu meiner Entschuldigung anführen. Ich habe eine Fehlentscheidung getroffen.«

Er fuhr sich mit den Fingern durch sein schütter werdendes weißes Haar. Seltsamerweise tat er das rhythmisch aufeinander abgestimmt, zweimal über jedem Ohr.

»Das ist alles?«

»Jawohl, Sir.«

»Keine Ausreden?«

»Nein, Sir. Ich bin Ihnen auf Gedeih und Verderb ausgeliefert. Ich gebe mich geschlagen.«

»*Sie geben sich geschlagen?* Halten Sie das für ein Spiel?«

»Nein, Sir. Das war ungeschickt formuliert. Ich meinte damit, ich fühle mich generell geschlagen, vom Leben enttäuscht. Nein, glauben Sie nicht, dass ich das hier auf die leichte Schulter nehme. Ich habe noch nie in ernsten Schwierigkeiten gesteckt.«

Er musterte mich fünf unangenehme Sekunden lang. Dann fragte er: »Wie heißen Sie noch gleich?«

»James Weinbach.«

»Wie buchstabiert man Ihren Nachnamen?«

Er tippte die Buchstaben ein, wie ich sie ihm nannte, und betrachtete dann den Bildschirm. Hol dich der Teufel, weil du mich nicht kennst, dachte ich. Im Stillen forderte ich mich auf, es nicht persönlich zu nehmen; es gab hier Schüler, genialere Köpfe als ich, deren Namen er nie lernen würde.

Er klickte auf seine Maus, betrachtete den Schirm und sagte: »Wie ich sehe, waren Sie jedes Mal auf der Liste der besten Schüler. Warum sollte ein kluger Mensch wie Sie so etwas Dummes machen?«

Ich rutschte auf meinem Sitz herum und wartete, dass mir eine Antwort einfiel. Falls er Einzelheiten der Textkritik erfuhr – etwa wie übel ich meine Mitschüler beschimpft hatte –, würde Shankly vielleicht Slim vorwerfen, er sei mir gegenüber zu nachsichtig, und Slim in Schwierigkeiten zu bringen, war das Letzte, was ich wollte. Da war eine Antwort: »Nun, für einen Menschen meines Alters gibt es nichts Schlimmeres, als dass die anderen denken, man sei ein guter Junge.«

Wieder fuhr er sich mit den Fingern durch die Haare, zweimal über jedem Ohr, und dabei bewegte er den Mund, dass es aussah, als hätte er Mundwasser darin. Ein wenig unheimlich, der Mann.

»Mit dem Trinken wollten Sie also demonstrieren, dass Sie *böse* sein können?«

»Ja, Sir.«

»Wie viel haben Sie getrunken?«

»Nur einen Schluck. Es tut mir *wirklich* leid, wenn Sie mich fragen.«

»Dass Sie erwischt wurden.«

»Das stimmt. Aber mir ist klar, dass man Regeln braucht, und es tut mir leid, sie gebrochen zu haben.«

»Sie haben nicht nur die Regeln gebrochen, sondern das Gesetz. Ist Ihnen klar, wie ernst das ist?«

»Ja, Sir.«

»Vermutlich haben Sie den Kursraum unter dem Vorwand verlassen, Sie müssten zur Toilette?«

»Stimmt. Ja. Das trifft zu.«

»Hatten Sie einen Passierschein?«

»Nein, Sir.«

»Was soll das ganze *Sir*-Gerede?«

»Ich nenne alle Erwachsenen Ma'am und Sir. Ein Grundsatz von mir.«

»Das können Sie sich bei mir sparen. Sagen Sie es nur, wenn es Ihnen ernst ist.«

»Es ist mir ernst, aber ich höre trotzdem damit auf. Ist wohl eine schlechte Angewohnheit von mir.«

»Wenn es ernst gemeint ist, dann begrüße ich es, aber das ständige *Ja, Sir, nein, Sir* in Verbindung mit dem Händeschütteln – das wirkt so, als würden Sie sich über alles lustig machen.«

»Verzeihen Sie, aber Sie haben mich völlig falsch eingeschätzt.«

Das ließ ihn auflachen (er *konnte* also lachen), doch es war ein angefressenes Lachen, als wäre ich ein Kellner, der ihm gerade eröffnet hatte, der Küche sei die von ihm bestellte Ochsenbrust ausgegangen.

»Welcher Lehrer hat Ihnen keinen Passierschein gegeben?«

So viel dazu, ihn aus der Sache rauszuhalten. »Slim – ich meine: Mr. Remus.«

»Hat er Sie schon einmal ohne Schein auf die Toilette gehen lassen?«

»Nein. Aber ich gehe selten auf die Toilette.«

»Sie haben also nur wegen heute eine Ausnahme gemacht?« Er nickte Richtung Flasche.

»Das war untypisch für mich. Fragen Sie alle meine Lehrer.«

»Ich glaube Folgendes. Ich glaube, Sie haben nicht zum ersten Mal einen Schluck getrunken, sondern sind heute nur zum ersten Mal erwischt worden.« Er hatte das Gebaren eines Menschen, der sich für viel intelligenter hielt, als er tatsächlich war – eine gefährliche Eigenheit.

»Darf ich fragen, wie Sie darauf kommen?«

»Genau deshalb. *Darf ich fragen, wie Sie darauf kommen?* Sie sind *übertrieben* höflich.«

»Ist das denn nicht gut?«

»Sehen Sie, ich ziehe mir die Hose nicht mit der Kneifzange an. Ich glaube, Sie wollen mit Ihrer Höflichkeit etwas verbergen. Ich glaube, dieses nette, höfliche Getue ist Schauspielerei.«

»Aber so bin ich immer! Sie können jeden meiner Lehrer fragen!«

»Beruhigen Sie sich. Hören Sie. Eins nach dem anderen, ich sag's Ihnen gleich, Sie müssen anfangen, sich für die Schule normal zu kleiden.«

»Wie bitte?«

»Keine Anzüge mehr.«

Jetzt konnte ich ihm in die Augen sehen, die klein waren und mich an die eines Tiers erinnerten, wahrscheinlich kein Säugetier. Er trug eine Brille mit Rand, die oben einen durchgehenden geraden Steg hatte, wie sie so viele Männer über sechzig bevorzugen.

»Keine Anzüge mehr?«

»Das verstößt gegen die Kleiderordnung. Man soll nichts anziehen, was ablenken oder andere am Lernen hindern könnte.«

»Doch bei der Hälfte der Typen sieht man die Unterhose, und die Mädchen sollen mindestens Bermudashorts tragen, doch die ganze Welt kann ihre fetten Oberschenkel seh–«

»Wollen Sie sich wirklich mit mir streiten, ausgerechnet jetzt?«

»Nein.«

»Hören Sie, ich weiß, es klingt seltsam, Sie zu bitten, sich nicht länger schick anzuziehen, aber ich möchte Ihnen zeigen, was ich meine.«

Er stand auf und öffnete seine Schranktür. Drinnen hing ein Ganzkörperspiegel.

»Hier. Stehen Sie auf.« Als ich aufstand, bedeutete er mir, mich neben ihn vor den Spiegel zu stellen. Ich sah, dass ich mindestens dreißig Zentimeter größer war als er. Er hatte braune Anzugschuhe, eine Khakihose und ein kurzärmeliges weißes Polohemd an, dazu einen dunkelblauen Pullunder (blau und weiß waren die Schulfarben). »Was stimmt an diesem Bild nicht?«

»Ich verstehe, was Sie meinen.«

»Beantworten Sie meine Frage.«

»Ich kleide mich seriöser, und Sie bevorzugen eine legerere Kleidung.«

»Sagen Sie es mir doch einfach auf den Kopf zu. Sie sind besser gekleidet als ich. Das rückt mich *und* Ihre Lehrer in ein schlechtes Licht.«

Ich nickte und biss auf die Innenseite meiner Wange. Ich spürte, wie meine Höflichkeit sekündlich abnahm. Mr. Shankly ging hinten um seinen Schreibtisch herum und setzte sich. Ich setzte mich ebenfalls.

»Ich will diesen Anzug nicht noch einmal in meiner

Schule sehen. Ende der Diskussion. Nachdem wir das ausgeräumt haben, lassen Sie uns über die Konsequenzen Ihres heutigen Handelns reden.«

»Mir ist es aber wichtig, diesen Anzug zu tragen. Ich bin in der zwölften Klasse und habe nur noch … wie viel? *Fünf Wochen* Schule vor mir? Mit welcher Strafe müsste ich denn rechnen, wenn ich ihn noch fünf Wochen anzöge?«

»Warum ist Ihnen der Anzug so wichtig?«

»Es gibt mehrere Gründe.«

»Nun, wenn Sie ihn weiter tragen, werden Sie ohne Schulabschluss bleiben. Was sagen Sie dazu?«

»Das kommt mir übertrieben streng vor, doch da ich weiß, dass es zwecklos ist, mich gegen die Obrigkeit aufzulehnen, na gut, dann trage ich den Anzug eben nicht mehr.«

Und damit war nicht nur jeder Kampfgeist weg und ich war geschlagen, sondern ich hatte komplett kapituliert.

10.40 »Was das Trinken angeht, halte ich drei Tage Suspendierung vom Unterricht für angemessen.«

»Das klingt akzeptabel«, sagte ich. »Wann fange ich an?«

»Morgen. Für jemanden, der noch nie Ärger hatte, tragen Sie es mit Fassung.«

»Mir ist alles gleich.«

»Was meinen Sie damit?«

»Das weiß ich nicht mal. Die Formulierung kam mir einfach in den Sinn. Das ist der zentrale Gedanke in meinem Kopf. Ehrlich gesagt hab ich die Anzug-Geschichte immer noch nicht überwunden.«

»Wenn Ihnen alles gleich ist, suspendiere ich Sie vielleicht *fünf* Tage.«

»Wenn es so sein soll, muss ich es wohl hinnehmen.«

Er hatte die Wodkaflasche genau in die Mitte auf seinen Tischkalender gestellt, der offenbar wiederum genau in der Mitte des Schreibtischs lag, der vor dem Fenster stand. Er hatte alles unter *Kontrolle.*

Er gab mir den Zettel und sagte: »Melden Sie sich morgen früh als Erstes im Zimmer 108, und geben Sie das Mr. Tenta. Außerdem muss ich Ihre Eltern darüber informieren.«

»Oh. Ist das nötig?«

»Aha. *Jetzt* habe ich Ihre Aufmerksamkeit.«

»Meine Mom hat in letzter Zeit eine Menge durchgemacht. Ich würde sie lieber nicht damit behelligen.«

»Das hätten Sie sich überlegen sollen, bevor Sie die Flasche in die Schule mitbrachten.«

»Das wird nie wieder vorkommen, ich schwör's. Heute ist für mich ein ungewöhnlicher Tag. Das war eine einmalige Sache. Bitte, Mr. Shankly, müssen Sie bei mir zu Hause anrufen?«

»Fühlen Sie, was Sie gerade fühlen?«

»Ob ich *fühle, was ich gerade fühle*?«

»Ja. Fühlen Sie, was Sie gerade fühlen?«

»Ja. Das tue ich.«

»Gut. Ich will, dass Sie es wirklich *fühlen.* Fühlt sich nicht gut an, stimmt's?«

»Nein.«

»Denken Sie an dieses Gefühl, bevor Sie das nächste Mal einen Blick in die Hausbar werfen.«

»Mache ich. Ich habe meine Lektion hundertprozentig gelernt.«

»Gut.« Er drehte sich zu seinem Computer um und klickte auf die Maus.

»Sie rufen also nicht zu Hause an?«

»O doch. Natürlich rufe ich an. Sie sind ein guter Schüler, und wir müssen Sorge tragen, dass Sie ein guter Schüler *bleiben*. Wir müssen so etwas im Keim ersticken.«

»Ich werde also besonders hart bestraft, weil ich *gut* bin?«

»Nicht besonders hart. Für so einen Fall ist das Routine. Sie haben die Flasche zu Hause gestohlen. Das betrifft Ihre Eltern also direkt. Na, wo ist Ihre Telefonnummer?« Er linste auf den Computerschirm. Da wurde mir klar, an welches Tier er mich mit seinen Wangenknochen und Knopfaugen erinnerte. Es war doch ein Säugetier: eine Fledermaus, vielleicht sogar eine Vampirfledermaus.

»Ich habe gelogen. Es war der Wodka meines Spindpartners.« Er nahm den Hörer ab. »Können wir darüber reden?« Meine Stimme überschlug sich.

»Pst. Mrs. Stinson, ich finde die Kontaktdaten für James Weinbachs Eltern nicht auf meinem Computer. Könnten Sie sie für mich raussuchen?« Er legte den Hörer auf. »Wessen Wodka war es nun? Haben Sie sich entschieden?«

»Der meines Spindpartners. Er weiß nicht, dass ich ihn genommen habe.«

»Wie heißt Ihr Spindpartner?«

»Tyler Wilkey.«

Das Telefon klingelte.

»Sie haben sie schon? ... Oh. Sagen Sie ihm, er soll warten ... Ach so, na dann schicken Sie ihn rein.«

Drei Sekunden später ging die Tür auf, und ich sah ausgelatschte Slipper, lange schmale Beine, ein Flanellhemd, das sich aus der Hose zu befreien versuchte, und einen grauen Bart, bei dem man automatisch »Englischlehrer« dachte.

10.42 Ich war wohl noch nie so glücklich gewesen, einen anderen Menschen zu sehen. Obwohl ich nicht wusste, was er hier wollte, wusste ich immerhin, dass er auf meiner Seite war. Es war kein Geheimnis, dass Slim Mr. Shankly nicht mochte. Ich versuchte, ihm mit den Augen »Bitte helfen Sie mir« zu signalisieren.

»Komm rein, Steven.« Slim schloss die Tür. »Was machst du denn hier?«

»Ich habe gerade eine Vorbereitungsstunde. Ich habe mir um James Sorgen gemacht.« Slim setzte sich auf den zweiten Besucherstuhl. »Ich habe Mrs. Stinson gebeten, mir seinen Stundenplan zu zeigen, damit ich ihn suchen konnte, doch dann sagte sie, er sei hier.«

»Weshalb hast du dir um ihn *Sorgen gemacht*?«

Ich mischte mich ein. »Ich bat ihn um die Erlaubnis, auf die Toilette zu gehen, bin dann aber nicht zurückgekommen. Er wusste bestimmt, dass mir das nicht ähnlich sah.« In Slims Augen flackerte so etwas wie Verstehen auf.

»Warum erzählen Sie ihm nicht, was Sie auf der Toilette gemacht haben?«

»Ich habe einen Schluck Alkohol getrunken. Tut mir leid, dass ich das während des Unterrichts getan habe.«

»Ist schon in Ordnung.«

»Ist schon *in Ordnung*? Das findest du *in Ordnung*?«

»Sei nicht so streng mit ihm, Bill. Vor zwei Tagen wurde sein Dad beerdigt.«

»Oh. Warum haben Sie das nicht gleich gesagt?«

»Ich wollte keine Extrawurst.«

»Die kriegen Sie auch nicht. Es tut mir *wirklich* leid, das zu hören, aber es ist keine Entschuldigung für Ihr Verhalten.«

»Wirklich nicht?«, fragte Slim. »Ein bisschen?«

»Er hat gegen das Gesetz verstoßen. Soll ich ihn da ungeschoren davonkommen lassen?«

»Nein. Ich sage nur, ein wenig Mitgefühl wäre angebracht. Er ist ein ausgezeichneter Schüler.«

»Danke sehr«, sagte ich. Slim nickte.

Das Telefon klingelte. »Ja …« Der Rektor notierte sich etwas, legte dann auf und sagte: »Wieso hast du ihm keinen Passierschein gegeben?«

»Verzeihung«, sagte ich.

»Stimmt, schuldig. Ich habe ihm keinen Passierschein gegeben.«

»Wir hatten dieses Thema doch schon mehrmals, Steven.«

»Vielleicht sollten wir später darüber reden.«

»Du hast vor einem Schüler in Zweifel gezogen, wie *ich meine* Arbeit mache, und mir gesagt, ich solle nicht so streng mit ihm sein. Meines Wissens bin ich der Schulleiter.«

Ich konnte es nicht ausstehen, wenn Leute »meines Wissens« sagten. Man merkte, dass sie das für oberschlau hielten.

»Na schön. ich werde ab jetzt mehr Passierscheine ausgeben«, sagte Slim mit fester Stimme. »Können wir uns jetzt bitte auf James konzentrieren?«

»Nicht nur *mehr* Passierscheine. *Jedes einzelne Mal*, wenn einer deiner Schüler während des Unterrichts den

Flur betritt, braucht er einen Passierschein. Wie oft muss ich dir das noch sagen?«

»Dann gib mehr Passierscheine aus. Wir bekommen nicht einmal genug für alle Schüler.«

»Genau. Wenn wir die Anzahl der Passierscheine begrenzen, begrenzt das die Anzahl der Schüler, denen wir Zugang zu den Fluren gewähren. Genau diesen Vortrag musste ich heute Morgen einigen deiner Kollegen halten, weil ich persönlich während der ersten Stunde irgendeinen Strolch erwischte, der *unverfroren* auf dem Jungsklo geraucht hat, und dafür mache ich unter anderem seinen Lehrer verantwortlich, der ihn ohne Passierschein ziehen ließ.«

»Jetzt ist es also *meine* Schuld?«, fragte Slim.

»Nein, es ist einzig und allein meine Schuld«, sagte ich. »Ich habe gelogen. In Wahrheit hat Slim mir keinen Passierschein gegeben, weil ich den Unterricht verlassen habe. Slim hat überhaupt nichts falsch gemacht.«

»Warum haben Sie seinen Kurs verlassen?«

»Weil meinen Mitschülern mein Roman nicht gefallen hat.«

»Sie haben mir schon so viele verschiedene Versionen aufgetischt – Steven, was ist passiert?«

»Du weißt doch, dass die Schüler bei mir ihre selbstgeschriebenen Texte gegenseitig kritisieren?«

»Ja, und du weißt, was ich davon halte. Das ist was fürs College. Highschool-Kids sind damit überfordert.«

»Jedenfalls wurde heute James' Text kritisiert, und die Schüler haben ihn hart rangenommen, worauf er nicht sehr abgeklärt reagierte, und als es ein wenig hitzig wurde, hab ich ihn auf den Flur hinausgeschickt und ihn gebeten, sich nach der Stunde mit mir zu unterhalten. So war es wirklich. Als er nach dem Unterricht nicht wiederkam, hab ich mir Sorgen gemacht.«

»Somit haben wir jetzt Alkoholtrinken in der Schule, Aufsuchen der Toilette ohne Erlaubnis des Lehrers und wiederholtes Belügen des Schulleiters. Wie möchten Sie sich jetzt dazu äußern?«

»Ich weiß nicht«, sagte ich ratlos. Mein Daumen blutete wieder, doch diesmal hielt ich mich gar nicht erst mit dem Taschentuch auf.

»Bill, ich möchte zu seiner Verteidigung nur eins vorbringen. Ich kenne James gut. Letztes Jahr hatte ich ihn in Englisch, und wir haben uns oft unterhalten. James ist ein guter Junge, wirklich. Doch er erwartet von Mitmenschen, dass sie genauso gut sind, und wenn das nicht geschieht, zerfällt er regelrecht. Man sollte meinen, er würde mittlerweile nicht mehr so viel von anderen erwarten, doch wenn sie ihn ungerecht behandeln, ist er immer überrascht – unweigerlich. Er ist immer *gekränkt.* Und vermutlich hat ihn das, neben dem, was zu Hause passiert, zu der Flasche greifen lassen.«

Er hatte Recht. Ich war immer wieder erstaunt, wie grausam andere sein konnten.

»Das ist toll. Das ist großartig. Aber wir haben es hier mit einem ernsten Vergehen zu tun. Gibt es –«

Das Telefon klingelte. »Ja? … Ich komme sofort.« Er stand auf und sagte: »Schlägerei im Umkleideraum. Ich bin gleich wieder da.«

Shankly machte die Tür energisch zu, knallte sie fast ins Schloss.

»Ich wusste gar nicht, dass Sie Trinker sind.«

»Bin ich nicht. Ich kann nicht mal richtig *trinken.* Vielen Dank, dass Sie sich für mich eingesetzt haben.«

»Das ist doch das mindeste. Ich mache mir Vorwürfe. Ich hätte die Kritik beenden sollen, als ich merkte, wohin die Reise ging. Tut mir leid, dass die anderen Ihren Text nicht mögen.«

»Also echt, Slim. Sie mögen *mich* nicht.«

»*Müssen* die anderen Sie denn unbedingt mögen?« Er machte einen auf Therapeut.

»Ja! Ich will akzeptiert werden wie jeder andere Arsch auch. Und das konnte ich bisher nur durch mein Schreiben erreichen. Es ist das *Einzige*, bei dem ich jemals halbwegs gut war. Nur so konnte ich mit ihnen reden. Aber sie wollten es nicht mal hören. Sie haben es *gehasst.*«

»Tut mir leid. *Mir* hat es gefallen.«

»Danke. Hey, er kommt bald zurück, und ich bitte Sie nur ungern um einen weiteren Gefallen, aber Shankly will bei mir zu Hause anrufen, und ich möchte meine Mom nicht zusätzlich belasten, nach allem, was sie durchgemacht hat. Also: Können Sie versuchen, es ihm auszureden?«

»Ich werd's probieren, aber er kann mich nicht ausstehen. Ich werde mich für Sie einsetzen. Wenn er kein Unmensch ist, ruft er sie nicht an. Andererseits ist Bill unberechenbar.«

»Ist er so erbarmungslos?«

»Wenn Sie Ihre Mitschüler für gemein halten, warten Sie ab, bis Sie erleben, wozu Erwachsene fähig sind.«

10.47 »In Ordnung, Steven. Ich übernehme jetzt wieder.«

»Ehe ich gehe, muss ich dich fragen, ob du James' Mutter anrufen wirst?«

»Falls ja, ist das meine Sache. Ich mag es nicht, wenn –«

»Bill, bitte. Dieses Kind hat genug durchgemacht. Genau wie seine Mom.«

Shankly hielt kurz inne. Dann wandte er sich an mich. »Warten Sie draußen.«

Ich warf Slim im Gehen einen zerknirschten Blick zu. Vor der Tür setzte ich mich neben den Tresen der Sekretärin und las den rosa Zettel, auf dem einige Blutstropfen von meinem Daumen waren: ZEIT: 10.25 ETHNISCHE ZUGEHÖRIGKEIT: I BEMERKUNGEN DES LEHRERS: Sah auf Bildschirm über Spind gebeugten Schüler, der nervös wirkte, dann verdächtig auf Toilette ging. Erwischte ihn beim Wodkatrinken in Kabine.

»Hey, James.« Als ich mich umdrehte, sah ich, dass gerade der Wicca eingetreten war mit seiner Zauberkugel an einer Halskette und dem Kinnbart, der an Schamhaare erinnerte. Die Sekretärin war verschwunden, und alle Erwachsenen liefen geschäftig herum und benutzten die Kopierer. Ich hörte, dass der Rektor und Slim hinter der geschlossenen Tür laut wurden.

»Ich hab dich hier sitzen sehen und wollte dir nur sagen, dass ich deinen Text klasse fand«, sagte Wicca.

»Was soll der Scheiß?! Warum hast du das nicht im Kurs gesagt?«

»Ich rede nicht gern im Unterricht. Tut mir leid. Aber ich fand, dein Roman hörte sich echt cool an.«

»Danke.«

Ein Junge und ein Mädchen traten ein und stellten sich vor den Tresen der Sekretärin. Sie gaben ein nettes Paar ab, so jugendlich-frisch und kess. Während sie auf die Sekretärin warteten, schob der Junge eine Hand langsam den Rücken des Mädchens runter, bis er ihre rechte Pobacke packte, als wären der Wicca und ich gar nicht da, und in ihren Köpfen *waren* wir wohl auch gar nicht da, weil wir unwichtig waren.

»Tut mir wirklich leid, dass ich dir bei der Kritik nicht geholfen habe. Es war cool von dir, wie du letztes Semester immer wieder meine Geschichte gelobt hast, und ich konnte kein einziges Wort über deine sagen. Ich bin zum Kotzen.«

»Das macht nichts.«

»Nein. Ich bin echt total zum Kotzen. Ich will das wiedergutmachen. Ich sag dir was. Ich bin der beste Zauberer in meinem Zirkel. Lass mich einen Zauberspruch für dich sagen.« Ich lachte. »Klar, ich weiß. Ich war auch mal skeptisch, habe aber die Ergebnisse aus erster Hand erlebt. Kennst du Caleb Garrett?«

»Ja.« Er war Mitglied der Van-Van-Mafia.

»Er hat sich dauernd mit mir angelegt, sich über mich lustig gemacht, mich rumgeschubst und so 'n Scheiß, darum hab ich ihn mit dem Fluch Knochen des Zorns belegt, und ehe man sich's versah, bekam er Pfeiffersches Drüsenfieber.« Ich lachte wieder. »Nein, ernsthaft. Was kann ich für dich tun? Du musst es nur sagen.«

Die Sekretärin kam zurück, und der jugendlich-frische Arschgreifer bat sie um zwei Karten für den Ball. »Ich sag dir, was du tun kannst. Führe einen Zauber durch, dass der

Abschlussball nicht mehr existiert. Lass ihn verschwinden.«

»Warum solltest du sowas wollen?«

»Hundert verschiedene Gründe, aber für den Anfang: Diese Idioten haben mir genommen, was mir am wichtigsten ist. Deshalb würde ich ihnen gern nehmen, was ihnen am wichtigsten ist.«

»Ich glaube wirklich nicht, dass ich das hinkriege. Wie wär's mit einem Liebeszauber?«

»Auch gut«, sagte ich und lachte, es war eher ein Schnauben. »Beleg mich mit einem Liebeszauber.«

»Wird gemacht. Hast du jemand Spezielles im Sinn?«

Natürlich hatte ich Chloe im Sinn, sogar nach ihrem Verrat bei meiner Textkritik, aber ich sagte: »Nein. Sorg einfach dafür, dass sie sich alle auf einmal in mich verlieben.«

»Das kann ich nicht, aber ich kenne einen Zauberspruch, nach dem sich ein oder zwei Mädchen in dich verlieben.«

»Wie du meinst.«

Slim kam mit wütend geweiteten Nasenlöchern aus dem Büro des Rektors. »Ich muss los«, sagte ich dem Wicca.

»Mein *Buch der Schatten* liegt in meinem Spind. Ich mach's gleich jetzt.« Und damit war der Wicca weg. Ich stand auf und sah Slim an.

»Ich glaube, ich hab's nur noch schlimmer gemacht«, sagte er. »Jetzt wird er wohl deine Mom anrufen, allein schon, um mir eins auszuwischen.«

Satan lebte, war wohlauf und wohnte in Kentucky.

»Danke trotzdem«, sagte ich. »Tut mir leid, dass ich Sie da mit reingezogen habe.«

»Schon in Ordnung. Viel Glück.«

»Los, kommen Sie schon«, tönte es durch die nur angelehnte Tür, und ich gehorchte. Mir fiel auf, dass die Wodkaflasche verschwunden war. Ich blieb stehen und wartete, dass Mr. Shankly mich zum Sitzen aufforderte, doch als er weiter schwieg, setzte ich mich trotzdem. Wortlos nahm er den Telefonhörer ab.

»Mr. Shankly, bitte.«

»Sie haben mir so schon viel Zeit gestohlen.«

»Bitte. Ich werde alles tun. Meine Mom ist durch die Hölle gegangen. Ich kann ihr nicht noch mehr Kummer zumuten.«

»Warum haben Sie auf einmal einen Südstaatenakzent?«

Ich war so aufgeregt, dass ich mir nicht einmal sicher war, ob die nächsten Wörter, die aus meinem Mund kamen, überhaupt Wörter waren. Egal, was ich sagte, es sorgte immerhin dafür, dass er den Hörer wieder aufs Telefon legte.

»Schauen Sie«, sagte er, »es tut mir leid, was Sie und Ihre Familie durchgemacht haben, aber Sie müssen auch verstehen, dass, wenn ich für jeden Schüler Mitleid empfände, der mein Büro betritt und von seinem schwierigen Privatleben erzählt, ich *nie* jemanden zur Rechenschaft ziehen könnte. Direkt vor Ihnen war ein Mädchen hier, die von ihrer eigenen Mutter aus dem Haus geworfen wurde, einfach nur, weil der Freund der Mutter das Mädchen nicht mochte. Das fand ich zwar schrecklich, musste aber trotzdem meiner Pflicht nachkommen.«

Er nahm den Hörer ab und fing an zu wählen.

»Könnten wir uns nicht irgendwie einigen?«

Er wählte weiter.

»Sie ist herzkrank. Es würde sie umbringen. Ich habe bisher noch nie Ärger gemacht.«

Er wählte zu Ende. Auf der anderen Seite Vandalias klingelte das Telefon im Schlafzimmer meiner Mom. Ich sah sie vor mir, immer noch im Bett, da sie zurzeit länger schlief, wie sie sich beim ersten Klingeln wahrscheinlich auf den Ellbogen stützte und eine Lampe anknipste, damit sie die Anruferkennung sah. Und als ich ihren besorgten Gesichtsausdruck sah, als sie »OSBORNE SENIOR HIGHSCHOOL« auf der Anruferkennung bemerkte, sagte ich es:

»Ich weiß das mit Deborah Armstrong!«

»Verzeihung. Ich muss mich verwählt haben.«

10.52 Seine Miene mörderisch zu nennen wäre keine Übertreibung gewesen. Nachdem er mich eine Weile finster angestarrt hatte, wobei seine Lippen wütend zuckten, sagte er: »Wer ist das?«

»Tut mir leid, Mr. Shankly, aber ich weiß alles. Deborah Armstrong, Abschlussjahrgang 1982.«

Je röter sein Gesicht wurde, desto ruhiger wurde ich.

»Ich habe keine Ahnung, wovon Sie sprechen. Wollen Sie mich erpressen?«

»Nein, aber meiner Meinung nach steht es Ihnen nicht zu, das Benehmen anderer Leute zu verurteilen. Also behelligen Sie bitte meine Mom nicht damit.«

»Ich könnte Sie dafür der Schule verweisen.«

Dazu fiel mir nichts ein, deshalb schwieg ich, wodurch ihm offenbar noch kribbeliger wurde, da er wie von der Tarantel gestochen aufsprang, seinen Pullunder auszog und ihn ordentlich zusammengefaltet auf den Aktenschrank legte. »Was immer Sie gehört haben, es stimmt nicht. Woher *haben* Sie das eigentlich?«

»Das kann ich nicht sagen.«

Er setzte sich wieder. »Also, ich glaube, wir tun am besten so, als hätte dieses Gespräch nie stattgefunden.«

»Meinen Sie das Gespräch über –«

»Alles. Alles ab dem Augenblick, als Sie zuerst durch diese Tür gekommen sind. Wir haben da gefährliches Terrain betreten – für Sie, meine ich. Und Sie tun mir leid. Ich will Sie nicht von der Schule verweisen müssen, also lassen wir die Sache einfach fallen. Wir brauchen das alles nicht. Ich bin bereit, Ihren Alkoholkonsum zu entschuldigen.«

»Darf ich weiter meinen Anzug tragen?«

»Treiben Sie's nicht auf die Spitze!«

»Wollen Sie wirklich wissen, warum mir dieser Anzug so wichtig ist?«

»Warum?«

»Er hat meinem Dad gehört. Es war sein Lieblingsanzug. Wenn ich ihn trage, fühle ich mich ihm nahe.«

»Es tut mir leid. Tragen Sie den Anzug, tragen Sie ihn jeden Tag. Es tut mir leid.«

»Ich *werde* ihn jeden Tag anziehen.« Ich stand auf, und wie ein Folteropfer, das plötzlich eine Waffe auf seinen Peiniger gerichtet hat, schaute ich auf den kleinen weißhaarigen Dreckskerl hinunter und sagte: »Am schlimmsten finde ich, dass jemand wie Sie weiter auf der Erde herumläuft, während mein Vater jetzt unter der Erde liegt. Er war *gut.* Und sehen Sie sich an. Wahrscheinlich werden Sie hundert Jahre alt.«

»Slim hat vorgeschlagen, dass wir jemanden finden, der mit Ihnen redet, einen Fachmann. Möchten Sie das?«

»Nein. Ich könnte tausend Jahre lang darüber reden, und es ergäbe keinen Sinn.«

»Aber vielleicht würden Sie sich dadurch besser fühlen.«

»Auf einmal bin ich Ihnen nicht mehr egal?«

»Nicht auf einmal. Sie waren mir von Anfang an nicht egal. Aber in diesem Beruf kann ich kein netter Kerl sein. Ich habe erfahren, dass man die Dinge am besten auf eine bestimmte Art regelt. Ich war nicht immer so.«

»Darf ich jetzt gehen?«

»Ja. Moment, Ihre Information – die übrigens falsch ist –, woher weiß ich, dass Sie sie nicht weitersagen?«

»Ich kann Ihnen nur mein Wort geben.«

Als ich mich umdrehte und die Hand auf die Türklinke legte, hörte ich ein Geräusch, das vielleicht noch nie ein Schüler gehört hatte: das jämmerliche Winseln eines Highschool-Direktors. Ich drehte mich wieder um, und er versuchte den Eindruck zu erwecken, als hätte er eine Schniefnase.

»Alles in Ordnung?«

»Es ist nur so schwierig«, sagte er stöhnend und schlug sich die Hände vors Gesicht. Ich konnte nicht anders, ich musste lachen. Als sein gerötetes Gesicht wieder hervorkam, musste ich mir auf die Lippe beißen, um nicht loszukichern. »Ich habe verstanden, was Sie gesagt haben. Wie war das noch gleich? Wenn man jung ist, gibt es nichts Schlimmeres, als dass die anderen denken, man sei gut?«

»Etwas in der Art. Die Formulierung stammt nicht von mir.«

»Aber dabei geht es nicht nur darum, dass andere Leute einen für gut halten. Es liegt an einem selbst. Man will selbst schlechte Sachen machen.«

»Ja.«

»Aber wenn sie so schlecht sind, warum bin ich, wie ich bin? Warum bin ich so gestrickt, dass ich sie machen will?«

»Wenn ich das nur wüsste.«

»Das ist bestimmt seltsam für Sie.«

»Ja, Sir. Ein wenig surreal. Aber es geht schon.« Endlich konnte ich den Lachdrang unterdrücken und setzte mich wieder.

»Ich war nicht immer so.«

»Das haben Sie bereits erwähnt.«

»Ich meine ganz früher. Da war ich überhaupt nicht so. Ich war *überhaupt* nichts. Haben Sie eine Freundin?«

»Nein.«

»Hatten Sie jemals eine Freundin?«

»Nein. Ich hatte ein paar Dates, aber Freundinnen würde ich das nicht nennen.«

»Aber sehen Sie, ich hatte nicht einmal *das*. Ich hatte während meiner ganzen Zeit auf der Highschool kein Date. Kein einziges.« Er hatte die Brille abgenommen und wirkte nicht mehr wie eine Fledermaus. Jetzt hatte ich nur noch ein verletztes Vogelküken vor mir.

»Es tut mir leid, das zu hören.«

»War kein einziges Mal tanzen.«

»Ich auch nicht.«

»Und auf dem College war es nicht viel besser.«

»Wirklich?«

»Nicht für mich. Für die meisten Leute schon. Keine Sorge. Ihnen wird es da gefallen.«

»Das bezweifle ich.«

»Nein. Sie werden prima zurechtkommen. Sie sehen viel besser aus als ich damals.«

»Ich bin hässlich.«

»Sind Sie nicht.«

»Danke.«

»Aber das mit diesem Mädchen … Man glaubt, dass man dem entwächst, aber man wird seine Jugend nicht los. Sie ist immer irgendwo da drin.« Er zeigte auf seinen Kopf. »Und ich glaube, genau darum ging es bei dem Mädchen. Klar habe ich irgendwann geheiratet, aber wissen Sie was … Es war, als müsste ich etwas seelisch verarbeiten. Ich hatte das Gefühl, etwas verpasst zu haben, verstehen Sie?«

»Ich … Mir fehlen die Worte.«

»Ich musste einfach ständig an sie denken. Jeder Gedanke galt ihr. Es fühlte sich an wie eine Geisteskrankheit. Alles löste sich einfach auf. Sie sorgte dafür, dass ich alles an mir neu bewertete. Sie verwandelte mich in ein Tier. Natürlich behandelte ich sie schließlich wie eins, doch ich konnte nicht anders – oh, dass ich das erzähle … Ich bereue es bereits. Normalerweise bereut man etwas, nachdem man es getan hat, doch ich bereue jedes einzelne Wort, schon während ich es ausspreche. Selbst jetzt in diesem Augenblick. Aber Sie müssen verstehen, niemand hat in siebzehn Jahren je ein Wort zu mir darüber verloren. *Ich* habe in siebzehn Jahren nie ein Wort darüber verloren.« Mir fiel nichts anderes ein, als zu nicken. »Und auch dieses ganze Gespräch müssen Sie geheim halten.«

»Das werde ich auch. Sie können mir vertrauen. Ich rede generell kaum mit Leuten. Und ich kenne nur zwei andere Menschen, die davon wissen. Ich darf nicht verraten, wer die beiden sind, aber Sie können uns allen vertrauen.«

Er setzte seine Brille wieder auf, fuhr sich dann wieder rhythmisch durch die Haare, und dann schob er seine Tastatur sorgfältig genau mittig vor den Computer.

»Was kann ich für Sie tun?« So, wie er das fragte, kam mir der Gedanke, dass er vergessen hatte, warum ich hier war, oder sogar, wo er war, als wäre ich ein Kunde, der soeben Shanklys Laden betreten hatte.

»Äh … Sie müssen gar nichts für mich tun.«

»Doch, das muss ich. Das *darf nicht* publik werden. Es darf nicht, darf nicht, darf nicht. Sie müssen wissen, dass ich nächstes Jahr pensioniert werde. Dann ziehen meine Frau und ich nach Kalifornien, um näher bei unseren Enkeln zu sein. Ich war so kurz davor. Bis Sie hier reinkamen, hatte ich es geschafft. Was kann ich für Sie tun, damit Sie das für sich behalten?«

»Nun ja …« Angesichts dieser seltenen Gelegenheit durchstöberte ich meine Gedanken. Könnte ich ihn bitten, den Schultag um zehn beginnen zu lassen? Könnte er versprechen, einen Kurs mit dem Thema »Gesunder Menschenverstand und Benehmen« anzubieten? Hamilton Sweeney dauerhaft vom Unterricht zu suspendieren?

»Alles. Alles, was in meiner Macht steht. Sagen Sie's einfach. Ich *will* es. Ich will das für Sie machen.«

In diesem Augenblick fiel mir die perfekte Forderung ein. Wie so viele meiner Ideen war auch diese halb ernst, halb scherzhaft gemeint. Es war eine gewaltige, anarchische

Forderung, der man wohl kaum nachkommen würde, doch es war einen Versuch wert.

»Der Abschlussball steht vor der Tür«, sagte ich.

»Ja. Soll ich Sie zum Ballkönig machen? Kein Problem.«

»Gott, nein«, sagte ich lachend. »Sie sollen ihn absagen.«

10.58 Natürlich hatte ich angenommen, dass er diese Forderung umgehend ablehnen würde. Stattdessen lehnte er sich zurück und rieb sich geistesabwesend sein knochiges Gesicht, dachte vielleicht an seinen eigenen Ballabend, an dem er sich allein in seinem Schlafzimmer streichelte, während bittere Tränen auf sein Federbett fielen, und ich erkannte, so unwahrscheinlich es sein mochte, dass mein halb scherzhafter Vorschlag allmählich in den Bereich des Möglichen rückte.

»Sie wollen, dass ich den Ball *absage*?«

»Sie haben gesagt, alles.«

»Warum sollten Sie so etwas von mir verlangen?«

»Ehrlich gesagt wäre es das ultimative Leckt-mich-doch gegenüber den anderen Schülern.«

Er nickte und ich glaubte, ihn ganz leise »Jawoll« sagen zu hören. »Ich würde unwahrscheinlich viel Kritik einstecken müssen.«

»Ja, aber … Ist diese Angelegenheit nicht schrecklich wichtig? Tut mir leid, aber *Sie* haben diese Tür aufgestoßen.«

In Wahrheit hatte ich nicht die Absicht, irgendwem von dem Mädchen zu erzählen. Das würde der Nichte meiner Mom (meiner Cousine) nur Probleme bringen, der ehemaligen Therapeutin des Armstrong-Mädels, die ihrer Tante

Julia so nahestand, dass sie ihr alles erzählte, sogar Sachen, die sie besser für sich behalten hätte. Doch so lange Shankly *dachte*, er wäre in Gefahr, könnte meine absurde Idee eventuell Realität werden.

»Hassen Sie die anderen denn so sehr?«

»Nein. Aber sie sind so gefühllos zueinander. Da gibt es keine Freundlichkeit, keine Güte. Sie haben es verdient, dass so etwas geschieht.«

»Sie würden mich aufknüpfen wollen.«

»Bestimmt wären sie anfangs wütend. Aber bei denen läuft fast alles über Reiz–Reaktion. Sie werden es in null Komma nichts vergessen, weil ihre kurzfristigen Sorgen viel dringlicher sind, beispielsweise, mit wem sie nach dem Unterricht schlafen werden.«

»Ich weiß nicht recht. Ich habe zwar die *Befugnis*, jede Schulaktivität abzusagen, sehe aber nicht, wie das logistisch zu bewerkstelligen wäre.«

»Ich könnte in den nächsten Tagen darüber nachdenken. Mir fällt bestimmt etwas ein.«

»Nein, wenn ich das mache – wobei ich allerdings nicht glaube, dass ich es kann –, dann will ich es möglichst rasch durchziehen. Je eher ich es mache, desto leichter fiele es mir, weil ich mich mit der Rückerstattung ihrer Anzahlungen befassen müsste, und unsere Anzahlung für den DJ wäre fällig und – also, hören Sie, ich weiß, dass Sie keine hohe Meinung von mir haben, doch die Schüler sind mir wichtig, und das würde ihnen wirklich den Boden unter den Füßen wegziehen, und ich möchte, dass sie es möglichst rasch erfahren.«

»Einverstanden. Je eher, desto besser.«

»Außerdem ertrage ich es nicht, wenn Entscheidungen hinausgeschoben werden, sonst beschäftige ich mich zwanghaft damit, und – ja, wenn ich es täte, müsste es *sehr* bald geschehen. Falls ich es mache, muss ich es bald machen. Aber hören Sie.« Er rückte die Brille zurecht, atmete tief durch und sagte: »Hören Sie mir gut zu. Wir wissen beide, dass ich es nicht tun kann. Fällt Ihnen nichts anderes ein?«

»Eben noch haben Sie so getan, als wären Sie dazu bereit. Jetzt bin ich wild entschlossen. Sind Sie sicher, dass es nicht geht?«

»Es würde so viele Leute betreffen. Gibt es nicht etwas, das wir auf *Sie* beschränken können?«

»Ich muss darüber nachdenken.«

»Denken Sie darüber nach, und inzwischen verraten Sie es keinem, nicht wahr – nicht, dass das stimmen würde, was Sie wissen –, aber Sie sagen es keinem, oder?«

»Ich verrate nichts. Den Ball abzusagen, hätte unsere Abmachung besiegelt, doch ich verstehe, dass Sie es nicht machen können.«

»Lassen Sie sich einfach etwas anderes einfallen, etwas Vernünftigeres, und melden Sie sich wieder bei mir.«

»Ich versuch's.«

»Sie sollten jetzt wohl in Ihren Kurs gehen.«

Ich stand auf, genau wie er, und jeder streckte gleichzeitig eine Hand zum Schütteln aus. Unter der Tür drehte ich mich noch einmal um. »Moment. Brauche ich denn keinen Passierschein?«

11.01 Weil Algebra II der Kurs war, den ich am wenigsten mochte, ließ ich mir Zeit. Nachdem ich das Lehrbuch aus dem Spind geholt hatte, machte ich einen unnötig weiten Umweg zu Mrs. Reihers Unterrichtsraum. Unterwegs auf den langen Fluren fand ich den ausgerissenen Arm einer Mutanten-Actionfigur (wahrscheinlich aus der Kinderkrippe, wo die minderjährigen Mütter in Jogginghosen ihre Kleinen abgaben) und ein zerrissenes Lesezeichen des Basketballteams Kentucky Wildcats und hob beides auf.

Im Kursraum herrschte ein Riesenklamauk. Eine Gruppe infantiler Jungs hatte ihre Pulte zusammengeschoben und spielte Karten. Einige miefige Mädchen saßen auf dem Boden, die Rücken gegen die hellbeigen Wände gelehnt. Ein paar Jungs warfen sich einen Football zu, der mich garantiert noch vor Ende des Unterrichts am Kopf treffen würde – denn wenn irgendwo in meiner Nähe ein Ball war, nahm er unweigerlich Kontakt zu meinem Kopf auf, entweder versehentlich, oder weil er absichtlich geworfen wurde.

Niemand bemerkte mein Eintreten. Ich näherte mich der maskulinen, schon etwas älteren Mrs. Reiher mit ihrem charakteristischen Bleistift hinter dem Ohr. Sie übte außerdem gerade Kontaktpflege mit ihren Schülern. Zwei Basketball- und ein Footballspieler, ausnahmslos wirklich nette Burschen, auch wenn sie bei Tests schummelten, lungerten um ihren Schreibtisch herum. Mrs. Reiher befragte sie täglich nach den Chancen ihrer Mannschaften für das kommende Jahr.

Als einer der Basketballer sah, dass ich auf die Gelegenheit zu sprechen wartete, verstummte er und fragte: »Was gibt's, James?«

»Verzeihung«, sagte ich und reichte Mrs. Reiher meinen Passierschein. »Ich komme zu spät, weil ich mit dem Rektor gesprochen habe.«

»In Ordnung. Den brauche ich nicht.« Sie gab mir den Schein zurück. »Der Unterrichtsstoff und Ihre Aufgabe stehen an der Tafel. Wenn Sie Fragen haben, lassen Sie's mich wissen.«

»Danke.«

Und das war's. Ich setzte mich, schlug mein Algebrabuch auf und begann die quadratischen Gleichungen, die an der Tafel standen, in mein Heft abzuschreiben.

In Mrs. Reihers Kurs lief jeder Tag gleich ab. Sie unterrichtete zehn Minuten lang, schrieb zwei oder drei Fallbeispiele an die Tafel, gab uns dann eine Hausaufgabe, setzte sich an ihren Schreibtisch und unterhielt sich während der restlichen Unterrichtszeit mit unseren Sportlern. Die Aufgabe war kurz, daher herrschte in ihrem Kurs immer schnell ein nervtötendes Chaos, so wie auch jetzt. Mrs. Reiher war ein netter Mensch, doch ihr Kurs war im Grunde nichts weiter als eine Art geselliges Beisammensein mit ein paar Minuten Mathe am Anfang.

Ich schrieb die drei Beispiele in mein Heft und begann mit der Hausaufgabe, doch das Tohuwabohu um mich herum verhinderte, dass ich mich konzentrieren konnte, und all die x, b und c schienen mich obendrein zu verspotten. Ich beschloss, die Hausaufgaben zu Hause zu erledigen.

Von den morgendlichen Ereignissen verwirrt, hatte ich sowohl vergessen, mir ein Buch zum Lesen als auch mein Deutschheft mitzubringen, und stand nun vor dem Problem, dass ich nicht wusste, was ich mit mir anfangen sollte.

Ich entschied, in mein Notizbuch zu zeichnen. Da ich nicht recht wusste, was ich zeichnen wollte, ließ ich dem Stift einfach freien Lauf, so ähnlich wie bei der Schnellschreibübung, die wir bei Slim absolviert hatten. So schnell es ging, kritzelte ich los, während das Teenagergemurmel über mir hing wie ein gebrauchtes Kondom.

»Er hatte diese komische Angewohnheit, die Beine von Leuten zu bespringen« … »Ich respektier dich *wahnsinnig*, Alter« … »Wo studierst du nächstes Jahr?« … »Er und ich waren mit dem Geländewagen im Matsch unterwegs« … »Scheiße, ja, da würd ich nicht nein sagen« … »Mit wem gehst du auf den Ball?« … »Dann zog er seinen Finger raus, rieb ihn an der Wand« … »Was macht ihr so nach dem Ball?« … »Ich hätte nie gedacht, dass sie so wäre, aber sie hat mit *jedem* gevögelt, der nicht bei drei auf den Bäumen war« … »Vermutlich gehn wir zu Lauren nach Hause. Sie hat bestimmt Bierfässer da« … »Meine Mom zahlt meine Studiengebühren nicht, weil sie mich und diesen Typ, Schafer, in ihrem Bett erwischt hat« … »Der Film war *Ungeküsst*, aber wir haben nicht viel davon mitgekriegt«

Als ich mich aufrichtete, sah ich, dass ich ein Wesen mit Penisnase und Vaginamund gemalt hatte, halb Harpyie, halb Mammut und komplett hirntot.

Ich versuchte, mich auf die Gespräche zu konzentrieren, doch die vielen Wörter vermischten sich und führten bei mir zu Übelkeit. Mir ging es nicht gut. Meine Füße taten weh, weil ich mir für Krankenbesuche und Beerdigung neue Abendschuhe gekauft hatte, die noch nicht genug geweitet waren; und egal, wie ich mich hinsetzte, meine Hämorrhoiden jagten permanent ihre speziellen Schmerzen durch meinen Körper; außerdem drückte mein leerer Magen; beide Daumen waren vom ständigen Pulen wund; zwei Fingerkuppen pochten wegen der Verbrennung, und ich hatte Kopfweh.

Der Kurs dauerte noch etwa zehn Minuten. Ich beschloss, den Kopf aufs Pult zu legen. In meinen vier Jahren auf Osborne hatte ich das noch nie getan, weil ich es für kindisch und schwach hielt, doch ich war der Meinung, zehn Minuten Ruhe wären keine große Sünde. Ich schob mein Lehrbuch in die Ablage unter meinem Pult und bettete den Kopf auf meine verschränkten Arme. Gegen den Lärm konnte ich nichts machen, doch wenigstens wurden die Bilder allmählich dunkel.

11.14 Ich war ein spätgeborenes Kind.

Als meine Mutter mich zur Welt brachte, war sie 44, und mein Vater war 53. Auch sie waren Spätgeborene, daher starben meine beiden Großväter noch vor meiner Geburt. Was meine Großmütter angeht, so starb eine, als ich drei, die andere, als ich fünfzehn war. Weil die meisten meiner Verwandten ältere Menschen waren, spielte sich ein Großteil meiner Kindheitserinnerungen in Krankenhäusern, Pflegeheimen und Bestattungsinstituten ab.

Einmal fragte ich meine Mutter: »Warum habt ihr mich immer dorthin mitgenommen? Warum hast du mich nicht bei Tante Faye gelassen oder einen Babysitter geholt?« Sie antwortete: »Wir haben dich dorthin mitgenommen, weil wir es nicht ertrugen, auch nur eine Minute länger als nötig von dir getrennt zu sein.« Wohin auch immer Charles und Julia Weinbach gingen, der kleine James ging mit. Ich war ihr Prinz. Nach meiner Geburt kamen sie wohl nie mehr auf die Idee, zu zweit auszugehen, und wenn sie einmal ein schickes Restaurant aufsuchten, saß ich neben ihnen im Kerzenlicht, vor mir eine Tüte von McDonald's. Sie nahmen mich zu Ereignissen mit, die ein Kind unmöglich würdigen konnte; mit sieben war ich der wohl jüngste Zuhörer, als Frank Sinatra im Louisville Gardens auftrat.

Vielleicht behielten sie mich immer in ihrer Nähe, weil es ihnen so schwergefallen war, mich überhaupt erst auf die Welt zu holen, als hätte meine Seele in einem anderen Gefilde gesagt: »Schleift mich da nicht hin.« Bevor ich eintraf, hatte es acht Jahre Versuche und zwei Fehlgeburten gegeben. Selbst als meine Mom bereits mit mir schwanger war, rieten ihr nicht ein Arzt, sondern zwei Ärzte, wegen ihres hohen Blutzuckers, hohen Blutdrucks und hohen Alters (damals waren ältere Mütter noch nicht so verbreitet) die Sache zu beenden. Doch ich war ein gesundes Baby und hatte eine glückliche Kindheit. Sogar die häufigen Besuche in Krankenhäusern, Pflegeheimen und Bestattungsinstituten waren angenehm, weil mir meine Verwandten so viel Aufmerksamkeit schenkten. Weder meine Mutter noch mein Vater gehörte einer großen Sippe an (die meisten waren tot), daher war es für alle etwas Neues, ein Kind um sich zu haben. In Krankenhäusern wurde ich über Krankenbetten hinweg von einem liebevollen Verwandten zum nächsten gereicht. Je älter ich wurde, desto wissbegieriger wurde ich auch. Man musste mir verbieten, mit Infusionsbeuteln zu spielen, und ich bat Onkel Abe, seinen Stumpf anfassen zu dürfen, nachdem man ihm ein Bein amputiert hatte. In Bestattungsinstituten verzichteten meine Eltern sehr bald darauf, mich zum Sarg mitzunehmen, weil ich immer den Leichnam berühren wollte.

In den Jahren vor meiner Einschulung verbrachte ich die Tage im Haus von Tante Faye und Onkel Clyde, während meine Eltern arbeiteten. Ich fand es dort toll. Tante Faye (deren Tochter die erwähnte Therapeutin war) spielte bei meiner Erziehung keine kleine Rolle. Sie war eine füllige, herzensgute Frau, die Wärme ausstrahlte, gern einkaufen und essen ging, besonders in Restaurants der Fisch- und Seafood-Kette Red Lobster. Mindestens einmal wöchentlich waren sie und ich zu diesen Zwecken unterwegs. Onkel Clyde arbeitete meist im Freien, doch gelegentlich tauchte er im Wohnzimmer auf und sagte lustige Sachen wie: »James, ich muss mal pissen. Gehst du und erledigst das für mich?« Spätnachmittags saß ich auf der Veranda vor dem Haus auf Fayes Schoß und beobachtete die vielen Autos, die auf der Main Street nach Hause fuhren, und sobald ich den Cadillac meiner Eltern (und später ihren Lincoln Town Car) entdeckte, fuchtelte ich vor Begeisterung mit den Armen.

Dad trug immer einen Anzug zur Arbeit, Mom ein Kleid und Schuhe mit hohen Absätzen. Sie waren ein hübsches Paar; die Leute sagten gern, sie sähen aus wie Steve Lawrence und Eydie Gormé (die ich mit acht Jahren auf einem Konzert sah). Beide waren in der Verwaltung der Sozialversicherungsbehörde beschäftigt. Sie hatten sich in Frankfort, Kentucky, kennengelernt, im Kapitolgebäude. Mein Vater stammte aus Louisville, wo er bis zum Alter von 52 wohnte, als er Mom heiratete. Ehe er die Stellung in der Verwaltung annahm, arbeitete mein Dad hauptberuflich als

Jazzmusiker, spielte im Louisville der vierziger und fünfziger Jahre in Nachtclubs Tenorsaxophon. Manchmal arbeitete er mit bekannten Künstlern zusammen, wenn sie auf Tournee waren, wie mit dem legendären Jazz-Drummer Gene Krupa. Als ich Dad fragte, wie Krupa so war, antwortete er nur, er sei wild. Ich fragte mich, wie wild mein Dad war. Auf Schwarzweißfotos von ihm, als er noch jünger war, sah er aus wie ein verschmitzter Hipster, weit weltmännischer, als ich je sein würde. Bevor er meine Mom kennenlernte, war er schon dreimal verlobt gewesen, aber nie verheiratet. Er trank gern Bier und erzählte Geschichten von Kneipenschlägereien, in die er geraten war – meist wegen irgendeines Baseballspiels. Nach meiner Geburt mochte er immer noch Bier, traf sich aber nie mit Kumpels in Kneipen oder dergleichen. Abends war er immer zu Hause. Es gab keinen verlässlicheren Vater als ihn. Wenn ich an ihn denke, sehe ich ihn vor mir, wie er sich im Fernsehen ein Baseballspiel der Cincinnati Reds ansieht, in der Hand sein rundliches Bierglas. Ich sah abwechselnd mit ihm ein Baseballspiel und aß seine Pretzeln, dann ging ich ins Nebenzimmer, wo ich mir mit meiner Mom *Dallas* oder so etwas ansah.

Meine Mom stammte aus dem winzigen Ort Filbert ganz in der Nähe von Vandalia. Ihre Kindheit verbrachte sie auf einer Farm, und als sie mir erzählte, dass sie als kleines Kind ein Plumpsklo im Garten benutzen musste, konnte ich es kaum glauben. Als sie zehn war, zog ihre Familie in die Stadt. Ihr Vater baute ihnen ein Haus an der Main Street. Ich fand es erstaunlich, dass ein Verwandter von mir sein eigenes Haus gebaut hatte. Ich hatte überhaupt keine

Fähigkeiten (nicht einmal schriftstellerische, wie ich eben herausgefunden hatte).

Mom war in den 1950er Jahren ein Teenager, worum ich sie beneidete. Ich fragte sie oft danach, wie Vandalia früher war, als es in der Innenstadt noch zwei Kinos gab und Getränkespender und die Leute sich schick kleideten und alles besser war. Sie heiratete kurz nach der Highschool und zog nach Bowling Green, ließ sich aber bald scheiden, als sie ein schlimmes Heimweh packte. Wegen ihrer unglaublichen Liebe und Hingabe für die Familie – ganz zu schweigen von ihrer gesteigerten Sensibilität gegenüber allen, denen sie begegnete – wurde sie für mich zum Symbol für Güte. Beispielsweise forderte Mom nach jedem Weihnachtsfest, wenn ich üblicherweise mit Geschenken überschüttet wurde, meinen Dad auf, den Weihnachtsmüll über mehrere Wochen verteilt rauszubringen, damit die Müllmänner nicht all die Spielzeugverpackungen sahen und sich schlecht fühlten, falls ihre Kinder nicht so ein gutes Fest hatten.

Ihr Heimweh kehrte viele Jahre später zurück, mit ihrer Arbeit als Außendienstleiterin der Sozialversicherungsbehörde, die erforderte, dass sie viel unterwegs war. Wir sprechen hier vom Beginn der sechziger Jahre, als es nicht üblich war, dass Frauen allein reisten, und Mutter war stolz auf ihre Unabhängigkeit. Später, nachdem sie Dad kennengelernt hatte, fuhr er manchmal dorthin, wo sie sich gerade aufhielt. Damals verlangten einige Motels, dass eine Frau ihre Zimmertür offen stehen ließ, während sie Herrenbesuch hatte, eine Vorschrift, auf deren Einhaltung man heutzutage in Panama City Beach bestimmt nicht bestand.

Als Mom Dad überredet hatte, nach Vandalia zu ziehen,

heirateten sie 1971 im dortigen Standesamt. Sie ließen sich etwas Zeit mit dem Versuch, ein Kind zu bekommen, und als sie schließlich mich bekamen, mussten sie sich damit abfinden, dass Fremde mich für ihren Enkel hielten. Höflich berichtigten sie jeden, der diese Annahme äußerte. Einoder zweimal hörte ich die beiden murren, sie wünschten, die Leute würden keine voreiligen Schlüsse ziehen, doch sie nahmen es als Ärgernis hin, das bei älteren Eltern einfach dazugehörte. (Ich lernte früh, das Wort »ältere« statt »alte« zu verwenden.)

Meine Kindheit wurde weniger angenehm, als ich die erste Klasse der katholischen Grundschule Blessed Sacrament besuchte und meine älteren Eltern seltener sah. Der Kindergarten war nur halbtags gewesen, und außerdem hatte die liebe, matronenhafte Kindergartentante einen Narren an mir gefressen. Doch mit der ersten Grundschulklasse begann meine bewegte und schwierige Schullaufbahn. Meine Lehrerin war zwar in Ordnung, doch die Schultage waren lang und die Kinder laut und aggressiv. Am ersten Schultag schlugen die Jungs beim Mittagessen ihre Brotdosen so laut gegeneinander, dass ich zusammenzuckte und sie am liebsten gefragt hätte, warum sie das Bedürfnis hatten, so etwas zu tun. Ich hatte das Gefühl, dass alle anderen einander kannten und ich der uneingeladene Gast war, der nur höflich zuhören sollte. Einige kannten sich bereits, weil sie in ihrer Wohngegend zusammen im Freien gespielt hatten. Ich selbst hatte nie das geringste Interesse verspürt, mit den Nachbarskindern zu spielen. Ich spielte am liebsten allein, entweder im Haus, wo ich mir ausgeklügelte Spielhandlungen für meine G. I. Joes ausdachte, oder in unserem weitläufigen Garten hinterm Haus, wo ich von unseren Backsteinmauern Tennisbälle abprallen ließ. Manchmal hörte ich die Nachbarskinder schreien, dann spähte ich durch die Lücken unseres Lattenzauns und sah sie auf ihren Rädern fahren.

Am Ende des ersten Schultags dachte ich: Soll das die nächsten zwölf Jahre wirklich *so* weitergehen? Ich weinte und flehte meine Eltern an, mich nicht wieder zurückzuschicken. Schließlich gab es einen, der mich wieder auf die Spur brachte: Tyler. Eines Tages unterhielten wir uns beim Mittagessen über Nintendo und wurden bis zum Ende der sechsten Klasse unzertrennlich.

Als ich in die zweite Klasse kam, hatten meine Mom und mein Dad lange genug gearbeitet, um sich zur Ruhe zu setzen. Etwa um diese Zeit wurde mir bewusst, dass ich ältere Eltern hatte. Kein anderer hatte Eltern im Ruhestand. Außerdem ließen sich meine Eltern häufiger auf Schulveranstaltungen blicken, so dass ich jetzt meinen Mitschülern oft erklären musste, dass die Leute, mit denen sie mich zusammen gesehen hatten, nicht meine Großeltern waren. Nicht selten sagte ich als kleiner Junge kurz angebunden: »Meine Eltern haben mich spät im Leben bekommen, klar?«

Doch schon damals wusste ich, dass es gut war, ältere Eltern zu haben. Sie waren ungewöhnlich geduldig und machten mich zum Mittelpunkt ihres Lebens. Das Ganze hatte nur einen Nachteil: Weil sie älter waren, machte ich mir oft Sorgen, dass sie früh sterben könnten. Diese Angst verstärkte sich noch in der zweiten Klasse, als meine Mom Herzprobleme bekam. Bei zwei unterschiedlichen Gelegenheiten tauchte zu meiner Überraschung mein Vater in der Tür des Klassenzimmers auf, gefolgt von der Lehrerin, die herbeieilte und mir etwas zuflüsterte wie: »Vergiss die Bücher und deine Hausaufgaben. Geh einfach.« Was daran lag, dass meine Mom ins Krankenhaus eingeliefert worden war. Ich akzeptierte, dass wir mit diesen Gesundheitsproblemen einfach leben mussten. Andere Kinder mussten damit klarkommen, dass ihre Eltern sich scheiden ließen; ich musste halt damit klarkommen.

Mit elf fiel mir auf, dass mein Vater sich anscheinend plötzlich weniger zu mir hingezogen fühlte. Schon wenn ich allein mit ihm im selben Zimmer war, wurde er nervös, und seine Umarmungen fühlten sich anders an – als wolle er mich nicht berühren, und eine Kleinigkeit genügte, um ihn in schlechte Laune zu versetzen. Weil ich ihn so aufregte, sah ich mir immer seltener Baseballspiele mit ihm im Fernsehen an.

Im Sommer zwischen der sechsten und siebten Klasse bat mich meine Mom, mit ihr in den Vorgarten zu kommen, sie wolle mit mir reden. Sie fragte, ob ich bemerkt hätte, dass Dad sich anders benahm. Dann erzählte sie mir, Dads kürzliche Arztbesuche seien keine Routinetermine gewesen, wie sie mir weisgemacht hatte. Als sie mir verriet, was wirklich los war, versetzte mich diese Neuigkeit in eine Art irrealen Zustand: Das konnte *unmöglich* wahr sein. Das passierte doch nicht den Vätern elfjähriger Jungs, sondern allenfalls Großeltern. Es war, als sähe ich einen Film über jemand anderen, einen furchtbaren Film, der an der Kinokasse mies abschnitt, weil ihn niemand sehen wollte. Es war ein Film, den man nie hätte drehen dürfen.

Ich fragte sie, ob es heilbar sei, doch das war es natürlich nicht. Die Einfassung des Blumenbeets vor unserem Haus war aus Backsteinen, und ich fing an, auf den Backsteinen zu gehen, die Füße von Ferse zu den Zehen abzurollen, als balancierte ich auf einem Schwebebalken, während Mom mir sagte, wir würden alles Menschenmögliche unternehmen: die Klinik an der Universität von Kentucky aufsuchen, ihn mit ganz neuen Medikamenten behandeln lassen etc. Doch das alles bedeutete mir nichts, weil es gar nicht wirklich geschah.

Kurz nachdem sie mir die schlechte Neuigkeit erzählt hatte, nahm mich meine Mom mit zu einer Baseball-Sammelkartenmesse im Hotel Ramada Inn. Baseballkarten zu kaufen, machte mich normalerweise glücklich, so wie Spielsachenkaufen mich glücklich gemacht hatte, als ich noch etwas jünger war. Doch an diesem wolkenverhangenen Tag bedeuteten mir die Kisten voller Karten gar nichts. Alle Verkäufer in ihren Ständen sahen aus wie haarige alte Fieslinge, und zum ersten Mal sah ich sie als unredliche Männer, die mich über den Tisch ziehen wollten. Man spielte »What becomes of the Broken-Hearted«, eine neuere Version, und als ich dem Song lauschte und spürte, wie mir meine Mom schweigend und geduldig folgte, und als ich mir eine Karte von Mark McGwire als Rookie aussuchte, nur weil ich mich beeilen und irgendwas nehmen sollte, damit wir wieder gehen konnten, wurde mir klar, dass nichts je wieder wie früher sein würde und mir einige schwierige Jahre bevorstanden. Ich wusste, von nun an würde ich immer ein wenig traurig sein. Genau in diesem Augenblick endete wohl meine Kindheit.

Am ersten Schultag in der siebten Klasse merkte ich sofort, dass auch die Welt um mich herum reifer wurde. Da ich eine Privatschule besuchte, die bis zur achten Klasse ging, musste ich wenigstens nicht auf eine Junior Highschool wechseln wie die Kinder von öffentlichen Schulen. An diesem Morgen gingen ein paar Mädchen herum und forderten die Jungs auf, etwas zu sagen, egal was. »Warum?«, fragte ich. »Weil wir herausfinden wollen, wer im Sommer in den Stimmbruch gekommen ist.« Aus irgendeinem Grund beschloss ich, das Wort »Makkaroni« zu sagen, und sie lachten, weil ich *eindeutig* im Stimmbruch war. Ich schämte mich. Vormittags versammelten sich alle Jungs, setzten sich auf den Fußboden und unterhielten sich über Dinge, von denen ich zuvor nur in den nicht jugendfreien Filmen gehört hatte, die mich meine Eltern sehen ließen. Ich dachte dauernd: Was *macht* der Lehrer da? Warum können wir nicht endlich mit dem Unterricht anfangen? Ich saß stumm da und hoffte, dass niemand mich nach meinem Dad fragen würde. Tyler wusste das mit meinem Vater; meine Mom hatte es seiner Mom erzählt. Anscheinend wusste es kein anderer auf meiner Schule. Ich sprach nie darüber. Ich machte weiter, als sei alles in Ordnung, und nachdem ich schon immer für meinen Humor bekannt gewesen war, beschloss ich jetzt, ein veritabler Klassenclown zu werden, weil andere zum Lachen zu bringen, mir das Gefühl gab, das Leben sei nicht gar so traurig. Auch fand ich heraus, dass dieser zusätzliche komödiantische Aufwand es mir ermöglichte, neue Freunde zu finden, was auch nötig war, weil Tyler und ich uns voneinander entfernten, genauer gesagt: Er wurde cooler und ich weniger cool, und das war die Zeit im Leben, wo sich ein Junge intensiv bewusst wird, wie cool oder uncool er ist.

Unterdessen verließ uns mein Vater nach und nach. Als ich in die achte Klasse ging, musste meine Mom Dad den schrecklichen Vorschlag unterbreiten, nicht mehr Auto zu fahren. »Aber ich bin doch ein ausgezeichneter Fahrer«, sagte er.

Wenn meine Mom aus seinem Sichtfeld verschwand, bekam er jedes Mal Angst. Sie versuchte, die Lage für mich möglichst normal zu gestalten, doch einmal hatte sie selbst einen Arzttermin wegen ihres Herzens, und ich musste allein bei Dad zu Hause bleiben. Er wurde völlig verwirrt und sagte immer wieder, er müsse meine Mom finden. Doch Mom hatte mir erzählt, wie manche dieser Kranken aus dem Haus stürmten und nicht mehr zurückfanden. Doch ich würde nie zulassen, dass die Nachbarn meinen Dad so sahen. Daher musste ich ihm Auge in Auge gegenübertreten und die Hintertür blockieren, während ich ihn pausenlos anflehte zu bleiben und schwor, Mom käme jeden Moment zurück.

Während Dad all das widerfuhr, ging es mit der Gesundheit seiner eigenen Mutter ebenfalls bergab. Als Kind hatte ich mich auf jede Fahrt nach Louisville gefreut, um sie zu besuchen, und ich war jedes Mal begeistert, wenn sie uns besuchen kam und wir sie an dem alten Greyhound-Busbahnhof abholten, der inzwischen längst geschlossen ist. Damals war sie eine elegante, piekfeine Dame gewesen, die mich an Katharine Hepburn erinnerte. Ich fühlte mich geschmeichelt, wenn sie mir gewisse Dinge zuflüsterte, wie dass jemand schwarz, schwul, schwanger oder geschieden war. Irgendwie war ihr Flüstern lauter, als wenn sie es einfach laut gesagt hätte. Noch bis sie Mitte neunzig war, legte sie großen Wert auf ihre Unabhängigkeit, ging täglich zu Fuß in die Kirche und benutzte die öffentlichen Verkehrsmittel mit größerem Geschick als jeder Jugendliche in Louisville. Doch ihr Verstand ließ sie im Stich, und man musste etwas unternehmen. Man befand, die einzige Lösung sei, dass Großmutter zu uns ins Haus zog. Natürlich baute Dad tagtäglich mehr ab, und so blieb es in erster Linie Mom überlassen, sich um Grandma zu kümmern. Schließlich blieb uns nichts anderes übrig, als Grandma in ein Pflegeheim zu geben.

Um die Zeit, als ich in die Highschool kam (und als ich einen großen Wachstumsschub erlebte), mussten wir Dad in dasselbe Pflegeheim geben, in dem sich schon seine Mom befand. Wenigstens war ihnen nicht bewusst, dass der oder die andere auch dort war. Ich war froh, dass man sie in verschiedenen Trakten untergebracht hatte, weil ich die Vorstellung nicht ertrug, wie sie in Rollstühlen aneinander vorbeigeschoben wurden, ohne dass sie miteinander sprachen.

Das war aber noch nicht alles. Einige Jahre zuvor erlitt meine geliebte Tante Faye einen Schlaganfall, der auf ihren Diabetes zurückzuführen war. Sie konnte noch Jahre danach tätig sein, brauchte aber schließlich auch Vollzeitpflege, weshalb meine Mom und ich jetzt drei Personen im selben Pflegeheim besuchen mussten. Nach einem langen Tag auf Osborne ging ich direkt in das Heim und »machte meine Runde«, wie ich es nannte. Manchmal waren meine Mom und ich zu erledigt, um alle drei zu besuchen, dann hatten wir den restlichen Abend Schuldgefühle, weil wir einen von ihnen vernachlässigt hatten.

Als wäre das noch nicht genug, hatte ich Schwierigkeiten mit dem Übergang von der privaten zur öffentlichen Schule. Es war wieder so wie in der ersten Klasse: Ich kam mir vor wie ein Fremder unter Freunden, die sich schon ein Leben lang kannten. Die Hälfte der Schüler von Blessed Sacrament hatte sich für St. Clement's entschieden (so wie Chloe), und die andere Hälfte sah ich selten, weil Osborne so verdammt groß war. Osborne High hatte die Tendenz, selbst gute Bekannte regelrecht und auf Nimmerwiedersehen zu verschlucken.

Ich hatte mich aus dem masochistischen Wunsch heraus für Osborne entschieden, voll in das öffentliche amerikanische Highschool-System einzutauchen. Ich betrat Osborne in dem Outfit, das ich seit der siebten Klasse getragen hatte, als ich mich mit den von meiner Mutter gekauften Klamotten aktiver befasste. Ich trug Vans, Baggy Jeans und obenrum an manchen Tagen ein schickes Hemd von Lazarus oder Marshall's, an anderen Spaßhemden wie ein Dolly-Parton-T-Shirt, das ich auf dem Flohmarkt gefunden hatte. Schon damals versuchte ich mit diesem Skater-Popper-Freak-Look dem Teenager-Schubladendenken zu entkommen. Mich anzupassen, hatte ich schon lange aufgegeben.

Als ich die zehnte Klasse zur Hälfte hinter mir hatte, starb meine Großmutter. Bald darauf waren wir mit dem Pflegeheim so unzufrieden, dass wir Dad nach Hause holten. Mittlerweile war er so gebrechlich, dass Mom Betreuerinnen nehmen musste. Das waren liebe, ältere Frauen, doch solange sie im Haus waren, hatte ich das Gefühl, dass ich mich nicht entspannen und ich selbst sein konnte. Mir fiel nichts Besseres ein, als in meinem Zimmer zu bleiben, bei geschlossener Tür. Damals wurden mir Bücher wichtig. Andere Jugendliche hatten ihre Drogen und Alkohol, doch solche Sachen hatten ein *geselliges* Element, während ich von Tag zu Tag ungeselliger wurde. Außerhalb der Schule unternahm ich mit niemandem etwas, lud auch keinen zu mir ein, weil niemand etwas über die merkwürdige Situation bei mir zu Hause erfahren sollte. Ich wollte auch nicht anfangen zu trinken oder zu kiffen, weil ich das für gefühllos gegenüber meiner Mutter gehalten hätte, die immer noch unter ihrer eigenen angegriffenen Gesundheit litt und ständig überlastet und übermüdet war. Ein typisches Wochenende für mich bestand also in der Lektüre gebrauchter Taschenbücher – alles von Jean-Paul Sartre über Carson McCullers bis Langston Hughes –, die ich nur unterbrach, um mir alte Filme anzusehen, die ich mir in der Bibliothek auslieh. *Der versteinerte Wald* war einer meiner Lieblingsfilme.

Als ich in die elfte Klasse kam, hatte uns die Krankheit meines Vaters finanziell so gebeutelt, dass ich zum ersten Mal einen kleinen Eindruck davon bekam, wie es war, wenn man nicht genug Geld hatte. Wir konnten es uns nicht mehr leisten, regelmäßig Betreuerinnen zu nehmen. Mom hätte mich damit am liebsten verschont, doch ich half gelegentlich, Dads Windeln zu wechseln. Und dann und wann half ich auch, ihn zu füttern, doch irgendwann vergaß er, wie man aß, und bekam eine Magensonde gelegt.

Je merkwürdiger mein Privatleben wurde, desto merkwürdiger wurde ich. Ich fing an, zu den alten, schwarzen

Anzugschuhen meines Dads ständig eine Lederjacke zu tragen, und ich brachte absichtlich meine Haare durcheinander und wartete darauf, dass Leute Kommentare dazu abgaben. Mein Interesse erlahmte, meine Mitschüler zum Lachen zu bringen. Statt als Publikum, dessen Zustimmung ich suchte, sah ich meine Mitschüler jetzt als verzogene kleine Kinder. Als sie andeuteten, ich führte ein tolles Leben, weil ich in einer hübschen Vorstadt wohnte, meine Eltern Geld hätten und ich mir keinen Job suchen müsse, hätte ich sie umbringen können. Fast über Nacht hieß die zentrale Frage meines Lebens auf der Highschool: Was kam zuerst? Dass ich nichts mit ihnen zu tun haben wollte oder sie nichts mit mir? Meine Mom merkte, was da ablief, und ihr gefiel nicht, dass ich zu einem schlechtgekleideten Wesen mutierte, das kaum einmal sein Zimmer verließ. Sobald ich den Führerschein hatte, ermunterte sie mich, mit den anderen schlechtgekleideten Kids um die Häuser zu ziehen. »Wenn du mal ausgehen willst, Liebling, egal wann, nimm den Wagen und fahr, wohin du willst«, sagte sie dann. Doch ich wollte nicht. Ich war ein Stubenhocker.

Am letzten Schultag meiner elften Klasse vor den Weihnachtsferien (dem Tag, an dem Chris Farley starb), besuchte ich meine erste und letzte Teenagerparty, aber auch nur, weil ich wusste, dass ein Mädchen, das sich für mich interessiert hatte, dort sein würde (dieses Mädchen hatte inzwischen die Schule abgeschlossen). Es war nicht überraschend, dass ich als Einziger dort nicht trank, doch ich fühlte mich nicht sehr deplatziert, weil wir alle einer Punkband zuhörten, die in der Garage spielte, und bei dem

Krach konnte man sich nicht unterhalten. Doch als die Band immer betrunkener wurde, beschlossen die Musiker irgendwann, dass die Musik sie beim Trinken störte.

Ich saß da und beobachtete, wie die Augen der Leute sich veränderten und die Zungen sich lösten. Während um mich herum die Freude tobte, befand ich, um so mit dem Mädchen sprechen zu können, wie ich es wollte, könne es nichts schaden, ein Bierchen zu trinken. Während ich das tat, warf sich das Mädchen einem anderen Jungen an den Hals.

Zwei Stunden später war ich betrunken. Es fühlte sich ziemlich toll an, und es war nett, wie die Substanzen mir halfen, das Schlechte zu vergessen. Doch auf dem Gipfel meiner Trunkenheit rief meine Mom in dem Haus an, wo die Party war. Sie wollte mir mitteilen, dass man meinen Dad ins Krankenhaus gebracht hatte. Sie merkte jedoch schnell, dass ich getrunken hatte, und forderte mich auf, bis zum Morgen dortzubleiben. Es folgte mein schrecklicher Entschluss, dennoch zu fahren, die mit Abstand dämlichste Aktion meines ganzen Lebens. Wundersamerweise schaffte ich es bis ins Krankenhaus, aber nicht ohne mich vorher während der Fahrt vollzukotzen.

Im Krankenhaus sorgte ich für eine Szene. Meine Mom schrie auf, als sie mich sah, weil ich Gegrilltes auf mich gekotzt hatte, was sie für Blut hielt. Ich hatte ein schrecklich schlechtes Gewissen. Sie musste mich nicht bestrafen; ich bestrafte mich selbst. In den restlichen Weihnachtsferien half ich entweder meiner Mom zu Hause oder verbrachte die Zeit im Krankenhaus, wo ich Romane lesen konnte, während ich bei meinem Vater saß.

Beim Lesen der Romane konnte ich für kurze Momente

vergessen, dass ich mich in einem Krankenzimmer befand. Bei der Gelegenheit vernarrte ich mich in die Vorstellung, Schriftsteller zu werden, und dieser Gedanke tröstete mich, wenn ich mich von allen anderen Jugendlichen abkapselte. Oder kapselten sie sich von mir ab? War das nicht egal?

Sie hatten Sex, und ich hatte den Tod. Mehr gab es nicht zu sagen.

Als ich an dem Tag nach der Party das Erbrochene von meiner Lederjacke wischen wollte, ekelte ich mich so, dass ich sie in die Mülltonne warf. Im Schrank meines Dads fand ich passenden Ersatz.

11.23 Als der Football von meinem Kopf abprallte, hob ich den Oberkörper von der Tischplatte. Ich hatte es genossen, ihnen zuzuhören, wie sie sich gegenseitig Schwuchtel nannten, und weil ihr derbes Gequassel keine Pausen kannte, klang es irgendwann wie Hintergrundrauschen oder wie das einlullende Summen eines Fernsehers, der in einem anderen Zimmer lief, aber natürlich durfte ich mich nicht entspannen, weil mich der Ball ja treffen musste.

»Verzeihung, Alter. Meine Schuld.« Ich drehte mich um und sah einen Jungen, der zu sehr wie ein Fisch aussah, um zu den angesagten Schülern zu gehören, obwohl er sich bemühte. »Wie wär's?«, ergänzte er, weil er wollte, dass ich ihm den Ball zurückwarf. Ich ignorierte seine Bitte und legte den Kopf wieder aufs Pult. »Du musst dich nicht wie 'n Arsch benehmen«, sagte er, als er die knapp zwei Meter zurücklegte, um den Ball selbst aufzuheben.

Ich riss den Kopf hoch. »Wenn ich *dich* mit einem Football am Kopf getroffen hätte, hättest du ein Mordsfass aufgemacht. Aber wenn du einen anderen triffst, erwartest du, dass er dir brav den Ball zurückwirft?«

»Warum bist du so ’n Arsch, Alter?«

»Hey«, rief Mrs. Reiher. »Das habe ich gehört. Beruhigen Sie sich.«

Er warf weiter seinen Ball. Drei Minuten vor Ende des Unterrichts schoben die Schüler allmählich ihre Pulte an die ursprünglichen Plätze und setzten sich. Plötzlich ging der Fernseher an, und langsam erhellte sich der schwarze Schirm, auf dem Mr. Shankly erschien und mürrisch in seine Kamera blickte.

»Bitte entschuldigen Sie die Störung.« Die Schüler verstummten. Es war selten, dass mitten am Schultag eine Durchsage über den Fernseher oder das Lautsprechersystem kam. »Ich möchte etwas ansprechen, das mir im letzten Monat keine Ruhe gelassen hat. Sie erinnern sich, dass ich ernste Konsequenzen wegen des Zwischenfalls angekündigt habe, der sich während des Pep Rally am zwölften März zugetragen hat. Das Benehmen auf dieser Veranstaltung ist so ziemlich das Unerträglichste, was ich während meiner dreiundvierzigjährigen Tätigkeit in diesem Bildungssystem erlebt habe, und ich würde mich der Pflichtverletzung schuldig machen, wenn ich auf die angekündigten Konsequenzen verzichten würde. Daher muss ich leider bekanntgeben, dass der diesjährige Abschlussball aus disziplinarischen Gründen entfällt. Besonders leid tut es mir für diejenigen unter Ihnen, die an den Vorkommnissen vom zwölften März nicht beteiligt waren. Doch meine Entscheidung ist unumstößlich. Solch ein schwerwiegender Vorfall muss Konsequenzen haben. Lassen Sie uns versuchen, das restliche Schuljahr gut über die Bühne zu bringen.«

11.26 Shankly blieb noch ein paar angespannte Sekunden auf dem Schirm, ehe der schwarz wurde. In diesen wenigen Sekunden saßen meine Mitschüler einfach nur da, stumm vor Entsetzen. Wahrscheinlich bildete ich es mir nur ein, doch ich glaubte, vom Flur her ein lautes kollektives Aufheulen zu hören, als hätte Osborne persönlich soeben erlebt, wie seine einzige große Liebe von einem Felsen gestoßen wurde. Dann, ganz plötzlich, rastete Mrs. Reihers Kurs aus, alle schrien auf einmal durcheinander: »Das ist doch totaler Blödsinn!« – »*Darf* er das denn?« – »Mrs. Reiher, können Sie nicht mit ihm reden?« – »Das hab ich doch gerade geträumt!«

Sie waren so außer sich, dass es nach dem Klingeln eine Weile dauerte, ehe sie aufstanden und gingen. Die ganze Zeit lächelte ich, wie ich seit Kindertagen nicht mehr gelächelt hatte.

Als ich auf den Flur hinaustrat, erwartete ich, einen postpubertären Aufruhr zu erleben. Ich stellte mir vor, wie an Koliken leidende Mädchen mit hochroten Gesichtern »Gott! Nein! Warum?« schrien, während ihre Boyfriends hilflos zusahen und sich die Fingerknöchel an den Spindtüren wundschlugen. Mir fiel eine Szene aus dem alten Film *San Francisco* ein, als sich eine Frau während des Erdbebens mitten auf der Straße hinkniet, um zu beten, und gen Himmel fleht, doch dann öffnet sich die Erde und verschluckt sie. Ich stellte mir Leute vor, die sich die Kleider vom Leib rissen und sich anschließend nackt am Boden wälzten.

Tatsächlich wurde ich Zeuge einer verhaltenen Variante davon. Trauben bestürzter Jugendlicher stießen abgehackte Wortkaskaden hervor. Einem Jungen, der sich laut beklagte, versagte mehrmals die Stimme. Ein Mädchen rannte durch den Flur wie eine Notaufnahmeärztin, die man gerade angepiept hatte. Freunde redeten leise und beruhigend auf ihre Freundinnen ein. Viele der Jugendlichen trugen besorgte Mienen zur Schau, doch ich sah nur ein Mädchen weinen, was bei mir leichte Schuldgefühle auslöste. Sie nahm ihre Brille ab, um sich die Augen zu wischen. Die Quelle des Leids eines anderen Menschen zu sein verursachte mir Unbehagen.

Die Schuldgefühle hielten nicht lange vor. Als ich im nächsten Stau steckte, sagte irgendein nach Knoblauch miefendes Nilpferd hinter mir: »Beeil dich, Kerl.«

»Wie kann ich das?«, fragte ich. »Siehst du nicht, dass der Gang verstopft ist?«

»Schieb dich einfach durch«, sagte er. Ich reagierte nicht und beschloss, mich nicht durchzuschieben.

An meinem Spind angelangt, sah ich, dass der Bauernbursche und seine Freundin mir wieder im Weg standen. Sie bemerkten mich nicht, da sie einander umarmt hielten, jeder mit dem Kinn auf der Schulter des anderen. »Verzeihung«, sagte ich, und sie traten beiseite, allerdings mit einem Blick, als hätte ich sie soeben gefragt, ob ich sie sanft missbrauchen dürfe. Als ich meine Zahlenkombination eingab, hörte ich den Jungen sagen: »Und, was soll *ich* denn deswegen unternehmen?«

»Keine Ahnung, aber das kann doch nicht wahr sein.«

»Beruhigst du dich jetzt?«

»Sag mir nicht, ich soll mich beruhigen. Ich finde, du bist *zu* ruhig. Vermutlich bist du *froh,* dass das passiert ist.«

Sie stürmte davon, während er leise vor sich hin fluchte, und ich fand die Szene einfach nur saukomisch.

»Warum haste mich verpfiffen, du Pfeife?« Als ich mich umdrehte, stand Tyler vor mir, dessen engelhaften Gesichtszüge vor Zorn so verzerrt waren, dass er jetzt wie ein Kobold aussah.

»Tut mir leid. Mr. Shankly hatte mich in die Enge getrieben. Ich wollte dich da raushalten, aber am Ende musste ich es ihm sagen.«

»Warum hast du überhaupt meine Flasche genommen? Seit wann trinkst *du* eigentlich?«

»Mach ich gar nicht, normalerweise. Mir ging's richtig dreckig, aber jetzt fühle ich mich viel besser. Hier«, sagte ich und nahm mein braunes Lederportemonnaie heraus, das meinem Dad gehört hatte und auf dem dessen Initialen standen. »Was hat er gekostet?«

»Das ist mir egal. Wegen dir bin ich für zwei Tage vom Unterricht suspendiert worden. Hat er *dich* auch suspendiert?«

»Hm-m. Ja. Zwei Tage Suspendierung. Genau wie du. Tut mir leid, Tyler.« Er schwieg und sah mich auch nicht an, als er ein Buch gegen ein anderes austauschte. »Willst du mir nicht verzeihen?«

»Na ja, ich weiß, bei dir isses zur Zeit scheiße und so, aber das heißt nicht, dass du deine Freunde verpfeifen kannst.«

»Nun mach mal 'n Punkt. Wir sind seit der sechsten Klasse keine Freunde mehr.«

»Na, dann kannst du mich auch mal, James.«

»Heißt das etwa, du betrachtest mich noch als Freund? Wir *unterhalten* uns nicht mal, geschweige denn –«

Er wartete nicht ab, was ich ihm noch zu sagen hatte, sondern ging mitten im Satz weg, was mich an diesem speziellen Tag besonders kränkte. Offenbar gab es auf dieser Welt üblere Dinge, als eine Sonderbehandlung zu bekommen.

Ich machte den Spind zu, und wo die Tür gewesen war, stand jetzt Chloe. Meine Körperhaltung war viel besser als ihre.

»Geht's dir gut?«, fragte sie.

»Mir geht's *mehr* als gut.«

»Hat Slim dich wirklich zum Schulleiter geschickt?«

»Ja.«

»Steckst du in Schwierigkeiten?«

»Ich möchte lieber nicht darüber reden.«

»Es tut mir wirklich leid. Ich hätte deinen Text nicht so runtermachen dürfen, weil ich ja wusste, wie viel er dir bedeutet. Doch ich war so sauer auf dich wegen deiner Bemerkungen von heute früh, aber –«

»Ich hätte auch nicht sagen sollen, was ich gesagt habe, aber …« Eigentlich wollte ich ihr erzählen, wie sehr mich ihre Kommentare verletzt hatten, sagte aber stattdessen: »Entschuldige, bitte, aber ich komme um vor Hunger. Und ich will nicht zu den Letzten gehören, die sich anstellen.«

»Darf ich dich zur Cafeteria begleiten?«

»Warum nicht.«

»Bist du wütend auf mich?«, fragte sie, als wir losgingen.

»Nein. Nicht wütender als auf alle anderen. Bist du wütend auf *mich*?«

»Nein. Ich will, dass es wieder so wird, wie es vor heute Morgen war.«

»Wie meinst du das?«

»Zwischen uns. Eigentlich mit allem.«

Auf dem Weg zur Cafeteria mussten wir im Freien einen kleinen Hof überqueren. Ich hielt Chloe die Tür auf.

»Danke.«

»Gern geschehen. Ein schöner Tag, wenn es nicht regnet«, sagte ich, obwohl es offensichtlich keinerlei Aussichten auf Niederschlag gab. Auf beiden Seiten von uns saßen Jungs und Mädchen auf Betonbänken und unterhielten sich leise.

»Ich wünschte, es hätte nie einen Spring Break gegeben.«

»Aber wenn es den Spring Break nie gegeben hätte, wäre Gottesgeschenk nicht dein fester Freund geworden.«

»Er ist nicht mein fester Freund.«

»Was ist er dann?«

»Keine Ahnung. Wir sind Freunde.«

»Ihr alle und eure *Freunde*. Wir sind alle nur Freunde. Ist das nicht toll? Vielleicht können wir eines Tages alle gegenüber voneinander Apartments in New York nehmen.«

»Na schön. Wir sind wohl *mehr* als Freunde. Wir *reden* miteinander.«

Am liebsten hätte ich ihr gesagt, wie typisch sie sich anhörte, doch ich wollte unbedingt etwas anderes ansprechen. »Deine Pläne für den Ball kannst du wohl in die Tonne treten, oder?«

»Ja! Gott sei Dank.«

»Hä?«

Ich öffnete ihr die Tür zur Cafeteria. »Danke. Ich bin *so* erleichtert, dass ich da nicht hingehen muss.«

»Warum warst du dann einverstanden, ihn zu begleiten?«

»Weiß ich auch nicht. Ein Teil von mir wollte wohl hingehen. Aber es hat mich total verunsichert. Ich bin heilfroh, dass der Ball abgesagt wurde. Ich hasse das – mich wie Aschenputtel rausputzen zu müssen. Ich will ein hässliches Entlein bleiben.«

Ich schwieg, während ich meinen Platz am Ende der Mittagessenschlange einnahm, die fast so lang war wie der ganze Raum. Chloe blieb bei mir.

»Da ist noch etwas, worüber ich mit dir reden wollte«, sagte sie und strich sich die Haare aus dem Gesicht. »Sei nicht überrascht, wenn Hamilton in deinem Englischkurs etwas zu dir sagt.«

»Warum sollte er etwas zu mir sagen?«

»Es ist meine Schuld. Wir beide hatten in der dritten Stunde zusammen Rechnungswesen, und er merkte, dass ich mir wegen irgendwas Sorgen machte, und weil er mir keine Ruhe ließ, erzählte ich ihm schließlich, ich sei aufgebracht wegen allem, was zwischen dir und mir in Slims Kurs vorgefallen war, und irgendwie erwähnte ich auch, was du zu mir über Panama City gesagt hast, was ich besser für mich behalten hätte, aber er ließ nicht locker und sagte schließlich, er wolle mit dir reden, worauf ich sagte, untersteh dich, und er musste mir versprechen, den Mund zu halten, aber nur für alle Fälle wollte ich dich vorwarnen, damit du nicht überrumpelt wirst. Tut mir leid.«

»Weiß er überhaupt, wer ich bin? Wir haben noch nie ein Wort miteinander gewechselt.«

»Ja. Er kennt dich. Und wie gesagt, wahrscheinlich sagt er nichts, aber falls doch, reg dich nicht darüber auf, weil er seiner Meinung nach, na ja, meine Ehre verteidigt oder so-was.«

Ich lachte ihr laut ins Gesicht.

»Was denn?«, fragte sie.

»*Er* verteidigt deine Ehre gegen *mich*?«

»Ich *bedeute* ihm etwas, ob du's glaubst oder nicht.«

»Na klar, das glaub ich sofort.«

»Hey – ich würde mich gern noch unterhalten, aber dann komme ich zu spät in meinen Kurs, wir sehen uns also in Kunst. Und nochmal: Das mit deiner Textkritik tut mir leid. Ich fand deinen Auszug toll. Als ich das mit dem Überkritisch gesagt habe, war das nur Gerede.«

»Mir tut's auch leid. Gib Hamilton einen Kuss von uns.«

Sie schenkte mir einen schelmischen Blick, der so viel wie »Sei bloß still« bedeutete, und ging. Als ich anfing, das soeben stattgefundene Gespräch zu analysieren, wurde mir klar, dass ich noch etwas zu erledigen hatte. Ich musste Rektor Shankly danken und ihm versichern, dass unsere Abmachung nun in trockenen Tüchern war. Doch Shankly war nicht in der Cafeteria. Ich sah ihn vor mir, wie er unter seinem Schreibtisch hockte, während fuchsteufelswilde, knurrende Jugendliche versuchten, seine Bürotür aufzubrechen.

Rasch wanderten meine Gedanken zu Hamilton Sweeney. Ich stellte mir vor, wie toll es wäre, wenn er mich in der fünften Stunde beschimpfen würde, damit ich antworten konnte: »Danke dir für deine Worte, aber du solltest wissen, dass ich der Grund bin, weshalb du deinen schwachsinnigen Kindern mal keine Fotos vom Abschlussball zeigen kannst.« Doch ich wusste, dass ich das nie sagen könnte. Die kurzzeitige Befriedigung, das Entsetzen auf seinem Gesicht zu sehen, würde nicht die langfristigen Konsequenzen aufwiegen, wenn man der Erzfeind des Abschlussjahrgangs 1999 war, ganz zu schweigen davon, dass es meine Abmachung mit Shankly komplizierter machen würde. Es musste ein stiller Sieg werden, was an sich bereits zutiefst befriedigend wäre. Als sich irgendwelche coolen Kids vordrängten – so wie jeden Tag –, störte es mich ausnahmsweise überhaupt nicht. Keiner von ihnen würde erwachsen werden, und das lag allein an mir.

Mittagspause

11.32 Wäre das riesige Gebäude namens Osborne High ein Backsteinungeheuer, das jeden Schüler bei lebendigem Leibe verschlänge, dann wäre die Cafeteria sein gluckernder, rumorender Bauch. Morgens wurde der Schüler zermahlen, und nachmittags wurde er ausgeschieden, doch in der Mitte des Tages musste er sich 35 Minuten lang mit all den anderen Klumpen Teenagerfleisch an diesem abstoßenden Ort durchschütteln lassen. Für mich war Osborne hier am beklemmendsten spürbar. Seit meiner Kindheit fühlte ich mich nirgendwo so wertlos wie in Cafeterias. In dieser speziellen Cafeteria gehörte ich bestimmt nicht an den Tisch, an dem ich saß, doch vermutlich war ich zu freakig, um bei den Strebern zu sitzen, und zu sehr Streber, um bei den Freaks zu sitzen, und ich wusste nicht, wohin ich sonst sollte.

Die Essensschlange wollte partout nicht vorrücken. Wieder suchte ich den Raum nach Mr. Shankly ab, als vor mir eine muntere, quietschvergnügte Stephanie auftauchte.

»Hey, James! Ist das nicht irre mit dem Ball?«

»Das ist *wirklich* irre.«

»Ich wusste ja gar nicht, dass du um diese Zeit isst. Wo sitzt du?«

»Hinten, bei der Tür.« Ich zeigte auf meinen Tisch.

»Ist es okay, wenn ich nachher bei dir vorbeikomme?«

»Oh. Klar. Natürlich.« Und weg war sie, von ihren Saucony-Laufschuhen Richtung Salatbar getragen.

Ich fragte mich, warum irgendwer mich an meinem Tisch besuchen sollte. Wollte sie Hamilton eifersüchtig machen? Doch es gab drei verschiedene Mittagspausen, und er aß nicht in meiner. *Mochte* sie mich wirklich? Strahlte ich etwa eine neue, unübersehbare Selbstsicherheit aus, nachdem ich den Abschlussball erledigt hatte?

Wahrhaftig, als ich allein am Ende der Schlange stand, fühlte ich mich plötzlich so stark, als hätte ich nach einem Leben als Schwächling mit Leichtigkeit wie Artus das Schwert aus dem Stein gezogen. (Wir hatten im Vormonat in Englisch *Der König auf Camelot* gelesen.) Mit erhobenem Kinn zog ich meinen Anzug gerade und kam mir vor, als herrschte ich über diese Legion geiler, hungriger Kids. Jetzt, wo ich mit ihnen in der Cafeteria war, genoss ich es fast, dass ich ihr Leben durcheinandergewirbelt hatte. In der Cafeteria waren sie besonders übel drauf: Es war ein Ort, wo eine fallende Serviette genügte, um eine Schlägerei vom Zaun zu brechen, wo sich Gerüchte und Beschimpfungen am heftigsten ausbreiteten, die Luft verpesteten, die seltsamerweise nach Desinfektionsmitteln roch. Sogar noch schlimmer war die strikte Zusammensetzung der Tische. Wie in jeder Highschool saßen nur Rednecks bei Rednecks, Preppies bei Preppies und so weiter und so fort. Die von den Schülern selbst aufgestellten Regeln waren weitaus repressiver als die der Obrigkeit.

Während sich die Warteschlange im Kriechtempo vorwärtsbewegte, versuchte ich alle Veränderungen zu entdecken, die Shanklys Ankündigung unter den Teenagern bewirkt hatte. Vielleicht war es eine Projektion, aber die Hälfte der Anwesenden schien fröhlicher zu sein als gewöhnlich. Die sich mitten durch den Raum ziehende Warteschlange teilte die Cafeteria in zwei Hälften. Auf einer Seite des Raums waren die beliebteren Schüler, auf der anderen die weniger beliebten, auf einer Seite waren die »Normalen« und auf der anderen die »Anderen«. Die weniger beliebte Seite schien heute etwas aktiver zu sein, man besuchte sich gegenseitig an den Tischen und lachte mehr und ausgiebiger als sonst. Vor lauter Egoismus war ich nicht auf die Idee gekommen, dass die Absage des Balls auch anderen als mir den Tag verschönern könnte. Ich sah zwei schlaksige Jungs mit hochgezogenen Hosen, die sich bei einem Bleistiftduell vor Lachen ausschütten wollten, ein fettes Mädchen mit glänzender Zahnspange, einen Klarinettisten, der aussah, als wäre er zwölf, und friedlich einen Comic las, und all die anderen, in deren Betten nur geschlafen wurde, all die Nerds, Spinner, Introvertierten und Außenseiter. Und als ich mir überlegte, wie sich ihr Leben vielleicht ein wenig verbessert hatte, weil sie nicht mehr das Gefühl haben mussten, dass mit ihnen etwas nicht stimmte, weil sie nicht auf ihren Ball gingen – zu dem sie gehen *mussten*, wie man ihnen eingetrichtert hatte –, hätte ich heulen können. Ich hatte sie befreit! Ich fühlte mich wie Prometheus, der das Feuer den Highschool-Göttern gestohlen und den Sterblichen gegeben hatte, die es am nötigsten brauchten. (Wir hatten in Englisch auch *Frankenstein* gelesen.)

Dagegen war die Stimmung auf der anderen Seite des Raums gedämpft. Am Tisch der coolen Jungs, der aus drei zusammengeschobenen Tischen bestand, damit möglichst viele coole Jungs Platz hatten, ging es ungewöhnlich still zu, weil ziemlich viele Jungs ihren geschätzten Platz verlassen mussten, um mit ihren coolen Freundinnen zu sprechen. (Ich entdeckte Stephanie, die an einem der beiden Tische für coole Mädchen saß.) Und das Schulmaskottchen, das sonst mit geradezu explosiv guter Laune den Geist der Schule verkörperte, stocherte mit der Gabel missmutig in seinem Essen herum. Alle hatten die Köpfe gesenkt und wirkten bedrückt.

Die Warteschlange kam voran, doch zwischen mir und der Küche standen noch etwa fünfzehn Schüler. Heute gab es Pizza, die rechteckig war und immer mit Mais serviert wurde. Sogar auf der Grundschule hatte es aus unerfindlichen Gründen zur Pizza immer Mais gegeben. Bei einem seltenen hemmungslosen Flirtversuch hatte ich einmal zu Chloe gesagt: »Du und ich, wir beide passen zusammen wie Pizza und Mais.« Das hatte ihr gefallen, und als sie lachte, interpretierte ich das als Zeichen der Zuneigung. Doch jetzt weiß ich, dass sie wohl nur gelacht hatte, weil ihr nichts anderes einfiel – ein mitleidiges Lachen für ihren guten Kumpel James.

Egal, was Pädagogen uns weismachen wollen, Pizza und Mais passen überhaupt nicht gut zusammen.

11.38 Shankly war immer noch nicht da. Tommy kam zu mir, sagte dann aber kein Wort. »Ist es nicht toll, dass der Ball abgesagt wurde?«

»Vermutlich schon.« Das war eine typische Reaktion von Tommy, der sich nur für wenige Themen begeistern konnte (unter anderem: Spinnenbisse und Dolph Lundgren). »Ich wollte sowieso nicht hingehen.«

»Ja, aber jetzt geht *niemand* hin. Du bist nicht allein.« Er schwieg. »Tut mir leid, dass ich dich heute Morgen einfach so stehenließ.«

»Ist mir nicht aufgefallen.«

»Du hattest Recht. Es kam bei Chloe nicht gut an, als ich sie nach den Gerüchten fragte.«

»Hab ich dir doch gesagt.«

»Wie läuft's bei dir und *deiner* Angebeteten?«

Tommy hatte eine eigene Chloe, bei der er langsam Fortschritte machte, doch als er gerade antworten wollte, unterbrach uns ein Unterstufenschüler mit Igelfrisur, der ihn um einen Dollar bat. Ich wusste zwar, dass es jetzt angebracht gewesen wäre, sich vorzustellen, doch Gleichaltrige sahen mich deswegen oft komisch an. (Ich war der schräge Typ, weil ich mich angemessen benahm.) Daher wandte ich mich von Tommy und seinem Freund ab und schaute mich weiter in der Cafeteria um. Fenster gab es keine, die Lampen waren typische Leuchtstoffröhren, und der Teppichboden hatte dieselbe triste graubraune Farbe wie überall sonst in der Schule. Ein wenig Charakter bekam der Raum nur durch die gerahmten Fotos der Osborne Highschool Sports Hall of Fame, die an allen vier Wänden hingen, sowie ein großes Ölgemälde des längst verstorbenen Industriellen und Philanthropen Roderick Osborne, des Namensgebers der Schule, für den gut und gerne die Hälfte der Großeltern und Urgroßeltern der heutigen Schüler gearbeitet hatte.

Als Tommys Freund weg war, fragte ich ihn, ob er Stephanie Schnuck kenne.

»Die kennt jeder. Warum?«

»Sie war heute Morgen meine Laborpartnerin.«

»Sie ist 'ne Schlampe.«

»Ich würd sie nicht als Schlampe bezeichnen.«

»Ist sie aber. Von der Tussi hör ich seit der sechsten Klasse. Sie ging zwar nicht mal auf meine Schule, aber so bekannt war sie für ihre Muschi. *Sechste Klasse.*«

»Ich weiß, dass sie sich früher oft schlampenmäßig benommen hat, aber sie *sieht* nicht wie 'ne Schlampe *aus* und *benimmt* sich auch nicht wie eine.«

»Sie ist 'ne Schlampe«, sagte Tommy abschließend und begab sich ans Ende der Schlange. (Er war nicht so dumm zu fragen, ob er sich vor mir einreihen durfte.)

Als ich quer durch den Raum zu Stephanie und ihren Grübchen hinüberschaute, stellte ich mir eine rosige Zukunft vor, in der ich sie im Alleingang dazu brachte, das Leben einer nuttigen Schlampe aufzugeben und eine tiefergehende, monogame Beziehung mit mir einzugehen, dem Mann, der ihr jede Tür aufhielt und ihr in den Mantel half. Ich könnte *gut* zu ihr sein. Ich nahm mir vor, Stephanie nach dem Mädchennamen ihrer Mutter zu fragen. Vielleicht konnte meine Mutter bestätigen, dass sie einer guten Familie entstammte.

Oh, nun komm schon runter, sagte ich mir im Stillen. In zehn Jahren würde Stephanie wahrscheinlich ein Flittchen und eine Reservetänzerin für irgendeinen hypersexualisierten Pop-Act sein. Ich habe mich immer gefragt, was die Eltern solcher Tänzerinnen von ihnen halten. Ob ihre Mütter die Verwandtschaft anriefen und sagten: »Nicht vergessen, heute Abend die American Music Awards einzuschalten.

Da wird sich meine Tochter lasziv an Ginuwines Bein reiben«? Oder sie könnte stattdessen Schauspielerin werden. Vielleicht könnte ich etwas für sie schreiben, so wie Arthur Miller für Marilyn Monroe geschrieben hatte. Doch ich würde kein Schriftsteller werden, rief ich mir in Erinnerung, und allein der Gedanke, mit Stephanie zusammen zu sein, war einfach nur dämlich. Sich vorzustellen, mit Stephanie Schnuck zusammen zu sein, Wodka zu trinken, verbal auf einen kompletten Kurs loszugehen – ich war heute sowas von bescheuert. Fühlte es sich so an, Teenager zu sein?

Ach, die Pubertät!

11.42 Da ich keine Schulpizza mochte, entschied ich mich für ein Putenfleisch-Sandwich von Subway (die Schule hatte irgendeinen Deal mit Subway, allerdings fragte ich mich, ob es vielleicht nur ordinäre Schulsandwiches waren, die in Papier mit dem Subway-Logo eingewickelt wurden). Fast hätte ich laut gelacht, als eine ältere Kantinenmitarbeiterin rhythmisch wie ein Roboter »Wollen Sie Mais? Wollen Sie Mais?« fragte. Ich lehnte dankend ab, bekam stattdessen zwei Behälter mit Pommes und einen Karton mit Traubensaft, bezahlte und verließ die Essensausgabe, um den langen Gang zu meinem Tisch anzutreten – für mich immer einer der peinlicheren Momente des Tages.

Doch siehe da, heute war es gar nicht so schlimm. Ich fühlte mich größer als gewöhnlich, auch weniger beklommen, und ich hatte nicht einmal Angst, mein Tablett fallenzulassen. Auf halbem Weg durch die Cafeteria sah ich erleichtert, dass es an meinem Tisch einen freien Platz gab.

Man konnte nie wissen, ob einer frei war. Ständig musste man zu anderen Tischen gehen und fragen, ob noch ein Stuhl frei sei. Als hätte sich die Schulverwaltung vorher zusammengesetzt und überlegt, wie sie uns Schülern das Leben zusätzlich schwermachen könnten, und uns darum wie bei der ›Reise nach Jerusalem‹ absichtlich zu wenig Sitzplätze zur Verfügung gestellt.

Ich saß bei den Ausgebrannten. Meine Verbindung zu ihnen war Tommy. Wir beide hatten uns in der elften Klasse kennengelernt. In Mathe saß eine kleine Cheerleaderin zwischen uns, und wir wetteiferten darin, sie zum Lachen zu bringen, doch letzten Endes beeindruckten wir uns nur gegenseitig.

»Mir egal«, sagte der großmäulige, kotelettentragende Brock. »Ich hab mein ganzes Leben darauf gewartet und – was geht ab, James?«

»Hallo, Brock.« Er nahm seinen Rucksack vom Tisch. Offenbar wusste er das mit meinem Dad, sonst hätte er nicht »Was geht ab, James?« gesagt. Ich nahm gegenüber von Brock Platz, neben Shitty. Trotz der harten Plastiksitze schmerzten meine Hämorrhoiden jetzt nicht mehr so stark.

»Und am neunzehnten Mai geh ich in die Mitternachtsvorstellung«, sagte Brock. Er wandte sich an mich. »Shelley und ich haben den Trailer zum neuen *Star-Wars*-Film gesehen.«

»Und, wie war er?«, fragte ich.

»Großartig.«

»Ich hab in *Entertainment Weekly* über den Film gelesen. Ich versuche, meine Erwartungen runterzuschrauben.«

»Wieso das denn?«, fragte Brock.

»Weil er wahrscheinlich eine Enttäuschung sein wird, wie das meiste im Leben.«

Shelley, die neben Brock saß, sagte: *»Ja-ames«*, als schelte sie ein Kind.

»Es wird immer noch cooler sein als dieser *Matrix*-Müll«, sagte Brock.

»Zweifellos«, erwiderte ich. Als ich gerade den Abschlussball ansprechen wollte, kam Tommy, und Brock tat, als wolle er ihn in den Schritt boxen.

»Du kommst am neunzehnten Mai mit mir in die *Star-Wars*-Vorstellung«, sagte Brock.

»Okay«, sagte Tommy und setzte sich auf den anderen Platz neben Brock.

Mich luden sie nie ein, außerhalb der Schule etwas mit ihnen zu unternehmen, weil alles, was sie außerhalb der Schule machten, mit Drogen zu tun hatte und sie wussten, dass ich keine Drogen nahm. Deswegen wurde ich von meinem Mittagstisch nie voll akzeptiert, was mich zu einem Außenseiter unter Außenseitern machte. Ich müsste lügen, wenn ich behaupten würde, dass mir dieser Status nicht zusagte, aber an Wochenenden wurde es schon schrecklich einsam.

11.45 Brock erzählte Tommy von dem *Star-Wars*-Trailer. An jedem anderen Tisch redete man vermutlich über die Absage des Abschlussballs, doch ich saß ausgerechnet an dem Tisch, wo man sich über Darth Vader als Kind unterhielt. Dennoch fand ich Brocks Begeisterung für *Star Wars* sympathisch, weil es ihn, den wilden Typen, als Nerd erscheinen ließ. Es gab nichts, was er sich nicht traute: mitten im Unterricht furzen, an den unmöglichsten Orten (wie in einer Ecke unserer Cafeteria) pinkeln oder bizarre Sachen mit seinem Sack machen. Er konnte richtig fies sein (er hatte zum Beispiel Patrick Pippins Rattenschwänzchen abgeschnitten), aber wenigstens war er zu mir nett.

Dass sogar Brock, der aus seinem Nasenpopel Spielzeug fabrizierte, eine feste Freundin hatte, bewirkte, dass ich mich hundeelend und jämmerlich fühlte. Shelley war ein schwarzhaariges, knabenhaftes Mädchen, das total auf alles aus den Achtzigern stand. Sie rollte ihre Jeans hoch, trug Klackarmbänder und Def-Leppard-T-Shirts. Wie die meisten von uns verspottete und verehrte sie das Jahrzehnt, in dem sie geboren wurde; trotz dessen alberner Trends war es für die meisten von uns besser verlaufen als das darauffolgende.

Ich war so hungrig, dass ich schon halb aufgegessen hatte. Ich aß immer schnell, und in den letzten paar Jahren hatte mir das Essen keinen großen Spaß gemacht. Wie immer enthielt das Sandwich kaum Fleisch. Dennoch war es besser als die fade Pizza oder die Sojaburger.

Ein Poppermädchen, das man für schön halten konnte, wenn man seine Phantasie anstrengte, kam an unseren Tisch und sagte: »Hey, Leute.«

»Hey, Bethany«, sagte Shelley mit kaum verhohlener Abneigung.

»Wir kaufen keine von diesen besten Schokoriegeln der Welt, falls du deswegen hier bist«, sagte Brock.

»Deswegen bin ich nicht hier. Ich hab mich gefragt – ich hab gehört, wenn man eine winzige Menge Bleichmittel trinkt, führt das bei einem Drogentest zu einem negativen Ergebnis, auch wenn man vorher gekifft hat. Ist das wahr?«

»Ja«, sagte Brock. »Das ist hundertprozentig wahr.«

»Äh, ich bin mir da nicht so sicher«, sagte Shelley.

»Meine Mom lässt mich einen Drogentest machen, und ich hab mich nur gefragt, ob einer von euch das mal probiert hat.«

»Ich hab's probiert«, sagte Brock. »Funktioniert prima.«

»Echt? Ich hab mir nämlich gedacht, das is nur so 'n Mythos.«

»Nein. Es stimmt«, sagte Brock, »du musst aber mehr als nur ein bisschen trinken. Du musst ungefähr ein volles Glas trinken.«

»Nö, nä.«

»Ja, nä. Na ja, kein volles Glas, aber so viel du aushältst. Kipp's einfach runter.«

»Will der mich verarschen?«, fragte Bethany Shelley.

»Klar. Trink kein Bleichmittel, das ist krank.«

»Leck mich, Brock«, sagte Bethany und ging.

»Kipp's einfach runter«, wiederholte Brock und hielt beide Daumen in die Höhe.

»Du bist echt fies«, sagte Shelley.

»Wie blöd muss man sein, um uns das zu fragen«, sagte Brock. »Die ist unserem Tisch noch nie näher als drei Meter gekommen, und auf einmal will sie unseren Rat. Als wären wir der einzige Tisch, der sich bei so 'm Scheiß auskennt. Da werd ich echt stinkig. James kifft nicht mal. Wie soll er sich dabei vorkommen?«

Wie so oft im Leben wusste ich nicht, was ich sagen

sollte. Ich überlegte mir, ihm zu danken, weil er mich daran erinnert hatte, wie seltsam ich war, aber vermutlich meinte er es nur gut. Gern hätte ich ihnen erzählt, wie ich in der Schule Wodka getrunken hatte. Stattdessen zuckte ich die Achseln und aß eine Fritte.

»Ich fühlte mich irgendwie geschmeichelt, dass sie uns gefragt hat«, sagte Tommy.

»Und, hat es wegen der Absage des Balls schon Massenselbstmorde gegeben?«, fragte ich.

»Ich hasse diese Schlampe Bethany«, sagte Shitty, der mich nicht leiden konnte, das spürte ich. »Sie hat in der dritten Klasse gesagt, ich rieche wie Aufschnitt.«

»Du riechst tatsächlich wie Aufschnitt!«, rief Shelley lachend. »Das wollte ich dir schon immer mal sagen.«

»Du kannst mich mal, Weib.«

Eigentlich hieß er Samuel, bestand aber darauf, dass man ihn Shitty nannte. Der Name passte; er sah aus wie jemand, den man irgendwo zufällig fand. Man suchte ihn nie auf, sondern fand ihn zufällig wie überfahrene Tiere. Seine langen braunen Haare reichten bis halb den Rücken hinunter, und seine Garderobe bestand hauptsächlich aus vier Heavy-Metal-T-Shirts. Ich bewunderte an Shitty, dass er zu einer Zeit Heavy-Metal-Fan war, als Heavy Metal überhaupt nicht mehr in Mode war, von ein paar Rap-Metal-Bands abgesehen, die er verabscheute.

»Was steht an, Dave?«, sagte Brock.

»Nicht viel«, sagte der schmerbäuchige, schnauzbärtige Officer Dave, der auf unseren Tisch zu schlenderte. In unserer Cafeteria musste ständig ein Polizist Aufsicht führen. Seltsamerweise kam unser Tisch mit Officer Dave glänzend zurecht. Manchmal setzte er sich sogar zu uns. »Und, was haltet ihr davon, dass euer Abschlussball abgesagt wurde?«, fragte er mit einem Grinsen und blieb am Tischende stehen. Endlich jemand, dachte ich, der die Bedeutung dieses Ereignisses begreift.

»Das war nicht *unser* Ball«, sagte Shelley.

»Ich finde es *phantastisch*«, sagte Brock.

»Der Ball ist abgesagt worden?«, fragte Shitty mit seinem üblichen dumpfen Nuscheln.

»Ja, Blödmann«, sagte Shelley. »In der letzten Stunde kam der Direx im Fernsehen und hat es bekanntgegeben.«

»Ich hab geschlafen.« Er schlief *dermaßen* viel. Manchmal schlief er sogar am Mittagstisch ein.

»Ich halte es für die beste Entscheidung, die der Direktor je getroffen hat«, sagte ich.

»Warum sagst du das?«, fragte Dave.

»Wie oft wird etwas völlig Dummes und Bedeutungsloses einfach so beseitigt? Es ist revolutionär. Wahrscheinlich ist es das Beste, was je auf einer Schule passiert ist.«

»Du wolltest also nicht hingehen, schätze ich?«

»Nun, das tut zwar nichts zur Sache, aber nein.«

»Wollte *überhaupt* jemand von euch hingehen?«

»Wir schon«, sagte Shelley.

»Scheiße, wollten wir gar nicht«, sagte Brock.

»Du hast *gesagt*, du wolltest mich begleiten.«

»Sieht so aus, als müsste ich das nicht mehr.« Er lachte und klatschte sich mit Dave ab.

»Arschloch«, sagte Shelley.

»Du weißt, dass ich mir das alles nicht leisten konnte«, sagte Brock. »Den Smoking und die Eintrittskarten und das Abendessen und alles. Abschlussbälle sind nichts für Arme.«

»Ich hätte für dich bezahlt«, sagte Shelley.

»Das wäre beschissen«, sagte Brock. »Ich bin froh, dass er nicht stattfindet.«

»Ich weiß, dass es dumm ist«, sagte Shelley, »aber es steckt tief im Kopf drin. Es gehört sich einfach, dass man auf seinen Abschlussball geht.«

»Da liegt das Problem«, sagte ich. »Die Leute wollen nur hingehen, weil sie glauben, sie müssten es tun.«

»Und?«, sagte Shelley. »Aus genau dem Grund machen Leute doch *alles,* in die Schule gehen, eine Arbeit suchen, heiraten oder Kinder kriegen.«

»Stimmt«, sagte ich. Allmählich begann mich das Ganze zu interessieren. »Genau. Der Ball ist nur eins der Rituale oder Sakramente oder Institutionen oder wie man sie sonst nennen will, deren eigentlicher Zweck es ist, die Kultur intakt zu halten. Wenn man ihn also entfernt – wenn man den Abschlussball entfernt –, dann hat die Kultur vielleicht letztlich ein Kettenglied weniger, das sie dort hält, wo sie momentan ist, und –«

»Was soll das heißen?«, fragte Shelley. »Dass der Ball Teil einer Verschwörung ist?«

»Apropos Verschwörung«, sagte Officer Dave, »irgendwas ist faul daran, dass er einfach so plötzlich abgesagt wird.«

»Wie meinen Sie das?«, fragte ich; meine Wangen waren plötzlich heiß.

»Ich habe eben mit einem Lehrer darüber gesprochen, und der sagte, niemand wusste irgendwas darüber – dass der Direktor damit einfach alle überrumpelt hat. Und dass so eine Entscheidung normalerweise über eine Kommission oder die Schulbehörde läuft. Es kam sowas von unerwartet.«

»Vielleicht wusste er, dass alle versuchen würden, es ihm auszureden«, schlug ich vor und rutschte unruhig auf meinem Stuhl herum.

»Vielleicht. Als ich die Bekanntgabe hörte, dachte ich, o Mann, jetzt musst du das mobile Einsatzkommando rufen.«

»Aber Sie sagen, etwas sei faul daran«, sagte ich, ohne ihn anzusehen. »Heißt das, Sie glauben, es hätte für ihn außer dem Pep-Rally-Krawall noch einen anderen Grund gegeben, um den Ball abzusagen?«

»Schon möglich. Ich frage mich wirklich, ob er durchdreht. Vor dem Mittagessen bin ich an ihm vorbeigegangen, und er hatte so einen komischen Gesichtsausdruck, und ich sagte: Wie geht's denn? Und er antwortete nur *Ja.*«

Ein spitzer weiblicher Schrei ließ den ganzen Raum verstummen. Alle drehten sich um und schauten auf das Mädchen, das neben Stephanies Tisch stand. Es war Lauren Mellor. Sie lief aus der Cafeteria. Zwei Jungs und ein Mädchen rannten ihr nach.

»Ich seh besser mal nach, was mit diesen Wichsern los ist«, sagte Dave.

»Wir sehn uns, Dave.«

»Wo ist Jeff?«, fragte Shelley.

»Redet vermutlich mit seinem Klopapier«, sagte Tommy, »und sagt: Oh, Klopapier, ich danke dir. Ich liebe dich, weil du mal ein Baum warst und dein Leben für mich geopfert hast, damit ich mir den Hintern mit dir abwischen konnte. Ich brauch dich in meinem Leben.«

»Versteh ich nicht«, sagte Brock.

»Das ist Hippie-Gerede.«

»Jeff ist kein Hippie«, stellte Shelley fest.

»Ist er doch! Ich hab ihn gerochen! Ich schwöre, dass ich heute Morgen Patschuli an ihm gerochen hab!«

»Ist wahrscheinlich von Summer an ihm hängengeblieben«, sagte Shelley.

Wie bei jedem Mittagessen gab Brock einen donnernden Rülpser von sich, was bewirkte, dass die Weicheier, die am Nebentisch Magic Cards spielten, sich zu uns umdrehten.

»Entschuldigt ihn«, sagte ich und wechselte mit dem Wicca ein Lächeln.

»Ich krieg das nicht runter«, sagte Shelley und schob ihre Pizza weg.

»Gib sie her«, sagte Shitty. Shitty stand *total* auf Cafeteria-Essen. Er mochte es so sehr, dass Osborne High für ihn offenbar ein Restaurant war, in dem nebenher gelegentlich Kurse stattfanden. Wir fanden es lustig, doch wenn ich mir überlegte, warum er den Fraß so genoss, war es vor allem traurig.

Zu meiner Erleichterung hatte niemand etwas zu mir über meinen Vater gesagt. Entweder hatten sie es nicht gehört, oder sie wollten nicht darüber reden. Ich vermutete Letzteres.

Ich kaute gerade auf meinem letzten Bissen, als Shelley sagte: »O-oh. Da kommt die Superschlampe.« Ehe ich mich umdrehen konnte, spürte ich, wie Fingernägel zart meine Kopfhaut kraulten.

11.51 »Was geht ab, Leute?«

Meine Tischgenossen nuschelten irgendwas und wunderten sich bestimmt, was sie hier wollte.

»Rutsch rüber«, sagte sie und setzte sich neben mich auf meinen Stuhl, ihre Oberschenkel fest an meine gepresst.

»Neben mir steht ein leerer Stuhl«, sagte ich.

»Ich will keinem den Platz wegnehmen.«

»Ich glaube nicht, dass diese Person heute da ist.«

»Also gut.« Sie setzte sich auf den Stuhl neben mir. »Ich hab keine Läuse.«

»Da hab ich was anderes gehört«, sagte Brock leise.

Sie setzte sich seitlich so hin, dass sie mich ansah. »Wie war dein Tag so?«

»Herausragend. Kennt ihr alle Stephanie?«

»Ja«, sagte sie. »Ich glaube, ich war mit ihnen allen in Kursen. *Du* bist ja wohl zufrieden wegen dem Ball.«

»Sehr sogar.«

»Du Fiesling. Ich hätte dir einen Tanz reserviert.«

»Danke, aber wie du weißt, hätten mich da keine zehn Pferde hingekriegt.«

»Nicht mal, wenn du gewusst hättest, dass du mit *mir* tanzen würdest? Einen Slow?«

Tommy grinste mich an. »Ich bin körperlich nicht in der Lage, zu ›Brandy‹ zu tanzen oder welchen nervigen Popmüll sie da sonst noch spielen wollten.«

»Du bist eine echte Spaßbremse. Ach ja – wie lief's denn so in Slims Kurs?«

Ich lachte. »Es war echt schlimm. Aber danke der Nachfrage.«

»O nein. Was ist passiert?«

»Sie fanden meinen Text schrecklich, und ich hab mich so lange mit ihnen gestritten, bis Slim mich vor die Tür geschickt hat.«

»*Slim* hat dich vor die Tür geschickt?«, fragte Brock.

»Ja.«

»Verdammt. Was hast du denn gemacht? Über Neil Young gelästert?«

Ich fasste die Textkritik möglichst knapp zusammen, weil ich generell fand, dass die Leute nicht merkten, wenn sie zu viel redeten, und ich nicht auch so sein wollte.

»Ich wünschte, ich wäre in deinem Kurs gewesen«, sagte Stephanie. »Das hätte mir gefallen.«

»Ich weiß nicht. Vielleicht auch nicht.«

Stephanie nahm eine meiner Servietten und zwirbelte ein Seil daraus. »Ich mach dir etwas«, sagte sie. Ich sah zu, wie ihre rosa Fingernägel die Serviette bearbeiteten.

»Ich will von euch allen den Ketchup«, sagte Brock. »Ich schreibe Glenn eine Nachricht.«

»Ein Freund von ihnen muss zur Strafe Tabletts spülen«, erklärte ich Stephanie, »und manchmal schreiben sie ihm auf ihren Tabletts Nachrichten.«

Brock drückte ein Ketchup-Tütchen nach dem anderen auf sein Tablett.

»Was war mit Lauren los?«, fragte ich.

»Sie ist fast durchgedreht, weil der Ball abgesagt wurde.«

»Hahaha.«

»Du bist echt *fies.*«

»Lauren war eine der Wortführerinnen, die mein Buch verrissen haben. Dafür hat sie jetzt keinen Abschlussball mehr, und ich bin schuld daran, juhu!«

Brock nahm den Stiel von Shelleys Schoko-Eis und schrieb in das Ketchup-Rechteck.

»Was schreibste?«, fragte Tommy.

»Glenn ist eine Schwuchtel.«

»Alter, das schreibst du *immer*«, sagte Tommy.

»Was soll ich denn sonst schreiben?«

Tommy legte seinen Kopf in den Nacken, schürzte die Lippen und sagte dann: »Schreib: Glenn hat keine Zukunft.«

»Gefällt mir. Dadurch denkt er über sein Leben nach, während er unsere Tabletts abwischt.«

»Ihr seid *rasend komisch*«, sagte Stephanie. Dann nahm sie meine Hand und band mir den Serviettenring um den Ringfinger.

»Danke sehr«, sagte ich.

»Und lass dich ja nicht von mir dabei erwischen, dass du ihn nicht trägst.«

Ich setzte ein zweifellos gequältes Lächeln auf.

»Hey«, sagte Brock zu jemandem hinter mir. »Wo bist du gewesen?«

»Vertrauenslehrer«, sagte Jeff, der so schmuddelig aussah wie eh und je.

»Hier, Jeff«, sagte Stephanie. »Ich sitze wohl auf deinem Platz.« Und ehe ich mich versah, hockte sie auf meinem Schoß und hatte einen Arm um mich gelegt.

»Holla«, sagte ich. Alle am Tisch sahen mich an. Ich spürte, wie ich errötete.

»Guck mal, was ich Glenn geschrieben habe«, sagte Brock und hielt sein Tablett schräg, damit Jeff es lesen konnte.

»Das stimmt«, sagte Jeff lachend.

»Es war meine Idee«, ergänzte Tommy.

Brock und Shelley nahmen ihre Tabletts. Ich schaute mich um, ob die Leute mich ansahen, wie ich dasaß mit der umwerfenden Stephanie auf dem Schoß. Der Wicca grinste mich an und nickte bedächtig, als wolle er sagen: »Gern geschehen.« Nie im Leben, dachte ich. Zugegeben, das war zwar unbegreiflich, aber nie im Leben. Dennoch, warum ging sie so *ran*?

Timothy Gregory, der stille Junge mit der komischen Frisur aus dem Chemiekurs, saß mit dem Wicca am Tisch und lächelte, was an sich schon ungewöhnlich für ihn war, doch irgendetwas an diesem speziellen Lächeln fand ich eigenartig. Es störte mich. Doch dann wurde ich abgelenkt.

»Mir war nie klar, wie sexy Krawatten sind«, sagte Stephanie und rollte den Schlips von unten nach oben auf ihren Finger.

»Ach?« Mehr fiel mir als Reaktion nicht ein.

»Was *machst* du überhaupt hier?«, wollte Jeff von Stephanie wissen.

»Ich besuche James. Störe ich dich?«

»Wahrscheinlich störst du James.«

»Störe ich dich, James?«

»Nein. Fändest du's aber auf einem Stuhl nicht bequemer? Ich könnte aufstehen und dir meinen anbieten.«

»Och, ist schon okay«, sagte sie, ihr Lächeln wie weggewischt. Sie stand auf. »Ich geh einfach. Bis später.«

»Warte«, sagte ich. »Bist du sauer?«

»Wie könnte ich auf *dich* sauer sein.« Sie beugte sich vor

und umarmte mich kurz, aber heftig, wobei sich ihr Busen gegen meine Schulter presste, und ging.

Brock und Shelley kamen bald zurück.

»James darf einen wegstecken!«, sagte Brock.

»Was sollte *das* denn?«, fragte Tommy.

»Ich hab keine Ahnung.« Ich nahm den Ring ab und steckte ihn in meine vordere Jacketttasche.

»Die Schlampe ist scharf«, sagte Shitty und nuschelte ausnahmsweise nicht.

»Ja«, sagte ich. »Sie ist nicht unattraktiv.«

»Ich finde sie nicht so scharf«, sagte Tommy.

»Ich würde sie nicht von der Bettkante schubsen«, sagte Shitty.

»Na ja, schon«, sagte Tommy. »Ich behaupte ja nicht, dass ich sie nicht poppen würde.«

»Fragst du sie, ob sie mit dir ausgeht?«, fragte Shelley mich.

»Warum sollte ich?«

»Sie hat die Finger nicht von dir gelassen«, sagte Shelley.

»So ist sie nun mal.«

»Nein. Sie steht eindeutig auf dich«, sagte Shelley. »Sie hat alles gegeben, um dir das zu zeigen. Wer das nicht sieht, muss blind sein.«

»Alter, halt dich von dem Mädchen fern«, sagte Jeff. »Vertrau mir.«

»Bestimmt hattest du mal was mit Schnuckie, oder?«, fragte Brock, doch Jeff hatte genug Stil, um nicht zu antworten. Jeff war einmal Footballstar und einer der coolsten der coolen Kids gewesen, bis er im elften Schuljahr in einen schweren Verkehrsunfall verwickelt war (Alkohol am Steuer, Abschlussballnacht). Wegen seiner Verletzung musste er nicht nur seine Sportlerkarriere an den Nagel hängen, sondern wurde auch von Schmerzmitteln abhängig. Das brachte ihn zu anderen Drogen, und ein Jahr später flüsterten sogar die anderen Ausgebrannten, Jeff habe »ein Problem«. Sein Drogenkonsum hatte nicht zwangsläufig bedeutet, dass Jeff sich einen neuen Freundeskreis suchen musste, doch anders als die anderen beliebten Schüler überschritt Jeff gewisse Grenzen. Außerdem behielten die coolen Kids normalerweise ihr adrettes Äußeres bei, ganz gleich, wie viel sie konsumierten. Aber nicht Jeff. Während Shitty wie jemand aussah, den man irgendwo fand, sah Jeff wie jemand aus, den man gerade irgendwo rausgeschmissen hatte.

»Ich will dir nicht vorschreiben, was du tun oder lassen sollst«, sagte Jeff, »aber sie ist ein schlimmer Finger.«

»Na und?«, sagte Brock. »Bitte sie um ein Date, und beeil dich, bevor sie 'nem anderen Typ auf den Ständer hopst.«

»Ich werd sie *nicht* um ein Date bitten.«

»Scheiße, warum denn nicht?«, fragte Shitty.

»Weil sie alles verkörpert, was ich hasse.«

»Eine Frage«, sagte Shelley. »Fühlst du dich zu ihr hingezogen?«

»Na ja … Klar. Sie hat ein schönes Antlitz und –«

»Antlitz?«, wiederholte Shitty.

»Ja. Ein hübsches Profil hat sie auch.«

»Wenn du dich also zu ihr hingezogen fühlst«, sagte Shelley, »und da sie sich offensichtlich zu dir hingezogen fühlt, wieso musst du dann eine Art großes, ethisches Problem daraus machen? Du bist so was von *negativ.*«

»Weißt du was«, sagte Tommy, »ich glaube, ich *würde* sie um ein Date bitten. Es ist April, wir haben also noch …«, er zählte die Monate an seinen Fingern ab, »… acht Monate bis Silvester, also bleiben uns noch acht Monate auf diesem Planeten. Du solltest also so oft einen wegstecken, wie du kannst, *solange* du's noch kannst. Das werde ich jedenfalls machen.«

Tommy glaubte, dass die Welt im Jahr 2000 enden würde. Daran war unter anderem die Panik wegen der Y2K-Computerpanne schuld, die laut Experten zu einer weltweiten Katastrophe führen würde. Zum Teil basierte diese Auffassung auf einer Theorie, die er irgendwo aufgeschnappt hatte und die besagte, Prince sei der Antichrist und sein Song *1999* enthalte eine Prophezeiung der Apokalypse.

»Dass der Ball gestrichen wurde«, sagte ich, »könnte sogar ein Zeichen für den Beginn der Apokalypse sein. Vielleicht hast du also doch Recht.«

»Dabei fällt mir ein«, sagte Jeff, »Ivan wollte, dass ich es allen weitersage. Er schmeißt bei sich eine *riesige* Silvesterparty.«

»Ich wollte Silvester auch eine Party machen, aber egal«, sagte Brock.

»Bestimmt gibt's in Bowling Green ein paar große Partys«, sagte Shelley, die im Herbst auf die Universität von Western Kentucky wechselte. Trotz ihrer schlechten Noten zahlte ihr Dad alles.

Ich versuchte mir vorzustellen, was ich in diesem epochalen Augenblick tun würde, wenn die Uhr auf 2000 umsprang. Ich sah nur vor mir, wie ich in meinem Zimmer auf dem Bett lag und an die Decke starrte, allein. Zu der Zeit würde ich Student sein. Ich hatte ein Vollstipendium an einem kleinen College bekommen, das eine halbe Stunde entfernt lag und für das ich mich entschieden hatte, um weiter zu Hause wohnen zu können, damit meine Mom nicht allein war. Somit barg das Studium für mich kein Versprechen von Unabhängigkeit oder Flucht, doch selbst wenn ich irgendwo in einem Wohnheim leben würde, schauderte es mich bei dem Gedanken, mit Studenten zusammenzuwohnen. Ich freute mich überhaupt nicht auf ein Studium, doch es wurde von mir erwartet, und es gab keine Alternative.

Andererseits, dachte ich, was, wenn ich Silvester *nicht* allein wäre? Seit ich klein war, hatte ich mich gefragt, wie es sein würde, wenn das Jahr 2000 kam. Wollte ich mich damit abfinden, in so einem unglaublichen Moment allein zu sein? Musste ich immer einsam sein? Nach dem, was ich heute erreicht hatte – stimmte es nicht, dass mir doch etwas Gutes passieren konnte?

Tommy und Shitty nahmen ihre Tabletts gleichzeitig hoch. Ich wandte mich an Jeff.

»Hey, Jeff, wenn ich dich das fragen darf, was genau ist so schlimm an Stephanie?«

»Sie lügt.«

»Mehr als andere Leute?«

»Würd ich schon sagen. Sie ist bloß – also, ich verrat's dir einfach. In der neunten Klasse machte sie mich glauben, wir wären ein Paar, nur dass *sie* das nicht so sah, aber das *sagte* sie mir nicht.«

»Das war in der *neunten* Klasse?«

»Genau. Und ich musste es von allen anderen erfahren,

dass sie mit anderen Typen zusammen war. Sie kann ein wirklich liebes Mädchen sein, aber glaub ihr kein Wort.«

Ich drehte mich um und sah, was Stephanie gerade machte. Sie saß an ihrem Mittagstisch, kaute auf Kaugummi herum und unterhielt sich mit ihren Freundinnen. Shankly war immer noch nicht aufgetaucht und ließ heute offenbar sein Essen ausfallen. Tommy kehrte ohne Shitty zurück, der sich nach dem Mittagessen häufig im Foyer auf den Boden legte.

»Es wird Zeit, schwuler Feigling zu spielen«, sagte Brock.

»Nein«, sagte Tommy. »Keiner mag dieses Spiel außer dir, wahrscheinlich weil du davon insgeheim 'n Ständer kriegst.«

»Ich krieg nur 'n Ständer, wenn ich's mit dir spiele, weil mich deine Schwulheit überwältigt. Na los! Nur eine Runde.«

Schwuler Feigling war ein von Brock ausgedachtes Spiel, bei dem zwei heterosexuelle Freunde langsam Annäherungsversuche machen, bis es einer von beiden nicht mehr aushält. Diesmal spielte Brock den aggressiven Part. Er begann damit, dass er Tommys Hand hielt, ihm dann den Oberschenkel streichelte, dann näher rückte und ihm sanft gegen den Hals pustete, woraufhin Tommy schrie: »Du hast gewonnen! Lass mich sofort in Ruhe, verdammt.«

»Immer noch der Champion«, sagte Brock und hob die Arme. »Jetzt du.«

»Kommt nicht in Frage«, sagte Tommy.

Brock tat, als wolle er Tommy zwischen die Beine boxen. Dann verschluckte er sich an einem Mund voll Kakao.

Shelley klopfte Brock auf den Rücken, während er versuchte, den Husten zu unterdrücken und weiterzureden, als wäre nichts geschehen.

»Mir ist gerade eingefallen«, sagte Brock mit hochrotem Gesicht, »dass ich unbedingt zu Red Lobster muss. Ich hab gesehen, wo man diese Fruchtdrinks bekommt, die in solchen großen, hohen Gläsern serviert werden. Aus einem könnten wir einen Bong basteln.«

In jeder Mittagspause kamen sie unweigerlich auf ihr Lieblingsthema zu sprechen – high werden. Als ich mich umdrehte, sah ich, wie Stephanie die Cafeteria verließ und den Hauptkorridor betrat. Seit ich zuletzt an Chloe gedacht hatte, waren wenigstens fünf Minuten vergangen.

Ich wischte mir mit einer Serviette den Mund ab, stand auf, und keiner an meinem Tisch schaute auf, als ich ging.

Als ich mein Tablett quer durch die Cafeteria trug, sah ich nach, wie die Stimmung am Tisch der schwarzen Schüler war, weil ich mich fragte, wie sich die Bekanntgabe des Direktors auf sie auswirkte. Ihr Tisch bestand aus vier zusammengeschobenen Tischen, ähnlich wie bei dem Tisch der coolen Jungs auf der anderen Seite. Dort saßen alle schwarzen Schüler von Osborne High, außer einem, der an dem Magic-Cards-Tisch, und einem, der bei den Kids von der Blaskapelle saß. An ihrem Tisch fiel mir heute nichts Ungewöhnliches auf. Einige von ihnen hatten mir früher mal ein Kompliment wegen meines Autos gemacht, aber jetzt sah keiner zu mir hoch.

Ich stellte mein Tablett auf dem Tresen neben der Küche auf ein anderes Tablett und begrüßte Glenn, dessen lange fettige Haare gebündelt unter einem Haarnetz steckten.

Und obwohl es lustig gewesen wäre, wenn wegen des Spruchs im Ketchup eine einzelne Träne seine Wange hinuntergerollt wäre, wirkte er so leer und hohl wie immer.

Mit vollem Magen und den Kopf voller atypisch positiver Gedanken begab ich mich Richtung Hauptflur. Unterwegs nach draußen warf ich einen letzten Blick auf all die Schüler, wie sie ihre Pizzarechtecke vertilgten, während sie das für Highschool-Cafeterias charakteristische, kehligüberdrehte Grölen von sich gaben. Dieses Gefühl war mir so fremd, dass ich es trotz seiner positiven Natur beunruhigend fand. Es war ein Gefühl des Sieges. Ich hatte einmal den Scherz gemacht: »Mal gewinnste, mal verlierste«, oder in meinem Fall: »Mal verlierste, mal verlierste.« Doch jetzt sah es so aus, als hätte ich endlich mal gewonnen.

Slim brachte uns zwar bei, dass man Klischees immer vermeiden sollte, doch nachdem ich der gesellschaftlichen Ordnung dieser Highschool einen Schlag versetzt hatte, der ihr den Garaus machen könnte, merkte ich, dass auf Osborne ein neues Milieu Gestalt annahm, in dem zwei Klischees galten: »Alles ist möglich« und »Der Sieger kriegt die Beute«. Jetzt kann alles passieren, dachte ich, als ich durch den Cafeteria-Eingang schritt, über dem ein Schüler auf einer Leiter ein Transparent entfernte, das den Abschlussball ankündigte.

Die Schule gehörte mir.

Ich nahm den Serviettenring aus meiner Jacketttasche und steckte ihn mir an den Finger.

12.01 Der Hauptkorridor zog sich durch das gesamte Gebäude. Ich sah Stephanie nicht; bestimmt war sie im Foyer.

Ich ging langsam und übte leise, was ich sagen würde. Ich kam an Bildern vorbei, die wir in Kunst gemalt hatten, alle paar Schritte hing wieder eins. Meins war ein surrealistisches Porträt des Zigarette rauchenden James Dean, innerhalb des Zigarettenrauchs befanden sich schemenhafte Porträts von Patricia Neal, einer Leinwandlegende aus Kentucky, Jimmy Stewart und, als absurder Touch, dem Achtzigerjahre-Catcher »Macho Man« Randy Savage. Als Maler war ich ein Dilettant und hätte mein Gemälde am liebsten von der Wand genommen.

Ich machte kehrt und ging durch den kurzen Flur Richtung Foyer, der mich auch am Sekretariat vorbeiführte. Ich beschloss, doch lieber nachzusehen, ob Mr. Shankly abkömmlich war. Als ich das Sekretariat betrat, sah ich, wie er gerade seine Tür öffnete und Lauren Mellor hinauskomplimentierte.

»Wundern Sie sich bloß nicht, wenn mein Dad Sie verklagt«, sagte sie.

»Man kann mich nicht verklagen, weil ich eine Tanzveranstaltung absage.«

»Tja, damit kommen Sie nicht durch, nur damit Sie's wissen.« Als sie an mir vorbeiging, warf sie mir einen vernichtenden Blick zu und sagte: »Sieh mich nicht mal an.« Bevor ich reagieren konnte, war sie schon zur Tür hinaus.

»Kommen Sie rein«, begrüßte mich Mr. Shankly mürrisch und schloss die Bürotür hinter mir. Er setzte sich, während ich stehenblieb.

»Ich werde Sie nicht lange aufhalten. Ich wollte Ihnen nur danken und Sie wissen lassen, dass ich auf keinen Fall ein Wort über irgendwas verlieren werde.«

»Dann steht unsere Vereinbarung?«

»Ja.«

»Gut. Dann halte ich es für das Beste, wenn wir nie wieder miteinander reden. Besser, Sie gehen jetzt sofort. Ich ertrage Ihren Anblick kaum.«

Ich begriff nicht recht, wieso, aber seine Stimme klang ein wenig anders.

»Oh. In Ordnung. Vielen Dank, und es tut mir auch leid. Ich weiß, das wird Ihnen großen Ärger einbringen.«

»Was wird mir …? Oh – wie … Ja.« Er warf den Kopf in den Nacken, kippte ihn dann rasch nach vorn und musterte mich seltsam, als könnten seine Augen nicht mehr fokussieren.

»Geht's Ihnen gut?«

»Ja. Eines Tages werden Sie das verstehen. Es hat mir großen Ärger eingebracht, das stimmt, aber wenn Sie nichts verraten, hat es sich gelohnt. Sagen Sie mir, wer es noch weiß, jetzt, wo ich das wegen Ihnen gemacht habe?«

»Nein. Ich hab geschworen, dass ich's nicht verrate. Aber ich werde nichts sagen, und sie auch nicht. Das verspreche ich Ihnen. Ich kann Ihnen nicht genug dafür danken, dass Sie das getan haben. Ich kann's immer noch nicht glauben.«

»Ich habe es aber getan. Das wäre erledigt. Hoffentlich sind Sie jetzt glücklich, Mr. Weinbach. Mr. Nein-Sir, Ja-Sir. Eines Tages werden Sie es verstehen. Ich wünsche Ihnen viel Glück.« Er nahm seine Brille ab und rieb sich die Nasenwurzel.

»Noch eine letzte Frage, wenn ich darf. Ich dachte, Sie hätten gesagt, Sie würden es nicht tun. Darf ich fragen, warum Sie Ihre Meinung geändert haben?«

Er setzte sich die Brille wieder auf und seufzte. »Kurz nachdem Sie mein Büro verlassen haben, rief meine Frau an.«

»Und? Hat sie etwas gesagt, das –«

»Nein. Sie rief nur an. Ihr üblicher täglicher Kontrollanruf um die Mittagszeit. Sie kann nicht anders. Als ich auflegte, stand mein Entschluss fest. Ich musste den Ball absagen. Falls ich es nicht tat – Sie haben da an eine wunde Stelle gerührt, und wenn ich nichts unternähme, würde sie bluten, solange ich lebe.«

»Das tut mir leid. Doch meiner Meinung nach wird sich daraus etwas Gutes ergeben.«

»Sie gehen jetzt besser. Wir werden uns nie wieder unterhalten.«

»Ja, Sir.«

12.05 Als ich Stephanie im Foyer ausfindig machte, herrje, da kam sie mir bereits entgegen und ließ ein Mitglied der Van-Van-Mafia und dessen Freundin stehen. Sie war wirklich wunderschön. Und als *sie* auf *mich* zukam, fragte ich mich, warum konntest du nicht so sein, Chloe? Warum musstest du so widersprüchliche Signale aussenden, während hier der Beweis auf mich zukam, dass ein Mädchen sich *nicht* zwangsläufig so benehmen musste, dass ein junger Mann benommen und verwirrt war.

Wir standen in der Mitte des riesigen Raums mit den hohen Decken. »Hast du mich gesucht?«

»Allerdings.«

»Ahhh. Du trägst immer noch meinen Ring.« Sie umarmte mich, und ich erwiderte ihre Umarmung, und ein

Weilchen ruhte ihr Kopf auf meiner Schulter. Dann trennten wir uns, und sie sah zu mir auf eine Art hoch, die man nur als verträumt beschreiben konnte. Ich hatte mich geirrt, sie schielte keineswegs. »Also, warum wolltest du mich sehen?«

»Ich wollte dich sehen, weil, ohne ins Detail zu gehen, dies ein sehr schwieriger Tag für mich war. Ich wusste seit dem Moment, als ich aufwachte, dass es so kommen würde. Dann –«

»Ja, aber dann hast du *mich* kennengelernt, daher war dein Tag nicht *ganz* so schlimm, stimmt's?«

»Stimmt, darauf wollte ich hinaus. Lass mich bitte weiterreden.«

»Entschuldige.«

»Nein. Du musst dich nicht entschuldigen. Ach, Mist – wie blöd von mir. Ich wollte nicht unhöflich sein.«

»Schon okay. Tut mir leid. Ich unterbreche dich nicht mehr.«

»Alles klar. Ich fürchte mich schon seit Jahren vor diesem Tag – auch hier möchte ich nicht ins Detail gehen –, aber dann hat dich Ms. Calaway zu meiner Laborpartnerin gemacht, und dank dir kam ich auf andere Gedanken, wofür ich dankbar bin. Und ich habe gemerkt, dass ich einfach nicht anders kann, als dich zu mögen, und ich würde gern wissen, ob du irgendwann mal mit mir ausgehen willst.«

Ihre Reaktion erfolgte noch in der Sekunde, als ich verstummte, und damit wurde mir sofort klar, dass mit der Welt alles in Ordnung war.

Sie lachte.

»Oh, James«, sagte sie. »Du würdest nicht mit mir ausgehen wollen.«

»Das glaube ich doch.«

»Ich bin kein netter Mensch.«

»Das ist also ein Nein, oder?«

»Es tut mir leid. Mir ist klar, dass du ein netter Junge bist, und ich hab schon versucht, mit netten Jungs auszugehen, aber es klappt einfach nicht. Am Ende tu ich ihnen nur weh, und ich will dir nicht weh tun.«

»Glaubst du, *das* tut nicht weh?«

»Verzeih mir. Ich mag dich als Freund, *wirklich*, aber –«

»Und das ganze Geflirte beim Essen?«

»So bin ich nun mal. Tut mir leid, dass du einen falschen Eindruck bekommen hast.«

»Was *dachtest* du denn, welchen Eindruck ich bekommen würde? Herrgott noch mal! Hatte es was mit Chloe und Hamilton zu tun? Wolltest du ihnen eins auswischen?«

»Nein! Glaubst du nicht, ich würde mit dir ausgehen, wenn es das wäre?«

»Wolltest du Jeff eifersüchtig machen?«

Wieder lachte sie. »Nein. Mit Jeff hab ich seit, was weiß ich, Jahren nicht mal mehr *gesprochen.*«

»Warum hast du mich dann so massiv angemacht?«

Sie sah zu ein paar Jungs rüber, die Footbag spielten, und antwortete: »Weiß auch nicht. Ich fand dich interessant. Ich wollte dich kennenlernen. Mehr nicht.«

»Ich bin ein Mensch mit Gefühlen. Ist dir das bewusst? So solltest du nicht mit Leuten *umspringen.* Ich verstehe einfach nicht – wie konntest du nur so *grausam* sein?«

»Tut mir leid, wirklich. Ich muss jetzt los.«

»Nein. Erst antwortest du mir. Das war keine rhetorische Frage. Wie kann jemand nur so grausam sein? Ich würde einen anderen Menschen *nie* so behandeln. Wie macht ihr das bloß? Wie könnt ihr die Gefühle eines anderen Menschen so völlig missachten? Ist dir *klar*, wie grausam du bist? Bist du dir dessen *bewusst*?«

»Hör zu, ich sagte doch, dass es mir leidtut. Du musst dich deswegen nicht wie ein Arsch aufführen.«

»Genau. Ich bin der Arsch. Ich bin der Bösewicht. Mir ist klar, wie das läuft.«

Ich nahm den Ring ab, den sie mir gebastelt hatte, steckte ihn mir in den Mund und kaute ihn zu einem Bällchen aus mit Spucke getränktem Papier.

»Reg dich einfach ab, Alter«, sagte sie. »Ich werd dich nicht mehr behelligen.«

Ich spuckte das Papier zu Boden, und damit schienen sich jede Logik und jede Vernunft aus meinem Wesen zu verabschieden. Ich öffnete den Mund, um ihr zu sagen, dass ihr kostbarer Abschlussball wegen mir abgesagt worden war.

Doch dann klingelte es.

12.07 Es war aber erst das erste Klingeln.

Doch ehe ich meinen Spruch aufsagen konnte, nutzte Stephanie das Klingeln als Vorwand, um sich so rasch wie möglich von mir zu entfernen. Während alle an mir vorbeiströmten, stand ich einen Moment lang wie vor den Kopf geschlagen mitten im Foyer. Zuerst hatte ich als Asexueller versagt, und jetzt bekam ich nicht mal Heterosexualität auf die Reihe – mit einem Mädchen, dessen einziger Daseinszweck offenbar darin bestand, männlichen Wesen zu helfen, diese sexuelle Orientierung beizubehalten. *So* wenig begehrenswert war ich. Jetzt war meine Entfremdung total.

Mehr als Wut, mehr als Schmerz, mehr als Selbstmitleid stieg ein Gefühl in mir hoch und schluckte die anderen: Ich war beschämt. Beschämung war für mich eine besonders starke Emotion, aber vermutlich traf das auf jeden Jugendlichen zu. Ich musste alles Menschenmögliche unternehmen, um dieses Gefühl rückgängig zu machen. Deshalb eilte ich ihr nach.

»Stephanie«, rief ich, als ich das Foyer verließ. Sie drehte sich nicht um.

»Hat sie dich abblitzen lassen?«, fragte eine vertraute Stimme hinter mir. Ich antwortete nicht und ging weiter, doch rasch holte er mich ein. »Warte doch, Mann. Was ist passiert?«

»Wieso glaubst du, dass sie mich abblitzen ließ?«

»Weil ihr beide wütend ausseht.«

»Aber wie kommst du darauf, dass sie *mich* hat abblitzen lassen?«

»Dann hast du *sie* also abblitzen lassen?«

»Das geht dich nichts an.« Stephanie war vielleicht sechs, sieben Meter vor mir im Hauptkorridor. Mir fiel auf, dass ein paar Jungs sich umdrehten und ihr nachsahen, nachdem sie an ihr vorbeigegangen waren, und lüstern lachten. »Tut mir leid, Tommy.«

»Macht doch nichts. Ich hab's nicht böse gemeint.«

»Es ist nur – na ja, du hast ja gesehen, wie sie mich am Mittagstisch massiv angemacht hat, darum begreif ich nicht, wieso du denkst, *sie* hätte *mich* zurückgewiesen.«

»Ich wollte gar nichts andeuten.«

»Aber ich weiß Bescheid. Wer sollte *mich* schon wollen, oder?«

»Was *stimmt* bloß nicht mit dir?«

»Alles.«

»Sei nicht sauer auf *mich.* Ich bin dein Freund.«

»Ja«, sagte ich, abschätzig lachend.

»Was?!«

»Weißt du, ich mag *Star Wars* auch.«

»*Deswegen* bist du sauer? Was kann ich dazu, wen Brock einlädt?«

»*Du* hättest mich einladen können.«

»Ich hätte nicht mal gedacht, dass dir solche Filme *gefallen* würden, so wie du immer die Filme runtermachst, die alle anderen mögen. Ich dachte, du magst nur diese öden alten Filme.«

Vor uns bog Stephanie jetzt in den 400er-Flur ein.

»Ich hab *Star Wars* schon immer gemocht. Schon seit ich klein war.«

»Dann komm doch einfach mit uns. Hey, Mann, tut mir leid. Ich wusste nicht mal, dass du was mit uns zusammen machen wolltest.«

»Will ich auch nicht.«

»Warum benimmst du dich wie ’n Mädchen?«

»Tut mir leid, dass ich überhaupt was gesagt habe. Wir sehen uns in Kunst.« Ich bog in den 400er-Flur ein, wo mir wieder Lavell entgegenkam, der Junge, mit dem ich jeden Schultag meiner Kindheit gemeinsam verbracht hatte. Wieder sagte ich: »Hey, Lavell«, und wieder sagte er nichts, und diesmal gönnte er mir nicht mal sein knappes, männliches Nicken. Ich schüttelte den Kopf, als ich an ihm vorbei war, und murmelte nur leise vor mich hin: »Alles klar. Du bist ein harter Brocken.« Ich hatte ihn gekannt, als er noch nicht so hart war – vermutlich auch ein Grund, weshalb er nicht mehr mit mir sprach.

Stephanie war stehengeblieben, um sich neben einem Wasserspender mit zwei anderen Schulmatratzen zu unterhalten, vermutlich diskutierten sie, welcher Junge das schönste Paar Hoden hatte. Die anderen beiden Mädchen waren langbeinig und plapperten ununterbrochen. Als ich näher kam, lachten sie gerade über etwas, was Stephanie gesagt hatte.

»Stephanie«, sagte ich zu ihrem Hinterkopf. Sie wirbelte herum und sagte so böse und so nachdrücklich *»Was?«*, dass mich fast der Mut verlassen hätte. Die anderen beiden Mädchen gingen.

Eindeutig: Sie schielte. Ich öffnete den Mund, um »Vergiss es« zu sagen, doch heraus kam Folgendes: »Du hast mich einen netten Jungen genannt, ich bin aber nicht so nett, wie du glaubst. In Wirklichkeit hat der Rektor den Ball nicht wegen diesem Pep-Rally-Krawall abgesagt.«

»Was *quatschst* du da?«

»*Ich* bin schuld, dass ihr keinen Abschlussball haben werdet.«

»Was hast *du* denn damit zu tun?«

»Das geht nur den Direktor und mich etwas an. Doch ich versichere dir, es ist allein mein Werk. Ich habe euch den Ball genommen. Jetzt weißt du's.«

»Und wenn schon.«

»Ich mein's ernst. Am liebsten würde ich euch alle eure

Partys, eure Dates, euer Abhängen und den Spring Break nehmen – alles, wofür ihr lebt –, aber wenigstens hab ich euch euren blöden Abschlussball genommen.«

»Echt?«

»Ja. Echt und wahrhaftig. Ich bin zum Rektor gegangen und musste ein wenig tricksen, habe ihn aber dazu gebracht, den Ball zu canceln, und genau das ist das Tollste, was ich je gemacht habe.«

»Oh, mein Gott! Du meinst das jetzt wirklich ernst, oder?«

»Ja!«

»Warum machst du sowas?«

»Aus purer Gemeinheit.«

»Und *mich* hast du grausam genannt!«

»Tja, ich schätze, jetzt sind wir quitt. Jedenfalls tut's mir leid, dass ich dich behelligt habe.«

Ich wartete auf ihre Reaktion, doch es kam keine. Ich machte mich auf zu meinem Spind. Ich war mir nicht sicher, glaubte aber, weiter hinten im Flur Hamilton Sweeneys Rückseite zu sehen.

Es hatte funktioniert; meine Beschämung war wie weggeblasen. Doch an ihrer Stelle machte sich bereits – und keineswegs überraschend – ein heftiges, unerträgliches Bedauern breit. Ich dachte wiederholt und obsessiv immer denselben Gedanken: Gott, was habe ich getan?

Ich nahm an, dass man einfach bluten musste, wenn man nur oft genug geschnitten wurde. Doch eben hatte ich einen mein Leben verändernden Fehler begangen, von dem ich mich vielleicht nie wieder würde erholen können.

An meinem Spind raffte ich rasch die Sachen für Deutsch

zusammen und eilte zum Kurs, obwohl es keinen Grund zur Eile gab, da Mr. Hulette immer behauptete, ihm sei es egal, wenn wir uns verspäteten. »Je später ihr zum Unterricht kommt, desto weniger lange müssen wir einander ertragen«, sagte er uns einmal durch scharfe, grinsende Zähne. Dennoch, ich legte Wert auf Pünktlichkeit – laut Mr. Hulette eine deutsche Tugend.

Der Kursraum lag gleich um die Ecke, und im Nu saß ich auf meinem Platz in der ersten Reihe und lernte für den Test, obwohl die Wörter – bei meiner ansteigenden Panik – genauso gut kleine schwarze Maden hätten sein können. Ich saß direkt vor Mr. Hulettes Pult. Er informierte das Schulmaskottchen gerade über Lehrstoff, den er versäumt hatte.

»Was um alles in der Welt ist Ihnen eigentlich zugestoßen?«, fragte Mr. Hulette. Aus seinem Tonfall sprach Belustigung und Abscheu. Seine Stimme klang, als wäre er erkältet, was er aber nicht war.

»Sie wissen doch, dass ich das Schulmaskottchen war, stimmt's?«

»Ja. Sie erwähnten es bereits mehrmals.«

»Also, ich bin in eine Schlägerei mit dem Maskottchen der anderen Mannschaft geraten und dabei unglücklich gestürzt.«

Mr. Hulette lachte mehr, als es wohl angebracht gewesen wäre. »Sie Armer.«

»Möchten Sie meinen Gips signieren?«

»Nein!«, sagte Mr. Hulette voller, teilweise gespielter Geringschätzung.

»Warum nicht?«, fragte das Maskottchen lachend.

»Weil das eine dumme Angewohnheit ist. Mein Name

soll doch nicht auf *Ihnen* stehen. Es ist besser, wenn wir außerhalb dieses Kurses keinerlei Verbindung haben.« Mr. Hulette hatte die Gabe, Leute direkt zu beleidigen, ohne sie zu kränken. Er lächelte ständig, doch wenn sein Mund sich um einen oder zwei Zentimeter verschoben hätte, wäre aus dem Lächeln ein hämisches Grinsen geworden.

Nach und nach trafen meine Mitschüler ein, und ich schaute, ob sie mich ansahen. Darunter war ein freundliches Paar, das immer gemeinsam in den Kurs kam und auch wieder gemeinsam ging. Ich mochte sie, beneidete sie aber um ihre überdrehte, von ständigem Kichern begleitete Beziehung. Wenn ich die beiden sah, fiel mir wieder Silvester ein. Mein Liebesleben würde so leer sein wie die drei Nullen des Jahres 2000, die langsam auf mich zurollt wie Donuts, die sich dem aufgesperrten Mund eines ans Bett gefesselten, krankhaft adipösen Menschen näherten.

Doch das war nicht so wichtig. Falls die Schüler herausfänden, dass ich für die Absage des Balls verantwortlich war, gehörte Silvester zu meinen geringsten Sorgen. Statt mich damit aufzuhalten, dass das mir vertraute Leben während der nächsten drei Stunden zerbrechen könnte, versuchte ich, eine nette Melodie im Kopf zu behalten, etwas von Sinatra, der vor gerade einmal elf Monaten gestorben war – was hier aber keinen kümmerte. Ich entschied mich für *Somethin' Stupid*, hielt die Melodie aber nicht einmal bis zum Refrain durch. Durchaus möglich, dass sich in diesem Moment, als ich kerzengerade in der ersten Reihe des Deutschkurses saß, in Windeseile ein Gerücht über James Weinbach im ganzen Gebäude ausbreitete.

Wie gut, dass Stephanie nicht tratschte.

Deutsch *II*

12.13 Alle blökten wie unterernährte Lämmer über die Abschlussballtragödie, und die Klingel hatte keine Macht über sie, da Mr. Hulette den Unterricht normalerweise mit mindestens zehn Minuten Verspätung begann. Keiner saß still, und ihre bleichen Gesichter verstummten nicht, die zarten Kiefer betrauerten, dass sich ihre kleine Welt in Auflösung befand. Ihre Frisuren waren verrutscht, und ich glaubte, Schweiß zu riechen. Ihre Gespräche waren abgehackt und stockend, und ständig fiel das Wort »Gott«. Meine Ohren schnappten einen beunruhigenden Gesprächsfaden zwischen dem Maskottchen und dem Hipster aus Kreatives Schreiben auf:

»Für wen hält er sich eigentlich?«

»Aber echt. Der hat wirklich Nerven, versaut es allen.«

»Aber wie hat er das überhaupt geschafft, dass man ihn absagt?«

Den Rest bekam ich nicht mehr mit, da die Jungs leiser wurden und sich mein Herzschlag unmöglich ignorieren ließ.

Stephanies vulgäre Lippen hatten sich offenbar doch umgehend ans Werk gemacht. Da ich wusste, dass es nur noch eine Frage der Zeit war, bis man mich direkt anging, versuchte ich mich zu beruhigen und mir eine mögliche Reaktion zu überlegen. Dann kam Chloes Freundin Christy herein, ein Mädchen, das sich am besten mit in jeder nur denkbaren Hinsicht als durchschnittlich beschreiben ließ, und reichte mir ein gefaltetes Blatt aus einem Notizblock, auf dem in hübscher, eleganter Handschrift mein Name stand.

»Das soll ich dir geben.«

»Danke.« Das war eine der wenigen Gelegenheiten, bei der wir miteinander gesprochen hatten. Man sollte meinen, mit Chloe als gemeinsamer Freundin hätten wir uns häufiger unterhalten, doch Christy sprach hauptsächlich mit dem Jungen, der links von mir saß (und auch Verbindungen zu Chloe hatte), während ich hauptsächlich mit Mr. Hulette sprach, da ich Erwachsene vorzog.

Während ich horchte, ob hinter mir mein Name erwähnt wurde, faltete ich den Zettel auf, dankbar für die Ablenkung. Falls Mr. Hulette sah, wie ich so einen Zettel entfaltete, würde er sich bestimmt über mich lustig machen, doch er war damit beschäftigt, einen zweiten Schüler auf den neuesten Stand zu bringen, und musste all das wiederholen, was er dem Maskottchen gerade gesagt hatte.

Noch nie hatte ich so einen Brief bekommen. Mich amüsierte, dass ich ausgerechnet zu dem Zeitpunkt an diesen Teenager-Aktivitäten teilnahm, als meine sämtlichen Verbindungen zu meiner Altersgruppe jeden Moment dauerhaft durchtrennt werden würden.

12.15 Lieber James,

ich weiß, wie sehr es dich irritiert, wenn Leute einander Briefchen schreiben und sie so zusammenfalten wie das, was du gerade in den Händen hältst. Verzeih mir also, dass ich mich zu dieser kindischen Form der Kommunikation herablasse. Aber da ich dir in der Cafeteria nicht alles sagen konnte, was ich auf dem Herzen hatte, hole ich es jetzt nach.

Ich schreibe das im Computerraum. Mr. Eadies Einführung in die Computerkunde. Genau wie immer haben alle die Aufgabe erledigt und reden jetzt nur noch. Mir wäre es übrigens lieber, er hätte uns *mehr* Arbeit gegeben. Hier gibt es keinen, mit dem ich reden könnte. Im Moment reden alle über den Ball. Einige scheinen von Panik ergriffen zu sein. Ziemlich lustig. Verzeihung. Das war gemein von mir. Aber es ist wirklich lustig. Manchmal habe ich den Eindruck, dass sie im Leben noch nicht viel durchgemacht haben. Vor dem Hintergrund war die Absage des Abschlussballs vermutlich gut für sie.

Du weißt ja wohl, dass man über das redet, was in Slims Kurs vorgefallen ist. In der dritten Stunde hörte ich jemanden sagen, du seiest »ausgerastet«, und ich hätte für dich Partei ergriffen. Was die Dinge angeht, die du zu mir gesagt hast … das sah dir nicht ähnlich, und ich trage dir nichts nach. Ich kann mir nicht vorstellen, was du durchgemacht hast. Ich finde es schlimm, dass du im Spring Break mit all dem fertig werden musstest, während ich ausgerechnet in Panama City war. Wäre ich hier gewesen, hätte ich alles für dich getan. Ich würde immer noch alles für dich tun. Ich habe gehört, wie du Teenager »eine gedankenlose, unzuverlässige Gattung« genannt hast, und leide unter der Vorstellung, dass ich nun mit all den anderen in einen Topf geworfen werde.

Und was unser Gespräch in der zweiten Stunde angeht … Also, ich finde, du hast mit deiner Andeutung nicht völlig falschgelegen, ich hätte dir den Eindruck vermittelt, wir wären mehr als nur Freunde. Du hast Recht. Jedes Mal, wenn du ein anderes Mädchen erwähnt hast, bin ich sauer geworden. Weil ich dich für mich allein haben wollte. Du bist ein erstaunlicher Mensch, James. Hoffentlich weißt du das. Du bist anders als jeder andere Mensch, den ich kenne. Ich habe jeden Augenblick genossen, den wir zusammen verbracht haben, und ich hoffe, dass wir noch viele, viele weitere gemeinsame Augenblicke haben werden, falls du je wieder mit einem Mädchen zusammen gesehen werden willst, »das sich in Panama City jedem X-Beliebigen hingegeben hat«. Ha.

Glaub bitte nicht, was du über mich gehört hast. Ich möchte nicht darüber reden, aber eins will ich dir sagen – nämlich dass das, was mir zu Ohren kam, extrem übertrieben ist. Das meiste davon ist schlicht falsch. Ich schäme mich so, wenn ich durch den Flur gehe und mich alle anglotzen. Am liebsten würde ich mich für das restliche Schuljahr in meinem Spind einschließen. Ich wollte ein »schlimmes Mädchen« sein, und da bin ich, ein schlimmes Mädchen, und große Überraschung: Es ist furchtbar.

Tut mir leid, dass ich gegenüber Hamilton deinen Namen erwähnt habe. Bei all deinen Sorgen finde ich es schlimm, dass du dich jetzt auch noch wegen ihm sorgen musst, hoffe aber, dass er sein Wort halten und nichts zu dir sagen wird. Ich weiß, du willst das nicht hören, aber in ihm steckt *wirklich* mehr, als du glaubst. Auch wenn ich mir manchmal bei ihm nicht so sicher bin … Beispielsweise nimmt er die Ball-Absage viel zu schwer.

Hoffentlich ist unsere Beziehung nicht irreparabel beschädigt. Ich empfinde enorm viel für dich. Das zu glauben wird dir schwerfallen, weil du dem romantischen Irrglauben unterliegst, die ganze Welt hätte es auf dich abgesehen, aber das stimmt nicht. Als ich auf der Rückfahrt aus Florida am Steuer saß, musste ich immerzu an dich denken und begann zu weinen. Ich dachte ständig daran, wie ich gefeiert hatte, und fragte mich, ob ich jemals wieder würde feiern können und ob ich dich sofort hätte anrufen sollen, nachdem es mir meine Mom am Telefon erzählt hatte, aber ich wusste, dann hätte ich dir auch gestehen müssen, dass ich mit Freunden in Panama City war und nicht in Destin mit meinen Eltern. Jedenfalls musste ich mich zusammenreißen und aufhören zu heulen, weil ich fuhr. Sie brachten mich dazu, dass ich fuhr. Fast die ganze Strecke.

Gleich klingelt's zu meiner Mittagspause, ich komme also besser zum Ende … Ich hoffe, dass du und deine Mom Frieden findet und dass bessere Zeiten vor euch liegen. Ich weiß, bei allem, was ihr durchgemacht habt, ist das nicht so einfach, aber wenn es auf dieser Welt einen Weg für dich gibt, dass du eines Tages mal wieder *fröhlich sein* kannst, dann findest du ihn hoffentlich. Nimm mir diesen Wunsch bitte nicht übel. Ich hoffe, du weißt, dass du nicht die ganze Welt auf deinen Schultern tragen musst. Du bist 17. Ich habe dich sagen hören, dies seien *nicht* die besten Jahre unseres Lebens, und dem stimme ich zu. Aber müssen es gleich die *schlimmsten* sein? Wenigstens haben wir unsere Jugend. Eines Tages werden wir aufwachen und merken, dass der Präsident der Vereinigten Staaten jünger ist als wir. Was dann? Ich will, dass wir *jetzt* glücklich sind. Ist das möglich? Wie oft wollte ich dich am Revers deines Anzugs packen und dir sagen: »Du bist erst 17!« Und vergiss ja nicht, dass ich erst 18 bin. Bitte verzeih mir das.

Voller Hochachtung,

Chloe

P.S.: Ich seh dich in der 6. Stunde.

12.18 Ich faltete den Zettel wieder zusammen, steckte ihn in meine Jacketttasche und begann meine Analyse. Ich war mit dem Brief nicht unzufrieden, zumal er bewirkte, dass sich meine Gedanken nicht mehr ausschließlich um Stephanie drehten. Doch auch wenn der Brief Belege dafür enthielt, dass Chloe sich potentiell für mich interessierte, legte sie sich mit der Wortwahl nicht fest, als hätte sie sich große Mühe gegeben, nur keine eindeutig romantischen Absichten zu formulieren. Ich würde mich von Chloes Brief nicht so täuschen lassen wie von Stephanies Koketterien. Ich rief mir in Erinnerung, dass ich nicht liebenswert war. Wenn überhaupt, so war ich abscheulich. Das würden alle früh genug wissen.

Als ich gerade überlegte, ob ich auf Chloes Brief antworten solle, entdeckte ich ein gefaltetes Papierdreieck, auf das jemand Blitze gemalt und die Wörter »Deez Nuts« geschrieben hatte. Ich hob es auf und steckte es zu Chloes Briefchen in meine Tasche.

Aber mochte sie mich denn? Was wollte sie mir eigentlich mitteilen?

Mr. Hulette rief beiläufig die Namen auf, wobei er ständig unterbrochen wurde, was ihn aber nicht störte, er schien es sogar zu begrüßen. Spät wie üblich nahm Dannon seinen Platz ein, der rechts von mir war.

»Hallo, Dannon.«

»Was läuft, James?«

»Danke für die Nettigkeiten, die du über meinen Text gesagt hast. Tut mir leid, dass du mich so erleben musstest.«

»Mir tut leid, dass deine Textkritik so gelaufen ist. Ich fand's gut, wie du alle gerüffelt hast.«

»Was ich sagte, gilt nicht zwangsläufig für euch alle.«

»Schon in Ordnung.«

»Hey, Dannon, mit wem wolltest du auf den Ball gehen?« Das fragte eine Stimme direkt hinter mir, die einem Mitglied des Tanzteams namens Amanda gehörte, einer guten Freundin Lauren Mellors. Amanda war ein Speed nehmendes Mitglied von T.g.D.M. (Teens gegen Drogenmissbrauch), ein trinkfestes Mitglied von S.g.A.a.S. (Schüler gegen Alkohol am Steuer) und eine der Fleischeslust frönende Person, die das Keuschheitsgelübde der Bewegung »Wahre Liebe wartet« abgelegt hatte. Während sie sich bei Dannon beklagte, dass ihre Pläne für den Ball zerschlagen worden waren, kam das Maskottchen, dessen Gesicht mich an eine Kartoffel erinnerte, nach vorn und bat Dannon, seinen Gips zu signieren, woraufhin ich dachte: Wie sollen ich und alle anderen sich fühlen, wenn du Dannon als einzigen Schüler für würdig erachtest, deinen Gips zu signieren? Ich war froh, dass ich ihm seinen Abschlussball genommen hatte, und beschloss, dieses flüchtige Gefühl von Zufriedenheit zu genießen.

Dann weckte ein anderes Gespräch meine Aufmerksamkeit:

»Du weißt doch, wie Gerüchte sind. Du darfst nicht alles glauben, was du hörst. Das wurde alles total aufgebauscht.«

»Aber du warst doch *mit ihr* da unten. Weißt du nicht, was passiert ist?«

»Jeder hat sein eigenes Ding gemacht, sobald wir da hingekommen sind.«

»Stimmt das mit Hamilton Sweeney?«

»Ich weiß nur, dass sie sich unterhalten haben, mehr weiß ich nicht.«

»Und Tate Baker?«

»Dass das nicht stimmt, weiß ich genau. Die beiden hatten rein gar nichts miteinander.«

»Was hat sie nun da unten wirklich gemacht?«

»Gar nichts. Das sind alles bloß Gerüchte.«

Die Sprechenden waren Christy und Madison, der Chorsänger, mit dem Chloe früher zusammen gewesen war. Bis zu diesem Augenblick hatte ich Madison immer als Rivalen betrachtet. Ich wartete auf die passende Gelegenheit und sagte dann: »Verzeihung, aber ich habe zufällig euer Gespräch mit angehört und nehme an, ihr habt euch über Chloe Gummere unterhalten.«

»Ja.« Er war ein gepflegter Fußballspieler, ausgezeichneter Schüler und sah besser aus als ich.

»Zufällig ist Chloe eine Bekannte von mir. Was ich über sie gehört habe, hat mich irritiert.«

»Mich auch. Das ist nicht die Chloe, die *ich* kenne.«

»Ich mache unter anderem sie verantwortlich«, sagte ich leise und mit einem Kopfnicken Richtung Christy. »Hätte sie Chloe nicht eingeladen, mit nach Panama City zu kommen, wäre all das nicht passiert.«

»Keine Ahnung. Es hätte ohnehin passieren können.«

»Das stimmt. Wenn ich an ihre neuen Schuhe denke, da gab es irgendwelche tiefergreifenden Veränderungen. Mich überrascht, dass ich die Zeichen nicht erkannt habe.«

»Was haben neue Schuhe damit zu tun?«

»Ich glaube, sie wollte ihre Identität ändern.«

»Oder einfach nur neue Schuhe kaufen.«

Mir gefiel sein Ton nicht. »Wahrscheinlich hast du Recht.« Ich schlug abrupt mein Lehrbuch auf, damit er wusste, dass ich nicht mehr reden wollte. Was hatte ich mir bloß dabei gedacht?

Madison fuhr fort: »Ehrlich, ich rede nicht mal mehr mit Chloe, bin aber über sie auf dem Laufenden geblieben, und ich dachte, das muss ein Mädchen gewesen sein, das nur wie Chloe *aussah* oder sowas. Es ist verrückt.«

»Nicht wahr? Und doch können wir nicht mal unterstellen, dass die verrückten Dinge, die sie getan hat, *falsch* waren, weil die Leute sonst Sachen sagen wie, *tja, es ist ja ihr Körper.*«

»Oh, absolut. Es *ist* ihr Körper. Das sehe ich genauso.«

»Stimmt.« Ich widmete mich wieder meinem Buch, und diesmal ließ er mich in Ruhe.

Dass ich mich Stephanie offenbart hatte, hatte auch etwas Gutes: Ich musste mich nicht länger verstellen.

12.21 Mr. Hulette sah mich mit seinem spöttischen Grinsen an und sagte auf Deutsch: *»Guten Tag, Herr Weinbach.«* Ich hatte mit dem Gedanken gespielt, meinen Nachnamen auf deutsche Art auszusprechen, war aber zu dem Schluss gekommen, dass mein Leben auch so schon kompliziert genug war.

»Guten Tag, Herr Hulette.«

»Helfen Sie den Reinigungskräften?«

»Wie bitte?«

»Ich habe beobachtet, wie sie Müll in ihre Tasche steckten.« Mr. Hulette bestand nicht darauf, sämtliche Gespräche in der Fremdsprache zu führen, um seine Schüler zu prüfen. Er sagte, er wisse noch, wie ihn seine eigenen Lehrer genervt hätten, die darauf bestanden hatten.

»Ach so – das. Ich sammle, was Schüler fallenlassen. Das mache ich seit der neunten Klasse, und nach meinem Abschluss werde ich ein Kunstwerk daraus machen, eine Art Multimediaprojekt. Ich habe zu Hause drei volle Schuhkartons davon. Ich werd das kombinieren, es zu einem großen Kunstwerk formen.«

»Ganz schön kreativ!«, sagte er, aber bei seinem fröhlichen Grinsen ließ sich schwer sagen, ob er sich über mich lustig machte oder nicht.

»Hatten Sie angenehme Ferien?«, fragte ich.

»Ich schätze schon. Meist habe ich in der Ecke gesessen und gelesen.«

»Das klingt nett.«

»War es auch. Was ist mit Ihnen? Wo sind Sie auf Ihrer Leseliste angelangt?«

»Bei *Unter dem Vulkan.*«

»Das habe ich gelesen. Armer Malcolm Lowry. Hat sich totgesoffen.« Auch das sagte er mit einem Lächeln.

Weil das Jahrhundert sich seinem Ende zuneigte, wurden immer häufiger »Best of«-Listen veröffentlicht. Im Vorjahr hatte der Verlag Modern Library eine Liste der »100 bedeutendsten Romane des 20. Jahrhunderts« herausgebracht. In diesem Winter hatte ich mit Nummer eins begonnen und arbeitete mich auf der Liste nach unten vor. Meine bisherigen Lieblingsromane waren *Der große Gatsby* und *Lolita*, ein Kopf-an-Kopf-Rennen. Anscheinend hatte Mr. Hulette jedes einzelne Buch auf der Liste gelesen. Einmal hatten wir scherzhaft bemerkt, dass uns Bücher lieber waren als Menschen. Wir ähnelten uns sehr – oder vielleicht versuchte ich unbewusst, wie er zu sein. Ich war immer auf der Suche nach einem guten Vorbild.

Uns beide lenkte ein exzentrisches Mädchen ab, das selbstgemachte Klamotten trug. Sie trat an die Tafel und schrieb hinter Mr. Hulette die Wörter »Vivian Volino« an die Tafel.

»Wer ist das?«, fragte er.

»Das ist mein neuer Name. An alle«, sagte sie an den Kurs gewandt, »ich wäre euch dankbar, wenn ihr mich von jetzt an mit diesem Namen anreden würdet.« Sie wies auf die Tafel. »Auf Elizabeth werde ich nicht mehr reagieren.«

»Alles klar, Elizabeth«, sagte ein Witzbold hinter mir.

»Es ist mir ernst. Elizabeth Linderman ist tot. Ich habe meinen Namen nie gemocht, und ich *muss* nicht Elizabeth Linderman sein. Also ändere ich ihn so, wie *ich* es will.«

»Sie können ihn ändern, sooft Sie wollen«, sagte Mr. Hulette. »Ihr Leben wird dadurch nicht weniger schwierig.«

Sogar das Mädchen musste lachen, als er diese tristen Aussichten lächelnd vortrug. Mr. Hulette war der zynischste Mensch, den ich kannte, allerdings vermutete ich, dass diese Haltung nur Fassade war; er würde nie lange genug ernst bleiben, um es zuzugeben, aber ihm waren seine Schüler wichtig, die ihm oft Fragen stellten, nur um zu hören, was er sagte.

»Hey, Mr. Hulette, was halten Sie davon, dass der Ball abgesagt wurde?«

»Ich finde es großartig.«

»Bedauern Sie uns Zwölftklässler nicht, weil wir keinen Abschlussball haben?«

»Eigentlich nicht. Für die meisten von euch ist doch jeder Tag ein Ball.«

Dabei sah er mich an. Er sah mich oft an, wenn er sich über andere Schüler lustig machte, und gab mir das Gefühl, dass es zwischen uns einen besonderen Draht gab; allerdings hatte ich mit anderen Schülern gesprochen, denen es genauso ging.

»Aber blöd ist, dass es unser letzter gemeinsamer Abend werden sollte. Sowas wie unser letzter Abend als Gruppe. Und der wurde uns genommen.« Mir wurde übel.

»Was ist mit der Abschlussfeier?«, fragte Mr. Hulette. »Ist das nicht euer letzter gemeinsamer Abend?«

»Die zählt nicht.«

»Waren Sie auf Ihrem eigenen Abschlussball?«, fragte Amanda.

»Nein. Ich habe aber dem Ballkomitee angehört und geholfen, den Ballsaal zu schmücken. Oder wenigstens so getan.«

»Heißt das, Sie haben geholfen, den Ball durchzuführen, ihn aber nicht genossen?«

»Ich hätte ihn nicht genossen.«

»Warum nicht?«

»Normalerweise bin ich kein Genießer. – Das nehme ich zurück. Ich gehe gern spazieren.«

»Gibt es in Deutschland Abschlussbälle?«, fragte das Mädchen, das sich in Chemie den Rücken hatte massieren lassen.

»Wer aufs Gymnasium geht, hat etwas Vergleichbares, das aber nicht das Leben der Beteiligten so dominiert wie bei Ihnen hier. Da wird der Schulabschluss gefeiert, der Abitur heißt, und die Lehrer und Eltern sind auch dabei.«

»Wow«, sagte ich. *»Echt?«*

»Das wär ätzend«, sagte Amanda.

»Mr. Hulette«, sagte das Maskottchen, »reden Sie für uns mit Mr. Shankly über den Ball?«

»Warum sollte ich das tun?«

»Vielleicht hört er auf Sie und ändert seine Meinung.«

»Ich beschränke meinen Kontakt zu ihm auf das Nötigste.«

»Was sollen wir denn machen?«, fragte Amanda.

»Ich weiß nicht, was Sie machen sollen«, sagte Mr. Hulette. »Vielleicht sollten Sie jetzt Ihrer Schularbeit ein wenig Gehirnschmalz widmen.«

12.23 Ich drehte mich um und betrachtete das Paar, das über mich geredet hatte. Warum sagten die zwei nichts zu mir? Seit wann übte irgendwer auf dieser Schule Zurückhaltung?

Warum musste sie mir schreiben? Warum sollte sie sich die Mühe machen, wenn sie mich nicht mochte? Andererseits machten Mädchen manche Sachen einfach so.

Ein Mädchen mit großen Brüsten trat an Mr. Hulettes Pult und fragte, ob sie gehen und einen Schluck Wasser trinken dürfe.

»Och, warum nicht«, sagte Mr. Hulette. »Bestimmt stehen Sie kurz vor der Dehydrierung. Lassen Sie mich Ihnen einen Passierschein ausstellen, sonst bekommt Mr. Shankly einen Anfall.«

»Hey«, sagte Dannon, »nur damit du's weißt, der Text, den du verteilt hast, hat mir echt gut gefallen. Das hab ich nicht nur so gesagt. Das ganze Buch klingt cool.«

»Danke. Dein Text hat mir auch Spaß gemacht.«

»Oh, cool«, sagte das Mädchen. »Du schreibst ein Buch, Dannon?«

»Nein, aber James hier. Und es ist richtig gut.«

»Danke.«

»Worum geht's?«, fragte das Mädchen.

»Es handelt nur davon, wie dumm alle sind.«

»Hm. Ist wohl cool, nehme ich an. Mit wem wolltest du auf den Ball gehen, Dannon?«

»Mit einem Mädchen von außerhalb.«

»Cool.« Sie nahm ihren Passierschein und ging.

»Davon, *wie dumm alle sind*?«, sagte Mr. Hulette fragend.

»Das ist sehr verkürzt formuliert. Vermutlich hat es sie eh nicht interessiert, worum es in dem Buch geht.«

»Wahrscheinlich nicht. Sie gilt nicht als große Leserin.«

Dannon und ich lachten. Mr. Hulette nahm einen Stapel

Papiere aus seiner Aktenmappe und stand auf. Seinem nihilistischen Gerede zum Trotz kleidete er sich sehr flott: marineblaue lange Hose, hellblaues Anzughemd und weißer Pullunder, alles augenscheinlich nagelneu. Er hatte eine Brille auf und kurzgeschorenes, graumeliertes Haar, weshalb ich ihn auf um die fünfzig schätzte. Ein wenig erinnerte er mich an den Schauspieler Geoffrey Rush (aber auch an David Letterman).

»Können wir den Unterricht draußen abhalten?«, fragte ein nettes Mädchen, das in der Leichtathletik-Schulmannschaft Läuferin war. In Physik hatte sie mich einmal eingeladen, in ihrer Gruppe mitzumachen, als sie mich allein arbeiten sah.

»Nein«, sagte Mr. Hulette. »Es ist Zeit für den Test.«

Diese letzte Aussage brachte den halben Kurs dazu, ihn mit Fragen zu löchern, als könnten sie ihn so dazu bringen, den Test zu vergessen.

»Aber draußen ist es so *schön.* Können wir nicht dieses eine Mal rausgehen?«

»Zu viel Ungeziefer.«

»Darf ich auf die Toilette, wenn Jordyn zurückkommt?«

»Ist mir egal.«

»Können wir vielleicht nur die letzten zehn Minuten draußen Unterricht machen?«

»Nein. Nie.«

»Wie sagt man ›keep it real‹ auf Deutsch?«

»Wohl am besten *Bleib dir selbst treu* oder *Sei du selbst.*«

»Ich hab gehört, wegen der Sache mit dem Ball könnte es eine Art Unterrichtsstreik geben«, sagte die Leichtathletin.

»Ist ja niedlich«, sagte Mr. Hulette.

»Jemand soll den Feueralarm auslösen, als Startschuss.«

»Vielleicht kommt ihr so doch noch ins Freie«, sagte ich. Die Sportlerin lachte. In diesem Kurs war ich nicht so ängstlich und sprach frei von der Leber weg.

»Ja«, sagte Mr. Hulette. »Ein wahr gewordener Traum.«

»Haben Sie in den Sixties auch Schulstreiks und Sit-ins und sowas gemacht?«

»Nein. Was hätte das gebracht?«

»Waren Sie ein Hippie?«

»Ich war gar nichts.«

»Sie haben in den Sixties nichts von den coolen Sachen gemacht?«

»Ich hab meist Leute beobachtet und mich innerlich über sie lustig gemacht.«

»Am ätzendsten finde ich, dass ich meine Anzahlung für das Kleid *und* für die Limo verloren habe«, sagte Amanda. »So wie jede Menge anderer Leute auch. Das ist ungerecht.«

Mr. Hulette lachte.

»Mr. Hulette«, quengelte sie.

»Ich werde für Sie eine Kerze anzünden«, versprach er.

»Ich kriege wegen der Sache echt Zustände. Hören Sie auf, sich über uns lustig zu machen.«

»Der Ball«, sagte er mit bebender, hoher Stimme, *»der Ball! O Gott, warum hast du den Ball von mir genommen?«* Wieder sah er mich an, und ich hielt mir beim Lachen die Hand vor den Mund.

Mein Gelächter verstummte rasch, als ich das Maskottchen sagen hörte: »Sie kennen doch den wahren Grund, weshalb Shankly den Ball abgesagt hat, oder?«

»Nein«, sagte Mr. Hulette.

»Einzig und allein wegen Patrick Pippin.«

12.25 Ich sah das Maskottchen an, der in der letzten Reihe saß, aber er erwiderte meinen Blick nicht.

»Wer ist Patrick Pippin?«, fragte Mr. Hulette.

»So ein *total* bekloppter Typ. Der ist so bekloppt – also, man begreift's gar nicht. Angeblich wollte er einen Jungen als Begleitung auf den Ball mitnehmen, was aber gegen die Schulvorschriften verstößt. Dann hat er damit gedroht, die Schule zu verklagen, weshalb Shankly schließlich beschloss, es sei am einfachsten, die ganze Sache abzublasen.«

Mr. Hulette lachte. »Das ist köstlich.«

Welcher Narrengott zog hier die Fäden? Diese Wendung war schlicht ein Wunder, und nach meinem schrecklichen Tag überlegte ich nicht groß, sondern sagte einfach: »So was hab ich auch gehört.«

»Seit wann ist Patrick Pippin schwul?«, fragte Vivian.

»Ist er nicht«, sagte das Maskottchen. »Der Typ will nur Aufmerksamkeit. Das ist ja das Blöde an der ganzen Geschichte.«

»Der wird nach der Schule auf dem Parkplatz verprügelt«, sagte das Mädchen aus dem Chemiekurs. »Da werden bestimmt zehn Typen auf ihn warten.«

»Oh«, sagte ich. »Das hab ich nicht gehört.«

»Die Van-Van-Mafia und ein paar andere wissen Bescheid.«

Ich lockerte meine Krawatte, um mehr Luft zu bekommen. Mein Gesicht fühlte sich plötzlich heiß und aufgedunsen an.

»Hey, James«, sagte die Läuferin, die schräg versetzt hinter mir saß. Sie beugte sich lang über ihr Pult, damit das Gesprochene unter uns blieb, und sagte: »Äh, ich wollte nichts sagen, aber vor dem Kurs hörte ich Stephanie Schnuck sagen, *du* hättest dafür gesorgt, dass der Ball nicht stattfindet.«

»Oh. Klar. Ich hab nur Spaß gemacht, als ich das zu ihr sagte. Die meisten meiner Scherze sind satirisch gemeint, und sie ist zu doof, um das Prinzip von Satire zu verstehen.«

»Ich dachte mir schon, dass es nicht stimmt. Man kann ihr ohnehin kein Wort glauben.«

»Stimmt.«

Erstaunlicherweise hatte es den Anschein, als käme ich doch noch unbeschadet aus der Sache raus. Allerdings wäre es eindeutig das Richtige, die Wahrheit zu gestehen. Dann lachte ich in mich hinein und dachte, wie absurd es war, in einer Institution wie Osborne High überhaupt in Kategorien wie richtig oder falsch zu denken. Das Konzept war so altmodisch wie Telegramme oder Filzhüte, und ich war es wirklich leid, das Richtige zu tun, was keiner sonst machte, niemals.

»Ruhe!«, rief Mr. Hulette auf Deutsch. *»Prüfungszeit!«*

12.26 Als Mr. Hulette den Test verteilte, kehrte langsam Ruhe ein. Wegen des Tests war ich nicht übermäßig besorgt, weil ich sowohl im Laufe des Vormittags wie auch am Vorabend gelernt und bei den meisten anderen Prüfungen in diesem Kurs gut abgeschnitten hatte. Obwohl es mir schwerfiel, ganze deutsche Sätze zu sprechen, mochte ich die Sprache. Beide Seiten meiner Familie hatten deutsche Wurzeln, und weil mein Stammbaum so langsam gewachsen war, hatte ich mich von der Alten Welt nicht so weit entfernt wie die meisten meiner Mitschüler. Irgendwie hatte ich das Gefühl, dass ich meinen Vorfahren umso näherkommen würde, je besser mein Deutsch wurde.

»Wenn Sie fertig sind, legen Sie den Test auf meinen Schreibtisch, und lesen Sie Kapitel zehn. Oder auch nicht. Hauptsache, es herrscht Ruhe.«

Seltsamerweise hatte ich nichts gegen Tests. Mir gefielen die dafür nötige Ruhe und das eigenständige Arbeiten. Bei dem ersten Teil des Tests ging es um den Wortschatz. Ich hatte mir alle möglichen Gedächtnisstützen überlegt. Beispielsweise lautete die erste Frage: *cozy* = ____________. Ich musste mir nur zwei schwule *(gay)* stumme *(mute)* Männer vorstellen, die es sich gemütlich machten und sich gegenseitig leckten *(lick)*, schon dachte ich: gay-mute-lick, worauf mir prompt das Wort *gemütlich* einfiel. Ich stellte mir Pippin und seinen Begleiter vor, die einander am Ballabend schweigend ableckten. Ich nahm mir die übrigen Adjektive vor, von denen ich viele weitaus angenehmer fand als ihre englischen Entsprechungen. *Sauber* war viel emotionsgeladener als »clean«. *Schmutzig* klang schmutziger als »dirty«. Deutsch war zwar nicht die melodischste aller Sprachen, dennoch fand ich sie attraktiv, weil die harschen Laute den Wörtern *Energie* verliehen, und meine Wörter brauchten Energie, weil ich nie zu etwas so Niedrigem wie Gewalt greifen wollte, um mich zu verteidigen – ein weiterer Grund, weshalb Pippin als Opfer geeigneter war als ich. Ich hatte mich noch nie geprügelt, weil mich nie jemand dazu aufgefordert hatte und weil ich das für eine der am wenigsten intelligenten Dinge hielt, die ein Mensch tun konnte. Außerdem hatte ich an diesem Tag schon genug gelitten. Pippin würde als Sündenbock herhalten müssen. Er hätte mich besser behandeln sollen.

Ich eilte innerlich gerade durch die Abteilung Körperteile, als mich Gedankenbilder abbremsten. Als ich bei Nummer sechzehn *Auge* eintrug, stellte ich mir Pippin mit zwei Veilchen vor. Anschließend sah ich ihn mit einer blutigen *Nase* vor mir, einem angeschlagenen *Zahn*, einem rundum lädierten *Gesicht* und wer weiß – was, wenn ihm wüste Schläger den *Hals* brachen und er starb, nur wegen mir?

Mein Bein zuckte, weshalb Mr. Hulette mich komisch ansah. Ich lächelte nervös.

Teil zwei bestand aus einem Rückblick auf den Dativ, der dem ganzen Kurs Schwierigkeiten bereitet hatte, mir auch. Doch ich brachte den verlangten Beispielsatz zustande, nämlich: *Ich trauere der Alten Welt nach.*

Bestimmt, dachte ich, würde jemand verhindern, dass die Prügelei zu weit ging. Bestimmt würde irgendein Lehrer einschreiten und es von vornherein unterbinden. Außerdem war diese so genannte Prügelei wahrscheinlich nur ein Gerücht. Herrje – woher stammte überhaupt dieses Gerücht über Pippins schwulen Begleiter?

Es gelang mir, Pippin lange genug aus meinen Gedanken zu verbannen, um mich dem letzten Teil des Tests zu widmen, der sich um das Plusquamperfekt drehte und verlangte, dass man einen ganzen Abschnitt schrieb. Als ich fertig war, legte ich meinen Test auf Mr. Hulettes Pult. Ich war der erste Schüler, der abgab. Zurück an meinem Platz, genoss ich den ersten Augenblick Ruhe an diesem Tag, von den flüchtigen Momenten auf dem Jungsklo abgesehen. Außer einem gelegentlichen Huster hörte man nur, wie ein Metallstück gegen die Fahnenstange schlug. Ich fand dieses Geräusch beruhigend.

Dann ertönte vom Parkplatz langsames, rhythmisches Wummern von Bässen. Da war jemand stolz auf seine Lautsprecher.

»Da hat einer echt fette Boxen in seiner Karre«, sagte ein Junge auf einem der hinteren Plätze.

»Ruhe!«, sagte Mr. Hulette.

Zum Teil konnte ich ja verstehen, was den Reiz ausmachte, Musik auf diese Weise zu hören. Als ich einmal bei Jeff im Auto saß, weil mein Lincoln Probleme hatte, dröhnte der Rap so laut, dass ich die Power der Basstöne deutlich spüren konnte. Doch kaum saß man außerhalb des Wagens, beispielsweise an einem Samstagabend, wenn die Bässe die Fenster zum Klirren brachten, während man versuchte, T. S. Eliot zu lesen oder sich einen alten Elizabeth-Taylor-Film anzusehen, hasste man dieses Geräusch. Es war der humorlose, abgestumpfte Sound der Jugend, von jungen Weißen, die sich bemühten, den Sound einer Party zu erzeugen, zu der man mich nie einladen würde. Es war der Sound von Bargeld, Drogen, Sex und Gewalt; kein Wunder, dass die Leute ihn so sehr mochten.

Ach, junge Menschen!, dachte ich. Wie gern wär ich einer, wenn ich groß bin.

12.31 Nachdem die Bässe in der Entfernung verschwunden waren, merkte ich, dass ich die Ruhe nicht mehr genießen konnte, weil die störende Stimme meines Gewissens immer lauter wurde. Aber was konnte man tun? Falls ich zugab, dass einzig und allein ich, nicht Patrick Pippin, für das Ableben des Balls verantwortlich war, welche Erklärung würde ich dafür vorbringen? Am besten dachte man über all das gar nicht erst nach.

Ich befand, die beste Beschäftigung wäre, Chloe eine Antwort zu schreiben, da sich ohnehin jeder zweite meiner Gedanken um sie drehte. Heimlich zog ich ihren Brief heraus, um die von ihr erwähnten Themen abzuhandeln, und zog aus meiner Mappe ein Blatt liniertes Papier, auf das ich so schnell es ging kritzelte:

Im April 1999

Liebste Chloe,

danke, dass du dir die Zeit genommen hast, mir zu schreiben. Da die E-Mail sich rasch zur bevorzugten Form schriftlicher Kommunikation entwickelt, werde ich vielleicht eines Tages voller Nostalgie deine sorgfältig gefaltete, handgeschriebene Notiz betrachten.

Ich schreibe dir aus Mr. Hulettes Deutsch II. Soeben habe ich meinen Test abgegeben und warte darauf, dass die anderen auch zum Ende kommen. Außerdem habe ich hier keinen Gesprächspartner. Ich kann keinen der Schüler in diesem Kurs besonders gut leiden, aber vielleicht hätten mir einige ihrer Großeltern gefallen.

Die Schüler in diesem Kurs, wie die in deinem, befassen sich hauptsächlich mit der unmenschlichen, apokalyptischen Krise namens Absage des Schulballs. Ich für meinen Teil befasse mich momentan hauptsächlich mit Patrick Pippin, der diese Krise vielleicht heraufbeschworen hat oder auch nicht und dessen körperliche Unversehrtheit auf dem Spiel stehen könnte. So wenig ich den Knaben auch mag – mit anzusehen, wie jemand verprügelt wird, ist mir immer zuwider.

Jawohl! Es geschieht ihnen ganz recht, dass der Ball gestorben ist. Ich weiß, wenn jemand meine Haltung versteht, dann du. Oder lass es mich so formulieren: Wenn deine größte Sorge die ist, ob der Ball stattfindet oder nicht, führst du ein ziemlich sorgenfreies Leben. Um fair zu sein, ich weiß, dass sie *tatsächlich* größere Sorgen haben als diese. Wenn ich nur die furchtbaren Dinge kennen würde, die ihnen widerfahren sind, würde ich sie bestimmt viel lieber mögen. Ich weiß, dass auf diesen Stühlen so viele Geschichten sitzen, warum bekomme ich also keine zu hören? Aber nein, wir reden über nichts anderes als Wrestling und den Nabel von Britney Spears.

Was unser Streitgespräch in Slims Kurs angeht, würde ich dir gern eins sagen: *Es tut mir leid.* Das sagen die Deutschen, wenn sie etwas bedauern, und ich finde, es ist eine viel befriedigendere Art, sich zu entschuldigen, als ein banales »Sorry«. Es bedeutet, dass man leidet. Ich leide bei dem Gedanken, dass meine Bemerkungen bei dir zu einer körperlichen Reaktion führten. Deswegen schäme ich mich sehr. Bitte verzeih mir.

Was meinen Vater betrifft, danke, dass du anerkennst, was für einen hundsmiserablen Spring Break ich hatte, aber du musst kein schlechtes Gewissen haben, weil du nicht hier warst. So kurzfristig konnte außer Mrs. Hegstrand und Mr. Ottman keiner aus der Schule ins Bestattungsinstitut kommen; die allermeisten waren über die Ferien weg. Tommy und die anderen Leute an meinem Mittagstisch waren irgendwo in weit entfernten Landstrichen, wo sie Gehirnzellen vernichteten, und das macht nichts, da sie ohnehin nicht gewusst hätten, was sie sagen oder wie sie sich benehmen sollten. Zugegeben, wie ich inzwischen weiß, bin auch ich nicht mit dem passenden Vokabular ausgestattet, das man offenbar braucht, um über dieses Thema zu sprechen. Vielleicht wird sich das eines Tages ändern, doch zurzeit genügt es mir, die typische Männerhaltung einzunehmen und einfach nicht darüber zu reden. Aber, ich wiederhole, vielen Dank für deine Bemerkungen.

Nun zur zweiten Hälfte deines Briefs, in dem du dich – was deine Gefühle für mich angeht – offenbar hinter zweideutigen Begriffen versteckst … Zunächst einmal muss ich dich loben, weil du immerhin zugibst, dass du mir *tatsächlich* den Eindruck vermittelt hast, du würdest mich nichtplatonisch mögen. Formulierungen wie »weil ich dich für mich allein haben wollte« und »ich hoffe, dass wir noch viele, viele weitere gemeinsame Augenblicke haben werden« vermitteln zwar eindeutig positive Assoziationen, verwirren mich jedoch nur noch mehr. Stimmt, du hast mir in deinem Brief nie klar und deutlich gesagt, dass du etwas für mich empfindest, andererseits habe ich meine Karten bereits offengelegt; nach meinem Verhalten in Slims Kurs weißt du, was ich für dich empfinde, es sei denn, dein Gespür für Schlussfolgerungen wäre unter der heißen Sonne Floridas völlig ausgetrocknet. Falls du daher diese Formulierungen als Freundin geschrieben hast… Das wäre herzlos, denn dann würdest du mit mir spielen, und ich weiß, dass du kein herzloser Mensch bist.

Möchtest du mich als eine Art kleinen Bruder für dich haben oder als deinen Galan? Und verstehst du unter »weitere gemeinsame Augenblicke« so viel wie gemeinsame Augenblicke, in denen wir stillschweigend voraussetzen, dass unsere Beziehung keine Liebesbeziehung ist? Oder was?!

Du hast geschrieben, du würdest alles für mich tun. Eins kannst du tatsächlich für mich tun: Sag mir möglichst klar und deutlich, ob du gern mit mir ausgehen würdest. Ich werde es dir leichtmachen. Ich frage dich auf der Stelle, und du kannst ja oder nein sagen. Ich möchte, dass wir beide uns im Autokino einen Film ansehen. Wusstest du, dass Vandalia eine der letzten Städte Amerikas mit einem Autokino ist? Ich würde allein fahren, aber ein Autokino aufzusuchen und dann allein im Auto zu sitzen ist eines der traurigsten Dinge, die ein Mensch tun kann.

Vorher müsstest du mir allerdings genau erzählen, wie du zu dem keimdrüsengesteuerten Sir Hamilton Sweeney stehst. Ich weiß, dein Ball-Date ist kaputt, aber hast du vor, dich auch weiterhin mit diesem gigantischen Vollpfosten von einem Mann zu verabreden? Lass es mich in denkbar einfachen Worten sagen: entweder Gottesgeschenk oder ich. Ich wäre nicht damit einverstanden, dass du mal eben uns beide datest. Er oder ich. Hoffentlich stößt dich so ein Ultimatum nicht vor den Kopf, aber nach allem, was heute schon passiert ist …

Ich hasse es, dass dich die Leute so anglotzen. Ganz egal, was du in Panama City gemacht hast, sie haben bestimmt zehnmal Schlimmeres gemacht. Sie sind eine Bande verdorbener Tiere. Für sie besteht das Leben nur aus Ärschen. Sie sind Körper, weiter nichts. Du hast immer noch ein Hirn. Wenn das nicht der Fall wäre, würde ich mich nicht mehr für dich interessieren.

Ja, von den Gerüchten über dich in Panama City ist mir schlecht geworden. Andererseits lässt dein bloßer Anblick die Welt auf einmal erträglich erscheinen. Wenn du mich einfach »nicht so siehst«, wie die anderen es nennen, sag das bitte klar und unmissverständlich, damit ich eine Sorge weniger habe.

Noch etwas könntest du für mich tun: Könntest du mir deine Antwort bitte in der sechsten Stunde geben? Du hast nämlich völlig Recht. Bald werden wir alt sein. Wenn wir das Leben miteinander fortsetzen wollen, dann sollten wir damit eher früher als später beginnen. Es gibt keinen Grund, das noch länger hinauszuzögern, als wir es ohnehin schon getan haben. Entweder sind wir zusammen oder nicht. Das Leben ist sowas von schrecklich kurz. Vermutlich führen sich deshalb alle so auf, wie sie es tun, was komisch ist, weil die meisten von ihnen den Tod nicht so kennen wie ich. Er war immer an meiner Seite und ist kein übler Kerl. Er wurde sogar mein Freund, der eine, auf den immer Verlass ist. Vor ihm sind wir alle gleich. Jeder Einzelne von uns ist auf dem Weg, zu Staub zu werden. Sogar Hamilton Sweeney wird eines Tages Staub sein. Tate Baker, Lauren Mellor und alle anderen: Staub. Hab ich dir je erzählt, dass ich an einer Stauballergie leide?

Im Vertrauen,

James

P.S.: In 5000 Jahren wird sich dieser Brief selbst zerstören.

12.44 Als der letzte Schüler seinen Test abgab, faltete ich den Brief zu einem kleinen Rechteck und steckte ihn in meine Tasche zu Chloes Brief und dem Papierdreieck. Ich konnte ihn ihr unmöglich geben, und deshalb hatte ich genau das schreiben können, was ich wollte. Ich wollte das Mädchen bitten, mit mir auszugehen, so wie ich es fünf Stunden zuvor auf dem Parkplatz hatte tun wollen. Ich wollte ein »Ja« oder ein »Nein« hören, und zwar noch heute. Doch noch während ich es schrieb, wurde mir klar, dass sie auf ein Ultimatum vielleicht ablehnend reagieren würde, so wie ich wusste, dass es ein schlecht geschriebener Brief war. Ich war ein schrecklicher Briefschreiber. Mein Brief wäre in meinem aus Schülermüll bestehenden Kunstwerk am besten aufgehoben.

»Habe ich alle Tests?« Mr. Hulette stapelte die Tests ordentlich übereinander und packte sie in seine Aktentasche. »Nehmen Sie Ihre Bücher heraus, und schlagen Sie die Seite 289 auf.« Mr. Hulette holte dann sein eigenes Deutschlehrbuch heraus und leckte vor dem Umdrehen einer Seite jedes Mal die Fingerspitze an.

»Welche Seite sagten Sie?«

»289. Oh, großartig. Anscheinend darf ich heute über den Konjunktiv reden.«

»Entschuldigen Sie«, sagte ich. »Ich dachte mir nur, ehe Sie anfangen, sollte man nicht jemandem von dieser Gefahr für Patrick Pippin erzählen?«

»Wem sollten wir das erzählen?«

»Ich weiß auch nicht. Der Verwaltung? Der Polizei?«

»Ich habe festgestellt, dass man sich in solche Dinge besser nicht einmischt.« Wieder war mir nicht klar, ob er einen Witz machte oder nicht. »Sagen *Sie* es ihnen doch, wenn Sie wollen.«

Dann stürzte er sich auf den Unterrichtsstoff, bei dem es um höfliche Bitten ging. Wenn ich das richtig sah, waren Deutsche höfliche Leute. Dem Sprecher standen spezielle Pronomen und Verbformen zur Verfügung, um gute Manieren oder Förmlichkeit auszudrücken, außerdem gab es das vielseitig verwendbare höfliche Wort *bitte,* das auch so viel wie »gern geschehen« oder »schon in Ordnung« bedeuten konnte. Mr. Hulette sagte, wenn man bei Gesprächsversuchen mit einem Deutschen möglichst oft ein *bitte* einstreute, könne eigentlich nichts schiefgehen.

Während der gesamten Unterrichtsstunde saß er an seinem Pult und stand kaum einmal wegen irgendwas auf. Als er erklärte, wie man eine Form von *würde* mit dem Infinitiv eines Verbs kombinierte, schweiften meine Gedanken ab. Auch ich hatte Schwierigkeiten, im Unterricht aufmerksam zu sein, genau wie die anderen. Ich dachte daran, wie sich jetzt nicht ein, sondern zwei Abschlussballgerüchte in der Schule ausbreiteten. Vielleicht würde Pippin verschont bleiben, solange beide Gerüchte kursierten. Müssten seine

Angreifer nicht absolut sicher sein, dass Pippin schuldig war? Andererseits waren die Mitglieder der Van-Van-Mafia nicht gerade für ihren Gerechtigkeitssinn oder ihr Urteilsvermögen bekannt. (Sie waren dafür bekannt, dass sie Ritalin einwarfen.)

Ich wurde unsanft in den Kursraum zurückbefördert, als Mr. Hulette auf seine Tischplatte schlug und sagte: »Ruhe. *Ordnung muss sein.*« Das galt einigen Schülern auf den billigen Plätzen, die permanent quatschten. Er grinste spöttisch, dann widmete er sich wieder dem Konjunktiv.

Meine Blicke wanderten, es gab aber nichts, worauf sie verweilen konnten; der Raum war völlig schmucklos. Das unterschied ihn von den meisten anderen Kursräumen, die gar nicht so viel anders aussahen als die Klassenzimmer einer Grundschule. In einem typischen Kursraum der Osborne-Highschool hingen Kätzchenposter mit motivierenden Sprüchen und Pinnwände aus Kork voller Bilder aus den letzten Ferien. An der Wand über der Tafel hingen oft ausgeschnittene Buchstaben, die zusammen Sprüche wie »Der Erfolg von morgen beginnt heute« ergaben.

»Ich hab 'ne Frage an Sie, Mr. H.«, sagte ein Freund des Schulmaskottchens. *»Wie sagt man ›Penis‹ auf Deutsch?«*

»Schlagen Sie es selbst nach.«

»Was hat er gesagt? *Wie sagt …*«

»*Wie sagt man das* lautet die entsprechende Frage auf Deutsch«, sagte Mr. Hulette. »Das sollten Sie noch aus Deutsch I wissen.«

»Sie wissen doch, wenn man auf Englisch das Wort *man* benutzt«, sagte Vivian, »wenn jemand sagt: wie sagt *man* das, und einen die Leute daraufhin komisch ansehen?«

»Ja.«

»Ist das auf Deutsch nicht auch so?«

»Nein, ist es nicht. Da wird ständig *man* gesagt. Ich weiß auch nicht, warum. Vielleicht halten sie es nicht für etwas Negatives, intelligent zu klingen. Sie wollen einen klugen Eindruck machen, während wir uns hier große Mühe geben, dumm zu wirken, beispielsweise wenn wir fragen, wie man Penis übersetzt.«

Schallendes Gelächter, dann ging der Unterricht weiter. Ich schaute aus dem Fenster und sah die Rückseiten von Häusern in der benachbarten Siedlung. Auf einer Seite der Schule war ein kleines Einkaufszentrum mit einem Blockbuster-Videoverleih, Papa John's Pizza und einem Fitnesscenter, auf der anderen Seite stand die Siedlung Sullivan Acres. Bestimmt war es für deren Bewohner deprimierend, wenn sie aus ihren rückwärtigen Fenstern schauten, diese Schule sahen und sich fragten, welche Greueltaten in ihrem Inneren vorgehen mochten. Ich fragte mich, in was für einem Haus Pippin leben mochte und wie es sich für ihn anfühlen würde, wenn er es nach der Schule betrat, wohl wissend, dass er die Prellungen unmöglich vor seiner Mutter verbergen konnte – oder, schlimmer noch, vor seinem Vater.

So 'n Mist, dachte ich. Es führte kein Weg daran vorbei.

Ich würde die Wahrheit sagen müssen.

12.48 *»Ich würde.«*

»Ich würde.«

»Du würdest.«

»Du würdest.«

Wir wiederholten die von Mr. Hulette vorgesagten konjugierten Formen, und gelegentlich machte er Vorschläge.

»Damit der Umlaut richtig klingt, stellt euch vor, dass euch jemand einen *Kugelschreiber* in den *Arsch* steckt, während ihr ihn aussprecht.«

Während ich mit den anderen Kursteilnehmern die Wörter nachsprach, suchten mich in beängstigendem Tempo unerwünschte Gedanken heim: Sobald die anderen wüssten, dass ich es war und ich allein, müsste ich mich für so viel verantworten, dass sie mich wahrscheinlich mit den Riemen ihrer Rucksäcke strangulieren würden. Sie würden mit meinem Schädel Freistöße üben. Sie würden mich den Fahnenmast hochjagen. Sie würden meine Finger in Bleistiftanspitzer stecken. Sie würden mich anzünden und rauchen.

»Wir dürften.«

»Wir dürften.«

»Ihr dürftet.«

»Ihr dürftet.«

Sehr wahrscheinlich würde man mich in der ganzen Schule jagen, und man könnte mich leicht finden, weil ich »der Typ im Anzug« war. Ich kannte ein paar Verstecke: eine Nische im Musikzimmer, ein Requisitenschrank hinter der Bühne in der Aula. Der Theaterpädagoge war in der zehnten Klasse mein Soziologielehrer gewesen, und ich verehrte ihn ungemein; bestimmt würde er mir erlauben, mich zwischen seinen Requisiten zu verstecken. Oder ich hätte einfach Jackett und Krawatte ausziehen und mein Hemd aus der Hose ziehen können. Nein, beschloss ich. Diese Niederlage würde ich nicht erleiden.

Während der Unterricht seinen Lauf nahm, dachte ich

mir eine halbwegs plausible Erklärung aus, *wie* ich die Absage des Balls bewerkstelligt hatte. Egal wie die Erklärung lautete, bestimmt würde ich der größte Außenseiter werden, den die Schule je erlebt hatte. Auch die ganze Stadt Vandalia würde mich verabscheuen. Ich würde wegziehen müssen.

Ja! Ich würde umziehen *müssen*! *Ich würde umziehen müssen!*, sagte ich mir auf Deutsch. Von Mutter gäbe es keine Einwände, dass sie als die Frau, die den König aller Parias geboren hatte, ebenfalls umziehen müsste. Wir würden ins Exil gehen. Entweder würden sie mich ins Exil schicken, oder ich würde von alleine gehen. Jawoll, stolz würde ich mich ins Exil verziehen! Die ganze Stadt müsste auf mich verzichten, und ich würde weit, weit wegziehen müssen.

Ich könnte nach Deutschland ziehen.

Das war kein Scherz. In etwas über einem Monat war die Highschool-Zeit zu Ende. Warum sollte ich mich nicht an einer Universität in Deutschland einschreiben? Zugegeben, ich beherrschte die Sprache noch nicht, aber ich konnte sie lernen. Es hörte sich an, als wäre es das richtige Land für mich. Mr. Hulette sagte, in Deutschland gebe es, egal wo, überall eine Buchhandlung. Vandalia hatte nicht mal *eine* Buchhandlung. Und es sah nicht so aus, als hätten Chloe und ich eine gemeinsame Zukunft. So viel war klar.

Mr. Hulette sorgte für eine so entspannte, lockere Atmosphäre, dass keiner sich scheute, den Unterricht zu unterbrechen. Daher zögerte ich nicht und sagte: »Da es gerade um höfliche Bitten geht, habe ich mich gefragt, ob die Leute in Deutschland höflicher sind als hier.«

»Keine Ahnung. Die meisten, denen ich begegnet bin, waren wohl höflich, schätze ich.«

»Wie sind die Leute da drüben allgemein so drauf?«

»Ein ganzes Volk lässt sich schwer über einen Kamm scheren.«

»Das war eine dumme Frage. Ich meinte ... Haben sie mehr Klasse als wir?«

»Mir fiel auf, dass sich die meisten gut kleiden. *Sie* wären dort dennoch overdressed. Man sieht jede Menge Jeans.«

»Ich meine die Art, wie sie sich *benehmen. Benehmen* sie sich stilvoll?«

»Das würde ich sagen. Allerdings ist es so wie überall. Die meisten sind nett und höflich, doch es gibt immer einen Rüpel, der einem den Tag versaut. Als ich zuletzt drüben war und das Flugzeug verließ, gab es im Flughafen einen Kassierer, der unwirsch wurde, weil er mir Geld herausgeben musste. Sie mögen es nicht, wenn man ihnen große Scheine gibt. Warum fragen Sie? Wollen Sie auswandern?«

»Ich bin nur neugierig.«

»Wie sind die Frauen da drüben?«, fragte der Junge, der »Penis« übersetzen wollte. Ich war froh über seine Frage.

»Ich weiß nicht. Die meisten, denen ich begegnet bin, waren nett.«

»Aber sind sie scharf?«

»Manche schon. Ich versuche, nicht darauf zu achten.«

»Wie ist dort das Fernsehen?«, fragte Amanda.

»Hab ich nie eingeschaltet. Wenn ich die Glotze anmache, egal, ob dort oder hier, sehe ich immer nur Werbung.«

»Gibt es in Deutschland Flohmärkte?«, fragte der Hipster.

»Klar. Ich war auf einem Flohmarkt, fand ihn aber nur deprimierend.«

»Wieso?«

»Ich finde alle Flohmärkte deprimierend. Der ganze Kram und die vielen Leute. In Deutschland war ich auf einem, wo nur jede Menge alter amerikanischer Popkultur-Plunder herumlag, den niemand haben will, außer man ist nicht bei Trost.«

»Hören sie dort dieselbe schlechte Musik wie wir?«, fragte ich.

»Sie hören unsere schlechte Musik und haben außerdem eigene schlechte Musik.«

»Stimmt es, dass man da bei McDonald's Bier kriegt?«, fragte die männliche Hälfte des überdrehten Paars.

»Weiß ich nicht. Wahrscheinlich, aber Bier gehört dort bei den Mahlzeiten dazu, das ist also nichts Besonderes. Also dann. Zurück zu unserem Text ...«

Vielleicht wurde ich gar nicht in der falschen Zeit, sondern am falschen Ort geboren. Vielleicht erwartete mich mein Glück ja auf der anderen Seite der Welt. Ich stellte mir vor, wie ich mit meiner wunderschönen, aber unschuldig aussehenden Frau in einem Bierzelt an einem langen Tisch saß, vor mir ein helles Bier samt Schaumkrone. Wir mussten mit Fremden zusammensitzen, kamen aber schnell mit ihnen ins Gespräch, weil sie unsere Kinder so bezaubernd fanden. Unsere Kinder rannten herum und lachten hinter uns, während ein Akkordeon *Edelweiß* spielte, was zwar ein österreichisches Lied war, aber Österreich, Deutschland oder Schweiz – *das ist mir ganz egal.* Solange ich nicht hier war, könnte es mir überall gefallen.

12.52 Mr. Hulette schob eine Kassette in den Videorekorder. Ein- oder zweimal in der Woche zeigte er uns ein Video, das zum Lehrstoff passte. Wenn ich mich in der Schule entspannen konnte, dann beim Videosehen. Denn wenn die Beleuchtung ausging, sah mich niemand, und man erwartete nichts von mir. Seit meiner Zeit auf der Grundschule Blessed Sacrament hatte ich Filmvorführungen genossen, wo man uns Sachen wie *Slim Goodbody* oder *Der tapfere kleine Toaster* gezeigt hatte.

In dem Video sah man zwei deutsche Jugendliche, die sich in der Bibliothek unterhielten. Ich fand das Mädchen, Sophie, attraktiv – zwar nicht umwerfend, doch dass jemand in einem Lehrfilm immerhin halbwegs attraktiv war, ließ sie nur noch bezaubernder wirken –, und sie hatte einfach eine gewisse Ausstrahlung. Jedes Mal, wenn wir uns diese Videos ansahen, fragte ich mich, ob ich sie wohl irgendwie kennenlernen könnte. Ich phantasierte gerade von ihr, als mir jemand auf die Schulter tippte.

Ich drehte mich um und sah Amanda, die sich über mein Pult beugte.

»Ich wollte dir nur sagen, dass mir das mit deinem Dad wirklich leidtut«, flüsterte sie.

»Oh. Danke.« Ich war ehrlich überrascht. Wir hatten nie viel miteinander geredet, und ich mochte nicht glauben, dass eine Freundin von Lauren Mellor nett sein konnte. »Vielen Dank für deine Anteilnahme.« Ich fragte mich, wie viele andere Schüler Bescheid wussten. Ich drehte mich wieder um und überlegte, wie sehr Amanda mich hassen würde, sobald sie erfuhr, was ich mit ihrem Abschlussball gemacht hatte.

Es blieben noch etwa zwölf Minuten Unterricht. Eins war klar, ich musste Farbe bekennen, ehe dieser Kurs zu Ende war, denn dann würden all diese Schüler die Nachricht in ihren Kursen in der fünften Stunde verbreiten, und alle Schüler in diesen Kursen konnten es dann in den Kursen der sechsten Stunde weitertragen, so dass am Ende des Unterrichtstages alle die Wahrheit kannten und Pippin in Sicherheit sein würde.

Sophie sah wie immer umwerfend aus, auch wenn ich bezweifelte, dass einer der anderen Jungs in meinem Kurs meine Bewertung teilte. Im Nu war das Video zu Ende, und als Mr. Hulette es ausschaltete, gab er uns Hausaufgaben. »… Und die Fragen beginnen auf Seite 295.«

»Auf welcher Seite?«

»295. Und sie gehen bis 304.«

»Das ist zu viel!«, rief ein Mädchen in einem T-Shirt der Kentucky Wildcats. »Einige von uns müssen arbeiten.«

»Sie haben zehn Minuten, um jetzt schon damit anzufangen.«

Einige Schüler befassten sich mit ihren Hausaufgaben. Andere unterhielten sich lieber.

»Kriege ich etwas Klebeband?«, fragte ich Mr. Hulette.

»Warum nicht.«

Er gab mir einen Klebebandabroller, und ich klebte meinen Brief an Chloe auf jeder Seite zu. Natürlich würde ich ihn ihr geben. Vermutet hatte ich es schon länger, doch jetzt war ich mir sicher: Ich würde mit meiner Enthüllung ernst machen; mir war die Formulierung »nichts mehr zu verlieren« eingefallen und ging mir nicht mehr aus dem Sinn.

Während Mr. Hulette jemandem einen Passierschein ausstellte, legte ich das Klebeband auf seinen Schreibtisch und ging zu Christy, um ihr meinen Brief zu geben. Ich vergewisserte mich, ob Madison zu uns herübersah; ich wollte nicht, dass er wusste, was ich tat. Doch er unterhielt sich gerade mit der Leichtathletin.

»Würdest du das bitte Chloe geben?«

»Klar. Aber gib mir nicht die Schuld für das, was sie in Panama City gemacht hat.«

»Das war – du hast Recht. Das hätte ich nicht sagen sollen.«

»Ich hab sie vielleicht eingeladen, aber was sie da unten gemacht hat, war allein ihre Entscheidung.«

»Also *hat* sie da unten etwas gemacht?«

»Nein. Ich habe nicht – dreh mir nicht die Worte im Mund rum.«

»Kann ich mich darauf verlassen, dass du ihr den Zettel gibst, oder bist du gerade zu wütend auf mich?«

»Ich gebe ihn ihr. Du sollst nur hinter meinem Rücken keinen Scheiß über mich reden.«

»Das tut mir leid. Ich hoffe, du liest die Notiz nicht.«

»Das mach ich nicht.«

»Ich habe den Zettel zugeklebt, damit sie weiß, wenn du dich daran zu schaffen gemacht hast.«

»Ist ja gut.«

»Danke.«

Ich kehrte auf meinen Platz zurück und fragte Mr. Hulette: »Gibt es Universitäten in Deutschland, wo die Seminare auf Englisch abgehalten werden?«

»Das weiß ich nicht.«

»Aber ganz allgemein sagten Sie, dass dort alle Englisch sprechen, stimmt's?«

»Fünfundneunzig Prozent der Leute, denen ich da begegnet bin, sprechen Englisch. Gelegentlich trifft man vielleicht einen älteren Menschen, der kein Englisch spricht, aber wenn ich's recht bedenke, haben sie vielleicht nur so getan, weil sie nicht mit mir reden wollten. Das würde ich jedenfalls machen, wenn ich sie wäre.«

»Wahrscheinlich käme ich mir unhöflich vor, wenn ich in ihrer Gegenwart immer Englisch spräche, weil sie *Deutsch* mehr gewohnt sind, und wenn ich mit ihnen rede, würde ich sozusagen von ihnen verlangen, extra Kopfarbeit zu leisten.«

»Sie wollen *wirklich* dorthin ziehen, oder?«

»Vielleicht würde ich dort besser zurechtkommen.«

»Kommen Sie hier nicht gut zurecht?«

»Nein, und es wird bald noch schlimmer werden. Was glauben Sie, wie lange bräuchte ich, um fließend Deutsch zu sprechen?«

»Auch wenn Sie da lebten, könnte es Jahre dauern.«

»Tja, ist mir egal. Und wenn ich da nicht studieren kann, putze ich einfach Klos und hause in einem Wohnwagen. Nur um da zu sein. Gibt es dort Wohnwagen?«

»Keine Ahnung. Wie kommen Sie auf diese Idee?«

»Ich möchte nach der Highschool einen glatten Schnitt machen.«

»Dafür ist das College da. Was ist aus Ihren Plänen geworden, am Schulthise College zu studieren, und zwar Englisch als Hauptfach?«

»Ich sollte Kentucky wohl besser verlassen. Und mir gefällt die Vorstellung, in einem anderen Land zu leben. Das wäre wie ein Neuanfang. Ich könnte ein völlig neuer Mensch sein.«

»Bestimmt. Viel Glück.«

»Hä? Glauben Sie, mir würde es in Deutschland nicht gefallen?«

»Doch, aber das ist egal.«

»Was ist egal?«

»Wo man lebt. Wo man ist. Es ist alles eins.«

»Meinen Sie wegen der Globalisierung?«

»Ich meine, alles ist überall gleich. Wo man lebt, ist ohne Belang.«

»Ich glaube aber, da drüben würde es mir gefallen.«

»Schon *möglich.* Aber im Laufe der Zeit fänden Sie es schrecklich.«

Er hatte Recht. Alles, was er mir gesagt hatte, traf zu, das wusste ich.

»*Ich* ziehe nach der Highschool jedenfalls dahin«, sagte Dannon.

»Echt jetzt?«, fragte ich.

»Klar. Darum lerne ich Deutsch. In Deutschland gibt es die weltweit größte Szene für elektronische Musik. Nach meinem Schulabschluss hab ich schon einige Auftritte organisiert. Das wird *irre* cool.«

Ja, Mr. Hulette hatte völlig Recht.

13.04 »Bitte entschuldigen Sie die Unterbrechung«, sagte eine Männerstimme über die Lautsprecher. »Mit dieser Durchsage informieren wir alle Schüler und Lehrkräfte, dass man alle Feueralarme, die heute oder den Rest der Woche gehört werden, nicht beachten sollte. Für heute oder den Rest der Woche sind keine Feueralarme geplant.«

»Und was ist, wenn es brennt?«, fragte ich. Mr. Hulette zuckte lächelnd mit den Schultern.

»Uns sind die Pläne gewisser Mitglieder der Schülerschaft zu Ohren gekommen, den Feueralarm zu benutzen, um einen Warnstreik der Schüler zu veranlassen. Außerdem weisen wir mit dieser Durchsage alle Schüler darauf hin, dass jeder Teilnehmer an einem solchen Streik mit ernsthaften disziplinarischen Konsequenzen rechnen muss. Das ist alles. Danke.«

Die Stimme aus dem Lautsprecher gehörte Mr. Wright, unserem stellvertretenden Schulleiter, was mir merkwürdig vorkam, da normalerweise Mr. Shankly alle Durchsagen selber machte. Ich fragte mich, wie sich das arme Schwein hielt.

Ich sah immer wieder auf die Uhr, denn ich wollte den richtigen Augenblick abpassen, um meine eigene Durchsage zu machen. Ich dachte mir, je kürzer vor dem Klingeln ich mich zu Wort meldete, desto besser. Doch je länger ich wartete, desto nervöser wurde ich.

Plötzlich tauchten zwei aufgedrehte Schnepfen in der Tür auf. Die eine hatte eine Kamera um den Hals hängen und fragte: »Dürfen wir für das Jahrbuch ein paar Fotos machen?«

»Ich bitte darum«, sagte Mr. Hulette. »Schon bei dem Gedanken, dass ihr *keine* Fotos von meinem Kurs machen würdet, war ich akut selbstmordgefährdet.« Keins der beiden Mädchen lachte.

Das Mädchen mit der Kamera entschied sich für Dannon,

und Amanda und bat sie, sich neben Mr. Hulette zu stellen, der sagte: »O Gott, lasst mich dabei aus dem Spiel.« Dannon und Amanda nahmen vor der Tafel Aufstellung und lächelten, die Arme umeinander gelegt, als plötzlich das Maskottchen nach vorn ins Bild lief und mit seinem guten Arm ein Gang-Zeichen Richtung Kamera machte. Ich dachte, dass diese Fotos eines Tages in einer Mülldeponie landen und wir alle in Pflegeheimen enden würden, wo keiner von uns mehr cool wäre, obwohl auch Pflegeheime Tanzabende veranstalteten (das hörte nie auf). Als die drei auf ihre Plätze zurückgekehrt waren, sagte die andere Schnepfe: »Mal sehen …« Sie reckte den Hals auf der Suche nach anderen Motiven, die es wert waren, ins Jahrbuch aufgenommen zu werden. »Ich schätze, wir könnten ein Gruppenfoto des ganzen Kurses machen.« Als die Fotografin ihre Kamera hob, dachte ich kurz daran, den Kopf auf mein Pult zu legen, setzte aber stattdessen das glückstrahlendste Lächeln auf, das ich je gelächelt hatte, damit die zukünftigen Kinder meiner Mitschüler später fragen würden: »Wer ist dieser gutgekleidete Junge, und warum war er so glücklich?«

Die Schnepfen gingen wieder, und ich machte mir Gedanken über meine Beliebtheit. Eben noch war ich ein Typ, der es nicht einmal wert war, dass man ein Stückchen Kamerafilm an ihn verschwendete, im nächsten Moment würden mehr als 2000 Schüler der Osborne High meinen Namen auf ihren mit Bläschen bedeckten Lippen tragen.

»Hey, Dannon, wie ist es so, wenn man bekannt und beliebt ist?«

»Du *bist* doch bekannt und beliebt. Warum fragst du *mich*?«

»Danke, aber das war nicht nötig.«

»Nun mach mal ’n Punkt«, sagte Amanda. »Jeder kennt James Weinbach.«

»Vielleicht als den größten Deppen der Schule«, sagte ich.

»*Nein.* Jeder kennt dich. Und jeder mag dich auch.« Solche Sprüche hatte ich schon einmal gehört, weigerte mich aber, sie zu glauben.

»Stimmt«, sagte Dannon. »Von ein paar Leuten in deinem Kurs Kreatives Schreiben abgesehen.«

»Das ist wirklich nett von euch beiden, aber nach der Szene mit den beiden Fotografinnen eben könnt ihr eure Popularität nicht leugnen.«

»Tja, also, das hat auch seine Schattenseiten«, sagte Dannon. »Die Leute halten einen automatisch für ein Arschloch. Ich zum Beispiel bin ziemlich schüchtern, und manchmal, wenn ich mich schüchtern verhalte, halten mich die Leute für hochnäsig.«

»Stimmt«, sagte Amanda. »Man könnte meinen, sie *wollten*, dass man sich hochnäsig benimmt, und wenn man nur die kleinste Kleinigkeit falsch macht, wenn man beispielsweise auf dem Flur nicht hallo sagt oder sowas, schreiben sie einen als Arschloch ab.«

»Die Hälfte der Zeit laufe ich mit Schuldgefühlen rum«, sagte Dannon.

»Du sollst wissen, dass ich dich bewundere. Hoffentlich bekommst du, was du dir vom Leben wünschst, und ich wünsche dir viel Glück in Deutschland.«

Er lächelte. »Ich bewundere *dich* auch, aber was soll das jetzt? Willst du etwa abhauen?«

»Nein. Dasselbe gilt für dich, Amanda.«

»Danke.«

»Ihr könnt wohl nichts dafür, dass ihr beliebt seid. Ihr seid liebenswerte Menschen.«

Beide lachten und bedankten sich, und ich wandte mich ab, als mir klar wurde, wie seltsam ich mich angehört haben musste. Ich sah auf die Uhr. Es blieben noch vier Minuten. Ich musste etwas mit den Händen machen, sonst würde ich die Nerven verlieren, da war ich mir sicher. Ich hatte eine Theorie, warum Menschen tranken oder Drogen nahmen: Sie wussten nicht, wohin mit ihren Händen. Ich nahm meinen Füller und schlug das Deutschlehrbuch auf, konnte aber die Hausaufgaben nicht machen, weil ich mich nicht konzentrieren konnte. Ich schlug eine x-beliebige Seite auf und schrieb für einen zukünftigen Schüler: »Ich weiß nicht, was ich dir sagen soll.«

Ich klappte das Buch zu, spielte mit dem Stift herum und ließ meine Uhr nicht aus den Augen. Hinter mir redeten alle weiter, doch ihre Stimmen schienen schwächer zu werden, während mein Herz schneller schlug.

Ich fühlte mich so hundemüde. Ich fühlte mich permanent hundemüde. So ging es mir, seit ich auf die Highschool ging. Mir fehlte jede Energie. Früher hatte ich sogar überschüssige Energie gehabt, die ich für verrückte Aktionen benutzte. Beispielsweise nahm ich meine Videokamera mit in die Schule und fragte die Lehrer, ob ich sie filmen durfte, während sie mich beschimpften. Die Kamera hatte ich seit Jahren nicht mehr angefasst. Wenn ich von der Schule nach Hause kam, ging ich oft sofort ins Bett und schlief manchmal bis zum Abendessen. Dann wieder lag ich einfach nur da und starrte meinen Bettvorleger an.

Nach diesem Kurs hätte ich einfach die Schule verlassen können. Falls mich der Wachmann am Eingang aufhielt, hätte ich ihm nur sagen müssen, er solle Mr. Shankly anrufen, der ihn zweifellos angewiesen hätte, mich passieren zu lassen. Wieder sehnte ich mich nach meinem Bett und stellte mir vor, wie ich wie tot hineinfiel. Doch ich konnte nicht weggehen. Um sicherzustellen, dass Pippin nichts zustieß, musste ich bleiben und immer wieder beteuern, dass alles meine Schuld war. Zudem fühlte ich mich verpflichtet, den Rest dieses Tages durchzustehen. Was vielleicht daran lag, dass das kleine bisschen Machismo in mir sich einen Weg durch meine verstopften Poren an die Oberfläche bahnte.

Als noch drei Minuten bis zum Kursende blieben, stand ich auf. Mr. Hulette, der gerade unsere Tests korrigierte, schaute hoch.

»Dürfte ich vor dem ganzen Kurs eine Erklärung abgeben?«

»Mir egal. Machen Sie nur.«

»Würden Sie den Kurs bitten, mir zuliebe still zu sein? Vielleicht hören sie eher auf Sie.«

»Na schön. Ruhe bitte! James möchte etwas bekanntgeben.« Er sagte lächelnd: »Sie haben das Wort.«

Ich stellte mich vor die Tafel und sah die meisten Schüler lächeln. Ich hatte in diesem Kurs zuvor schon Scherze gemacht, wahrscheinlich rechneten sie also mit einem neuen Witz darüber, dass ich von ihnen erwartete, meine Website mit Lyrik über Ricky Martins Fuß aufzusuchen.

»An alle … ich weiß, dass vorhin darüber gesprochen wurde, Patrick Pippin sei für die Absage des Balls verantwortlich, aber vermutlich werdet ihr bald ein *neues* Gerücht hören, und zwar dass *ich* dafür gesorgt habe. Hiermit bestätige ich, dass *ich* tatsächlich für die Absage des Abschlussballs verantwortlich bin.«

Sie lachten.

»Bitte. Ich meine es ernst. Patrick Pippin hatte nichts damit zu tun. Keine Ahnung, wie das Gerücht in Umlauf kam, aber ich weiß ganz genau, dass es nicht zutrifft, weil ich Mr. Shankly dazu gebracht habe, den Ball abzusagen.«

»Von mir aus.«

»Na klar.«

»Okaaay.«

»Ich sage euch die Wahrheit. Ich kann nicht abwarten und zulassen, dass jemand für etwas angegriffen wird, was ich getan habe. Jacqueline, du sagtest, dir sei zu Ohren gekommen, dass ich hinter der Sache stecke, stimmt's?«

»Ja, aber –«

»Ignorier das Patrick-Pippin-Gerücht einfach. Das über mich stimmt. Ich allein stecke hinter der Absage.«

»Was hast du *vor,* James?«, fragte Amanda verwirrt lächelnd.

»Ich bedauere, dass einige von euch darunter leiden. Ich gebe zu, es war eine niederträchtige Aktion, ich hielt sie aber für gerechtfertigt.«

»Ich glaube, er meint's ernst«, sagte der Hipster. »Ich war mit ihm in Slims Kurs, und da ist er ausgerastet und hat alle Huren genannt. Ich schätze, er ist tatsächlich zu sowas imstande.«

»Ja, dazu bin ich durchaus imstande.« Als ich mich umdrehte, bot sich mir ein verstörender Anblick. Mr. Hulettes Lächeln war wie weggewischt. Auch das spöttische Grinsen war nicht mehr da. Der geschlossene Mund war schmal, ein Strich, ernst. »Ich dachte, *Sie* würden das lustig finden.«

»Es *ist* auch lustig. Doch jetzt *muss* ich mit jemandem reden. Ich möchte nicht, dass man Sie verprügelt. Es gibt jede Menge Leute, die ich gern verprügelt sehen *würde*, aber Sie gehören nicht dazu.«

»Danke, aber ich habe das im Griff. Ich werde es mit Mr. Shankly besprechen. Er wird dafür sorgen, dass mir nichts geschieht. Ich wollte nicht, dass es zu Ihrem Problem wird.«

»Moment mal«, sagte das Schulmaskottchen. »*Wie* hast du das hingekriegt?«

»Ach ja, genau. Ich habe Mr. Shankly erzählt, die Zwölftklässler hätten sorgfältig geplant, wie der Ball in diesem Jahr zu einer gewalttätigen Orgie mit jeder Menge Drogen umfunktioniert werden könnte. Ich sagte ihm, fast der gesamte Abschlussjahrgang sei beteiligt.«

»Und das hat er dir *geglaubt*?«

»Ich war sehr überzeugend, ich bin bei allem ganz konkret geworden. Ich sagte ihm, ihr hättet aus Panama City Beach einige verrückte Ideen mitgebracht. Ich habe ihm gesagt … dass ihr auf der Tanzfläche einen Kreis machen wolltet, der um das Zentrum einen menschlichen Schutzschild bilden würde, und in diesem Zentrum würden Pärchen abwechselnd kopulieren.« Ein paar Schüler lachten. »Ich sagte ihm, wenn er die Durchführung dieses Balls erlaube, wäre das für die Schülerschaft ein Gesundheitsrisiko, weil die meisten von euch an Geschlechtskrankheiten leiden. Und ich sagte auch, verfeindete Gangs beabsichtigten, auf dem Ball eine Schlägerei anzuzetteln, die schlimmer sein würde als der Pep-Rally-Krawall. Ich hab ihm alles in den düstersten Farben geschildert. Und ich habe ihm sogar vorgeschlagen, den Pep-Rally-Krawall als Grund für die Absage zu verwenden. Ihr solltet also nicht mal sauer auf Mr. Shankly sein.«

»Das kauf ich dir nicht ab«, sagte Christy.

»Ich weiß, das alles klingt unglaubwürdig, aber ich sage euch die Wahrheit. Warum sollte ich es mir ausdenken? Warum sollte ich mir das antun? Also bitte, verbreitet die Nachricht möglichst schnell. Ich schwöre, ich bin dafür verantwortlich. Es tut mir nur halbwegs leid.«

Ruhig ging ich zu meinem Pult und legte meinen Schreibblock in mein Lehrbuch, die Spiralbindung nach außen, und verstaute dann mein Lehrbuch ordentlich in meiner Mappe. Anschließend setzte ich mich und wartete, dass es klingelte.

»Das ist auch *dein* Abschlussball«, sagte Amanda. »Warum solltest du verhindern wollen, dass dein eigener Ball stattfindet?«

Ich drehte mich um. »Ich will kein Klugscheißer sein, aber wenn du das fragen musst, verstehst du's wahrscheinlich nie.«

13.11 Wenn man in der ersten Reihe sitzt, hat das den Vorteil, dass man beim Klingeln als einer der Ersten gehen kann. Auf dem Weg nach draußen sagte ich zu Mr. Hulette: »Ich gehe gleich los und rede mit Mr. Shankly.«

»Wie Sie meinen. Hoffentlich sehe ich Sie morgen in einem Stück wieder.« Sein Lächeln kehrte zurück.

Doch ehe ich den Direktor aufsuchte, musste ich Pippin

finden. Ich wusste, wo sein Spind war. Auf dem Weg dorthin begegnete ich Brock und Shelley und sagte im Vorbeigehen rasch: »Der Ball ist wegen mir abgesagt worden.«

»*Wie* war das?«, fragte Brock, doch ich war schon einen halben Flur weiter. Als ich um die Ecke bog, sah ich Pippin an seinem Spind. Seit der ersten Stunde hatte er den Kragen seines T-Shirts beträchtlich gedehnt. Mir fiel auch auf, dass er seit dem Morgen beschlossen hatte, die Strümpfe runterzurollen, was aussah, als hätte er Donuts um die Knöchel. Ob ich wollte oder nicht, ich war beeindruckt.

»Hallo, Patrick.«

»Was willst *du* denn?«

»Hör zu, es kursiert ein Gerücht über dich, und falls dir jemand vorwirft, du seist an der Absage des Balls schuld, sag ihnen einfach, *ich* sei's gewesen.«

»Ich weiß über dich Bescheid.«

»Ich hab das wirklich zu verantworten. Wenn dir also jemand blöd kommt, verweis ihn einfach an mich.«

»Mir doch egal.«

»*Dir doch egal?* Warum tust du so angepisst?«

»Weil *ich* das Gerücht über mich verbreitet habe. Ich hab mir das alles ausgedacht.«

»*Warum?*«

»Ich dachte, wenn sie hörten, dass ich diskriminiert würde, würden sie sich um mich scharen.«

Ich betrachtete seine gummiartige Haut am Kehlkopf und sagte: »Ich verwende das Wort behindert nur ungern, weil Behinderte mir leidtun, aber um deine Gedankengänge in dieser Angelegenheit zu beschreiben, fällt mir kein besseres Wort ein. Bist du überhaupt *schwul*?«

Die Ränder seiner Ohren färbten sich rot. »Das ist es ja. Ich weiß es nicht.«

»Hör zu, du musst wissen, dass sich die Leute nicht um dich scharen. Sie wollen dich verprügeln.«

»Halt die Klappe. Als Mr. Shanklys seine Durchsage machte, witterte ich meine Chance, und was hast du getan? Du hast sie mir *genommen.* Du hast meine Chance zunichtegemacht. Du hast alles verdorben. Na, vielen Dank dafür, James.«

Was ich nun tat, war für mich untypisch. Ich trat dreimal gegen den nächsten Spind. Das hatte zur Folge, dass es in meiner unmittelbaren Umgebung unheimlich still wurde. Pippins Augen unter seinen He-Man-Ponyfransen wirkten verängstigt. »Hey, hey, hey!«, rief ein unscheinbarer Wicht von einem Lehrer. »Gibt's da ein Problem?«

»Nein, Sir. Kein Problem. Ich bin nur – bitte, es gibt kein Problem.«

»Egal, welches Problem Sie haben, lassen Sie es nicht an Schuleigentum aus.«

»Jawohl, Sir.«

Er sah mich kurz und durchdringend an, schüttelte den Kopf und ging. Pippin tat, als wäre er zu beschäftigt, seine Bücher einzusammeln, um mit mir zu reden. Deshalb hielt ich mein Gesicht dicht an sein Ohr und sprach, wobei mir ein Essensrest in seiner schütteren Gesichtsbehaarung auffiel: »Ich hab mich vor meinen gesamten Deutschkurs hingestellt und gesagt, wegen mir sei der Ball abgesagt worden – was übrigens *die Wahrheit* ist –, nur um zu verhindern, dass du verprügelt wirst. Und jetzt erzählst du mir, ich hätte dir alles *verdorben*?«

»Die Leute drohen dauernd, mich zu verprügeln. Sowas nehme ich nicht ernst.«

»Ich glaube, diesmal meinen sie's tatsächlich ernst.«

»Mir egal. Die ganze Schule wird über mich reden.«

»Na schön. Soll ich mein Geständnis zurücknehmen und allen sagen, du warst es?«

»Tja ... Wie viele Leute wollen mich verprügeln, was glaubst du?«

»Eine beträchtliche Anzahl. Diese blöde Van-Van-Mafia und ein Haufen anderer –«

»Die VVM weiß von mir?«

»Da sind sie!«

Als wir uns umdrehten, sahen wir eine wütende Lauren Mellor auf uns zustürmen. Hinter ihr kamen Amanda aus dem Deutschkurs und ein mir unbekanntes Mädchen. Laurens Stirn war so straff und angespannt, dass ich ihre arroganten blauen Augen kaum sah. Mit einer so harten Stimme, dass mir jedes Wort wie ein Tritt in meine Weichteile vorkam, fragte sie: »Wer von euch war's?«

»Ich hab keine Ahnung, wie ich da reingeraten bin«, sagte Pippin. »James hat mir gerade gesagt, dass er's war.«

»Komm schon«, sagte Lauren zu mir. »Wir gehen ins Büro des Rektors.«

»Warum?«

»Du sagst ihm, dass du dir den Quatsch nur ausgedacht hast, den wir angeblich auf dem Ball machen wollten. Na los.« Sie packte mich am Jackettärmel und zog. Ich blieb stehen, doch sie zerrte weiter, bis der Stoff riss und ein Stück Schulterpolster sichtbar wurde.

»Lauren!«, rief Amanda. »Nimm dich zusammen.«

Sie ließ los. Ich betrachtete den Riss in meinem Jackett und steckte den Finger hinein. »Tut mir leid, James«, sagte Amanda.

»Ihr seid echt wandelnde Klischees«, sagte ich.

»Sagst du Mr. Shankly, dass du dir alles nur ausgedacht hast?«

»Nein! Schon gar nicht, nachdem du meinen Anzug zerrissen hast.«

»Auch gut. Dann sag ich's ihm selbst.«

Die anderen beiden Mädchen sagten Lauren, sie müssten in den Unterricht. Pippin fragte sie, ob sie was zu kiffen hätten.

Mir war schon vorher aufgefallen, dass Lauren auf Zehenspitzen zu gehen schien, so wie jetzt in ihren blau-weißen Asics, als ich hinter ihr herlief. Manchmal berührten ihre Absätze nicht den Boden. Ich schaute jedem entgegenkommenden Schüler ins Gesicht, um herauszufinden, ob mich jemand anders ansah, doch wahrscheinlich sahen sie mich nur komisch an, weil Lauren und ich liefen. Mir taten die Zehen weh, weil ich gegen den Spind getreten hatte.

Und die ganze Zeit fragte ich mich, ob Chloe meinen Brief bekommen hatte.

Bald erreichten wir das Sekretariat. Aus alter Gewohnheit trat ich vor, um Lauren die Tür zu öffnen.

»Du bist so ein –«, begann sie, verstummte aber, als ich ihr bedeutete, vor mir einzutreten. Im krassen Gegensatz zum Morgen war es im Sekretariat mucksmäuschenstill. Genauer gesagt, es war niemand da. »Huhu?«, sagte Lauren. Dann klopfte sie an Shanklys Tür und drehte am Knauf. Sie war verschlossen.

»Dann warten wir eben«, sagte Lauren. »Wir reden mit Mr. Shankly, und du bringst das wieder in Ordnung.«

»Kommt nicht in Frage.«

»Ich sollte dich von Tate nach Strich und Faden vermöbeln lassen.«

»Tate Baker?«

»Genau.«

»Ist das dein fester Freund?«

»Eigentlich nicht. Er war mein Begleiter für den Ball.«

»Wie ist er denn so?«

»Er ist zehnmal mehr Mann, als *du* je sein wirst.«

»So schlimm?«

»Du wirst dafür bezahlen. Ich weiß noch nicht wie, aber verlass dich drauf.«

»Ist dir eigentlich *klar*, wie klischeehaft du dich aufführst?«

»Ich schwör bei Gott, wenn du nicht die Klappe hältst, schneid ich dir den Schwanz ab.«

»Du hast keine Ahnung, wie viel einfacher mein Leben wäre, wenn du das wirklich machen würdest.«

»Du bist sowas von *schräg*.«

Gegenüber vom Sekretariat ging die Tür zum Konferenzraum auf, aus dem jetzt ein Mitglied der Schulverwaltung nach dem anderen kam, außerdem einige Lehrer, darunter Mr. Runnels und ein junger, bärtiger Lehrer für Journalismus, den ich sehr mochte, aber kein Shankly. Seine Sekretärin war auch in dem Raum gewesen und näherte sich dem Tresen, als sie uns sah.

»Ich muss Mr. Shankly sprechen«, sagte Lauren. »Es ist ein Notfall.«

»Ach komm, das ist es *nicht*«, sagte ich.

»Ich schwör bei Gott, James –«

»Er ist nicht da.«

»Wann kommt er denn wieder?«

»Heute gar nicht mehr.«

Lauren knurrte regelrecht. Dann wurde mir klar, dass ich *wirklich* einen Notfall hatte. Damit ich unverletzt nach Hause kam, musste Shankly eine erwachsene Aufsichtsperson auf den normalerweise nicht überwachten Parkplatz schicken. Mir blieb nur die Chance, mit seinem Stellvertreter oder eventuell einem Lehrer zu sprechen, doch wenn man bedachte, wie geheim das alles war, sollte ich am besten mit Shankly persönlich reden.

»Ma'am, es tut mir leid, aber ich muss wirklich Mr. Shankly sprechen. Kommt er heute wirklich nicht wieder, oder haben Sie das nur so gesagt?«

»Er kommt heute wirklich nicht wieder.«

»Darf ich fragen, warum er gegangen ist?«

»Er sagte, er fühle sich unwohl.«

Während ich mit der Sekretärin sprach, hatte sich Lauren schon den stellvertretenden Schulleiter gegriffen. Der mannhafte Mr. Wright war für seine rigide Haltung gegenüber Schülern bekannt. Ich hielt ihn für die Sorte Mann, der zwanghaft auf sein Eigentum fixiert war und einen Großteil seiner Freizeit damit zubrachte, dafür zu sorgen, dass niemand es anfasste.

»Sie müssen sich beruhigen«, sagte er zu Lauren. »Ich habe keine Ahnung, was Sie da reden.«

Es klingelte.

»James Weinbach hat sich nur ausgedacht, was wir angeblich auf dem Ball vorhaben. Es gibt also keinen Grund, den Ball nicht stattfinden zu lassen.«

»*Was?*«

»Er hat sich alles ausgedacht, weil er verrückt ist. Ich bin in seinem Kurs für Kreatives Schreiben und habe vorhin erlebt, wie er da ausgerastet ist.«

»Sir, ich muss Sie wegen einer anderen dringenden Angelegenheit sprechen«, sagte ich.

»Ich habe zuerst mit ihm geredet, du musst also den Mund halten.«

»*Du* hältst den Mund. Und ich bin nicht verrückt. *Du* bist verrückt, reißt anderen Leuten die Klamotten kaputt.«

»Sprich mich nicht an!«

»Hey!«, schrie Mr. Wright. »Jetzt *reicht's.* Sie gehen jetzt alle beide in Ihre Kurse, und zwar auf der Stelle.«

»Er –«, sagte Lauren.

»Ich scherze nicht. Sie kommen zu spät zur fünften Stunde. Sie haben keine Passierscheine. Sie können hier nicht einfach hereinplatzen und sich wie zwei Narren aufführen, und von dieser Ball-Geschichte will ich nichts mehr hören. Gehen Sie jetzt in Ihren Unterricht.« Er hielt uns die Tür auf und sah aus, als würde er uns am liebsten schlagen.

Lauren und ich gingen durch den leeren Flur zurück. Ich ging irgendwie komisch wegen meiner Zehen, nahm aber an, dass sie nicht gebrochen waren, denn sonst hätte ich gar nicht gehen können.

»Ich wollte deinen Anzug nicht zerreißen.«

»Das lässt sich bestimmt flicken.«

»Wie meinst du das, wenn du mich ein wandelndes Klischee nennst?«

»Ich wollte damit nur sagen, dass du der Typ Ballkönigin bist, und wenn das ein Film wäre, hättest du genau diese Rolle. Du führst dich gerade so auf, wie es eine Ballkönigin tun würde.«

»Tja, wie's aussieht, werd ich jetzt nicht Ballkönigin. Zufrieden?«

»Überhaupt nicht.«

»Hast du das aus Rache getan, weil wir deinen Text niedergemacht haben?«

»Ich habe es aus mehreren Gründen getan. Es stimmt aber, das war wohl ein Hauptgrund.«

»So uncool, James.«

Doch das war Teil des Problems. Was ich unter cool verstand, unterschied sich fundamental von allen anderen.

Die ganze Zeit hatte ich Deutschlehrbuch, Notizbuch und Mappe mit mir herumgeschleppt, daher machte ich mich zu meinem Spind auf. Lauren fluchte, als wir uns trennten. Bestimmt würde sie ihren anderen Ballkönigin-Kandidatinnen und befreundeten Cheerleaderinnen erzählen, wie unkooperativ ich war.

Mich würden sie wohl kaum anfeuern.

Englisch *IV*

13.18 Ich konnte nur hoffen, dass Mrs. Hegstrand gerade meine Mitschüler aufforderte, mich nicht zu verstümmeln. Vermutlich würde sie mir verzeihen, dass ich dieses eine Mal zu spat kam. Sie war streng zu den schlechten Schülern und großzügig zu den guten, und ich war ein guter Schüler. Auch wenn es schwerfiel, sich für einen Lieblingslehrer zu entscheiden – sie war meine Lieblingslehrerin. Keiner außerhalb meiner Familie war so um mich bemüht. An Tagen, an denen ich schlecht drauf war, hatte es für sie Vorrang, mich aufzumuntern. Sie griff mich heraus und stellte mir haufenweise Fragen, was unweigerlich dazu führte, dass ich irgendeine selbstironische Bemerkung machte und, ehe ich mich versah, über mich selbst lachte. Dass jemand, der nicht mit mir verwandt war, so von Herzen gut zu mir war, tröstete mich ungemein. Zudem war sie eine Expertin für alles, was mit Vandalia zusammenhing, und hatte Bücher über die Geschichte des Ortes verfasst. Sie mochte unsere Heimatstadt so sehr, dass sie in mir den Wunsch weckte, mich dort auch heimischer zu fühlen. Sie hatte sogar einige Grammatikbücher geschrieben, die bei einem großen Verlag veröffentlicht worden waren.

Doch an ihrem Englischkurs in der fünften Stunde nahm der wüsteste Haufen Idioten teil, der mir je begegnet war.

Nachdem ich sie in der elften Klasse in Filmkunde gehabt hatte, stand für mich fest, dass ich in der zwölften bei Mrs. Hegstrand Englisch nehmen wollte. Leider fiel aus Termingründen ihr Leistungskurs für mich flach (ich konnte unmöglich auf Slims Kurs Kreatives Schreiben verzichten, den er nur in der zweiten Stunde anbot). Folglich blieb nur ihr Englisch-Grundkurs, mit Schülern, die das Fach ganz offen verabscheuten. Viele von ihnen behaupteten, sie hätten noch nie auch nur ein einziges Buch gelesen, und schämten sich nicht einmal, sondern bildeten sich im Gegenteil etwas darauf ein.

Meist pflegten ich und meine Mitschüler in der fünften Stunde ein friedliches Nebeneinander, und Mrs. Hegstrands Unterricht wog schwerer als der Nachteil, zwischen solch unreifen Schwachköpfen sitzen zu müssen. Außerdem mochte sie mich offenbar, und offenbar mochte sie Hamilton Sweeney nicht, der ein schwacher Schüler war und anscheinend den größten Teil der Unterrichtszeit damit zubrachte, Kommentare abzugeben, die er wohl für witzig hielt. (»Der ist tot!«, rief er beispielsweise, wenn zu Beginn des Unterrichts der Name eines abwesenden Schülers aufgerufen wurde.) Was auch immer mir heute in ihrem Kursraum bevorstand, ob von Sweeney oder irgendwelchen anderen, es konnte nicht *völlig* aus dem Ruder laufen, weil Mrs. Hegstrand das nicht zulassen würde.

Doch ich war keineswegs ohne Sorgen, als ich meine Englischsachen aus dem Spind holte und mich Richtung Kursraum aufmachte. Ich wusste nicht, was ich wegen des Parkplatzes nach der Schule unternehmen sollte. Fest stand, dass ich mich nicht wegen eines Abschlussballs mit irgendwem prügeln würde. Ich würde nicht zulassen, dass dieser Tag für mich so zu Ende ging. Andererseits wollte ich auch nicht, dass Officer Dave mich zu meinem Wagen begleitete oder sowas. Ich beschloss, mit Mrs. Hegstrand darüber zu sprechen. Sie würde wissen, was zu tun war.

Ihr Kursraum lag im 700er-Flur, der am weitesten vom Eingangsbereich entfernt lag. Auf dem langen Weg dorthin rief ich mir in Erinnerung, dass dieser Schultag für mich fast gelaufen war. Ich hatte nur noch Englisch, dann eine Pause zwischen zwei Kursen, in der ich mich eventuellen Angriffen entziehen musste, und schließlich Kunst, ein Kurs, an dem zahlreiche Leute teilnahmen, die ich wirklich mochte, und in dem Chloe für mich alles zum Besten wenden könnte. So ungern ich das zugab, diese Macht hatte sie noch.

Ich ging weiterhin komisch, um den Druck auf meine Zehen zu verringern. Ich hatte den 700er-Flur noch nicht einmal zur Hälfte geschafft, als ich schon die Schüler aus meinem Kurs hörte. Dass sie es waren, wusste ich, weil man aus dem Krach gelegentlich ein »Wau, wau« heraushörte. Als ich näher kam, war ihr Geschrei so intensiv, dass ich mir vorstellte, wie sich der Lärm zu einer festen Wand zappelnder Tausendfüßler verfestigte. An der Tür blieb ich stehen, um zu hören, worüber sie redeten.

»Bestimmt war er bloß sauer, weil keine mit ihm auf den Ball gehen wollte.«

»Nö. Ich glaube, der Typ tickt einfach nicht richtig. Ich hab gehört, er ist heute Morgen in Slims Kurs ausgerastet.«

»Pustebalg!«

»Wer zum Teufel *ist* James Weinbach eigentlich?«

»Er ist in diesem Kurs. Er ist der Typ, der immer einen Anzug trägt.«

»Oh. *Der* Loser? Der Typ ist doch sowas von scheiße.«

Warum verteidigte mich Mrs. Hegstrand nicht? Und warum versuchte sie nicht, für Ordnung zu sorgen? Stimmt, dieser Kurs war so übel, dass es sogar einer Person wie Mrs. Hegstrand mit ihrer unüberhörbaren gebieterischen Stimme nicht immer gelang, die Kursteilnehmer völlig zu bändigen. Doch seltsam war, dass sie es gar nicht probierte.

»Ich hab gehört, sein Dad ist gestorben und er hatte einen Zusammenbruch, deshalb hat er's gemacht.«

»Schon, aber mein Opa ist auch gestorben, und ich versau deswegen nicht allen anderen ihr Leben.«

»Wau, wau!«

»Ein Blick, und man sieht, dass der Typ nicht ganz sauber ist. Allein schon, wer würde solche Klamotten anziehen *wollen,* wenn man's nicht müsste?«

»Ich glaub, er ist schwul. Deshalb wirft er sich dauernd in Schale.«

»Und wie er sich aufführt. So, als würde er total auf den Kram abfahren, den wir hier lesen.«

»Wir sollten ihn alle mit irgendwelchem Zeug bewerfen, wenn er heute hier auftaucht.«

»Ich weiß nur, ich könnte heute 'n Joint vertragen. Die Scheiße mit dem Ball hat mich voll gestresst.«

Ich schob mich langsam zur Tür und spähte in den Kursraum. Dann sah ich, warum Mrs. Hegstrand schwieg.

Wir hatten eine Vertretung.

13.21 »Ms. Leslie« stand mit Kreide auf der Tafel hinter ihr geschrieben. Sie war braungebrannt, schlank, sportlich und, wie die meisten wohl finden würden, hübsch, vermutlich um die zweiundzwanzig und durchaus ansprechend gekleidet. Sie befand sich mitten in einer lebhaften Debatte mit zwei Jungs, die offenbar auf die Toilette gehen wollten.

In Mrs. Hegstrands Abwesenheit herrschte in dem Kursraum eine beschwingte Atmosphäre. Etliche Schüler saßen nicht auf ihren Plätzen, sondern schlenderten affektiert und mit dummem Gesichtsausdruck herum. So viele hier hatten dumme Gesichtsausdrucke, die mir den Eindruck vermittelten, dass sich in ihren Schädeln nichts befand außer drei Motten, die herumflatterten und kopulierten. Ein paar andere Schüler saßen auf ihren Pulten, die Füße auf den Stühlen, so dass sie mit den Leuten hinter ihnen reden konnten. Zwei Jungen schnippten sich abwechselnd gegen das Ohr, was bei jedem zu großer Fröhlichkeit führte. Ein Mädchen strich die Haare zurück, um einem Jungen einen Knutschfleck auf ihrem Hals zu zeigen, der so groß war wie ein halber Silberdollar.

Hamilton Sweeney, den ich nur von hinten sah, saß schweigend auf sein Pult gesackt da, einen Fuß auf das Pult vor ihm gestützt. Er hatte ein knallbuntes, kariertes Button-Down-Hemd, Baggy-Jeans und braune Timberland-Boots an. Bei den meisten Jungs hätte das annehmbar ausgesehen, doch bei ihm wirkte das Outfit schäbig, als hätte er die Sachen vom Boden eines Schlafzimmers aufgehoben und als würden sie bald wieder auf dem Boden eines anderen Schlafzimmers landen.

Erwähnenswerte Schüler außer Sweeney waren: ein

Schläger und Redneck, der zwei Kinder mit zwei verschiedenen Mädchen gezeugt hatte; Morgan, das gemeine Mädchen mit dem Pferdeschwanz aus dem Chemiekurs; ein Typ, der auch in meinem Algebrakurs saß und erstaunlicherweise *noch nie* eine Aufgabe abgegeben hatte, und ein hyperaktiver Schönling, der obsessiv in die Luft sprang, um hochgelegene Gegenstände zu berühren. Es gab hier zwei schwarze Schüler; der Rest war weiß. Die meisten weißen Schüler wären lieber schwarz gewesen – so auch Sweeney –, und die beiden schwarzen lieber weiß.

Als ich einen Schritt nach vorn machte, schrie einer der hinten sitzenden Jungs: »Da ist er!«

13.22 Ich ging zu meinem Platz in der Mitte des Kursraums.

»Da ist er ja, der Ballsaboteur. Ich an deiner Stelle würde mich nicht hier reintrauen.«

»In echt. Warum hasst du alle?«

Ich hatte mich schon für ein Vorgehen entschieden. Ich wusste, dass ich ordentlich was auf die Mütze kriegen würde und dass sich wahrscheinlich drei oder vier Schüler auf meine Seite schlagen würden. Das waren: Shitty (auch wenn er mich nicht mochte, teilte er meine Abneigung gegen den Abschlussball), eine Austauschschülerin aus Rumänien (die anscheinend noch lieber Literatur las als ich), ein Mädchen mit einer dauerhaften Narbe im Gesicht, das Resultat eines Hundeangriffs (daher die gemeinen »Wau, wau«-Rufe), und ein Trekkie mit der sozialen Kompetenz eines Kürbisses. Doch die meisten von ihnen waren zu schüchtern, um im Unterricht etwas zu sagen. Folglich war es am vernünftigsten, wenn ich begrenzten Widerstand leistete.

»Geht dir dabei einer ab, wenn du allen den Ball ruinierst?«

»Wo liegt dein Problem, Alter?«

»Willst du nicht reden oder was?«

»Na schön. Das genügt. Wir müssen anfangen. Nun nehmen wir alle Platz.« Zwei Schüler gehorchten. Die junge Vertretungslehrerin sah mich an und sagte: »Ihr Name, bitte?« Ein besonders intelligenter Schüler kombinierte ein Husten mit dem Wort »Schwuchtel«. Ich nannte ihr meinen Namen, und sie schrieb etwas auf, notierte vermutlich, dass ich mich verspätet hatte.

»Was hast du zu sagen, Weinbach?«

»In echt. Glaubst du wirklich, wir lassen zu, dass du dahockst und nichts sagst?«

Ich betrachtete in aller Ruhe die über der Tafel hängenden Karikaturen griechischer Götter.

»Du hast Glück, dass wir dir nicht auf der Stelle den Arsch versohlen.«

»Verzeihung«, sagte Ms. Leslie. »Sie müssen sich bitte setzen.«

»Aber Chris und Parker haben sich auch noch nicht gesetzt! Warum hacken Sie auf mir rum?!«

»Du sorgst besser dafür, dass wir unseren Ball wiederkriegen, Motherfucker.« Letzteres war mit Abstand das Lieblingswort von Leuten dieser Art. Als verschaffe es ihnen so etwas wie Linderung, wenn sie es sagten, vergleichbar mit der Linderung, die ihnen ein kurzes Augenblinzeln verschaffte. Wenn sie dachten, die Lehrer hörten sie nicht, sagten sie es auch so oft, wie sie blinzelten. In *1984* schrieb Orwell, dass die Regierung den Wortschatz der Menschen beschränkte, um die Entfaltungsmöglichkeiten ihrer Gedanken zu begrenzen. »F-u-c-k« konnte von unschätzbarem Wert sein, um dieses Ziel zu erreichen. »Hast du mich verstanden, Motherfucker?«

»Leute«, sagte Ms. Leslie, »würdet ihr euch *bitte* zurückhalten? Sie *dürfen* so nicht reden. Wenn das nicht aufhört, *muss* ich einen Eintrag machen.«

»Hey, vielleicht hört er das ja. Hey, Junge im Anzug, du bist eine abgefuckte, schwanzlutschende Schlampe.«

»Das war *nicht* cool. Dafür gibt es einen Eintrag.«

»Er müsste einen Eintrag kriegen. Er hat dafür gesorgt, dass wir keinen Abschlussball kriegen.«

Ms. Leslie sah mich schräg an. »Ist das wirklich wahr?«

Ich nickte.

»Ihr wollt mich bloß veralbern«, sagte sie, dann wandte sie sich an den Jungen, der mich eine abgefuckte, schwanzlutschende Schlampe genannt hatte. »Wie heißen Sie?«

»Wenn Sie's nicht wissen, sag ich's nich.«

»Wie heißt er?«, fragte sie mich.

Ich seufzte. »Das möchte ich lieber nicht sagen. Ich möchte den anderen nicht noch einen Grund liefern, mich zu hassen.«

»Sie meinen es also *wirklich* ernst. Sie haben dafür gesorgt, dass der Ball absagt wurde?«

»Ja, Ma'am.«

»Igitt. Ihr müsst mich nicht Ma'am nennen.«

»Ist Mrs. Hegstrand krank?«, fragte ich.

»Ja. Sie hat Bronchitis. Sie, setzen Sie sich auf Ihren Platz.«

»Verdammt, Lady. Sie piesacken mich die ganze Zeit.«

»Ich muss auf die Toilette!«

»Ich hab sie vorher gefragt. Sobald Jody zurück ist, geh ich als Erster.«

»An schönen Tagen wie heute macht Mrs. Hegstrand meist draußen Unterricht.«

Während die Schüler versuchten, die Vertretung zu überreden, den Unterricht im Freien abzuhalten, und während wiederholte, erregte Forderungen laut wurden, auf die Toilette gehen zu dürfen, drehte ich mich um und sah an diesem Tag zum ersten Mal Hamilton Sweeney an. Sein mittelblondes Haar war stark gegelt, seine goldene Haifischzahnkette glänzte, und er hatte sein übliches, arrogantes Grinsen aufgesetzt. Wie brachte er nur diese Miene purer Großspurigkeit zustande? Dazu passte seine unglaubliche, etwa einen Zentimeter breite Gesichtsbehaarung, die aussah, als hätte er mit einem Filzstift sorgfältig Kinn, Kiefer und Oberlippe markiert. Diese Gesichtsbehaarung à la Backstreet Boys verlieh seinem austauschbar hübschen Gesicht wenigstens eine gewisse Persönlichkeit, einem Gesicht, das die schlimmsten Merkmale von Matt Damon und Ben Affleck vereinte.

Er saß um zwei Reihen seitlich versetzt zwei Reihen hinter mir.

Noch hatte er kein Wort gesagt. Wir starrten einander kurz an, und ich suchte in seinen Augen nach irgendeinem Gefühl, doch sein Blick war völlig leer. Dann ging mir ein zwischen uns sitzendes Mädchen »an die Gurgel«, wie die jungen Leute gern sagten, und sagte wütend: »Ich hasse dich. Ich sollte dir wegen dieser Sache den Arsch aufreißen.«

»Ja, echt. Jemand sollte ihn *krass* zusammenschlagen.«

»Na los, Leute. Wir sollten ihn alle mit Sachen bewerfen.«

Ich drehte mich um und betrachtete wieder die Karikaturen der griechischen Götter. Mit zusammengekniffenen Augen sah ich, dass irgendwer über Zeus geschrieben hatte: »Hi. Ich bin eine Schwuchtel. Wir sind alle Schwuchteln.«

Seitlich von mir warf jemand eine Papierkugel in Richtung meines Gesichts, hatte aber nicht mit den schnellen Reflexen gerechnet, die ich in den Jahren kindlichen Nintendo-Spielens ausgebildet hatte. Meine Hand schoss hoch und fing das Knäuel, was mit einigen enttäuschten »Ohs« quittiert wurde.

»Er hat Glück gehabt. Mehr nicht.«

Dabei konnten sie es nicht belassen. Einen Moment später traf eine Papierkugel fest meinen Hinterkopf, was die Mitschüler in schallendes Gelächter ausbrechen ließ. Ich nahm ihren Köder nicht an. Die Vertretung tat, als hätte sie es nicht gesehen. Sie gab dem Schönling einen Passierschein fürs Klo, und er sprang auf dem Weg nach draußen hoch, um die Decke zu berühren.

»Also gut«, sagte Ms. Leslie, inzwischen auf dem Podest. »Holen Sie Ihre Lehrbücher heraus. In meinen Unterlagen steht, Sie alle sollten *1984* zu Ende gelesen haben und jetzt ein Essay darüber lesen, das auf Seite 352 Ihres Lehrbuchs steht.«

»Moment mal. Will dieser Typ echt kein Wort sagen?«

»Also bitte, Leute!«, sagte Ms. Leslie. Doch dann traf mich eine zweite Papierkugel, diesmal am Rücken.

Ich drehte mich rasch herum. »Nein, ich sage nichts. Ihr

rottet euch sowieso nur gegen mich zusammen. Warum sollte ich mich dem aussetzen?« Dabei schaute ich mich um. Die Rumänin beugte sich über ein Buch und las. Shitty schlief tief und fest. Und die anderen Mitschüler … guter Gott, diese dümmlichen Blicke! Wie viele Münder in einer Art permanentem Halbgähnen offenstanden, bei halb geschlossenen Lidern.

»Du könntest uns wenigstens verraten, *warum* du's getan hast. Das ist nicht richtig, dass du uns nicht mal 'ne Erklärung gibst.«

»Also echt, Typ! Warum hast du das gemacht?«

Ich drehte mich zu Ms. Leslie um und sah ihr in die Augen. Ich versuchte es mit einer stummen Bitte: »Helfen Sie mir doch.« Sie sagte: »Irgendwie bin ich auch neugierig, warum Sie das getan haben. Das war schon ziemlich daneben.«

Das stieß auf lautstarke Zustimmung. »Ja, ja-woll.« – »Sie sind cool, Ms. Leslie!« – »Ms. Leslie hat's drauf.«

»Sollten wir nicht lieber in unseren Lehrbüchern lesen?«, fragte ich. Sofort äffte mich jemand nach, wiederholte meine Frage in übertrieben quengeligem Ton. »Das ist kindisch«, sagte ich. Was sie auch nachäfften.

»Ich will Sie nicht in Verlegenheit bringen«, sagte die Lehrerin, »kann mir aber nicht vorstellen, dass hier Ruhe einkehrt, ehe Sie nichts gesagt haben. Außerdem erinnere ich mich, wie wichtig der Schulball war, als *ich* ein Teenager war, darum –«

»Leider wird niemand hier verstehen, warum ich es gemacht habe.«

»Warum? Weil wir nicht so klug sind wie du?«

Am liebsten hätte ich erwidert: »Tja, wenn man bedenkt, dass ihr auf Mrs. Hegstrands Bitte, ein berühmtes Shakespeare-Stück zu nennen, die Antwort *Shakespeare* gabt, würde ich schon sagen, euch fehlt der Intellekt, um irgendwas zu verstehen.« Doch stattdessen sagte ich: »Nein. Das habe ich nicht gemeint. Ich meinte, dass ich den Ball aus Gründen abblasen ließ, die ihr wohl kaum nachvollziehen könnt.«

»Schon fühle ich mich beleidigt, wenn du behauptest, wir könnten was auch immer nicht nachvollziehen. Leute, er hält sich für was Besseres als wir. Nur darum geht's. Darum hat er'n Anzug an, weil er glaubt, er ist zu gut, um sich so anzuziehen wie wir anderen.«

Ich merkte schon, dass meine ursprüngliche Taktik den Bach runterging. »Ich trage diesen Anzug, weil ich fest entschlossen bin, an einem Ort, der keinerlei Klasse hat, Klasse zu zeigen.«

»Seht ihr! Hab ich doch gesagt. Du hältst dich für was Besseres.«

»Nein. Ich halt mich nicht für etwas Besseres. Diese ganze Schule – nein, diese ganze *Generation,* hat keine Klasse. Ich rede hier von Charakter. Genau das habe ich gemeint. Ihr gebt mir keine Chance.«

»Natürlich geben wir dir keine Chance, wenn du sagst, du hättest mehr Klasse als wir. Als wär das nicht dasselbe, wie zu behaupten, du wärst was Besseres.«

»Wenn überhaupt, würde ich sagen, ihr haltet *euch* für etwas Besseres, so wie ihr mit anderen Leuten umspringt. Seit ich heute Morgen hier angekommen bin – wie viele von euch haben sich an eine Stoßstange gehängt, weil ihr dachtet, der andere fährt zu langsam? In jeder Minute des Tages behandelt ihr Leute, als wären sie weniger wert als ihr.«

»Hier geht's nicht um uns.«

»Hier geht's einzig und allein um dich.«

»Wie hast du Shankly überhaupt dazu gebracht, den Ball zu canceln?«

Ich gab ihnen dieselbe an den Haaren herbeigezogene Erklärung wie meinem Deutschkurs, und sie waren blöd genug, mir zu glauben. Als er von den widerwärtigen hedonistischen Aktivitäten hörte, die ich erfunden hatte, rief ein Schüler: »Einen Kreis bilden und mittendrin Sex haben, klingt *geil*! Wird das echt passieren?«

»Es würde mich nicht wundern, aber nein. Das habe ich mir alles nur ausgedacht.«

Während ich sprach, ging der hinter mir sitzende Junge zu dem Bleistiftanspitzer und spitzte den Stift so lange an, bis er unmöglich noch spitzer werden konnte. Ich fragte mich, ob er damit auf mich einstechen wollte.

»Aber warum? Warum hast du Shankly das alles erzählt? Warum *wolltest* du, dass unser Ball abgesagt wird?«

»Das hab ich euch schon erzählt. Ihr würdet es nicht verstehen. Lasst mich bitte in Ruhe.«

Hamilton, der bisher geschwiegen hatte, hob langsam die Hand. Alle drehten sich zu ihm um.

»Ja?«, sagte die Vertretung.

»Ich weiß *genau*, warum er es gemacht hat.«

13.27 Seine Stimme ging mir durch und durch, scharf und abscheulich wie Wodka. Wie Tyler, und wie so viele andere Jungs unseres Alters, sprach Hamilton, als spielte er eine

Rolle, und seine Rolle war die eines taffen, in der Stadt aufgewachsenen Gangsterbosses jener lebensgefährlichen Straßen von Vandalia, Kentucky, die Kriegsschauplätze sind.

»Dann sag uns, warum, Ham.«

»Ich werd euch genau sagen, warum. Weil er keine flachlegen kann.«

»*Wie* bitte?«, fragte ich.

Er sah mich an und richtete sich langsam aus seiner schlaffen Sitzhaltung auf. »Tu bloß nicht so, als ging's hierbei um irgendwas anderes. Ich weiß alles über dich.«

»Ob ich *keine flachlegen kann* oder doch, hat überhaupt nichts damit zu tun.«

»Es hat alles damit zu tun. Du und ich, wir wissen beide, dass das die Welt regiert. Tu bloß nicht so, als wär das nicht der Fall. Am Ende des Tages geht's bei dieser ganzen Abschlussballgeschichte doch nur darum, dass er nicht mit dem Mädchen zusammen sein kann, auf das er scharf ist, und jetzt will sie mit einem anderen auf den Ball gehen, weshalb er den Ball abgeblasen hat, um sich an ihnen zu rächen. Mehr ist da nicht dran.«

Der Junge hinter mir warf seinen Bleistift Richtung Zimmerdecke, in der Hoffnung, dass das spitze Ende in den Dämmplatten steckenblieb. Es misslang, und der Bleistift fiel wieder runter und prallte von meiner Schulter ab.

»Falsch«, sagte ich. »Das hat gar nichts damit zu tun.«

»Warum hast du's denn gemacht?«, fragte er.

Verwirrt rang ich nach Worten, was Sweeney ausnutzte und rasch sagte: »Genau. Das dachte ich mir. Jetzt hast du deine Rache, und das ist alles gut und schön, aber entscheidend ist, du sagst dem Rektor besser, was nötig ist, um den

Ball wieder in die Spur zu kriegen. Denn sonst haben wir beide ein echtes Problem.«

»Moment mal. Soll das heißen, er hat unseren Ball kaputtgemacht, nur weil er auf ein Mädchen sauer ist?«

»Nein«, sagte ich.

»Ja«, sagte Sweeney. »*Tu* doch nicht so, als ginge es um irgendwas anderes. Heute Morgen hat er das Mädchen beschimpft und gesagt, man würde sie nur noch eine Hure nennen, nur weil sie beschlossen hatte, sich unten in P.C.B. ein wenig auszutoben.«

»Das hast du gesagt?«

»Ich wurde falsch zitiert.«

»Doch, das hat er gesagt.«

»Ist gar nicht wahr.«

»Und ich hab gehört, was du über fehlende Klasse gesagt hast«, fuhr Sweeney fort. »Ich finde, *du* solltest ein wenig Klasse zeigen und nicht auf andere Leute herabsehen, bloß weil sie sich amüsieren wollen.«

»Ich hab nichts dagegen, wenn man sich –«

»Augenblick mal. Wovon reden wir hier? Isser sauer auf irgendein Mädchen, weil sie rumgevögelt hat?«

»Stimmt. Darauf läuft's hinaus.«

Der Junge hinter mir warf wieder seinen Bleistift nach oben. Diesmal blieb er stecken.

»Es steckt mehr dahinter«, sagte ich. »Es gab –«

»Du hast kein Recht, den Leuten vorzuschreiben, was sie mit ihrem Körper tun oder lassen sollen.«

»In echt. Ich hatte in den Ferien in Cancún was mit drei verschiedenen Mädchen. Und, was hast du mir zu sagen?«

»Was hast du dagegen, dass Leute zusammen sind?«

»Gar nichts. Nur in diesem speziellen Fall – ihr kennt doch die ganzen Hintergründe nicht –, nein, ich habe nichts dagegen, dass Leute *zusammen sind.* Es gibt aber, wie ich finde – wenn man nicht aufpasst, halte ich es nicht für *klug*, herumzulaufen und –«

»Es ist *ihr* Körper, Alter!«, rief Hamilton, und die anderen waren sowas von seiner Meinung.

»In echt. Es ist *ihr* Körper, und sie kann damit machen, was sie will.«

»Du hast kein Recht, uns vorzuschreiben, was wir mit unserem Körper machen sollen.«

»Genau!«, rief ich. »Genießt eure Körper. Mir doch egal. Geht ruhig tanzen und bergsteigen und versauert in euren albernen Whirlpools. Mir doch egal, nur lasst mich verdammt nochmal in Ruhe.«

»Was hast du gegen Whirlpools?«

Ich stöhnte entnervt. »Ich hab keine Ahnung, wie ihr auf sowas kommt. Nichts davon hat auch nur das Geringste mit einem Mädchen zu tun. Wenn ihr den wahren Grund wissen wollt, warum ich euren Ball hab canceln lassen, hört zu: Ich hatte einen schlimmen Tag, ich war wütend auf die Welt, mir bot sich die Gelegenheit, etwas zu *tun,* weil ich wütend auf die Welt war, und die Gelegenheit habe ich ergriffen. Darum habe ich es getan.«

»Na also, das war doch gar nicht schwer. Warum tust du so, als könnten wir *das* nicht verstehen?«

»Na schön«, sagte Ms. Leslie. »Wir sollten uns wohl dem Unterricht widmen.«

»Weil in Wahrheit mehr dahintersteckt«, sagte Sweeney. »Du konntest keinen wegstecken, und du wusstest, dass es beim Abschlussball genau darum geht, deshalb dachtest du, tja, so kann ich verhindern, dass alle anderen Sex haben. Darum geht's hier wirklich. Dieser Typ hier will verhindern, dass Leute Sex haben.«

»Das lässt sich durch nichts verhindern«, sagte ich.

»Schweini Sweeney hat Recht. Die Absage des Balls *wird* dazu führen, dass einige keinen Sex haben, weil es immer ein paar altmodische Mädchen gibt, die sagen, sie warten mit ihrem ersten Mal bis zum Abschlussball.«

»So isses. Und was ist mit den Paaren, die einander wirklich *lieben*«, sagte Hamilton, »und denen du jetzt ihren ganz besonderen gemeinsamen Abend nimmst?«

Bei dem Wort »lieben« musste ich lachen, was einen anderen Schüler sagen ließ: »Hört ihr ihn lachen? Lach du nur, Motherfucker.«

»Leute«, sagte Ms. Leslie, »wir können nicht weiterreden, wenn ihr eure Sprache nicht mäßigt.«

»Wir sind ein Haufen Siebzehn- und Achtzehnjähriger«, sagte ich. »Wie sollen wir verstehen, was Liebe ist?«

»Du warst noch nie verliebt, sonst wüsstest du's.«

»In echt jetzt. Er war noch nie verliebt, denn wer würde sich schon in diesen Spinner verlieben. Blöder Streber.«

»Na schön. Wenn ihr unbedingt gehässig sein wollt, dann sage ich, dass keiner von euch überhaupt weiß, was das Wort Liebe *bedeutet,* denn ihr seid ihr nie nähergekommen als in einer kitschigen Imitation von Liebe, wie ihr sie aus irgendwelchen grässlichen Kinofilmen und Fernsehserien kennt, die ihr euch anseht. Das ist alles –«

»Aber vermutlich weißt *du,* was Liebe ist, nicht wahr?«, fragte Sweeney.

»Das habe ich nicht gesagt.«

»Du hast es nicht gesagt, aber den Eindruck vermittelt, dass du glaubst, niemand auf dieser Schule kann jemanden lieben außer dir, weil du über allen anderen stehst.«

»Das ist nicht wahr. Und warum reden wir im Zusammenhang mit dem *Ball* eigentlich über *Liebe*? Der Abschlussball ist das *Gegenteil* von Liebe. Er ist nichts weiter als ein ausgefeiltes Sexritual. Er ist nur ein … Er ist eine Art aufwendigeres Vorspiel. Ein Abschlussball leistet der Promiskuität Vorschub.«

»Was ist Promiskuität?«

»Sex haben.«

»Nein«, sagte ich. »Das bedeutet es nicht.«

Es folgte eine lebhafte Debatte, in der meine Mitschüler einander erklärten, was »promisk« hieß. Ein Junge in der hinteren Ecke, der die Angewohnheit hatte, auf seinem Stuhl nach hinten zu kippeln (er war schon zweimal rückwärts umgefallen), sagte: »Promisk heißt, es ist richtig *guter* Sex.«

»In Ordnung«, sagte Ms. Leslie. »Das hört sich an, als hätte er den Ball absagen lassen, weil er auf die Welt sauer ist. Fall abgeschlossen. Jetzt müssen wir wirklich weitermachen.«

»Das ist nicht ganz zutreffend«, sagte ich.

»Aber das hast du doch gerade gesagt!«

»Darf ich etwas hinzufügen?«

»Einverstanden, aber dann müssen wir fortfahren.«

»Den Ball abzusagen war als ultimatives ›Fuck you‹ für euch gedacht, und –«

»Warum willst du Fuck you zu uns sagen, du Saboteur?«

»Dazu wollte ich gerade kommen, wenn ich mal einen Satz beenden dürfte. Die guten alten Zeiten sind Geschichte, und zwar wegen euch. Das ist mein Hauptproblem mit euch.«

»Was soll das heißen?«

»Früher hatten die Leute Klasse. Jetzt legt jeder nur noch Wert darauf, cool zu sein. Manchmal habe ich den Eindruck, dass ihr glaubt, freundlich zu sein, ginge auf Kosten der Coolness. Es gibt keine Freundlichkeit, es gibt keine Höflichkeit, es gibt keine Anständigkeit, und ich bin es *leid.* Und deshalb –«

»Aha, dafür zu sorgen, dass der Ball abgesagt wird, ist das *nett* und *höflich?*«, fragte Sweeney. »Ich schwör's, du steckst voller Scheiße, Weinbach.«

»In den letzten vier Jahren war ich zu euch allen immer nur nett und höflich und musste erleben, dass ihr darauf nicht gut ansprecht. Also, stimmt, du hast Recht. Das war nicht nett von mir. Es tut mir nur partiell leid.«

»Aber ganz oft«, entgegnete Sweeney, »sind andere vielleicht nett zu dir, ohne dass du es überhaupt merkst. Ich weiß beispielsweise, dass ich dir ein paarmal am liebsten eine aufs Maul gehauen hätte, aber ich hab's gelassen. Jetzt gerade würd ich dir gern den Arsch versohlen, aber ich mach's nicht. Also ist da schon jemand nett zu dir.«

»Ich sollte dir wohl danken.«

»Klar. Das solltest du.«

»Danke.«

»Gern geschehen, aber viel länger wirst du mir nicht danken.« Dann machte er mit den Händen das Gang-Symbol der Van-Van-Mafia. Ich wollte laut lachen und hätte es auch getan, wenn meine Nerven nicht dafür gesorgt hätten, dass sich mein Magen wie eine große Pustel anfühlte. Wahrscheinlich musste ich wieder die Toilette aufsuchen. Als die Lehrerin sich umdrehte, traf mich die nächste Papierkugel am Hinterkopf, doch ich spürte es kaum.

13.33 »Gut. Jetzt müssen wir aber wirklich etwas tun.« Dann kündigte Ms. Leslie zwei schreckliche Dinge an: Zuerst sollten wir laut vorlesen. Als Zweites sollten wir Gruppenarbeit machen. Meine seltsame Angst davor, laut vorzulesen, war so schlimm, dass ich gelegentlich Lehrern weismachte, ich hätte Halsweh, damit sie jemand anders drannahmen. Gruppenarbeit gab es bei Mrs. Hegstrand normalerweise nicht, doch heute sollte Gruppenarbeit in Kombination mit dem Vorlesen die Aufgabe der Vertretung einfacher machen.

»Schlagen Sie Seite 352 in Ihren Lehrbüchern auf.«

»Ich wusste nicht, dass wir das Buch mitbringen sollten. Kann ich es holen gehen?«

»Nein. Tun Sie sich einfach mit jemandem zusammen. Sie müssen beim Vorlesen aufpassen, denn das hilft Ihnen bei der Beantwortung einiger Fragen in dem Arbeitsblatt, das ich für die Gruppenarbeit verteilen werde.«

»Welche Seite?«

»352.«

»Dürfen wir uns selbst die Gruppen aussuchen?«

»Ja, das dürfen Sie.« Großartig! »Doch vorher müssen wir lesen, also …« Sie sah das vorne links sitzende Mädchen an und fragte: »Können Sie bitte den ersten Absatz vorlesen?«

»Ich habe mein Buch nicht dabei.«

Ms. Leslie lachte. »Na schön. Jeder, der sein Buch nicht mitgebracht hat, schiebt sein Pult zu jemandem rüber, der es *hat.*«

»Das ist doof«, sagte ein besonders widerspenstiger Junge in einem Camouflage-T-Shirt.

Fast die Hälfte der Schüler rutschte mit ihren Pulten herum, was irgendwie zu einem komplexen, langwierigen Vorgang wurde. Natürlich gehörte ich zu den privilegierten Schriftgelehrten, die ihren Text teilen durften. Der Redneck und Vater zweier Kinder nuschelte leise und ausführlich irgendwas über »Schwänze«, während er sein Pult in meine Richtung schob. Er machte mir Angst. Ich legte mein Buch so hin, dass wir beide lesen konnten, obwohl wir beide wussten, dass er nicht die Absicht hatte, sich auch nur ein einziges Wort anzusehen. Er beugte sich zu mir rüber und murmelte leise: »Ich find, du bist okay. Bin froh, dass die Scheiße abgesagt is'.«

»Danke. Ich freue mich, dass jemand meine Ansicht teilt.« Als ich ihn gerade fragen wollte, ob er in Betracht ziehen würde, seine Meinung dem ganzen Kurs mitzuteilen, waren alle zur Ruhe gekommen, und die Vertretung bat erneut das Mädchen vorne links vorzulesen.

Der Text war eine kurze Zusammenfassung von Erich Fromms Nachwort zu *1984*, für eine Highschool-Leserschaft vereinfacht. Bald merkte ich, dass Kamerad Redneck nicht als Einziger der Lesung nicht folgte; meine eigenen Gedanken drehten sich um Hamilton Sweeney und seine Angriffe, sowohl um die verbalen, die ich soeben ertragen hatte, als auch um die für 15 Uhr 15 geplanten physischen

Attacken. Ich überlegte mir, wie toll es wäre, wenn Chloe sich für mich statt für ihn entschiede. Aus dem Augenwinkel sah ich zu ihm hinüber und war erstaunt, dass er den Text mitlas. Wahrscheinlich guckte er nur auf die Seite und dachte darüber nach, was er als Nächstes mit seinem Samenleiter machen könnte.

Ich bemerkte erfreut, dass Ms. Leslie die Vorleser auswählte, indem sie durch die Reihen ging und jeden Schüler bat, einen Absatz vorzulesen. Ich zählte die Zahl der Absätze und die Zahl der Schüler und kam zu dem Schluss, dass ich doch nicht würde lesen müssen, was meinen Magen beruhigte. Dann geschah etwas noch Besseres.

Ich lernte etwas.

Bei all dem sozialen Tamtam auf der Highschool vergaß man nur allzu leicht, dass wir aus einem ganz bestimmten Grund hier waren: um zu lernen. Die meisten meiner Altersgenossen lehnten diese Möglichkeit strikt ab, und dessen hatte auch ich mich heute schuldig gemacht. Doch dann hörte ich den dritten Leser etwas über Menschen sagen, die Automaten werden, und mein Interesse war geweckt.

Laut unserem Lehrbuch hatte Orwell mit *1984* davor warnen wollen, dass wir eines Tages die Eigenschaften vergessen könnten, die uns überhaupt erst zu Menschen machen, wie die Fähigkeit, kritisch zu denken oder zu lieben. Dieser Abschnitt wurde von dem Anführer einer Gruppe gelesen, die so erbarmungslos einen mädchenhaften Unterstufenschüler gemobbt hatte, dass der die Schule abbrach.

Orwells pessimistischer Ausblick auf die Zukunft der Menschheit befand sich, laut unserem Text, nicht im Einklang mit der gängigeren Tradition des Optimismus im kulturellen Diskurs. Von den alten Griechen über das Alte Testament mitsamt dessen Hoffnung auf das Kommen eines Messias bis hin zur Aufklärung ging man allgemein davon aus, dass sich die Menschheit ständig weiterentwickelte. Diesen Absatz las ein Junge, den ich einmal dabei beobachtet hatte, wie er eine schwangere Mitschülerin zu Boden stieß, um am Hühnerpastetentag als Erster in der Cafeteria zu sein.

Doch jede Hoffnung auf ein irdisches Utopia machte die diabolische Gewalt des Ersten Weltkriegs zunichte. (Also nicht Oswalds Kugel, wie ich erfuhr, sondern vielmehr die Kugel eines jungen Mitglieds der Geheimorganisation Schwarze Hand.) Und dann, gegen jede Einsicht und Vernunft, erlebte der Krieg eine sogar noch brutalere zweite Auflage. Für Orwell war der Fortschritt halb unter Asche begraben, halb von der Atombombe in die Luft gejagt worden. Diesen Absatz las Hamilton Sweeney.

Während der gesamten Lesung taten meine Mitschüler alles in ihrer Macht Stehende, um sicherzustellen, dass sich niemand konzentrieren konnte. Ihre Pieper surrten; ihre Papierflieger flogen; ihre Knöchel knackten; ihr Flüstern wurde lauter; sie rülpsten, sie furzten, sie forderten weinerlich eine Colapause (»Aber Mrs. Hegstrand lässt uns!«), ja, ich hörte Shitty sogar schnarchen. Trotz der Ablenkungen und trotz meiner Magenschmerzen, die sich in Wellen zurückmeldeten, konnte ich gut genug aufpassen, um die Kernaussage des Textes zu erfassen, dass nämlich die Idee, die Menschheit entwickle sich fort, zu einem niedlichen kleinen Tagtraum unserer Vorfahren werden könnte, wenn wir nicht aufpassten. Dieser Gedanke half mir, das übergreifende Thema für *Neurotica* zu finden.

Allerdings, so rief ich mir wieder einmal in Erinnerung, schrieb ich ja gar nicht mehr.

13.45 »Eins nehmen, weitergeben. Sobald Sie dieses Arbeitsblatt erhalten haben, müssen Sie Vierer- oder Fünfergruppen bilden. Sie sollen als Gruppe die Fragen besprechen und die Antworten finden, aber jeder muss sein eigenes Arbeitsblatt ausfüllen. Also, teilen Sie sich jetzt in Gruppen auf, und ich komme vorbei und schaue, wie Sie vorankommen.«

Keiner von ihnen hatte die geringsten Schwierigkeiten, eine Gruppe zu finden. Sogar Shitty schloss sich einer Gruppe an, im Schlepptau eines anderen langhaarigen Jungen. Er sah nicht in meine Richtung. Während sie alle ihre Pulte über den Boden schoben, rührte ich mich nicht. Ich würde mich nicht erniedrigen und fragen, ob ich in einer Gruppe mitmachen dürfe, nur um zurückgewiesen zu werden. Sollte mich doch eine Gruppe fragen.

13.46 Wie ich so allein dasaß, umgeben von ausgelassenen Gruppen, kam ich mir vor, als stierte mich der ganze Kurs an und dachte: »Guckt euch den Freak an, wie er allein arbeitet.« Ich schaute auf, wollte sehen, ob Ms. Leslie mir sagen würde, ich solle mich einer Gruppe anschließen, und tatsächlich sah sie mich an. Als sie näher kam, sagte ich: »Ich sollte mich wohl zu einer Gruppe setzen.«

»Nein. Das wollte ich nicht sagen. Ich wollte sagen, es tut mir leid, dass ich Sie vorhin in Verlegenheit gebracht habe. Die anderen haben mich so durcheinandergebracht. Das hätte ich nicht tun sollen.«

»Oh. Ist schon in Ordnung.«

»Wenn Sie allein arbeiten möchten, bin ich einverstanden.«

»Danke.«

Das war nett von ihr, darum fühlte ich mich schuldig, als ich ihr hinterherstarrte.

Das Arbeitsblatt enthielt sieben Fragen, die kurze Antworten verlangten, einige betrafen das soeben Gelesene, andere den Roman an sich. Dann kam eine letzte Frage, deren Antwort einen ganzen Absatz umfassen sollte. Die ersten sieben Fragen hatte ich in null Komma nichts beantwortet, die letzte Frage lautete: »Auf welche Weise ist der Große Bruder in Ihrem Leben präsent?« Das war meine Antwort:

»In *1984* ist der Große Bruder ein Etwas, dessen Ziel lautet, die Massen zu überwältigen, zu unterdrücken und letztlich zu entmenschlichen. Heute gibt es in der Realität tatsächlich so etwas. Doch unser Großer Bruder ist weder die Regierung noch unsere Eltern, die Polizei oder Mr. Shankly. Es sind *wir*. Genauer gesagt ist es etwas, das ich gern die Große Dumme Hurerei nenne, zu der wir alle gehören. Es ist das System, in dem wir leben und das uns alle in hirnlose Körper verwandelt. Es ist der zentrale betäubende Wirkstoff der Jahrtausendwende. So, wie niemand genau die Ursprünge des Großen Bruders kannte, bin ich mir nicht sicher, wie die Große Dumme Hurerei entstand. Vielleicht hat die vom Big Business geführte Regierung sie geschaffen. Oder vielleicht haben wir sie selbst geschaffen, und das

Establishment hat nur für ihr Weiterbestehen gesorgt, als es merkte, wie profitabel sie ist. Wer weiß? Ich schätze, wir nähren sie und sie nährt uns. Sie überwältigt, unterdrückt und entmenschlicht uns, ist aber effizienter als der Große Bruder, weil wir uns alle gegenseitig überwachen, und wir sind alle unsere eigenen Obrigkeiten, daher gibt es kein Entkommen. Einen letzten Punkt kann ich gar nicht genug betonen: Die Große Dumme Hurerei hält die Welt zwar in einem Zustand des Niedergangs, doch es gibt noch Hoffnung, solange der Einzelne innerhalb der Hurerei leben, aber selbständig denken kann.«

Ich las mir den Text noch mal durch und machte mir Sorgen, wie ich dadurch wirken mochte (zu melodramatisch? zu jugendlich?), doch als ich hörte, was in den Gruppen um mich herum geredet wurde, beschloss ich, kein Wort zu ändern.

»Einer von euch muss mir sagen, was ich schreiben soll, weil ich das Scheißbuch nicht mal aufgeschlagen hab.«

»Ich auch nicht. Ich hasse lesen, verdammt.«

»Wau, wau.«

Der hyperaktive Schönling baumelte oben am Türrahmen. Der Junge hinter mir hatte fünf Bleistifte in der Decke stecken. Und der Junge, der mit seinem Stuhl kippelte, konnte gerade noch verhindern, dass er rückwärts umfiel.

»Das Buch ist sowas von *dusslig.* 1984 ist längst vorbei, aber nichts von allem ist passiert.«

»Ich finde es bescheuert, dass sie's uns überhaupt lesen ließ. Das hat mit der Wirklichkeit nichts zu tun.«

»Aber Ms. Leslie, Sie *verstehen* nicht! Ich muss auf die Toilette, weil ich meine Antibabypille nehmen muss.«

»Ich hasse lesen.«

All das erinnerte mich daran, wie sinnlos es wäre, meinem Traum zu folgen, Romancier zu werden. In der Welt der Großen Dummen Hurerei war ein Buch kaum mehr als eine unnütze Antiquität. Genauso gut könnte ich davon träumen, hochwertige Damenhandschuhe herzustellen.

»Also gut, Leute. Ich höre jede Menge Diskussionen, aber die scheinen sich nicht um *1984* zu drehen. Für den Fall hat mir Mrs. Hegstrand eine Notiz dagelassen, aus der hervorgeht, falls Sie Ihre Arbeit nicht machen, soll das Arbeitsblatt am Unterrichtsende abgegeben und benotet werden. Sie haben keine zwanzig Minuten mehr, also frisch ans Werk.«

Obwohl ich die Aufgabe beendet hatte, beschloss ich, sie erst am Ende der Stunde abzugeben. Wenn ich das Arbeitsblatt noch behielt, konnte ich wenigstens so tun, als wäre ich beschäftigt. Ich kritzelte auf dem Blattrand herum und belauschte Sweeneys Gruppe.

»Haltet alle mal die Klappe. Ich falle durch. Wir müssen das machen.«

»Scheiße. Mir egal. Ich komm in dem Kurs sowieso auf keinen grünen Zweig mehr, ist also jetzt nicht mehr wichtig.«

»Ich glaub, ich hab 'ne Vier. Wahrscheinlich muss ich's machen. Von euch hat also keiner das Buch gelesen?«

Dann flüsterten sie hin und her.

Ich kritzelte weiter. Aus dem Nichts tauchte eine Idee für ein Symbol in meinem Kopf auf, das ich in *Neurotica* verwenden konnte. Auf einem Zettel notierte ich mir die Idee (nur für den Fall, dass ich eines Tages beschloss, mein Buch doch fertigzustellen). Ich faltete den Zettel und steckte ihn gerade in meine Brieftasche, als ich plötzlich eine coole, ghettomäßige Stimme sagen hörte: »Hey, Weinbach.«

Ich drehte mich um und sah, dass Sweeney und seine Gruppe mich ansahen. »Was ist?«

»Warum machst du nicht in unserer Gruppe mit?«

13.56 Sweeneys Gruppe bestand aus Morgan, dem bösen Mädchen mit dem Pferdeschwanz, dem springenden Schönling und einem Jungen, der eigentlich letztes Jahr seinen Abschluss hätte machen sollen. Er war der, der in dem Kurs sowieso auf keinen grünen Zweig kam. Ihn mochte ich aus einem besonderen Grund nicht. Mit dreizehn spielte ich in der »Junior Pro«-Tennisliga. (Meine Mutter glaubte, Sport zu treiben würde mir helfen, vielseitiger zu werden, und ich entschied mich für Tennis, weil es keine Mannschaftssportart war und ich keinen berühren musste.) Dieser Junge saß neben dem Platz und sah sich ein Spiel zwischen mir und einem Freund von ihm an. Jedes Mal, wenn ich auch nur den kleinsten Fehler machte, lachten sie mich aus und versuchten dann den Eindruck zu erwecken, als lachten sie über etwas anderes. Ich hatte drei oder vier solche Geschichten, an denen Schüler dieses Kurses beteiligt waren.

»Warum wollt ihr *mich* in eurer Gruppe haben?«

»Wir brauchen deine Antworten«, sagte Sweeney.

Ich lächelte irritiert. »Erst redest du so mit mir und erwartest dann, dass ich mich umdrehe und dir *helfe*?«

Mit Daumen und Zeigefinger fuhr Sweeney über seine sorgfältig ausrasierte Gesichtsbehaarung. »Tja, sieh's doch mal so. Du weißt doch, dass sich meine Jungs nach der Schule dich vorknöpfen wollen, stimmt's?«

»Ja. Und warum sollte ich dir helfen?«

»Darauf komme ich gerade, Alter. Wenn du uns die Antworten gibst, sag ich Van-Van, sie sollen dich verschonen.«

Ich drehte mich um und schaute, ob die Vertretung zuhörte, doch sie sagte dem Jungen in dem Camouflage-T-Shirt, er solle bitte nicht mehr gegen den Stuhl eines schwarzen Schülers treten.

»Woher weiß ich, dass du dein Versprechen hältst?«

»Du musst es wohl einfach drauf ankommen lassen.«

Ich machte es nur ungern, ertappte mich aber dabei, wie ich mein Pult zu ihrem Kreis rüberschob. »Ich mache das in erster Linie, weil es uns die Gelegenheit gibt zu reden.«

»Stimmt. Wir haben wohl einiges zu klären.«

Bei dem Versuch, für ein bisschen Privatsphäre zu sorgen, stellte ich mein Pult so, dass Sweeney sich von der Gruppe abwenden musste, um mit mir zu reden. Ich gab ihm mein Arbeitsblatt, das er postwendend an den Schönling weiterreichte. »Hier. Fang du an. Ich schreib's als Letzter ab.« Dann wandte er sich mir zu, und ich bemerkte, dass er nicht einen, sondern zwei goldene Ringe trug. Offenbar mochte er Schmuck. Außer den Ringen und der Halskette trug er eine schwarze Kordelkette, ein Perlenarmband und eine große, locker sitzende Uhr aus Silber.

»Worüber willste reden?«

»Ich möchte gern wissen, welche Absichten du gegenüber Chloe hast.«

»Du kannst mich mal. Ich muss vor dir doch keine Rechenschaft ablegen. Echt jetzt, du zeigst *null* Respekt.«

»Bestimmt suchst du nur jemanden zum Flachlegen, warum also sie? Sie hat mehr drauf als nur das.«

»Als ob ich das nicht *wüsste.* Chloe ist krass cool. Und ich sag's dir am besten gleich, pass besser auf, was du sagst, Kleiner. Sonst wirst du mehr mit mir zu tun haben, als dir lieb ist.«

»Es gibt so viele Bodys, aus denen du auswählen kannst. Warum lässt du ihren nicht in Ruhe?«

Er drehte sich um und sah nach, ob die Gruppe zuhörte. Alle kritzelten mit ihren Stiften hektisch vor sich hin, als sie meinen Text abschrieben. »Weil ich sie *mag.*« Das war halb geflüstert, halb gerufen. »Du glaubst, du hättest alle durchschaut, stimmt's? Doch das hast du nicht. Du weißt einen Dreck über mich. Sie hat mir geholfen, und ich hab ihr geholfen, und das zwischen uns ist *echt.* Also leck mich doch.«

»Ich will nicht erleben, dass sie verletzt wird.«

»*Ich* werd sie nie verletzen. Von uns beiden bist *du* derjenige, der sie kränkt und behauptet, man würde sie bald nur noch wegen Panama City kennen, und ihr dann den Abschlussball verdirbt.«

Bei dem letzten Punkt musste ich grinsen.

»Was ist?«

»Nichts.«

»Also echt. Sei kein Waschlappen, und sag *was.* Weshalb grinst du?«

»Chloe *wollte* gar nicht auf den Ball gehen. Sie hatte einen Horror davor. Als er abgesagt wurde, war sie *erleichtert.*«

»*Blödsinn.* Das glaub ich keine Sekunde. *Das* hat sie gesagt?«

»Ja. Ich kenne sie länger als du. Sie erzählt mir so dies und das.«

In seinen Augen tauchte eine Frage auf, doch wie auch immer sie lauten mochte, er schob sie beiseite und griff an. »Hör zu, Alter, ich hätte gern darauf verzichtet, weil du mir echt leidtust und so, aber du musst wissen, dass Chloe dich nicht so mag, wie du's gern hättest. Versteh doch endlich, und lass sie in Ruhe.«

Ich hielt schon den Oberkörper kerzengerade, nahm aber noch mehr Haltung an und sagte: »Ich wollte auch darauf verzichten, aber bis zum Spring Break hielt Chloe dich für einen Witz.«

»*Blödsinn.* Mich kannst du nicht zum Narren halten, Weinbach. Du bist total hinterlistig, du willst das hintertreiben, was zwischen Chloe und mir läuft. Ich bin nicht blöd.«

Mir missfiel, dass ich Chloes frühere Einstellung gegenüber Sweeney verraten hatte, was eine Kränkung Chloes und nicht gentlemanlike war. Er sorgte dafür, dass ich unter mein Niveau sank. Wie ich ihn hasste. Dann hatte ich Schuldgefühle, *weil* ich ihn so hasste. Auf der Suche nach dem Kind in ihm betrachtete ich mir sein Gesicht genauer, doch da war kein Kind. Es war ein entspanntes Gesicht, das keinerlei Anzeichen innerer Konflikte zeigte. Das Gesicht eines Knaben, der wahrscheinlich Hass auf seine Eltern empfand, es war der Gesichtsausdruck eines Menschen, dessen Psyche in einer Art dauerhaftem Freitagabend feststeckte. Im Grunde war es ein unhöfliches Gesicht.

Der schwarze Junge schrie den Jungen in Tarnklamotten an: »Ich sagte, *lass* meinen Stuhl in Ruhe!« Ms. Leslie lief rüber, um die Wogen zu glätten. Während unsere Gruppe abgelenkt war, beugte sich Sweeney zu mir und fragte: »Was soll das heißen, *sie erzählt dir so dies und das*? Meinst du Sachen über mich?«

»Das möchte ich lieber nicht sagen.«

»Verdammt, Alter«, sagte der Schönling. »Du hättest zu dieser einen Frage keinen Scheißroman schreiben müssen.«

»Herrgott nochmal. Meinst du das *ernst*? Du schreibst meine Antworten ab und hast auch noch die *Stirn,* dich über sie zu beschweren?!«

»Reg dich ab. Du musst nicht gleich rumbrüllen. Nimm ein Beruhigungsmittel.«

»Ihr seid echt unfassbar.«

»Was bedeutet das mit der Großen Dummen Hurerei?«, fragte das Mädchen mit dem Pferdeschwanz.

»Hab ich bloß mal in einem Song gehört.«

»Nennt er wieder alle Huren?«, fragte Hamilton. »Denn das hat langsam so 'n Bart.«

»Ja. Das schreibt er so in etwa.«

»Nein. Ich habe den Begriff Hurerei weit gefasst. Ich rede von … Wisst ihr was? Ich bin euch überhaupt keine Rechenschaft schuldig.«

»Weißt du, was dein Problem ist, Weinbach?«, fragte Sweeney. »Du bist total verklemmt. Wenn du mal einen wegstecken würdest, wärst du vielleicht nicht so eine kleine Schlampe.«

»Uuuh«, machten die anderen Gruppenmitglieder. Dass Jungs andere Jungs Schlampen nannten, war eine Lieblingsbeschäftigung auf Osborne. Mich überraschte, dass ich davon so irritiert war. »Meine Güte, Sweeney. *Du kriegst keinen weggesteckt, du müsstest mal einen wegstecken.* Kannst du eigentlich an *irgendwas* anderes denken außer daran, flachgelegt zu werden?«

»Man kann an nichts Besseres denken. Darum geht's im Leben. Reproduktion.« Seine Wahl des letzten Wortes überraschte mich. Als ich gerade erwidern wollte, das Ziel des Lebens sei eigentlich der Tod, überraschte mich Hamilton erneut.

»Bestimmt bist du ein Mitglied der Junioren-Anti-Sex-Liga, nicht wahr?«

Ich lächelte ihn wissend an. Er schaute weg. »Du hast das Buch gelesen, stimmt's?«

»Nein, hab ich nicht.«

»Klar, hast du doch. Die Junioren-Anti-Sex-Liga ist aus *1984*.«

»Ich hab nur Mrs. Hegstrand darüber reden hören.«

»Du kannst es ruhig zugeben, wenn du das Buch gelesen hast.«

»Ich hab das Buch *nicht* gelesen, also halt die Klappe.«

»Hier«, sagte der, der in diesem Kurs auf keinen grünen Zweig mehr kam. »Ich bin fertig.« Er gab sein Arbeitsblatt Sweeney, der anfing, die Antworten abzuschreiben.

Schließlich waren die anderen Gruppenmitglieder fertig. Morgan gab mir mein Blatt wieder, und Sweeney und ich blieben allein zurück, als sie und die beiden Jungs aufstanden, um die anderen Gruppen zu besuchen. Sweeney fragte mich, ohne dabei von seiner Arbeit aufzuschauen: »Du hast gesagt, ich sei für sie ein Witz. Was hat sie über mich gesagt?«

»Das hätte ich nicht sagen sollen. Das war falsch Chloe gegenüber.«

»Ja, aber gesagt hast du's, also verrat's mir.«

»Lieber nicht.«

»Ich lasse nicht locker, also erzähl's mir endlich.«

»Tja, wenn du drauf bestehst. Chloe und ich fanden es komisch, dass du anscheinend immer, na ja, auf eine bestimmte Art und Weise wahrgenommen werden willst.«

»Was soll das heißen? Red nicht um den heißen Brei herum.« Er schrieb weiter die Antworten ab und schaute nicht hoch.

»Na ja, wir hätten dich nicht so herausgreifen sollen. So viele Typen sind in diese Rolle geschlüpft, seit die Hip-Hop-Kultur im Mainstream angekommen ist, aber Chloe und mir fiel auf, dass es dir gefiel, einen auf tough zu machen. Tough und cool.«

»Stimmt. Na und? So bin ich nun mal.«

Ich nickte.

»Na und?«

»Ich will nicht, dass du sauer wirst.«

»Dafür ist es jetzt zu spät. Dachte sie, dass ich *fake* bin?«

»Was meinst du damit? Ihr benutzt diese Formulierung ständig, aber ich habe nie –«

»Fand sie, dass ich *pose* oder nicht authentisch bin oder was?«

»Wir dachten wohl, wenn man bedenkt, dass du in Kentucky wohnst, und wenn man deine Herkunft bedenkt – du wohnst doch in Fosterborough Hills, oder?«

Er schaute von seiner Arbeit auf. »Du hältst am besten den Mund.«

»Aber eben hast du von mir verlangt –«

»Ich mein's ernst. Du hältst besser sofort den Mund. Und nur damit du's weißt: Jetzt bist du *dran.* Ich werd deinen dürren Arsch in den Boden stampfen. Danach geben dir meine Jungs den Rest.«

»Du hast mir dein Wort gegeben.«

»Das war gelogen.«

Spontan zog ich das Blatt, auf dem er abschrieb, unter seiner Hand weg. Daraufhin riss er mir sofort mein Originalarbeitsblatt vom Pult. Ich stürzte mich auf mein Papier, doch er versteckte es hinter dem Rücken.

»Leute«, sagte Ms. Leslie. »Egal, was Sie gerade tun, hören Sie damit auf.« Ich setzte mich wieder, nahm meine gute Körperhaltung ein und rückte den Schlips gerade.

»Eins weiß ich: Es ist gut, dass du den Anzug trägst, denn so siehst du in deinem Sarg echt schick aus.«

Ich hörte fast, wie er den Satz vor »seinen Jungs« später wiederholte: »Und yo, yo, yo, dann hab ich gesagt, ›Es ist gut, dass du den Anzug trägst‹ ...«

»Willst du mich *umbringen?*«

»Nein, ich werd dich nicht umbringen. Aber wenn ich mit dir fertig bin, wirst du dir wünschen, du wärst tot.«

»Jedenfalls werd ich mich nicht gegen dich wehren.«

»Wundert mich nicht, ich seh ja, was du für ein Weichei bist.«

»Nein, ich werd mich nicht wehren, weil ich keine dämliche vertrottelte Schlampe bin.«

»Pech für dich, denn du kommst aus der Nummer nur wieder raus, wenn du Shankly dazu bringst, den Ball stattfinden zu lassen.«

»Warum sollte ich das tun, wo du mir bereits bewiesen hast, dass dein Wort nichts wert ist?«

»Ich weiß bloß, dass du nicht den Leuten ihren Abschlussball ruinierst und damit davonkommst. Das macht man einfach nicht. Außerdem hast du mich permanent respektlos behandelt, und das gehört sich auch nicht. Und ich sag dir noch eins, hier auf der Stelle. Ich will *nie wieder* sehen, dass du mit Chloe redest. Verstanden?«

»Du kannst doch nicht –«

»Das Mädchen steht auf mich, und dich kann sie nicht leiden und –«

Ehe ich mich versah, hatte ich ihr Briefchen aus der Tasche geholt und wies ihn auf meine Lieblingsstellen hin, mit besonderer Betonung auf »Wegen Hamilton bin ich mir nicht so sicher«.

Er rutschte auf seinem Sitz herum, rieb sich die Gesichtsbehaarung und sagte: »Tja ... Dazu kann ich nur sagen, sie schien sich meiner ziemlich sicher zu sein, als sie mir den Rücken zerkratzte, bis er geblutet hat.« Er drehte sich um, zog seinen Hemdkragen herunter, und weil er kein Unterhemd trug, sah ich vier rote Striemen. In meinem Magen schwappte Flüssigkeit, und plötzlich spürte ich meine Augäpfel.

»Eklig«, sagte ich und merkte selbst, wie lahm das klang. Ich faltete das Blatt zusammen und steckte es wieder in die Jacketttasche.

Dann schrillte der Feueralarm.

14.06 Die Hälfte der Schüler sprang von ihren Sitzen auf. Ms. Leslie rannte durch die Reihen und eilte zur Tür, um sich davorzustellen. »Sie alle haben die Ansage gehört. Das ist ein falscher Alarm. Kehren Sie auf Ihre Plätze zurück.«

Einige Schüler setzten sich, andere nicht. Hamilton kopierte meine Antworten zu Ende. Ich konnte immer noch die Spitze einer roten Schramme an seinem Nackenansatz sehen und fasste es nicht, wie sehr mich das kränkte. Der Alarm schien lauter zu werden, so laut, dass es mir vorkam, als dringe er aus meinem Schädelinnern. Ich konnte nicht stillsitzen. Ich setzte mich auf das eine Bein, nur um es sofort wieder auszustrecken. Sweeney legte mir mein Arbeitsblatt aufs Pult, warf seinen Stift hin und sagte: »Du willst damit wohl sagen, dass du der Einzige bist, der noch selbständig denken kann?«

»Hä?«, sagte ich, obwohl ich ihn ganz gut hören konnte. Er wiederholte die Frage, doch diesmal unterbrach ich ihn. »Vorhin habe ich gelogen. Das ist der wahre Grund, weshalb ich euren Ball absagen ließ.« Ich zeigte auf mein Arbeitsblatt.

»Was?«

»Die Große Dumme Hurerei!« Ich musste den Feueralarm übertönen, und einige aus den anderen Gruppen drehten sich zu mir um und lauschten. Derweil missachteten drei Schüler Ms. Leslies klare Anweisung und verließen den Kursraum.

»Alle kommen sofort zurück!«, schrie sie in den Flur. »Alle anderen bleiben hier. Ich bin gleich wieder da.«

»Große dumme Huren? Was sülzt der Motherfucker jetzt wieder rum?«

Ich stand auf. Warum ich aufstand, wusste ich nicht. Meine Beine zitterten. Ich übertönte den Alarm: »Ich meine damit alles. Alles. Es ist euer MTV und eure Super Bowl und euer Spring Break und ganz besonders, *ganz besonders*, euer Abschlussball. Der Ball ist die zentrale Veranstaltung für die Große Dumme Hurerei. Und darum hab ich es gemacht. Hört ihr mich? Das ist der wahre Grund. Ich wollte die Große Dumme Hurerei stoppen. Ihr alle solltet mir danken.«

Sie buhten mich aus, als wäre ich irgendein Bösewicht beim Wrestling.

»Merkt ihr nicht, dass ich euch helfen will? Das Leben hat mehr zu bieten als Sperma und Explosionen.«

Sie beschimpften mich und warfen Papierknäuel und spuckegetränkte Papierkügelchen, einige davon blieben an meinem Jackett kleben, einige Papierknäuel prallten von mir ab, aber sie konnten mich nicht aufhalten. Als ich sprach, legten sich meine Magenschmerzen.

»Es sind eure Grammys und eure Emmys und euer *Sex and the City* und eure Werbespots, Marky Mark, alle Blockbuster, wegen denen ihr an der Kinokasse ansteht, dieser Trend zum Horrorfilm, jeder Radiosender, das Einkaufszentrum, eure Kleidung …«

Der hinter mir sitzende Junge hopste nun auf und nieder und stieß mit seinem Bleistift in die Deckenplatte, bis er sie so gründlich punktiert hatte, dass ein großes Stück zu Boden fiel.

»… doch wichtiger als alles andere ist der Ball. Und damit meine ich *diesen einen* Ball, den Abschlussball, an dem euer ganzes Herz hängt.«

»Regst du dich *ab*?«, schrie Sweeney. »Es ist nur eine Tanzveranstaltung.«

»Genau! Es ist nur ein Tanzveranstaltung, in die ihr eure ganze Energie investiert. Denkt mal an die vielen hungrigen Münder, die ihr stopfen könntet. Eure ganze Energie gilt den falschen Dingen. *Begreift* ihr das denn nicht?«

Der Junge, der gern auf seinem Stuhl nach hinten kippelte, fiel endlich um und schrie auf vor Schmerzen. Der Alarm wurde noch lauter.

»Was willst du denn von uns?«, fragte Sweeney, der inzwischen stand. »Was sollte man am besten mit seiner Energie anfangen, Klugscheißer? Sollten wir uns alle einen schwulen kleinen Anzug kaufen?«

»Nein. Schließt euch in euren Zimmern ein. Das solltet ihr machen. Ihr habt alle solche Angst davor, allein zu sein. Schließt euch –«

»Halt verdammt noch mal das Maul, Weinbach.«

»Du bist der Anführer der Großen Dummen Hurerei, Sweeney. Wusstest du das?«

Der Alarm verstummte.

»Ich weiß nur, dass es nicht schnell genug Viertel nach drei werden kann«, sagte Sweeney und machte wieder sein Gang-Symbol, was unsere Mitschüler zu »Jawoll«- und »Wuhu«-Rufen anspornte.

»Du tust mir leid, Sweeney. Du und deine Gang-Symbole. Die Sorte Coolness, nach der du so strebst – sie ist für dich unerreichbar. Du kannst noch so viele Rap-Videos imitieren, du kannst dich aufführen wie ein Gangsta, du kannst reden wie ein Gangsta, aber du bist weiß, und dagegen kannst du überhaupt nichts machen.«

»Scheißschlampe! Ich sollte dich gleich hier umbringen.«

»Warum tust du uns nicht allen einen Gefallen und bringst dich selbst um?«

Der Kurs stieß ein kollektives »Uuh« aus. Sweeney machte einen Schritt auf mich zu.

»Scheißwaisenkind. Glaubst du, es juckt mich einen Scheißdreck, dass dein Dad gestorben ist? Das passiert Leuten eben, die Kinder kriegen, wenn sie schon Senioren sind!«

Plötzlich herrschte kurz Stille.

»Verdammt, Schweini. Das war übel.«

Ich schleuderte mein Pult beiseite, das umfiel. Mein ganzer Körper kochte vor Wut, ich hielt mein Gesicht eine Hand breit vor seines. Ich war nur etwa zwei Zentimeter größer als er.

»Reg dich ab«, sagte er.

Kaum hatte der Speichel meine Lippen verlassen, wusste ich, dass es ein Fehler gewesen war. Wundersamerweise verfehlte ich ihn.

»Mach's noch mal. Spuck mich nochmal an. Spuck mich nochmal an, und wart ab, was passiert.«

»Nein. Schlag mich doch. Du willst mich so gern schlagen. Bring's hinter dich. Schlag zu!«

Die drei Schüler, die einfach gegangen waren, kamen zurück, samt Ms. Leslie. »Hey, was geht hier vor –«

»Ich sagte: *Mach schon,* du blöder Scheißkerl! Wenn du dich unbedingt mit mir prügeln willst, hier bin ich! Schlagen wir einander endlich zu blutigem Brei.«

An Ms. Leslie gewandt, sagte Sweeney: »Er ist verrückt.« Seine Stimme war jetzt ruhig.

»Raus in den Flur. Alle beide.«

14.08 »Sie hören mir zu. Auf diesen Scheiß kann ich verzichten. Ich sollte nicht mal diesen Job machen müssen. Ich versuche gerade, mein Studium abzuschließen, ich habe ein krankes Kind zu Hause, und *mit diesem Mist* will ich nichts zu tun haben. Wenn ich mit euch ins Sekretariat gehe, werden die am Ende nur *mich* schikanieren. Also, egal welches Problem ihr habt, löst es außerhalb des Kursraums. Ich werde nicht –«

Sie wurde von dem Geräusch splitternden Glases im Kursraum unterbrochen, begleitet von einem Aufschrei und dem Ruf: »Ich mach dich platt, Motherfucker!«

»Das kann doch wohl nicht wahr sein!«, rief Ms. Leslie und eilte zurück in den Kursraum.

Sweeney und ich lehnten uns an die Spinde. Wir sahen beide starr geradeaus.

»Ich dachte, du wolltest dich nicht prügeln, Weinbach.«

»Keine Ahnung, was mit mir los war.«

»Was wolltest du mit dem Spruch *und bringst dich selbst um* sagen?«

»Damit wollte ich *gar nichts* sagen. Wieso?«

»Weiß auch nicht, aber ich muss gestehen, dass es falsch war, was ich über deine Eltern gesagt habe.« Das konnte nur ein Hörfehler gewesen sein. Ich hatte angenommen, es wäre für ihn unvorstellbar, einen Fehler einzugestehen.

»Danke, dass du das zugibst.«

»Du solltest aber froh sein, dass deine Spucke mich verfehlt hat, keine Ahnung, was sonst geschehen wäre.«

»Ich bin *froh*, dass ich dich nicht getroffen habe. Das war dumm von mir.«

»Warum hielt Chloe mich noch für einen Witz?«

Ich drehte mich zu ihm um. Wir waren zwar etwa gleich groß, doch er war viel kräftiger als ich. »Du wirst nur wieder sauer.«

»Komm schon, Weinbach. Sag's mir.«

Ich seufzte. »Wir fanden immer, du hättest dich aufgeführt, als wärst du besser als alle anderen.«

»Genau das hab ich von *dir* gedacht.«

»Wirklich?«

»Ja. Was hat sie sonst noch über mich gesagt?«

Die Tür ging auf, und Ms. Leslie kam heraus, mit dem Jungen in den Tarnklamotten und dem schwarzen Jungen im Schlepptau. Zu Sweeney und mir sagte sie: »Einer von euch geht zurück in den Kursraum, der andere bleibt hier.« Dann sagte sie zu den beiden anderen: »Gehen wir.«

»Wieso müssen die nicht zum Direktor? Die ham sich auch gestritten.«

»Sie haben sich nicht *gegenseitig ins Gesicht geschlagen.*«

»Ich würde lieber hier draußen bleiben«, sagte ich.

»Ich auch.«

»Tja, einer von uns muss wieder rein.«

»Ich nicht.« Hamilton ließ seinen Rücken am Spind hinabgleiten und setzte sich auf den Boden. »Was hat sie noch über mich gesagt?«

»Das ist alles. O Mann, du magst sie *wirklich,* stimmt's?«

»Das hab ich dir doch schon gesagt. Das Mädchen ist ein Engel.«

»Sie hat nichts weiter über dich gesagt. Warum dachtest du, ich hielte mich für besser als die anderen?«

»Weiß auch nicht. Hab ich einfach. Es gab also keinen anderen Grund, dass sie mich für einen Witz hielt?«

»Von deiner Gesichtsbehaarung ist sie nicht begeistert. Aber das war's. Liegt es daran, dass ich einen Anzug trage?«

»Eigentlich nicht. Der Anzug hat aber *wirklich* etwas Manieriertes.«

Ich sah ihm direkt in seine ausdruckslosen Augen, zögerte und sagte dann: »Du bist gar nicht so blöd.«

»Halt doch die Klappe.«

»Du hast ›etwas Manieriertes‹ gesagt und das Wort korrekt verwendet. Warum versteckst du deine Intelligenz?«

»Glaub bloß nicht, du kannst mich so 'n Scheiß fragen.«

»Chloe sagte, hinter dir stecke mehr, als wir gedacht hätten.«

»In echt?«

»In echt.«

»Was *ist* eigentlich zwischen euch beiden?«

»Was heißt das?«

»Das heißt, hattet ihr was miteinander oder wie?«

Ich setzte mich zu ihm auf den Boden. »Nein. Wir hatten nie was miteinander. Vor dem Spring Break hatte ich ihr monatelang den Hof gemacht, und sie machte mich glauben, dass sie sich für mich interessierte. Doch heute habe ich gehört, dass ihr beide Gelegenheitssex hattet, obwohl ihr euch kaum kanntet.«

»Wir haben uns da unten kennengelernt.«

»Bestimmt habt ihr das. Es hat mich nur so aus der Fassung gebracht, weil ich sie mochte und plötzlich hörte, dass du sie dir geschnappt hast, während ich mich in Kentucky um ernstere Angelegenheiten kümmerte.«

»Schon, aber dieser Brief klingt ganz so, als wärst du noch im Rennen.«

»Nein, bin ich ich nicht. Auf keinen Fall. Sie wird sich für dich entscheiden, das wissen wir beide. Du siehst besser aus.«

»Ach. Ich habe also nichts zu bieten außer mein Aussehen?«

»Äh –«

»Schon fühle ich mich beleidigt. Weißt du was? Ich *bin* klug. Und gerade du solltest verstehen, warum ich das verbergen muss. Du weißt ja, wie man hier sein Image pflegen muss. Du machst genau das Gleiche. Vermutlich bist du noch mehr aufs Image fixiert als ich. Das ganze Ballgetue – einer wie du würde nie zugeben, dass er auf den Abschlussball gehen will. Du hältst dich genauso ans Skript wie jeder andere auch.«

Mir fiel partout keine Entgegnung ein.

»Und dann redest du Mist über mich und die ganze Gangsta-Sache. Sieh *dich* doch mal an! Hast *du* etwa kein Kostüm? Du redest von *unerreichbar*? Diese ganze Sache« – er deutete auf meinen Anzug, von oben bis unten – »ist unerreichbar. Du bist kein Montgomery Clift, und du wirst auch nie einer werden.«

»Du kennst Montgomery Clift?«

»Ich hab mir die ganzen alten Filme mit meiner Grandma angesehen. Du kannst den Anzug tragen und jeden Tag Verzeihung sagen und sonntags sogar zweimal, aber was du anstrebst – das ist vorbei, Vergangenheit. Was ich erreichen möchte, *gibt es* wenigstens noch. Was du haben willst, kommt nie wieder. Du kannst jeden Ball auf der Welt absagen, und es macht überhaupt keinen Unterschied.«

Ich schwieg, weil ich wusste, dass er Recht hatte. Kürzlich hatte ich mir *Singin' in the Rain* angesehen, und dabei kam mir der Gedanke, dass die fröhliche Welt auf meinem Bildschirm längst verschwunden war. Sie würde nie wieder so sein, außer als ironisches Zitat.

Ich rieb mir mit den Händen übers Gesicht, das im Laufe des Tages ganz fettig geworden war.

»Und nur keine Bange. Ich werd mich nicht mit dir schlagen. Nicht auf dem Parkplatz, niemals. Chloe würde mich dafür hassen. Solange du dich von Mann zu Mann mit mir unterhältst, wenn du mir etwas zu sagen hast, gibt's zwischen uns keinen Stress.«

Unsere entnervte Vertretungslehrerin eilte zurück in den Flur. »Ich halte Sie beide voneinander getrennt. Einer muss sofort zurück in den Raum.«

Sweeney und ich sahen einander an. »Ich geh rein«, sagte ich widerwillig. »Du hast gewonnen.«

14.11 Als ich den Raum betrat, fuhren meine lieben Freunde fort, mich zu verhöhnen.

»Hey, was haste als Nächstes vor? Weihnachten absagen?«

»Genau. Nimmst du uns jetzt den Schulabschluss weg?«

Ich nickte lächelnd.

»In Ordnung. Schieben Sie die Pulte wieder zurück, und geben Sie die Arbeitsblätter ab, bevor Sie gehen.«

Mein Arbeitsblatt war verschwunden. Als ich mich im Zimmer umsah, kam Shitty auf mich zu, in der Hand seine mit selbstgemalten Heavy-Metal-Logos bedeckte Mappe (Anthrax, Cirith Ungol, S.O.D. etc.), aus der er mein Arbeitsblatt hervorzog. »Hier. Meine Gruppe hat es auch abgeschrieben.«

»Oh. Danke, dass du's mir zurückgibst.«

»Keine Ursache.«

Die Hälfte des Kurses hatte also dieselben Antworten. Ich gab Ms. Leslie das Blatt und setzte mich wieder in die Mitte des Raumes. Ein paar Mitschüler drängten mich unhöflicherweise, doch mit dem Rektor zu sprechen, doch ich hörte nur halb zu, nickte und sagte: »In Ordnung.«

»Mrs. Hegstrand hat eine Hausaufgabe für Sie alle. Für morgen sollen Sie den ersten Akt von *Macbeth* lesen. Er findet sich auf Seite 218 Ihres Lehrbuchs.«

Ich schrieb die Seitenzahl auf und bemerkte, dass ich der Einzige war. Sie würden heute Abend kein Wort lesen; sie mussten ihre Dummheit schützen. In *1984* warnt uns Orwell vor »schützender Dummheit«. Was sie auch nicht gelesen hatten. Hamilton, das rumänische Mädchen und ich hatten vermutlich als Einzige *1984* auch nur aufgeschlagen, auch wenn Hamilton es nicht zugeben würde, was mich auf den Gedanken brachte: Es war schon schlimm genug, dass es in dieser Einrichtung jede Menge Leute gab, die sich für klug hielten, aber wie viele Hamilton Sweeneys mochte es geben? Wie viele kluge Jungen und Mädchen, die sich dumm stellten und ihre *Intelligenz* nicht schützten? Was sagte das über uns aus?

Mir fiel das Symbol ein, das ich vorhin für *Neurotica* hingekritzelt hatte: eine Münze, die in einem riesigen Trichter herumrollte. So einen Trichter gab es in dem Museum, das wir als Grundschüler besucht hatten. Man warf eine Münze in den Schlitz, die dann im Kreis herumrollte, und je weiter die Münze in den Trichter geriet, desto schneller rollte sie, bis sie irgendwann so schnell herumwirbelte, dass man glaubte, sie geriete außer Kontrolle. Das Rollen wurde immer lauter, und am Ende raste die Münze so schnell, dass man sie nur noch verschwommen wahrnahm, bis der Lärm ganz plötzlich aufhörte, weil die Münze in das Loch am unteren Trichterende gefallen war. In meinen Roman würde ich irgendwie einen Museumsbesuch einbauen, und die Münze würde den Menschen verkörpern und der Trichter die Zeit.

Nein, ich würde nicht aufhören zu schreiben. Als ich mich in diesem Kurs umsah, den Jungen bemerkte, der dafür berüchtigt war, dass er mitten während des Vortrags eines Lehrers ejakuliert hatte (und anschließend den Beleg herumzeigte), und das Mädchen, das dafür berüchtigt war, dass sie ihre sechzigjährige Sportlehrerin geschlagen hatte, beschloss ich, heutzutage einen Roman zu schreiben, sei eine Trotzreaktion. Selbst wenn keiner je ein von mir geschriebenes Wort las, selbst wenn mein Text so wenig ankam wie der in Slims Kurs, so gab es schlechtere Möglichkeiten des Zeitvertreibs, als über diese Münze zu schreiben, von der man sich wünschte, dass sie langsamer rollen würde.

14.13 Meine Mitschülerinnen und Mitschüler nutzten die letzte Minute des Kurses für Verbalinjurien, dabei verwendeten sie ihr dürftiges Vokabular, um Schimpfwörter zu bilden, die so derb waren, dass ich sie nicht in den Mund genommen hätte. Zum Glück klingelte es, so wie eine Glocke das Ende einer Runde im Boxring anzeigt.

Jetzt musste ich zum letzten Mal an diesem Tag den Weg zu meinem Spind antreten. Als ich in den Flur trat, fragte ich mich, wie viele Leute wussten, was ich getan hatte. Tatsächlich zog ich ungewöhnlich viele Blicke auf mich, vergleichbar mit dem ersten Tag, als ich im Anzug in die Schule gekommen war. Etliche Schüler schienen mir etwas sagen zu wollen, und als sich die Flure füllten, fiel mir auf, dass die anderen sich gegenseitig auf mich hinwiesen, was es mir leichter machte, mich in Chloes Lage zu versetzen.

Weil der Weg zu meinem Spind so weit war, wusste ich, dass ich es wohl kaum dorthin schaffen würde, ohne den einen oder anderen unangenehmen Spruch zu hören. Die meisten dieser Sprüche kamen von hinten, von irgendwelchen Paaren, die sich über mich aufregten.

»Arschloch« … »Schwuchtel« … »So isses richtig. Geh nur weiter, Schlampe.«

Ich war klug genug, mich nicht umzudrehen. Es folgten rasch hintereinander zwei Zwischenfälle, die mich in beträchtliche Angst versetzten. Ich wollte soeben an der Sprecherin der zwölften Klassen vorbeigehen, mit der ich mich immer gern unterhielt, da unsere Mütter miteinander bekannt waren (und unsere Großväter waren sogar Freunde gewesen), deshalb lächelte ich und wollte gerade etwas sagen, als sie mir den Stinkefinger zeigte. »Oh«, sagte ich. »Alles klar.« Danach kam ich an Mr. Dawson vorbei, meinem Englischlehrer aus der neunten Klasse. Ich hatte ihn so gemocht, dass ich plante, während meines Studiums mit ihm in Briefkontakt zu bleiben. Wie immer begrüßte ich ihn, doch er musterte mich missbilligend wie eine alte Oberlehrerin und sagte: »James, in der letzten Stunde habe ich mit einer Schülerin gesprochen, die die meisten Leute wohl für eine Streberin halten würden, und sie sagte, der

Ball sollte ihr einziger Abend werden, an dem sie sich in Schale werfen, hübsch sein und alles vergessen konnte.«

»Richten Sie ihr aus, es täte mir leid.«

Ich ging weiter. An dieser Stelle beschloss ich, auf dem restlichen Weg den Blick nur noch auf den graubraunen Teppichboden zu richten. Als ich endlich bei meinem Spind angekommen war, sah ich ein Paar Arbeitsschuhe und ein Paar Adidas.

»Verzeihung.«

Zum ersten Mal redete er mit mir. »Wenn du willst, dass ich mich bewege, *sorg* dafür, dass ich mich bewege.«

»Bitte. Würdet ihr einfach nur nett sein?«

»*Teufel* nein, wir werden nicht nett sein«, sagte seine Freundin. »Nicht nach dem, was du gemacht hast.«

Als ich den Jungen anstarrte, der meinen Spind blockierte, und überlegte, wie ich damit umgehen sollte, fiel mir auf, dass jemand mit schwarzem Stift etwas auf meine Spindtür geschrieben hatte.

»Hast du etwas auf meinen Spind geschrieben?«

»Nein, aber ich sehe es genauso.« Er rückte beiseite. Über die gesamte Länge meines Spinds hatte jemand mit Marker geschrieben: JAMES WEINBACH IST EIN SCHWANZLUTSCHER.

Vergeblich versuchte ich, die Schrift mit der Hand abzuwischen. Das Paar lachte und ging. Als ich an dem Schloss herumfummelte, sah ich Lavell durch den Flur kommen. Vielleicht war es aus purer Gewohnheit, doch ich horchte in mich hinein, fand ein Lächeln für ihn und sagte: »Hey.« Wieder zeigte er keine Reaktion. Dann ging mein Schloss nicht auf. »Scheiße«, sagte ich und schrie: »Herrgott noch mal, Lavell, würde es dich umbringen zurückzugrüßen? Ich kenn dich seit deinem Stimmbruch.« Er blieb volle zwei Sekunden stehen und ging dann weiter, ohne sich umzudrehen. Und wenn schon, dachte ich. Die halbe Schule wollte mich verdreschen. Was machte da einer mehr aus?

Beim zweiten Versuch gelang es mir, meinen Spind aufzuschließen. Ich öffnete die Tür bis zum Anschlag, um die Obszönität zu verdecken. Als ich gerade überlegte, in welchen Fächern ich Hausaufgaben hatte, hörte ich jemanden mit affektierter, hoher Stimme rufen: *»Wie konntest du mir das nur antun!?«*

Ich drehte mich um und sah, dass die Stimme Brock gehörte. Er, Shelley und Jeff kamen zu meinem Spind. Die drei zogen häufig gemeinsam durch die Flure, was ich nervig fand.

»Alter, du bist ja ein *schlimmer* Finger«, sagte Brock und knetete mir kurz die Schulter.

»Danke.«

»Ich hatte keine Ahnung, dass du so ein Punkrocker bist«, sagte er.

»Du siehst *mitgenommen* aus«, befand Shelley.

»Ach ja?«

»Ja. Du hast Glubschaugen. Du siehst *gestresst* aus.«

»Natürlich sieht er gestresst aus«, sagte Brock. »Er hat ja auch die ganze Schule am Arsch. Hey, wenn dir jemand Ärger macht, halten wir dir den Rücken frei.«

»Wirklich? Angeblich wollen mich nach der Schule einige Typen verprügeln, auf dem Parkplatz.«

»Keine Bange«, sagte der stämmige, kräftige Jeff. »Wir halten dir den Rücken frei.«

»Wow. Danke. Das weiß ich sehr zu schätzen.«

»Ich sollte *dir* danken«, sagte Jeff. »Summer wollte mich mit auf den Ball schleppen. Du hast mich gerettet.«

»Wie hast du das eigentlich geschafft?«, fragte Shelley. »Ich hab alle möglichen Erklärungen gehört.«

»Das ist eine lange Geschichte.«

Ein niedliches, rothaariges Mädchen kam näher und sagte: »Du bist doch James Weinbach, stimmt's?«

»Ja.«

»Ich schreibe für die Schulzeitung einen Artikel über die Absage des Balls und möchte dir gern ein paar Fragen stellen.«

»Du kommst in die Zeitung!«, sagte Brock. »Wir überlassen dich deinem Schicksal.«

Sie verabschiedeten sich und wollten gehen. »Moment«, sagte ich. »Nach der Schule – ich parke weiter hinten auf dem mittleren Parkplatz.«

»Wir finden dich schon«, sagte Brock.

»Wollen wir uns in der Schule treffen? Ich verlasse das Gebäude am Dreihunderter-Flur.«

»Klar. Wir finden dich.«

An den Rotschopf gewandt, sagte ich: »Ich weiß nicht recht, ob ich einen Kommentar abgeben soll.«

»Die Leute wollen bestimmt deine Version der Geschichte hören. Ich hatte eigentlich gehofft, wir könnten ein längeres Interview führen, wann immer es dir passt.«

»Versteh mich nicht falsch, aber das möchte ich nicht. Bestimmt würde ich irgendwas Falsches sagen und Ärger kriegen.«

»Bist du dir sicher?«

»Ja.«

»Ich bekomme nicht mal ein Zitat von dir?«

»Tut mir leid«, sagte ich.

»Ist das dein Zitat?«

»Nein. Das heißt, es tut mir leid, dass ich dir nicht helfen kann.«

»Okay. Trotzdem danke.«

Als sie weg war, ging ich innerlich noch einmal meine Kurse durch und überlegte, in welchen es Hausaufgaben gegeben hatte, musste aber immer wieder neu anfangen, weil mir einige bohrende Gedanken keine Ruhe ließen: Zum ersten Mal in vier Jahren wollte die Schulzeitung etwas von mir. Und es war auch das erste Mal, dass mich Brock, Shelley und Jeff je aufgesucht hatten. Man sollte meinen, dass ich diese beiden Ereignisse begrüßte, doch stattdessen machten sie mich misstrauisch wie einen streunenden Hund, den man endlich ins Haus lässt, der sich aber unwillkürlich fragt, was die Leute von ihm wollen.

Ich kam zu dem Schluss, dass ich meine Algebra-, Deutsch- und Englisch-Literatur-Bücher mit nach Hause nehmen musste (heute wäre ein Rucksack nicht verkehrt gewesen). Ich machte meine Spindtür zu und überlegte, was ich wegen der Schmiererei tun sollte. Zu Mr. Runnels zu gehen, war mir peinlich. Ich könnte mich ans Sekretariat wenden, wo ich ohnehin vorsprechen musste, um zu erreichen, dass der Parkplatz überwacht wurde, auch wenn ich nicht recht wusste, mit wem ich reden sollte. Doch da Mr. Ottman Wert auf Pünktlichkeit legte, ging ich besser zuerst in den Kurs. Nach Unterrichtsbeginn konnte ich ihn immer noch bitten, mich ins Sekretariat gehen zu lassen.

Ich entfernte mich rasch von meiner Spindtür, versuchte, die Schmerzen in meinen Zehen nicht zu beachten, und bog um die Ecke in einen Seitengang, der zum Kunstkurs führte. Plötzlich, wie in einem nicht besonders guten Film, drehten sich die Schüler auf beiden Seiten dieses Flurs von den Spinden weg und begrüßten mich mit Beifall. Außenseiter trafen sich häufig in diesem kurzen Verbindungsgang, und obwohl ich in der Vergangenheit nur selten etwas mit ihnen zu tun hatte, erkannten sie mich heute als Teenager-König an. Ich ging durch ihre Mitte, und sie klatschten mich ab, machten mit den Fingern das Teufelssymbol und lächelten.

»Mach sie fertig, James!«, sagte ein kleingewachsener Junge in einem T-Shirt, auf dem »Minor Threat« stand.

»Du hast es *drauf*«, sagte ein korpulentes Mädchen mit grünen Strähnchen im Haar.

»Du bist mein Held, Alter«, sagte ein Junge mit Hörgerät.

Sie klopften mir auf den Rücken. Ich sah unwillkürlich nach, ob sie mir nicht ein »Arschloch«-Schild angepappt hatten. Doch das hatten sie nicht getan. Ich wartete darauf, dass sie auf mich losgingen und mich auf die Nase schlugen. Doch das taten sie nicht. Ein Junge stellte sich mir in den Weg, doch er wollte mir nur die Hand schütteln. Ein unterentwickelter Junge mit einer übergroßen Brille und einem unbeschreiblichen Sprachfehler sagte: »Ich wollte dir nur für das danken, was du getan hast.«

»Das hab ich wirklich gern gemacht.«

»Ich dachte, ich wäre der einzige Zwölftklässler der ganzen Schule, der nicht auf den Abschlussball geht.«

»Ich wäre auch nicht gegangen.«

»Wenn wir irgendwann vierzig sind und uns jemand fragt, ob wir auf dem Ball waren, können wir sagen, auf unserer Schule gab es keinen.«

»So hatte ich das noch gar nicht gesehen.« Er dankte mir nochmal, und ich hätte ihn am liebsten umarmt, weil ich sofort merkte, dass er sich über all das definierte, was er nicht machen konnte. Doch ich sagte nur: »Man sieht sich.«

Ich wollte, dass es kein Ende nahm. Ich ging möglichst langsam, blieb stehen, um mich kurz zu unterhalten.

»Du bist der Coolste, James«, sagte ein Bursche aus meinem Algebrakurs, der aussah wie aus *Star Wars* entsprungen.

»Danke, aber in meinem ganzen Körper gibt es keinen coolen Knochen.« Ich hatte ein schlechtes Gewissen, weil ich nicht wusste, wie er hieß.

»Was du gemacht hast, war *korrekt*«, sagte ein Inlineskater mexikanischer Abstammung.

»Vielen Dank.«

Die Schule war ein angenehmer Ort, wenn auch nur für anderthalb Minuten. Ich musste weiter.

Ehe ich um die Ecke bog, sah ich sie ein letztes Mal an, doch sie hatten die Köpfe schon abgewandt, was sie wie eine Masse komischer Frisuren und Secondhandklamotten aussehen ließ – Kleidung, die vergangene Generationen in Sammelkästen der Heilsarmee geworfen hatten.

Kunst *IV*

14.19 Als ich den 400er-Flur erreichte, traf mich ein bitterböser Blick nach dem anderen, doch bald wurden alle Blicke durch das Lächeln eines gewissen John Ottman ausgelöscht, einer der freundlichsten Menschen, die ich kannte. Wie üblich stand er vor der Tür seines Kursraums.

»Hallo auch, James«, sagte er mit seiner großväterlichen Stimme – gleichzeitig heiser, gepresst und herzlich. Er war Mitte sechzig, und das war sein letztes Jahr vor der Pensionierung. Ich machte mir keine Sorgen, was er davon halten mochte, dass ich für die Absage des Abschlussballs verantwortlich war, weil ich wusste, er würde nie etwas sagen, wonach ich mich schlecht fühlte.

»Hallo, Mr. Ottman.« Ich spähte in den Kursraum, weil ich hoffte, Chloe zu sehen und einen Hinweis darauf zu bekommen, ob sie sich für Sweeney oder mich entscheiden würde, doch sie drehte mir den Rücken zu.

»Wie geht es Ihnen heute?«

»Och, so lala. Sie haben bestimmt gehört, was ich gemacht habe?«

»Sie meinen das mit dem Ball?«

»Ja.«

»Klar, das ist mir zu Ohren gekommen. Ein paar Schüler in meinem letzten Kurs haben darüber geredet, worauf ich sagte: Das klingt nicht nach James. Doch dann sagte ich, falls Sie es wirklich getan haben, dann hatten Sie sicher einen guten Grund.«

Es klingelte, doch da er sich nicht rührte, tat ich es auch nicht.

»Ich weiß nicht. Ich hätte es nicht tun sollen, aber viele von ihnen sind so gemein, dass es mir ganz egal ist.«

»Was ist mit *mir*? Halten Sie *mich* für gemein?«

»Überhaupt nicht.«

»Und Ihre anderen Lehrer mögen Sie auch, oder?«

»Die meisten. Aber ich rede nicht von Erwachsenen.«

»Aber die anderen Lehrer und ich waren auch einmal Teenager, und wir wurden irgendwann groß und nette Menschen.«

»Sie sind aber in einer anderen Zeit aufgewachsen.«

»Stimmt, dennoch, vielleicht können die Menschen aus ihrer gemeinen Art herauswachsen.«

»Es tut mir leid, dass Sie diese Seite meiner Persönlichkeit kennenlernen mussten.«

»*Sie* tun mir leid. Das war für Sie bestimmt ein schwieriger Tag.«

»Aber ja, Sir. Das kann man wohl sagen. Vielen Dank, dass Sie im Bestattungsinstitut waren.«

»Gern geschehen. Wir gehen wohl besser rein.«

»Das sollten wir wohl.«

14.20 Es war eine überwiegend zivilisierte Gruppe, auch wenn bei meinem Eintreten drei buhten. Einer gehörte der Ringermannschaft an und trug seine blauweiße Baseballjacke jahraus, jahrein. Die anderen beiden waren zwei sprücheklopfende Mädchen, neben denen ich in dem Kurs Kunst I sitzen musste, was schrecklich unangenehm war, weil sie so taten, als wäre ich gar nicht anwesend, während sie sich darüber ausließen, was ihre Boyfriends mit ihnen trieben.

»Also gut«, sagte Mr. Ottman, der sogar herzlich klang, wenn er streng war. »Ich als Lehrer will so etwas nicht hören.«

Meine Mitschüler sahen mich an, als erwarteten sie von mir eine Stellungnahme, doch ich hatte nur ein müdes, gezwungenes Lächeln zu bieten, während ich über den beigeweißen Fußboden ging. Chloe eilte mir entgegen, um mich in dem langen, ausgedehnten Raum auf halber Strecke zu treffen. Trotz allem, was geschehen war, erinnerte mich ihre Schönheit daran, dass ich für eine Chance, ihr auf dem Altar der Weiblichkeit zu huldigen, freudig meine geistige Gesundheit aufs Spiel setzen würde. Im Jargon der Zeit hieß das, sie war »eine krasse Braut«. Ich wollte sie so sehr wie eh und je. Ich konnte nicht anders. Es war kein Ruhmesblatt für mich.

»Hallo, Mylady.«

»Hey. Hamilton hat mir erzählt, was in der letzten Stunde los war. Geht's dir gut?«

»Mir geht's hervorragend.«

»Ich mache mir wirklich Sorgen um dich. Das ist das zweite Mal heute, dass du – na ja, dass du nicht du selbst bist, aber das konnte man natürlich erwarten, wenn man's recht bedenkt.«

»Mir geht's gut. Aber danke für deine Besorgnis.«

»Dein Anzug hat einen Riss. Was war los?«

»Das hat Lauren Mellor verbrochen. Sie wollte mich zwingen, zu Mr. Shankly zu gehen und den Ball wieder stattfinden zu lassen.«

»Das ganze Ballgerede – es stimmt also?«

»Das meiste, was du gehört hast, stimmt wahrscheinlich, abgesehen von der Behauptung, ich sei ein Schwanzlutscher.«

14.21 Wir wollten das Gespräch an unserem Tisch fortsetzen. Doch vorher musste ich meine Arbeit holen. Auf dem Weg zum Schrank kam ich an Tyler vorbei, der schon saß. Er imitierte Adam Sandler als Billy Madison in dem gleichnamigen Film (irgendwas über Shampoo und Pflegespülung) und sah mich nicht an.

Als ich meine Radierung und ein Album-Cover aus meiner Kunstmappe holte, kam Tommy rüber. Inzwischen waren seine *beiden* Schuhe nicht zugeschnürt.

»Mann, warum hast du mir nicht gesagt, was du mit dem Ball gemacht hast?«

»Ich hab's *keinem* gesagt. Na ja, das stimmt nicht ganz. Zuerst hab ich's Stephanie Schnuck erzählt, wider besseres Wissen, und als dann die Katze aus dem Sack war, hab ich's meinem Deutschkurs erzählt, weil ich es für das Richtige hielt. Auch wider besseres Wissen.«

»Mann, du wirst zur lebenden *Legende.*«

»Ja, schon klar.« Tommy folgte mir zu einem anderen Schrank, dem ich einen Schaber entnahm, in den ich eine Klinge einsetzte. Dann folgte er mir zu meinem Tisch, wo sich meine Hämorrhoiden und ich auf einen orangefarbenen Plastikstuhl neben Chloe niederließen.

»Ich mein's ernst, Mann. Das hat noch nie einer gemacht. Ist so was wie der Wunschtraum eines Geeks. Ist dir klar, wie viele Loser dich bewundern werden? Und unansehnliche Mädchen auch.« Chloe und die anderen beiden an meinem Tisch lachten. »Ich mein's ernst! Du wirst eine Legende.«

»Besonders wenn ich nachher auf dem Parkplatz umgebracht werde.«

»Bist du schon bedroht worden?«

»Manche Leute waren ziemlich laut. Allerdings gab es auch einige, die mich unterstützt haben.«

»Ich unterstütze dich.«

Alle an meinem Tisch teilten Tommys Ansicht. Das war mein Lieblingskurs, weil ich hier am Ende jedes Schultags Frieden fand. Oft dachte ich: »Wenn ich es nur bis zu Mr. Ottmans Kurs schaffe, wird alles gut.«

Tommy setzte sich an seinen Tisch, der schräg gegenüber von meinem stand. Mein Tisch befand sich in der hinteren Ecke, neben ein paar Abstellflächen mit Spülbecken, wo wir gelegentlich unsere Pinsel und Paletten reinigten.

»In Ordnung, Kurs«, sagte Mr. Ottman. »Hören Sie zu. Ab morgen befassen wir uns mit Acrylfarben, Sie müssen also allmählich die Schabebilder fertigstellen. Und diejenigen, die immer noch bei den Wasserfarben sind, müssen nun *wirklich* zum Abschluss kommen. Also, an die Arbeit, und falls Sie mich brauchen, ich bin an meinem Tisch.«

»Können wir eine Colapause machen?«, fragte Tyler.

»An einem Montag?«

»Man hat uns den Abschlussball genommen. Kriegen wir nicht wenigstens etwas Gutes?«

»Mal sehen, wie es in den nächsten zwanzig Minuten läuft, und wenn Sie sich alle richtig in die Arbeit reinknien, könnte ich Sie vielleicht ein paar Colas holen lassen.«

»Hey, Mr. Ottman«, sagte der Ringer. »Würden Sie James fragen, warum er uns den Ball genommen hat?«

»Nein, abgelehnt. Gehen wir an die Arbeit.«

Ein Junge ließ nicht locker. »Sag schon, James. Warum hast du das gemacht?« Auch sein Dad war gestorben, vor etwa einem Jahr, an einem Herzinfarkt. Es war das erste Mal, dass er mit mir gesprochen hatte.

»Ich musste mich in der letzten Stunde rechtfertigen, darum ist mir nicht danach, weiter darüber zu reden. Aber vermutlich wäre es falsch von mir, es dir *nicht* zu sagen, darum: Im Grunde habe ich es gemacht, weil ich den Ball für eine riesengroße Verschwendung halte und er mich anwidert.«

»Wie meinst du das, er *widert* dich an?«, fragte der Ringer. »Was ist daran denn widerwärtig?«

»Ich bin halt ein komischer Vogel. Die ganze Sache kotzt mich an – es soll angeblich der tollste Abend unseres Lebens sein, dabei ist das Ganze sinnlos und idiotisch. Alles daran ist idiotisch. Wie getanzt wird, die Musik, die Limousinen. Alles.«

»Oh, die Tänze heutzutage sind *wirklich* schauderhaft«, sagte Mr. Ottman. »Mir graut davor, wenn ich bei einem die Aufsicht führen muss. Tänze waren nicht immer so. Als ich zur Schule ging, gab es bei Tanzbällen etwas, das sich Tanzkarten nannte, jeder füllte vorher die Tanzkarten aus, und daraus ergab sich, mit wem man später tanzte. Der jeweils erste und letzte Tanz waren für deinen Tanzpartner reserviert. Alles war so organisiert und feierlich.«

»Jetzt ist alles das genaue Gegenteil«, sagte unsere Jahrgangsbeste, ein geniales, freundliches Mädchen, das garantiert auf eine weit entfernte Uni gehen würde. »Heutzutage sind Tänze so ausgelassen und … *nuttig*, dass man jeden Augenblick das Gefühl hat, alles *könnte* einfach … aus dem Ruder geraten und so werden, wie es James dem Direktor geschildert hat.«

Ich sorgte dafür, dass die Jahrgangsbeste sah, wie ich sie anlächelte. Ich gönnte mir einen kurzen Tagtraum. Was wäre, wenn meine Handlungen dazu führten, dass die Schule dauerhaft in zwei Fraktionen gespalten wurde: in diejenigen, denen Abschlussbälle gefielen, und in diejenigen, die lieber darauf verzichteten? Vielleicht ließ sich die Welt in diese zwei Sorten Menschen unterteilen.

»Vielleicht könntest du einfach nicht auf den Ball gehen«, sagte eins der Mädchen, die ich nicht mochte, »statt ihn allen anderen zu verderben.«

»So isses«, sagte Tyler.

Mittlerweile war ich so müde, dass mir keine Entgegnung mehr einfiel. Während alle Blicke auf mir ruhten, wandte ich mich ab und betrachtete einige Schülerzeichnungen von Kegeln, Kugeln und Zylindern, die an einer Pinnwand steckten.

»Und?«, fragte jemand.

»Ich bin *froh*, dass er uns den Ball verdorben hat«, warf Chloe ein. »Er ist *wirklich* überflüssig. Warum lasst ihr das Thema nicht einfach fallen?«

»Ich teile Chloes Ansicht«, sagte Mr. Ottman. »Wenn Sie Cola wollen, machen Sie sich besser an die Arbeit.«

Das funktionierte sogar. Sie wollten ihre Cokes und fingen an zu arbeiten. Ich dankte Chloe, dass sie sich für mich eingesetzt hatte.

»Ich wollte Wiedergutmachung leisten, weil ich dich in Slims Kurs nicht verteidigt hatte. Das tut mir immer noch leid.«

»Also bitte. Keine Entschuldigungen mehr. Ich bin derjenige, dem es leidtut.« Ich schaute auf die andere Seite des Tisches und sah, dass Timothy Gregory und eine gewisse Maureen beide beschäftigt waren und vor sich hin schabten und kratzten.

Leise fragte ich: »Hat Christy dir etwas gegeben?«

Chloe nickte, schaute dann quer über den Tisch.

»Wollen wir später reden?«

Wieder nickte sie. Wir machten uns beide an die Arbeit. Chloe fertigte gerade eine Radierung ihres Familienhundes an, die sie später ihrer Mom schenken wollte. Meine Radierung basierte auf dem Cover eines Lester-Young-Albums, das einen Saxophon spielenden Mann zeigte, dessen Anzüge im Hintergrund hingen. Ich musste meinen Schaber auf eine bestimmte Art halten, damit meine verbrannten Fingerspitzen nicht weh taten.

»Alle reden über dich«, stellte Chloe fest.

»Was sagen sie denn?«

»Was zu erwarten war. Ich würde sagen, die Mehrheit zieht über dich her, andererseits habe ich ein paar Leute sagen hören, wie toll du seist.«

Sie arbeitete beim Reden, schaute abwechselnd auf ihr schwarzes Papier und das Foto ihres Yorkshireterriers. Ich nutzte die Gelegenheit, um Chloe zu betrachten. Ihr langes, dichtes Haar war im Laufe des Tages ein wenig fettig geworden, und sie hatte so viel auf ihrer schmalen Unterlippe herumgekaut, dass die aussah, als hätte sie geblutet. Ihre Brillengläser waren verschmiert. Auch als sie aufgehört hatte zu reden, sah ich sie immer noch an und fragte mich, ob sie sich entschieden hatte. Sie hatte einen besorgten Gesichtsausdruck, was bei ihr nicht ungewöhnlich war. Sogar wenn sie lächelte, wirkte sie manchmal besorgt.

Dann dachte ich daran, einen Blick auf ihre Fingernägel zu werfen, um herauszufinden, wie lang sie waren. Sie waren so kurz wie meine, aber vermutlich machte die Länge eigentlich keinen Unterschied. Entweder hatte sie sie abgekaut oder an ihnen herumgepult.

»Jedenfalls«, sagte sie, »hast du zwar gesagt, du möchtest nicht darüber reden, darum nerve ich dich nicht damit, aber eines Tages will ich wissen, wie und warum du den Ball abgesagt hast.«

»Ich sag dir das nur ungern, James«, warf Marleen ein, »ich glaube aber, der Ball wird doch stattfinden.«

Marleen war eine Cheerleaderin, die aber nicht wie eine Cheerleaderin wirkte. Eigentlich gehörte sie zur In-Crowd, war aber auch mit Mitgliedern diverser Cliquen befreundet. Was ihre Beliebtheit anging, würde sie wahrscheinlich im Jahrbuch zu so etwas wie »Miss Hilfsbereit« oder »Miss Freundlichkeit« gewählt werden.

»Wirklich?«

»Ja. Es ist die Rede davon, im Country Club einen privaten Ball auszurichten.«

»Wie meinst du das?«, fragte ich. »Hat das die Schulverwaltung vor?«

»Nein. Die Schüler.«

»Welche Schüler?«, fragte Chloe.

»Ich bin mir nicht sicher«, sagte Marleen.

»Erlaubt das die Schule denn?«, fragte Chloe.

»Es wäre so ähnlich, als würde man eine Riesenfete außerhalb der Schule abhalten«, sagte ich. »Die Schule könnte wohl nichts dagegen tun.«

»Genau«, sagte Marleen. »Und das Komische dabei ist, weil es nicht auf dem Schulgelände stattfindet und nicht von der Schule genehmigt wird, werden angeblich nicht mal Anstandswauwaus anwesend sein – und deshalb wird es noch wüster und verrückter zugehen, als es bei einem *Schul*ball je werden könnte.«

Ich lachte. »Tja, dann hat's ja prima funktioniert.«

»Es ist nur ein Gerücht, das gerade kursiert«, sagte Marleen. »Keine Ahnung, ob es dazu kommt.«

»Hamilton wird happy sein. Hoffentlich amüsiert ihr euch köstlich.«

»Nun mach mal 'n Punkt, James. Ich hab dir doch gesagt, ich wollte nicht gehen.«

Auf die Rückseite meines Deutschhefts schrieb ich das Wort »Anstandswauwau«; ein interessantes Wort. Mir kam eine Idee für *Neurotica:* Vielleicht war Woolworths Traumjob, hauptberuflich als Anstandswauwau zu arbeiten und junge Leute daran zu hindern, einander auf der Tanzfläche umzubringen oder zu masturbieren.

Die ganze Zeit ging Timothy völlig in seiner Arbeit auf und schaute nicht hoch. Gewöhnlich vermied ich es, mir seine Arbeiten anzusehen (meist eine Art Fantasykunst à la *Dungeons & Dragons*), da er der mit Abstand Begabteste in dem Kurs war und ich nur Komplexe bekommen würde, was meine eigenen, mediokren Fähigkeiten anging. Ich war gerade gut genug, um an dem Kurs teilzunehmen.

»Ich habe eben noch mit Hamilton gesprochen«, sagte Chloe, »und ihm das Versprechen abgenommen, dass er seinen Freunden ausreden wird, mit dir nach der Schule irgendwas anzustellen.«

»Danke dir, aber glaubst du, er hält sich daran?«

»Ich glaube schon. Ich habe ihm gesagt, falls nicht – ja, ich bin mir ziemlich sicher, dass sie dich in Ruhe lassen werden.«

»Vor allem jetzt«, sagte Marleen, »denn falls es doch einen Ball geben sollte, na ja, eigentlich dürften sie dann doch keinen Grund haben, so wütend auf dich zu sein.«

»Sollte man meinen«, sagte ich, »aber einige von ihnen suchen nur einen Vorwand für eine Prügelei.«

Ich sah auf die Uhr. In etwa 45 Minuten war Schulschluss. Ich beschloss, nicht ins Sekretariat zu gehen. Marleen hatte Recht, und es sah nicht nur so aus, als gäbe es doch noch einen Ball, sondern ich hatte die Festivitäten ungewollt *verbessert.* Außerdem war die Van-Van-Mafia offenbar kein Problem mehr, und wenn die »Mafiosi«, die im schulischen Kastensystem so weit oben standen, mich in Ruhe lassen wollten, würden ihre unbedeutenderen Gefolgsleute ihrem Vorbild vermutlich folgen. Und falls mir dennoch irgendjemand weh tun wollte, hätte ich mit Brock und Jeff einen wilden Gesellen mit Koteletten und einen ehemaligen Football-Verteidiger an meiner Seite.

Und sollte es doch zum Schlimmsten kommen, hatte ich eine Abreibung vielleicht sogar verdient.

14.28 Ich war nicht begeistert von der Vorstellung, dass Tyler sauer auf mich war. Da Mr. Ottman nichts dagegen hatte, wenn wir andere Tische besuchten, entschuldigte ich mich von Chloe, Marleen und Timothy. Ich trat an Tylers Tisch und sagte zu seinem sandfarbenen Schädel: »Willste 'ne Paprika?« Das war eine Anspielung auf einen Hausmeister auf der Grundschule Blessed Sacrament, einem wohlmeinenden Mann, der Kindern manchmal selbstangebaute Paprikas anbot, die er in seinen Hosentaschen aufbewahrte. (Niemand wollte seine Paprikas haben.)

Tyler schaute auf und schenkte mir ein knappes Lächeln.

»Was dagegen, wenn ich mich kurz setze?«

»Nö.« Ich setzte mich neben ihn. Uns gegenüber war der Junge in Khakishorts, dessen Dad gestorben war. Ich hatte meine Arbeit mitgebracht, fing an zu schaben und hoffte, dass Tyler etwas sagen würde – egal was –, doch er schwieg. Er schaute nicht von seinem Kratzbild auf, das Method Man vom Wu-Tang-Clan darstellte.

»Du bist also immer noch sauer, weil ich dich in Schwierigkeiten gebracht habe?«

»Nö. Is nich wichtig.«

»Dann bist du wütend wegen meines Kommentars, übers Freundesein?«

»Nö. Alles paletti.«

»Wie hat er dich in Schwierigkeiten gebracht?«, fragte der Junge in Khakishorts.

»Hat mich verpetzt, weil ich Wodka in unserem Spind hatte.«

»Das ist uncool.«

»Das weiß ich auch, aber der Rektor hat es mir entlockt.

Darum bin ich hier. Ich wollte dir nur sagen, wie leid es mir tut.«

»Schon okay.«

»Tyler, bitte. Es tut mir wirklich leid, dass ich dich in Schwierigkeiten gebracht habe.«

»Ich sagte doch, is schon okay.«

»Würdest du mich wenigstens *ansehen?«*

Er sah mich an, nur leicht verärgert. »Ist alles in Ordnung. Chill, Alter.« Wir setzten unsere Arbeit fort, doch Sekunden später sagte er: »Ich bin stinkiger wegen dem Ball als darüber, dass ich vom Unterricht suspendiert werde.«

»Na ja, das tut mir leid, dass du davon betroffen warst, aber dich wird freuen zu hören, dass der Ball in diesem Moment wieder auf Kurs gebracht wird.«

»Das steht aber noch nicht fest.«

»Ich glaube, niemand könnte diesen Ball verhindern. Sei bitte nicht sauer auf mich.«

»Ich bin nicht sauer auf dich. Es ist nur – ach, vergiss es einfach. Beruhig dich. Alles in Ordnung.«

»Was wolltest du sagen?«

»Na ja, ich will dir ja nich dumm kommen, aber die Frage ist, was *geht ab* mit dir?«

»Was soll das heißen?«

»Das heißt, ich weiß noch, wie du ein total lieber Kerl warst. Jetzt beklaust du mich, sorgst dafür, dass ich vom Unterricht suspendiert werde, und lässt den Abschlussball verbieten. Du bist so 'ne Art Arsch. Als hättest du dich *verändert.* Man denkt sich: *Scheiße Alter,* was ist bloß mit dir *passiert?«*

»Musst du das wirklich fragen?«

»Was soll das heißen?«

»Nur so. Ich glaube nicht, dass ich mich verändert habe. Im Grunde bin ich noch derselbe, der ich mit zwölf war. Ich finde, wenn sich einer verändert hat, dann bist *du* das.«

»Wie hab *ich* mich denn verändert?«

»Wie hast du dich *nicht* verändert? Du fragst, was mit mir passiert ist. Tja, ich habe mich immer gefragt, was bloß mit *dir* passiert ist? Eben noch sind wir beste Freunde, und am nächsten Tag willst du nichts mehr mit mir zu tun haben. Lag es an etwas, das ich *gemacht* habe?«

»Genau dasselbe könnte ich dich fragen. Wieso hast *du* den Kontakt zu mir abgebrochen?«

»Das stimmt doch gar nicht.« Fast hätte ich angedeutet, dass die intensive Feierei in Panama City Beach seine Erinnerung getrübt hatte.

»Und ob das stimmt! Aber dass wir dieses Gespräch führen, ist schon irgendwie krank. Ich sag mal, klar hab ich mich verändert, seit ich ein kleiner Junge war. Was erwartest du? Die Leute ändern sich. Das *passiert* einfach.«

»Genau«, sagte der andere Junge. »Du behauptest, du hättest dich nicht verändert, aber hast du mit zwölf solche Anzüge getragen?«

»Halt dich da raus«, sagte Tyler mit Nachdruck und hielt eine Hand hoch. »Ich will mich nicht mit dir streiten, James. Ich weiß, das ist für dich ein schlimmer Tag. Aber pflanz mir jetzt keine Schuldgefühle ein, nur weil wir beide uns auseinandergelebt haben. Das soll vorkommen. Es ist zwar ätzend, aber so ist es eben. Und versteh mich nicht falsch. Ich wünschte, wir *wären* immer noch beste Kumpel. Nichts wäre mir lieber, als dass wieder 1989 wäre. Dann wäre ich immer noch ganz aufgeregt wegen, na ja, Weihnachten oder so, und meine Eltern würden noch zusammen in einem Haus wohnen. Aber man muss erwachsen werden. Es ist zwar ätzend, muss aber sein. Und in mancher Hinsicht ist es gut, wenn man erwachsen wird, denn weißt du was, wären wir's nicht geworden, würden wir immer noch in einer Bowlingbahn eklige Spuckereste trinken.«

»Statt Wodka aus unserem Spind.«

Er lachte. »Stimmt. Neulich hab ich noch daran gedacht, wie du und ich mal geglaubt hatten, bei McDonald's zu arbeiten, wär so was wie der beste Job auf der ganzen Welt.«

»Heißt das, er ist es nicht?«

Wir lachten alle drei, und auch wenn ich mein Gegenargument parat hatte (zuerst behauptest du, ich hätte mich verändert, nur um eine Hundertachtzig-Grad-Wendung hinzulegen und zu sagen, Veränderung sei etwas Natürliches?), beschloss ich, den Mund zu halten. Wir schabten und kratzten weiter, ich an meinem Jazz, er an seinem Rap.

Doch Tyler hatte Recht. Ich hatte mich verändert. Noch vor zwei Jahren hatte ich Jazz für langweiligen, unverständlichen Lärm gehalten. Ja, ich war nicht einmal derselbe Mensch, der dieses Gebäude vor sieben Stunden betreten hatte. Heute hatte ich mich gründlich blamiert.

Ich war jetzt weniger gut.

Schließlich stand ich auf. »Entschuldige noch mal wegen der Suspendierung. War schön, mit dir zu reden.«

»Ja. Und mit dir.« Tyler stand auf. Er entfernte sich ein paar Schritte von seinem Tisch, so dass er sich im Mittelgang ungestört mit mir unterhalten konnte. Für einen ganzen Satz ließ er seinen Ghettoslang weg. »Hey, was ich dir sagen wollte, wenn du mich mal anrufen willst oder so was, dann mach das ruhig.«

»Oh. Danke dir. Danke fürs Angebot.«

»Kennst du meine Telefonnummer noch?«

»555-0629.«

»Genau. Ich muss nicht mal überlegen. Du hast 555-1203.«

»Stimmt. Du kannst mich auch jederzeit gern anrufen.«

»Cool.«

»Bis die Tage.«

»Bis dann.«

Wir wussten beide, dass keiner von uns diese Nummern je wieder wählen würde. Und doch würden wir die Nummern nie vergessen.

Ich fragte mich, ob die unerbittlichste Demenz uns die Telefonnummer unseres besten Freundes aus Kindertagen nehmen konnte.

14.33 Zurück an meinem Tisch, warf ich einen kurzen Blick auf Timothys Arbeit. Er schraffierte fachmännisch sein Schabebild eines gehörnten Jäger-Kriegers, der mit Bogen und Brandpfeil auf eine Herde schafsähnlicher Wesen zielte.

»Deine Radierung ist beeindruckend.« Das meinte ich ernst. Auch wenn ich mir ein Werk mit dieser Thematik nicht an die Wand hängen würde, zeigte er außerordentliches Talent.

»Danke.«

»Ich weiß, dass du Stephanie Schnuck und mich beim Essen gesehen hast. Sie hat mich nur zum Spaß angemacht, falls du dich das gefragt hast.«

»Das war mir klar.«

»Woher?«

Er beugte sich vor und sah mich an, und ich wusste, dass er wollte, dass ich mich auch vorbeugte. »Vergiss sie. Tommy hatte Recht. Was du mit dem Ball gemacht hast … Einfach epochal.«

Ich lachte.

»Lach nicht.« Er sah mir direkt in die Augen, was ungewöhnlich war, da er normalerweise beim Reden nicht von seinem Kunstwerk aufsah.

»Verzeihung. So viele Leute waren so wütend auf mich. Es ist seltsam, jemanden zu hören, dem meine Aktion *gefallen* hat.«

»Mir hat das krass gut gefallen.« Er hatte eine tiefe Stimme, was komisch klang, weil er so schlank war. Er starrte mich einen Moment lang an, mit so intensivem, starrem Blick, dass ich auf die Innenseite meiner Wange beißen musste, um nicht zu lachen. Dann widmete er sich wieder seiner Jagdszene.

»Dir ist also klar«, sagte Chloe, »dass man *dich* für den Rest deines Lebens als den Typ kennen wird, der den Schulabschlussball verdorben hat.«

»Bist du deswegen immer noch sauer?«, fragte ich leise, was überflüssig war, da Marleen und Timothy uns trotzdem problemlos hören konnten.

»Nein. Aber es ist die Wahrheit. Wenn Leute aus unserem Jahrgang an dich denken, dann an denjenigen, der ihnen den Ball genommen hat.«

»Ich weiß nicht«, sagte Marleen. »Vielleicht behalten sie ihn als den Typ in Erinnerung, der Hamilton Sweeney während des Unterrichts angespuckt hat.«

»Davon hast du gehört?«

»Du bist ein heißes Thema.«

»Ich war nur deshalb so außer mir, weil er etwas Taktloses über meine Eltern gesagt hat.«

»Hat er das?«, fragte Chloe.

»Ja. Außerdem hat er mich einen Waisen genannt, was nicht einmal stimmt.«

»Warum sollte er das sagen?«

Ich fasste alles zusammen, was während des Feueralarms gesagt worden war. »... und ich meinte: Warum bringst du dich nicht um, oder etwas in der Art, was wirklich dumm war, klar, aber mir fiel nichts anderes ein.«

»Was hat er darauf erwidert?«

»Ich glaube, danach machte er die Bemerkung über meine Eltern.«

»Verstehe.« Chloe nickte. »Tut mir leid, dass er das gesagt hat.«

»Schon okay. Er kann nichts dafür, dass er ein Volldepp ist.«

»Bestimmt hatte er für dieses Benehmen seine Gründe.«

»Hamiltons Privatleben ist *ziemlich* kaputt«, sagte Marleen.

»Genau, lasst uns alle die männliche Schlampe verteidigen. Diese Schlampen brauchen jede Hilfe, die sie kriegen können.«

Marleen lachte.

»Würdest du bitte aufhören, jeden Schlampe zu nennen?«, fragte Chloe. Daraufhin musste ich lachen. »Ich meine es ernst. Ich hasse dieses Wort, seit ein Mädchen, das auf der St. Clement's zwei Klassen über mir war, schwanger wurde und jemand in großen, fetten Buchstaben *Schlampe* auf ihr Auto gesprüht hat, was dazu führte, dass ihre Eltern herausfanden, dass sie schwanger war –«

»Davon habe ich gehört«, sagte Marleen. »Das war Nina Frederiksen, stimmt's?«

»Stimmt. Daraufhin flippten ihre Eltern aus und haben sie mehr oder weniger verstoßen, weil sie superreligiös waren, und dann hatte sie einen Zusammenbruch und hat sich in den Brustkorb gestochen, und der Embryo starb, aber sie überlebte und kam in der Woche darauf wieder zur Schule und tat so, als wäre nie etwas gewesen.«

»Das ist schrecklich«, sagte ich.

»Genau. Und du weißt, dass ich genauso über Menschen denke wie du. Viele von ihnen *sind* Schlampen, aber die muss man einfach akzeptieren, denn wenn man's recht bedenkt, wäre es einem wirklich lieber, wenn alle Leute … Was will ich eigentlich sagen? … Willst du denn nicht, dass die Leute *frei* sind?«

»Klar will ich das.« Chloes Geschichte erinnerte mich an eine Geschichte, die mir meine Mutter einmal erzählt hatte. Vielleicht stimmte die Geschichte ja nicht einmal, aber angeblich war ein Mädchen, mit dem sie die Schule besucht hatte, sehr neugierig darauf gewesen, wie sich Sex anfühlte. Doch das war in den fünfziger Jahren, und obwohl manche Mädchen recht locker waren, war das die damalige Zeit nicht. Und dieses Mädchen wollte nicht mit einem Jungen ins Bett gehen. Sie befand also, statt eines Jungen könnte es auch eine leere Colaflasche tun. »… und durch den Unterdruck wurde ein Teil ihrer Geschlechtsorgane herausgesaugt.«

»Iih!«, rief Marleen.

»Ich werde gleich ohnmächtig«, sagte Chloe. »Und was geschah dann mit ihr?«

»Ich glaube, sie wurde zusammengeflickt. Also ja, mir ist klar, dass schlimme Dinge geschehen, wenn die Menschen nicht *frei* sind, wie du sagst, und ich will, dass alle frei sind. Versteh mich nicht falsch. Doch ich glaube, dass man frei sein kann, ohne ... dumm zu sein. Ich nehme an, jetzt bist du wieder sauer auf mich?«

»Nein. Aber – was macht *dich* zum großen moralischen Schiedsrichter von Osborne High?«

»Du *bist* immer noch sauer auf mich.«

»Nein. Nein, bin ich nicht. Tut mir leid, dass ich das überhaupt gesagt habe.«

»Schon in Ordnung.«

Chloe wechselte abrupt zum Thema College. Sie hatte ein Vollstipendium für die Stevens University in der übernächsten Stadt bekommen. Wie ich wollte sie pendeln. Sie und Marleen sprachen über Hauptfächer. Keine von beiden hatte sich schon für eins entschieden. Dann redeten wir über Stipendien, dann über Zulassungstests für Universitäten. Während wir uns unterhielten, machte Mr. Ottman seine Runden, sah jedem über die Schulter, gratulierte den meisten und unterbreitete gelegentlich Vorschläge.

»Sieht gut aus, James.«

»Danke.« Ich war mit meiner Radierung überhaupt nicht zufrieden und hatte den Verdacht, dass er das nur sagte, weil ich ihm leidtat.

»Wie geht's Chloe heute?«

»Chloe geht's gut«, antwortete Chloe. »Und Ihnen?«

»Sehr gut.«

»Hatten Sie heute vor, das Radio anzustellen?«, fragte ich.

»Nein, könnte ich aber machen.«

Manchmal spielte er während des Unterrichts Oldies auf Mittelwellesendern. Anscheinend waren Chloe und ich die Einzigen, die seine Musikauswahl mochten. Ich war schon glücklich, dass ich nicht Leuten zuhören musste, die meinen Körper haben wollten.

»Könnten wir die Colapause bald haben?«, fragte einer der nettesten Jungs, den man sich denken konnte, ein bulliger Redneck an Tommys Tisch.

»Oh, warum nicht. Mal sehen ...« Mr. Ottman ging zu seinem Schreibtisch und warf einen Blick in seinen Kalender. »Timothy und Lindsay, Sie sind mit Colaholen an der Reihe.«

Timothy war einer der wenigen Menschen, die wohl lieber im Kursraum bleiben würden, statt Cola zu holen; dennoch stand er auf, und er und das JROTC-Mädchen namens Lindsay gingen von Tisch zu Tisch, um Bestellungen aufzunehmen.

»Darf ich den Damen die Getränke spendieren?« Beide lehnten ab, doch Marleen kaufte von ihrem eigenen Geld eine Pepsi light. Ich nahm in der Schule selten Softdrinks zu mir, Chloe auch nicht.

Mr. Ottman machte das Radio an, in dem gerade ein Percy-Faith-Instrumental lief. Ich hatte ihn gebeten, das Radio einzuschalten, weil Chloe und ich bei dem zusätzlichen Lärm leichter über ihre Entscheidung reden konnten – falls wir je zum Reden kamen.

Der Redneck sagte Tommy, er solle nicht so viel Mountain Dew trinken, weil gelbe Limonaden eine Lebensmittelfarbe enthielten, die angeblich die Keimdrüsen schrumpfen ließ. Worauf Tommy erwiderte, und zwar so laut, dass es der ganze Raum hörte: »Na und?! Wie oft hast du eine Tussi sagen hören, sie sucht einen Typ mit dicken Eiern?«

Timothy nahm den für den Getränketransport bestimmten Karton. Als er den Raum verlassen hatte, ging Marleen, um sich mit einem anderen Mädchen zu unterhalten, so dass Chloe und ich endlich halbwegs ungestört waren. In genau demselben Augenblick legten Chloe und ich unsere Schaber beiseite. Dann sagten wir beide gleichzeitig »also«, und dann sagten wir gleichzeitig »verhext«. Ich sah ihr in die Augen – es gab nichts auf der ganzen Welt, in das ich lieber sehen würde –, und sie sah auf ihren Schoß, ihren missbrauchten Schoß.

»Hast du mich nicht lange genug zappeln lassen?«

»Okay. Ich weiß auch nicht – also, zuallererst, deinen Brief fand ich *phantastisch.* Ich wünschte, du hättest etwas *in der Art* im Kurs verteilt – nicht, dass mir dein Text nicht gefallen hat, aber der Brief, also, er unterschied sich halt von deinen anderen Texten. So als käme er von Herzen.«

»Doch von der Analyse meines Schreibstils abgesehen – und ich weiß deine Komplimente zu schätzen –«

»Genau. Stimmt. Okay. Mir gefällt überhaupt nicht, in welche Lage du mich bringst, dass ich mich bis zum Ende des Tages entscheiden soll.«

»Ich weiß. Tut mir leid. Ich halte es einfach nicht mehr aus. Und wie dieser Tag bisher gelaufen ist, wollte ich wohl alles auf eine Karte setzen.«

»Sieh mal, wegen eines Ultimatums eine Beziehung anzufangen – ich weiß nicht, was ich davon halten soll. Jedenfalls bist du damit bei mir ziemlich angeeckt.«

»Heißt das, du hast dich noch nicht entschieden?«

»Es heißt, dass es keine gute Idee war, von mir zu verlangen, dass ich dir bis zum Endes des Tages eine Entscheidung mitteile.«

»Heißt das – Chloe, bitte. Ich hatte einen ganz grauenhaften Tag. Würdest du mir bitte ein wenig entgegenkommen?«

»Ich *weiß*, dass du einen grauenhaften Tag hattest, und genau darum will ich das nicht *heute* machen.«

»Aber ich *sage* dir doch, ich *will*, dass du deine Entscheidung heute triffst, es sei denn, du hast entschieden ... Oh.« Sie räusperte sich.

»Verstehe. Du nimmst *ihn.*«

»Es tut mir so leid.«

»Ich bin so dumm. Du hättest dich ein wenig deutlicher ausdrücken können, aber nein – ich bin dumm.«

»Bist du nicht.«

»Na ja, irgendwie hab ich es wohl kommen sehen. Ich wusste, du würdest ihn nehmen. Und ich predige immer, die Leute müssen mehr Klasse zeigen. Und obwohl ich glaube, dass du einen Riesenfehler machst, werde ich versuchen, meinen Worten Taten folgen zu lassen, und dir und Hamilton Glück wünschen, denn das wäre eine noble Geste, aus der Klasse spräche, nicht wahr? Ich verspreche, dass ich mich in keiner Weise einmischen werde.«

»Ich wünschte nur, du hättest mich nicht vor diese Wahl gestellt.«

»Wie bereits erwähnt, es tut mir leid.«

»Wenn du das nicht getan hättest – dadurch sah ich mich schließlich gezwungen, mir die Situation genauer zu betrachten, weil ich für euch beide etwas empfinde, und das ist die Wahrheit. Ich empfinde *wirklich* etwas für dich, aber du sagtest, ich müsste wählen, womit du gewiss Recht hast – das musste ich tatsächlich machen, aber du hast es mir schwarz auf weiß dargelegt, mich *aufgefordert*, mich zu entscheiden, und, na ja, hättest du das nicht gemacht …«

»Das heißt also, dass ich dich gebeten habe, zu wählen, führte – von mir unbeabsichtigt – dazu, dass du Sweeney gewählt hast.«

»Ja – also, ich weiß nicht, aber es hat meine Entscheidung auf jeden Fall beschleunigt.« Am liebsten hätte ich ihr Gesicht zerkratzt, bekam dann Schuldgefühle, weil ich so etwas auch nur dachte.

»Das klingt plausibel.«

»Es tut mir so leid, James. Du weißt, dass ich große Stücke auf dich halte. Wir können immer noch ins Autokino fahren.«

»Eine schauderhafte Idee. Lass uns bitte nicht in dieser Phantasiewelt junger Leute leben, in der wir immer noch Freunde sein können.«

»Können wir das nicht?«

»Nur wenn wir den Begriff sehr locker verwenden. Zwischen uns wird es nie wieder so sein wie früher. Das weißt du auch. Lass mich nur noch eins sagen, und dann halte ich zu dem Thema die Klappe. Wenn ihr beide über den Gehweg schlendert, achte darauf, dass er auf der der Straße zugewandten Seite geht. Ich habe mir vorgestellt, dass wir beide viele gemeinsame Spaziergänge machen würden, und ich hätte immer dafür gesorgt, dass dir nichts zustößt. Das soll ein Mann nämlich tun, auf der dem Straßenverkehr zugewandten Seite gehen. Hamilton weiß das vermutlich nicht. Du musst es ihm also sagen. Ich hasse das. Ich wäre so gut zu dir gewesen, Chloe. Ist dir das nicht klar?« Ich sah einen feuchten Schimmer in ihren Augen. »Oh, herrje. Wirst du *weinen?* Mädchen ziehen *immer* solche Sachen ab.«

»Na, was erwartest du, wenn du so was Liebes zu mir sagst?«

»Ich bin nicht lieb. Hör zu, jetzt sag ich was Gemeines. Hoffentlich amüsierst du dich gut, wenn du jetzt mit all den coolen Arschlöchern Umgang pflegst.«

Daraufhin hielt sie sich die Hände vors Gesicht und schluchzte, doch das gelang ihr so leise, dass es niemand merkte. »O Gott, glaubst du wirklich, ich muss jetzt mit denen befreundet sein?«

»Nein. Hör bitte auf zu weinen. Das geht schon irgendwie. Das ist totaler Schwachsinn. Muss *ich* jetzt *dich* trösten? Warum darfst du weinen und ich nicht? *Ich* sollte weinen. Ich wäre so gut zu dir gewesen, Chloe. Ihr Mädchen – ihr *Menschen,* ich könnte zu euch allen so gut sein, aber das *wollt* ihr ja gar nicht, stimmt's? Ihr steht drauf, wenn man auf euch scheißt. Okay, ich bin schon still. Also bitte. Nun reg dich nicht so auf, sonst kriegst du noch einen Rückfall. Es wird schon gehen.« Ich tätschelte ihr väterlich den Rücken. Sie riss sich zusammen und arbeitete weiter an ihrer Radierung, so wie ich an meiner. Ihr Schniefen nervte mich, und ich wäre am liebsten an einen anderen Tisch gewechselt.

»Gott, ich wünschte, ich hätte dich nie kennengelernt.«

»Das ist ein furchtbarer Gedanke.«

»Ich weiß. Als Nächstes willst du mit ihm zusammenziehen.«

Sie lachte. »Nein. Wie kommst du darauf?«

»Das machen Leute nun mal. Er wird sagen: *Chloe, lass uns zusammenziehen, damit wir gemeinsam im Whirlpool liegen und Mainstream-R'n'B hören können.*«

»Wir ziehen nicht zusammen. Wir sind noch nicht mal miteinander ausgegangen. Ich weiß nicht mal, wie ernst es ihm mit mir ist.«

»Ihm ist es jedenfalls ziemlich ernst mit dir. So viel habe ich während unseres Streits herausgefunden.«

»Wirklich?«

»Ja.«

»Was hat er gesagt?«

»Also bitte. Lass mich nicht derjenige sein, der eure Beziehung voranbringt.«

»Verzeihung.«

»Zufällig könnte ich euch beiden ein Problem bereitet haben, weil ich ihm irgendwann während unseres Streits erzählt habe, wie wir uns über ihn lustig gemacht haben.«

»Wirklich?«

»Ja. Oh, und ich habe ihm den Brief gezeigt, den du mir geschrieben hast.«

»James.«

»Das schien seine Gefühle für dich nicht zu beeinflussen. Ich glaube sogar, er mag dich jetzt noch *mehr.* Jedenfalls werde ich ihm morgen sagen, ich hätte mir nur ausgedacht, dass wir uns über ihn lustig machten.«

»Das musst du nicht tun.«

»Ein Gentleman würde es tun.« Ich sah, dass Marleen zu uns zurückkam. »Mach dir bloß keine Sorgen, Chloe. Sei einfach glücklich. Wenigstens werden wir immer Wal-Mart haben.« Sie lachte. Ihr nerviges Schniefen hielt an.

Im Radio lief ein Oldie, *'til There Was You*, ein wunderschöner Song, Lieder *dieser* Güte würden nie wieder geschrieben werden.

14.47 Jetzt wurde mir klar, dass unser Ausflug zu Wal-Mart dem am nächsten kam, was Chloe und ich je als Date haben würden. Unser einziger Ausflug kam zustande, weil ein Lehrer seinen Kurs in Paare aufteilte – die einzige Gelegenheit, bei der ich das begrüßte. Damals im März (dem Tag nach Joe DiMaggios Tod) vergab Mr. Ottman ein Projekt, bei dem wir eine Kunstrichtung recherchieren und ein Referat halten mussten. Mittlerweile telefonierten Chloe und ich miteinander, es bot sich also an, dass wir Projektpartner sein würden.

Wir entschieden uns für den Dadaismus, über den es in der Schulbücherei keine Literatur gab, weshalb Chloe vorschlug, die öffentliche Bibliothek von Vandalia aufzusuchen. Eines Tages fuhr Chloe nach der Schule zum ersten und einzigen Mal mit mir in meinem Wagen. Als wir die Bibliothek betraten, gefiel mir, dass die Damen an der Ausleihe wahrscheinlich dachten, wir wären ein Paar. Als wir vorne an den Computern saßen, um Dadaismus nachzuschlagen, forderte ich Chloe scherzhaft auf, leise zu sein, obwohl sie flüsterte. »Ist das dein erster Besuch in einer Bibliothek, Liebes?«, fragte ich. Dann sagte sie mit unnötig lauter Stimme: »Glaubst du, sie haben hier Bücher, die mir bei meinen Eileitern helfen?« Und dann forderte uns die leitende Bibliothekarin tatsächlich auf, doch bitte leiser zu sein. Chloe errötete. Sie sagte mir, sie hätte das nur gesagt, um herauszufinden, wie ich reagiere.

Als wir das Regal mit den Kunstbüchern gefunden hatten, dachte ich, wie toll es wäre, wenn wir uns gleich dort, in der Kunstabteilung der Bibliothek, zum ersten Mal küssen würden. Niemand war in der Nähe, doch ich konnte nicht, weil es so bizarr gewesen wäre. Doch jetzt wünschte ich, ich hätte es getan.

Zu der Aufgabe gehörte auch, dass jeder von uns ein eigenes dadaistisches Bild zeichnete und es dann auf einem Plakatkarton befestigte und auf diesem Plakatkarton mittels eines Diagramms alle Elemente des Dadismus eintrug, die unsere Bilder enthielten. Da ich unsere gemeinsame Zeit verlängern wollte, fragte ich Chloe, ob wir nicht gemeinsam unseren Plakatkarton bei Wal-Mart besorgen sollten.

Als wir den Discounter betraten, fragte sie die Angestellte am Eingang scherzhaft: »Müssen wir unsere Schuhe ausziehen?« Die Angestellte, eine alte Dame, sagte: »Warum sollten Sie das tun?« Chloe antwortete: »Damit wir Ihren Teppichboden nicht dreckig machen.« Das Lustigste daran war, dass es gar keinen Teppichboden gab, nur Bodenfliesen. Die Frau wusste nicht, was sie sagen sollte. Das war der Augenblick, als ich Chloe total und unwiderruflich verfiel.

Wir fanden unseren Plakatkarton und auch andere Materialien, doch dann hörte ich sie zu meiner Begeisterung sagen: »Lass uns rumlaufen und Leute beobachten.« Wie immer gab es im Wal-Mart jede Menge abgefahrene Leute. An diesem Tag sahen wir eine asiatische Familie durch den Laden gehen und Maiskolben essen, und zwar so, als wäre es das Normalste auf der Welt. Chloe und ich kamen überein, dass das zu den erstaunlichsten Dingen gehörte, die wir je gesehen hatten.

Nach dem Wal-Mart setzte ich Chloe an ihrem Wagen ab, der noch bei der Schule parkte. Es war bedrückend, sich auf dem leeren Parkplatz voneinander zu verabschieden, doch ich war auch aufgeregt, weil alles erstaunlich gut gelaufen war.

Wenn ich in den darauffolgenden Wochen durch Vandalia fuhr, kamen mir Gedanken wie: »Das ist die Straßenkreuzung, an der Chloe über Johnny Depp geredet hat«, oder: »Chloe sagte, dass ihr der Kassierer in diesem Supermarkt irgendwie nicht geheuer war.« Manchmal betrachtete ich den Sitz, auf dem sie einmal als meine Beifahrerin gesessen hatte, strich mit der Hand über die Polsterung und fragte mich: »War sie wirklich da?« Ähnlich legte sich über die Bibliothek und den Wal-Mart eine dicke Schicht aus Nostalgie, ja sogar Trauer – und das wegen Ereignissen, die keine zwei Monate alt waren.

Und Hamilton Sweeney vögelte sie, als wäre es gar nichts.

Daran dachte ich gerade, als die Klinge meines Schabers in der Mitte zerbrach; ich hatte zu fest gedrückt, als mir die Galle überlief.

Schließlich bekamen wir für unser Projekt eine Eins. Ich zeichnete ein Kätzchen, das sich gerade in den Schauspieler John Stamos verwandelte, und Chloe zeichnete eine menschliche Löwenzahnblüte. Später sagte uns Mr. Ottman, unsere Präsentation sei die mit Abstand beste des Kurses gewesen.

14.51 Ich stand gerade am Schrank und kramte geräuschvoll in einem Behälter mit Schabern, als meine Mitschüler im Kursraum nach vorn stürmten. Die Getränke waren da. Während die meisten Schüler sich auf den Karton stürzten und sich die Getränke schnappten, die er gerade gebracht hatte, kam Timothy zu mir und stellte sich so hin, dass wir beide teilweise von der hohen Schranktür verdeckt wurden.

»Ich muss dringend mit dir reden«, sagte er so leise, wie dies sein monotoner Bass zuließ.

»Na schön. Hier bin ich.«

»Nach einem wie dir habe ich gesucht.«

»Oh. Herrje.«

»Was du getan hast, hat mich begeistert. Du hast ihr System demontiert. Es war ein Akt der Zerstörung, und das bewundere ich. Ich will aber noch einen Schritt weitergehen. Sie haben Schlimmeres verdient als das, was du gemacht hast. Ich habe schon seit einiger Zeit eine Idee, aber für eine solche Mission sind zwei Personen erforderlich.«

Ich war perplex. Noch nie hatte ich ihn so viel sprechen hören.

»Was genau schwebt dir denn vor?«

Er schaute hinter dem Schrank hervor und sah sich um. Unsere Cola schlürfenden Mitschüler ließen sich wieder auf ihren Plätzen nieder.

»Hier kann ich nicht darüber reden. Gibst du mir deine Telefonnummer?«

»Äh, ich weiß zwar nicht, was du vorhast, es klingt aber nicht so –«

»Pst!« Er sah, dass Tommy auf uns zukam, und eilte an unseren Tisch zurück.

»Was wäre, wenn es einen Typ gäbe, der Knoblauchbutter pinkelt«, sagte Tommy, eine Dose Mountain Dew in der Hand, »und deshalb einen Job bei Red Lobster bekäme, wo er in die Scampi pullern müsste?«

Ich sah ihn an, und mein Blick sagte: *»Hä?«*

»Hältst du den für einen echten Brüller?«

»Ich weiß nicht so recht.«

»Ich hab einen ganzen Sketch mit Knoblauchbutter.«

»Das an sich ist schon ziemlich lustig. Ich müsste aber die ganze Geschichte hören.«

Während Tommy schier endlos von Knoblauchbutter erzählte, fand ich eine Schabeklinge in der richtigen Größe. Da ich nicht bei Chloe sitzen wollte, setzte ich mich an Tommys Tisch zu dem Redneck und einem leise sprechenden Goth-Mädchen. Tommys Traum war es, Stand-up-Comedian zu werden, und er gab immer testweise seine Nummern zum Besten.

»Komisch ist es«, sagte ich über seine Knoblauchbutternummer, »aber nicht dein stärkstes Material. Vielleicht könntest du es irgendwie in der Mitte deines Auftritts einbauen.«

Er nickte und schabte weiter an einem vollbusigen Alien, der im Kentucky Lake angelte. Erstaunlicherweise hatte Tommy bei jeder einzelnen Aufgabe in diesem Kurs einen Alien gezeichnet. Während im Hintergrund Olivia Newton-Johns *Please, Mister, Please* im Radio lief, setzte ich meine Arbeit fort und sah dabei immer mal wieder zu Timothy hinüber, der nicht zurückschaute, sondern von seinem Kunstwerk hypnotisiert zu sein schien. Ich wollte nicht, dass dieser Typ mich anrief. Außerdem behielt ich Chloe im Auge, die aussah, als würde sie jeden Moment Tränen vergießen, was mich wütend machte. Obwohl ich ohnehin schon vermutet hatte, dass sie sich für Sweeney entscheiden würde, war ich immer noch empört. Wie konnte sie es wagen, nicht mich zu wählen! Zwei Tage nachdem ich meinen Vater zu Grabe getragen hatte! Ich dachte, ich hätte meine Belastungsgrenze in Englisch erreicht, spürte aber, wie ich mich wieder bis zum Siedepunkt erregte, mir am liebsten mein eigenes Kinn abgebissen hätte. Ich schloss die Augen und sagte mir im Stillen: »Beruhig dich, James. Du darfst bald nach Hause. Die Highschool ist nichts für dich, aber die Zukunft. Chloe ist nichts für dich, aber die Zukunft. Beruhig dich. Du darfst bald nach Hause.«

Das half, wenigstens vorübergehend.

Tommy begann eine neue Comedy-Nummer, in der es darum ging, dass der Name jedes männlichen Ensemble-Mitglieds der Fernsehsendung *Saturday Night Live* das Wort »Brüste« ersetzen konnte. »Mann, hast du die Bill Murrays an der Tussi gesehen? Die hat ein paar geile Dan–«

»Entschuldige, aber ehe du wieder loslegst, sollst du wissen, dass mir leidtut, wie ich mich vorhin benommen habe. Das war fehlgeleitete Wut meinerseits. Ich hab mich kindisch benommen.«

»Wovon *laberst* du da?«

»Von der ganzen *Star-Wars*-Sache.«

»Ah ja. Komm einfach mit uns.«

»Ich will nicht eingeladen werden, nur weil ich mich beschwert habe, dass ich nicht eingeladen wurde.«

»Sei nicht so ein Mädchen!«

»Ihr seid doch die ganze Zeit nur zugedröhnt. Dann fühle ich mich deplatziert. Und ich werfe euch nicht vor, dass ihr euch zudröhnen wollt. Ich verstehe, was einen daran reizt. Aber macht das ohne mich. Ihr habt es hier mit einem Typ zu tun, der sich schlicht nicht amüsieren *kann.* Ich bleibe besser zu Hause.«

»Wenn die Welt untergeht, wirst du dir wünschen, du wärst mehr ausgegangen.«

»Och Tommy, komm wieder runter. Diese verdammte Welt geht nie unter. Sie wird sich nur schneller drehen, noch feindseliger werden, der Druck wird immer größer werden, und eines Tages kriegen all diese Leute Kinder, die meine Kinder misshandeln, und das geht ewig so weiter. Was rede ich da eigentlich? Ich werde nie Kinder haben. Ich kann ja nicht mal einen anderen Menschen dazu bringen, mich zu *mögen.* Ich kann mir nicht vorstellen, je eine Person zu finden, die mich heiraten will. Aber die Welt geht nicht unter. Das wäre zu einfach. Sie wird nur älter, und je älter sie wird, desto schlimmer wird sie werden. Genau wie wir.«

»Mann, warum bist du immer so *negativ*? Du hast es der *ganzen Schule* besorgt. Du solltest dich jetzt gerade supergut fühlen.«

»Mein Dad ist gestorben.«

Er schwieg, genau wie die anderen beiden am Tisch, die so taten, als hätten sie mich nicht gehört.

»Du fragst, warum ich so negativ bin. Das könnte der Grund sein. *Wusstest* du, dass er gestorben ist?«

»Ja«, sagte Tommy.

»Warum hast du dann nichts gesagt?«

»Weil *du* nichts gesagt hast. Ich habe darauf gewartet, dass du etwas sagst, was du nicht getan hast, deshalb dachte ich, *du* wolltest nicht darüber reden.«

»Wollte ich auch nicht.«

»Was zum Geier?! Du drehst dich im Kreis.«

»Das weiß ich. Mir geht's nicht gut. Ich glaube, ich krieg 'ne Krise. Letzte Stunde hab ich jemanden angespuckt.«

»Wen?«

»Hamilton Sweeney.«

»Der hat's bestimmt verdient. Warum hast du ihn angespuckt?«

»Das ist eine lange Geschichte. Ich schäme mich, dass ich so etwas tun konnte. Als ich es tat, fühlte ich mich gar nicht wie ich selbst. Ich sah, wie ich es tat, und dachte: Verdammt, James. Tu das nicht. Ich komme mir vor, als würde ich verrückt. Sogar jetzt schlottere ich innerlich.«

»Hast du ihm ins Gesicht gespuckt?«

»Ich hab's versucht, ihn aber verfehlt. Doch darum geht's nicht. Ich will dir sagen, dass ich befürchte, krank zu sein. Vielleicht trauere ich falsch.«

»Hm.«

»Was soll einer wie ich machen? Ich kann keine Partys feiern, und ich weiß nicht, wie man trauert. Was bleibt mir da noch übrig? Und wieso kriege ich kein Mädchen? Bin ich *so* abstoßend?«

Ich wusste nicht einmal, ob er mir überhaupt zuhörte.

Ich sah zu Chloe hinüber, die sich mit Marleen über den Spring Break unterhielt. (»Wenn irgendwo Palmen stehen, bin ich glücklich.«)

Ich fragte mich, wie viel Zurückweisung ein Mann erträgt. Die Welt wollte nicht »ja« zu mir sagen. Chloe war nicht die Erste. Ich kam mir vor, als hätte mir jeder Mensch, den ich jemals kannte, »nein« ins Gesicht geschrien. Mein Herz war schon so oft gebrochen worden, dass es bestimmt nicht mehr als Herz erkennbar war. Es glich eher einem vertrockneten, von mangelnder Lust verkalkten Auswuchs, der aber dennoch in die Neurose romantischer Zuckungen verfiel. Vermutlich könnte ich es auch so nennen wie alle anderen: Liebe.

Ich fragte mich: Was wird nur aus all dieser unerwiderten Liebe? Die Liebe, die ich anbiete, die aber nie angenommen wird – wo geht sie hin? Schnappt sie sich irgendein anderer Kerl und gibt sie erfolgreich aus? Baut sie sich nach und nach in meinem Inneren auf wie verkalkte Arterien oder Ablagerungen im Gehirn? Wird sie schlecht wie irgendein Obst, das keiner gegessen hat? Das muss es sein. Die Nichterfüllung sammelt sich am Boden des Auswuchses, wo sie langsam verfault, bis sie schließlich eines Tages als böse erkannt wird.

Ja, mir fielen mehrere Stellen ein, wo diese unerwiderte Liebe enden könnte.

Ich sah Timothy an, dessen Gesicht praktisch immer noch in seiner Arbeit steckte, und ein abscheulicher Gedanke huschte mir durchs Hirn: in Ordnung, du seltsamer Mistkerl. Ich mache mit. Was auch immer du mit ihnen vorhast, ich werde dir helfen.

Damit machte ich mir selbst Angst. Entsetzliche Bilder kamen mir in den Sinn. Wenn meine Gedanken und Gefühle hätten Gestalt annehmen können, hätten sie wie schlaffe Knubbel elektrisch geladenen Knorpels ausgesehen. Als ich Chloe betrachtete und den Riss in meinem Anzug befingerte, beschleunigte sich mein Herzschlag, und alles klang lauter als normal. Dass alle auf ihrem Schabekarton kratzten, klang wie Ratten, die versuchten, sich einen Weg durch meinen Hinterkopf zu wühlen. Vielleicht endete dieser Tag damit, dass ich in einer Zwangsjacke steckte und mit blutunterlaufenen Augen und wirrem Haar in eine Nervenklinik geschafft wurde, auch wenn ich mir nicht sicher war, ob man die heute noch so nannte.

»Ich habe nicht mal geweint«, sagte ich, weil ich dachte, Reden könnte meinen Gedankengang normalisieren, und teilweise hatte ich Recht. »Was stimmt nicht mit mir, dass ich nicht mal geweint habe?«

Tommy zuckte mit den Achseln.

»War schön, mit dir zu reden«, sagte ich.

»Was willst du denn von mir hören?«

»Weiß auch nicht.«

»Sollen wir diesen Sommer zusammen abhängen?«

»Wie kommst du *darauf*?«

»Keine Ahnung. Vielleicht kommst du dann eher auf andere Gedanken.«

»Du willst doch nur mit mir abhängen, weil ich dir leidtue.«

»Nein! Ich hab's echt satt, die ganze Zeit Party zu machen und, na ja, mich in unangenehme Situationen zu bringen. Dieses Jahr bin ich schon zweimal fast gestorben. Und ich weiß, dass du nicht gern Party machst, und dann seh ich dich an und denke: Tja, James macht nicht Party, aber cool isser trotzdem.«

»Ich bin *nicht* cool, trotzdem danke für das Kompliment.«

»*Klar* bist du cool. Was du mit dem Ball angestellt hast, war mit das Coolste überhaupt, und es hat bei mir zu der Überlegung geführt, ich könnte vielleicht cool sein, ohne dass ich es, na ja, die ganze Zeit versuche – oder wie soll ich sagen? Die Leute dröhnen sich doch nur deshalb zu, weil es ihnen beim Bumsen hilft. Und ich bin's leid. Lass uns diesen Sommer einfach abhängen.«

»In Ordnung. Und danke.«

Wir schwiegen beide. Ich fühlte mich immer noch zittrig, doch mein Herzschlag wurde langsamer, und der Lärm um uns herum ließ etwas nach. Tommy hatte es irgendwie geschafft, dass ich mich besser fühlte, wieder als ganzer Mensch, als wäre nach diesem grauenhaften Tag endlich der Vorhang gefallen.

Ich betrachtete eine Collage von Zwölftklässlerfotos, die Mr. Ottman auf eine Korkpinnwand gepappt hatte. Es waren seine ehemaligen Schüler. Dann sah ich auf die Uhr. In sechzehn Minuten durfte ich nach Hause.

Während ich weiterarbeitete, spürte ich die unverkennbaren Symptome einer leichten nahenden Erkältung. Hinter meinem Gesicht kribbelte es, und jedes Schlucken wurde von einem dumpfen Schmerz begleitet. Zwanghaft schluckte ich immer und immer wieder, wollte herausfinden, wie weh es wirklich tat. Ich war froh, dass Tommy mir eine Frage stellte, damit ich endlich aufhören konnte.

»Was machst du diesen Sommer?«

»Ich möchte schreiben, hauptsächlich. Da ist es sogar von Vorteil, wenn man keine Freundin hat. Niemand stört mich beim Schreiben. Und du?«

»Nichts. Ich werde wohl an meinem Comedy-Programm feilen.«

»Wenn wir in diesem Sommer wirklich was zusammen machen, was würdest du gern tun?«

»Weiß nicht. Mich über Leute lustig machen?«

»Das klingt doch ganz gut. Vielleicht im Einkaufszentrum?«

»Klar. Ich ruf dich an.«

»In Ordnung. Ich bin der einzige Weinbach im Telefonbuch.«

Kaum hatte ich das gesagt, bereute ich es schon, weil Timothy es hätte hören können. Ich schaute zu ihm hinüber, und tatsächlich sah er mich an und nickte, das eine Auge von seinen strähnigen schwarzen Haaren verdeckt.

»Ich geh dann mal wohl an meinen Tisch zurück.«

15.00 Als ich mich setzte, warf Chloe mir einen bekümmerten Blick zu und sah dabei bezaubernder aus denn je. »Schenk uns ein Lächeln«, sagte ich. Sie schenkte mir ein Lächeln, und ich hätte sie am liebsten gleichzeitig küssen und erdrosseln mögen. Dann tadelte ich mich selbst, weil ich jemanden erdrosseln wollte. Gern wäre ich ihr mit den Fingern durchs Haar gefahren, ließ es aber natürlich sein.

Obwohl es noch zu früh war, begannen einige Schüler ihre Arbeiten im Schrank zu verstauen, als würde es dadurch schneller Viertel nach drei. Ich hörte die ersten Autoschlüssel klappern und Rucksackreißverschlüsse, und die Schüler redeten so laut, dass ich das Radio kaum hörte. Gerade lief Lou Rawls' *You'll Never Find Another Love Like Mine*, was ich am liebsten voll aufgedreht hätte.

»Ihnen ist doch hoffentlich klar, dass die Stunde noch nicht zu Ende ist«, sagte Mr. Ottman.

»Ich bin aber mit meiner Arbeit fertig.«

»Ich auch.«

Einige konnten nicht mehr stillsitzen und schlurften ziellos wie Penner zwischen den Pulten herum. Doch die Leute an meinem Tisch, dieses wackere Grüppchen, arbeiteten weiter, so dass ich unmöglich mit Timothy über seine Pläne reden konnte. Und doch wollte ich ihm sagen, dass mich nichts dazu bringen würde, irgendwem Leid zuzufügen, und es auch von ihm nicht dulden würde. Niemand hatte das verdient. So müde ich auch war, fand ich doch, das müsse jetzt gleich geklärt werden.

»Hör mal, Chloe, du hast doch vorhin gefragt, warum ich den Ball absagen ließ.«

»Ja, aber du musst dich nicht rechtfertigen.«

»Das will ich aber. Ich *muss* darüber reden. Zunächst einmal hatte ich das nicht vorher geplant. Es gab kein großes Projekt. Es ist einfach passiert. Ich will – genauer, ich *kann* – nicht in die Details gehen –, doch so unwahrscheinlich es klingt, ich hab's fertiggebracht, Mr. Shankly zu überreden, den Ball abzusagen. Ich hätte nicht im Traum gedacht, dass er es wirklich tun würde. Stimmt, es war natürlich ein Akt der Rebellion, und auf diesen Aspekt bin ich *wirklich* stolz. Aber vor allem bin ich stolz, dass es eine intellektuelle Rebellion war. Ich habe Wissen benutzt, um sie durchzuführen, keine Waffen. Und niemand ist dabei körperlich zu Schaden gekommen.«

»Ich weiß«, sagte Chloe.

»Ich weiß, dass du es weißt, aber lass es mich fertig erklären. Ich bin *nicht* stolz darauf, dass Menschen emotional verletzt wurden. Ich *dachte,* ich wollte Menschen verletzen, doch glaub mir, es ist *kein* gutes Gefühl, Menschen traurig zu machen. Und heute habe ich viele Menschen traurig gemacht, viele Schüler und sogar den Rektor. Ich mag Mr. Shankly nicht, aber ich habe ihn so in Verlegenheit gebracht, dass er früher weggegangen ist, und ich jetzt nicht weiß, wo er ist oder wie es ihm geht, und ob ich mir den Rest des Tages um ihn Sorgen machen muss. Ich habe also herausgefunden, dass ich viel lieber Opfer als Täter sein möchte.«

Timothy sah nicht auf, und darum wusste ich nicht, ob er zuhörte oder nicht. Trotzdem musste ich Chloe gegenüber noch deutlicher werden.

»Ich hätte es nicht tun sollen. Es hat mir für mein Leben nicht wirklich was gebracht. Ich fühlte mich dadurch nicht besser. Also gut, vielleicht habe ich mich danach ein, zwei Minuten besser gefühlt, doch letzten Endes hat es mir nur Kummer gebracht. Es war ein Fehler. Und auch wenn es ein Akt der Rebellion oder ein Akt der *Zerstörung* war oder wie man es sonst nennen mag, so war es doch vor allem ein Akt der Gemeinheit … und der *Verzweiflung.* Ich kam mir vor, als würde ich heute von allen *erdrückt,* deshalb wollte ich sie auch erdrücken. Ich litt, darum sollten alle anderen auch leiden. Darauf läuft es letztlich hinaus. Ich war nichts als ein boshafter kleiner Spießer. Nichts daran ist cool. Und es stimmt, all die anderen Jugendlichen habe ich immer verachtet. In meinen Augen sind sie wie Kinder, und ich stelle mir vor, wie sie kaputtgehen, weil ihre Großeltern gestorben sind, obwohl sie ihre Großeltern nie besucht haben, als die noch lebten. Doch ich vergesse immer, dass alle genauso leiden wie ich. Nur dass sie *stumm* leiden. Nie erzählen wir, was uns am meisten belastet. Nichts fällt den Menschen so schwer, wie zu kommunizieren. Jugendlichen fällt es vielleicht noch schwerer. Wie George Orwell in *1984* geschrieben hat, es ist, als würden Enten quaken, und es fällt schwer, Mitgefühl für Leute zu entwickeln, die wie Enten quaken. Noch etwas. Eigentlich mag ich die Vorstellung nicht, dass ich andere mit meiner Tat inspiriere. Weißt du, Chloe, ich bin überhaupt nicht gern, wie ich bin. Ich *mag es nicht,* dass ich immer so überkritisch bin. Es ist *anstrengend.* Wenn ich überkritisch bin, fühle ich mich immer schlecht dabei. Ich will Menschen *mögen.* Das will ich mehr als alles andere, habe aber das Gefühl, als *wollten* die Menschen nicht von mir gemocht werden. Doch auf sie einzudreschen, es ihnen heimzuzahlen, das ist nicht die Lösung.«

»Was *ist* denn die Lösung?«, blaffte Timothy. Er hörte also zu. Wieder musterte er mich durchdringend, während ich überlegte, was um alles in der Welt ich darauf antworten sollte. Unter seinem bohrenden Blick sah ich zu Boden.

»Das«, sagte ich und wies mit dem Kopf auf seinen Karton. »Diese ganze Energie, die ich heute vergeudet habe, indem ich herumgerannt bin und die Pläne anderer zunichtegemacht habe! Ich hätte sie gescheiter in meine Arbeit investiert. In meinem Fall in meinen Roman.«

Timothy spitzte die Lippen, und sein Blick sagte mir, wie

wenig er von mir hielt. »So. Ich hab mein Sprüchlein aufgesagt. Jetzt bin ich still.«

»Ich finde, du gehst zu hart mit dir ins Gericht«, sagte Chloe. »Mit deiner Aktion hast du vielen auch geholfen. *Manche* Leute hast du damit sogar glücklich gemacht.«

»Ja, aber wie du richtig sagst, sie werden mich immer im Gedächtnis behalten als den Typen, der ihnen ihren Abschlussball genommen hat. Das wird mein Vermächtnis sein.«

»Vielleicht auch nicht«, sagte Marleen.

Ich widmete mich wieder meinem Karton, und als ich einige der abgeschabten schwarzen Farbreste wegwischte, fiel mir auf, dass ich ein winziges Loch in den Karton gekratzt hatte. Chloe stand auf und sagte: »Fertig.« Sie hielt das Kratzbild ihres Hundes hoch, und Marleen und ich machten ihr wohlverdiente Komplimente. Chloe war im Zeichnen und Malen viel begabter als ich. Sie brachte ihr Werk zu Mr. Ottman an den Tisch, und als Marleen aufstand, um ihre Pepsi-light-Dose wegzuwerfen, hatte ich kurz Gelegenheit, mit Timothy zu sprechen.

»Ich weiß, es kommt einem so vor, als wären sie nichts als ein fieser, dummer Haufen von Huren, aber hör mir zu. Sie können nicht anders. Menschen haben viel mehr Möglichkeiten, ins Schlechte abzudriften, als es nicht zu tun. Doch es gibt immer noch gute Menschen auf der Welt. Du musst mir glauben. Ich weiß nicht, wo sie sind. Vielleicht gehen sie auf eine andere Schule oder sowas, aber eines Tages lernen wir vielleicht den einen oder anderen von ihnen kennen.« Chloe und Marleen kamen zurück an den Tisch. »Also egal, was du vorhast –«

»James. Würdest du dich bitte *abregen*?«

»Ich will nur nicht, dass du jemanden verletzt.«

»Stinkbomben. Ich wollte nur ein paar Stinkbomben werfen.«

15.07 Während ich weiterarbeitete, überlegte ich, was ich tun würde, wenn ich nach Hause kam, falls ich nicht wegen eines Zwischenfalls auf dem Parkplatz ins Krankenhaus musste. Als Erstes würde ich ins Bad gehen. Schon seit einigen Stunden hatte ich Urinstau und spürte, dass mein Magen durchaus wieder aufmucken könnte. Außerdem musste ich ein wenig Hämorrhoidensalbe auftragen, vielleicht auch meinen wunden Daumen verbinden und meine Mom fragen, was ich wegen der versengten Fingerspitzen unternehmen sollte. Ich würde auch meine Zehen untersuchen und mich vergewissern, dass sie nicht gebrochen waren. Dann würde ich mit meiner Mutter reden. Ich würde mir ein T-Shirt anziehen müssen, damit sie mein zerrissenes Jackett nicht sah. Ich würde Schuldgefühle haben, weil ich ihr die Ereignisse des Tages verschwieg, doch ich wollte sie nicht beunruhigen. Und mir war auch nicht danach, das Ganze noch einmal aufzuwärmen. Ich würde es ihr noch früh genug erzählen müssen, aber heute lieber nicht. Hoffentlich würde sie nicht erwähnen, dass sie von Osborne einen Falsch-verbunden-Anruf bekommen hatte. Nach unserem Gespräch würde ich eine »Lemon & Lime«-Limonade trinken (bei einer Erkältung muss man schließlich besonders viel trinken), meine Zimmertür schließen, das Licht ausknipsen und ins Bett gehen.

Ich beendete meine Radierung, zeigte sie aber keinem,

weil sie erbärmlich und mies war. Ich legte sie mit der Vorderseite nach unten auf Mr. Ottmans Tisch, während er einem anderen Schüler erklärte, der Unterricht sei bald zu Ende und es gebe keinen Grund, ihn jetzt noch auf die Toilette gehen zu lassen. (Diese Leute wollten im Leben nur eins erreichen, nämlich aufs Klo zu gehen.) In der Nähe seines Schreibtischs sah ich das letzte Fundstück dieses Tages auf dem Boden liegen: eine kaputte Floppy Disk.

Ich setzte mich wieder und sah zu, wie alle ihre Coladosen zerquetschten, die Rucksäcke anzogen und auf die Uhr sahen.

»Na schön«, sagte Mr. Ottman. »Sie können jetzt alle ihre Arbeiten abgeben.« So ziemlich jeder hatte das schon getan. Ich legte meine Albumhülle zurück in den Schrank, da ich die Hände schon mit drei Lehrbüchern vollhatte. Dann stellten wir alle unsere Stühle auf die Tischplatten, eine Geste der Höflichkeit gegenüber den Hausmeistern, die Mr. Ottman von uns verlangte. Nun blieb nichts mehr zu tun, außer dazustehen und zu warten.

Der Fernseher ging an, für die letzte Durchsage des Tages, und Mr. Ottman schaltete das Radio aus. Der drahtige Mr. Wright mit seinen Hängebacken erschien auf dem Schirm und sagte: »Guten Tag. Ich habe heute Nachmittag drei neue Bekanntmachungen. Donnerstag findet nach dem Unterricht in der Lobby die Auswahl für das Steptanzteam statt. Außerdem wollen wir auf dem Blue Grass Festival kandierte Äpfel verkaufen und planen einen Stand. Wer helfen will, wende sich wegen ausführlicher Informationen bitte an Mr. Poffo. Und schließlich hat mich Tate Baker gebeten bekanntzugeben, dass unser offizieller Abschlussball zwar abgesagt wurde, aber im Vandalia Country Club ein privater Ball ausgerichtet wird, und zwar zur selben Zeit, zu der unser Schulball stattgefunden hätte. Eintrittskarten sind nicht erforderlich. Alle Schüler des Abschlussjahrgangs sind eingeladen. Sie werden hoffentlich alle der Meinung sein, dass dies eine gute Lösung darstellt. Vielen Dank und gute Heimfahrt.«

Der Fernseher ging von selbst aus, und der ganze Kurs drehte sich zu mir um, um meine Reaktion zu sehen.

»Was jetzt?«, fragte die Jahrgangsbeste.

»Seht nicht *mich* an!«

Sie setzten ihre Gespräche fort und drängelten zur Tür. Chloe lehnte am hinteren Arbeitstisch und spielte mit den Gurten ihres Rucksacks. »Komm mal her, James.« Ich stellte mich zu ihr in die Ecke und hätte sie am liebsten geküsst. »Du hast mir nie von *deinem* Spring Break erzählt.«

»Was ist damit?«

»Also, wie hast du's im Bestattungsinstitut ausgehalten?«

»Oh. Das war ziemlich schlimm. Die Hälfte der Zeit verging mit peinlichen Gesprächen mit Erwachsenen oben, und die andere Hälfte hab ich im Souterrain mit meinen kleinen Cousins und Cousinen gespielt. Oben kam ich mir zu jung vor und unten zu alt.«

»Immerhin bist du geblieben. Eine Menge Leute hätten sich verdrückt oder wären gar nicht erst hingegangen.«

»Stimmt.«

»Bestimmt hat es deine Mom zu würdigen gewusst.«

»Das hat sie, und sie hat es mir auch gesagt.«

»Wie geht's ihr?«

»Sie fühlt sich welk. Das Wort ist von ihr. Sie sagte kürzlich, sie fühle sich welk. Aber sie schafft es. Sie ist der stärkste Mensch, den ich kenne. Ich hatte mich darauf gefreut, dass du sie kennenlernst.«

»Das kann ich immer noch.«

»Klar.«

»Wie war dein Dad denn so, wenn ich fragen darf?«

»Er war einfach richtig gut, ein Klassetyp. Er hatte Klasse, in jeder Hinsicht.«

»Dann hast du's vermutlich von ihm geerbt.«

»Nein. Ich bin nur ein billiger Abklatsch von ihm.«

»Sei still! Du bist der kultivierteste, höflichste Typ, den ich kenne.«

»Bin ich nicht. Ich bin furchtbar rüpelhaft. Nie hätte ich ein Wort über deine Schuhe verlieren dürfen. Vor langer Zeit hat jemand über meine Schuhe gemeckert, und ich weiß, wie *ich* mich da gefühlt habe. Tut mir leid, dass ich etwas gesagt habe.«

»Schon okay. Aber ernsthaft, sehen diese Schuhe so schlimm an mir aus?«

»Weißt du was?« Ich betrachtete die schicken weißen Nikes und machte eine Pause, dann sagte ich: »Das tun sie wirklich.« Sie lachte, und ich lachte mit ihr, und dann kam der vielleicht schönste Augenblick des gesamten Tages: Als Chloe und ich gemeinsam lachten, klingelte es zum letzten Mal. Was mich irritierte, da ich noch nicht ganz bereit war aufzubrechen.

Nach dem Unterricht

15.15 »Na dann. Tschüs.«

»Warte«, sagte Chloe. »Hast du einen Moment Zeit?«

»Warum nicht.«

In Sekundenschnelle leerte sich der Raum. Tommy sagte: »Bis die Tage.« Mr. Ottman ging nach draußen, um den Flur im Auge zu behalten. Nur Chloe und ich blieben noch.

»Ich entschuldige mich in Hamiltons Namen, weil er das über deine Eltern gesagt hat. Ich glaube aber, ich weiß, warum er verbal auf dich losgegangen ist. Und ich habe hin und her überlegt, ob ich es dir sagen soll oder nicht, aber ich mach's einfach, weil du wissen sollst, dass er kein so übler Kerl ist, wie du glaubst. Aber du darfst das keinem weitersagen, klar?«

»Klar.«

»Vermutlich hat er das zu dir gesagt, weil du den Spruch mit dem Selbstmord gemacht hast. Außer mir weiß das niemand, aber er hat in Panama City versucht, sich umzubringen.«

»Oh.«

»Und darum dachte er wohl, ich hätte es dir gesagt und du wolltest ihn verspotten.«

»Wie hat er versucht, sich umzubringen?«

»Ich sollte das vermutlich nicht verraten, aber damit du

begreifst, was mit ihm und mir da unten abging, sag ich's dir trotzdem. Eines Abends, gegen Ende der Woche, wollten alle aus meiner Ferienwohnung um die Häuser ziehen. Und ich war am Vorabend in einem Club gewesen und wollte lieber meine Ruhe haben, deshalb bin ich zu Hause geblieben und hab gelesen. Ich bin mit meinem Buch auf den Balkon gegangen, und er wohnte in der übernächsten Wohnung, und alle seine Freunde waren auch weg. Ich ging also auf meinen Balkon, und er war auf dem übernächsten Balkon und saß auf dem Sims.«

»Du hast ihn also gerettet?«

»Kann man so sagen.«

»Warum wollte er sich umbringen?«

»Er ist seit Jahren depressiv, doch den Rest gegeben hat ihm, dass er und sein Stiefvater sich vor seiner Abfahrt nach Florida mächtig gestritten haben. Deshalb hat er seinen leiblichen Vater gefragt, ob er bei ihm einziehen kann, doch bei dem war gerade seine junge Freundin eingezogen, deshalb sagte er Hamilton nein. Daraufhin haben *sie* sich gestritten, und obendrein hatte ihn Stephanie Schnuck am Wickel, weshalb er nicht wusste, ob er Hühnchen oder Hähnchen war. Und so habe ich ihn überredet, vom Balkonsims zu steigen, und mich stundenlang mit ihm unterhalten.«

Ich nickte. Ich fragte mich, ob er den Selbstmordversuch irgendwie vorgetäuscht hatte, um diesen bebrillten Engel ins Bett zu kriegen, sagte aber im Stillen: Es reicht, James.

»Du hast heute Morgen zwar gesagt, das zwischen ihm und mir sei rein körperlich, doch das ist nicht wahr. Hoffentlich glaubst du mir jetzt, wo du das alles weißt.«

»Ich glaube dir.«

»Jetzt muss ich ihn davon überzeugen, dass ich dir nichts erzählt habe – ich meine, dass ich dir erst jetzt etwas erzählt habe. Deswegen und weil du ihm verraten hast, wie wir uns über ihn lustig gemacht haben, ist er momentan wohl ziemlich sauer auf mich.«

Eine nette Idee kam mir in den Sinn, verschwand aber auch wieder genau so schnell. Ich war zu stolz, um für jemanden die zweite Wahl zu sein. »Er kommt bestimmt klar. Sei du nur du selbst, dann kann er nicht anders.«

Ohne Vorwarnung schlang sie die mageren Arme um mich, dass ihre Armreifen klimperten, und als ich den Kopf senkte, sah ich, dass sich ihr dichtes, gewelltes, brünettes Haar gegen mich presste. Es war unsere erste Umarmung. Ich erwiderte die Umarmung, hielt mich aber zurück, weil ich so kraftlos war und befürchtete, nach allem, was ich heute durchgemacht hatte, Körpergeruch zu haben. Ich gab ihr zwei Klapse auf den Rücken und löste mich von ihr. Sie rieb mir im Gehen über den Rücken.

Na also, ich hatte sie ja doch noch berührt.

»Sehen wir uns morgen?«, fragte sie.

»Ja.« Ich nahm meine Bücher von der Ablage. »Übrigens habe ich dich nie geliebt.«

»Das hab ich auch nie behauptet.«

»Ich hab dich nie geliebt. Also glaub's auch nicht.«

Gemeinsam durchquerten wir den Raum, und an der Tür sagte sie: »Hey, falls sich auf dem Parkplatz immer noch jemand mit dir prügeln will, begleite ich dich am besten zum Wagen – nicht dass ich jemanden daran hindern könnte, sich mit dir zu prügeln, aber wenn ein Mädchen dabei ist –«

»Danke, aber das wäre keine Hilfe. Viel lieber würde ich mich verhauen lassen, ohne dass du dabei zusiehst. Du gestattest mir doch diesen Luxus, oder?«

»Na schön. Ich glaube aber nicht, dass was passiert.«

»Ich auch nicht.«

»Okay. Mach's gut.«

»Tschüs.«

15.18 »Bis bald, Mr. Ottman.«

»Alles klar, James. Schön brav sein.«

Ich ging Richtung Hinterausgang, der nicht weit von Mr. Ottmans Kursraum entfernt war. Die Schule hatte sich unglaublich schnell geleert. Nur vereinzelte Schüler waren noch da und machten sich an ihren Spinden zu schaffen. »Netter Versuch«, sagte mir ein pausbäckiger, nach Bücherwurm aussehender Typ. »Es war zwar nur kurz, aber toll.«

»Danke.«

Ich neigte den Kopf vor ihm. Dann machten zwei Jungs hämisch »Haha!«, als ich vorbeiging, doch ich ging einfach lächelnd weiter.

Dann hörte ich jemanden sagen: »Das ist dieser Schwanzlutscher«, doch vielleicht bildete ich mir das auch nur ein. Vielleicht würde der Hausmeister mit den Goldzähnen dieses Problem bis morgen gelöst haben.

Ich bog in den Nebenflur ein, der mich zu meinem Ausgang brachte. Durch die Glastür am Ende des kurzen Flurs sah ich sofort, dass es draußen genauso schön war wie schon am Morgen. Es war ein wirklich perfekter Frühlingstag, doch mir kam alles wie November vor.

Als ich Richtung Tür ging, schien mein Herz so heftig

zu wummern wie die Autolautsprecher meiner Mitschüler. Sobald ich meinen Wagen sehen konnte, würde ich wahrscheinlich mein Schicksal kennen. Wenn ich außer wegen meines Anzugs für etwas bekannt war, dann wegen meines langen, schwarzen Lincoln; er war nicht schwer zu finden.

Ich kam zur Tür. Als ich meinen Wagen sah, blieb ich stehen. Ich beschloss, erst rauszugehen, wenn ich Brock und Jeff entdeckt hätte, denn nicht die Mitglieder der Van-Van-Mafia hatten sich mit grimmigen Mienen um mein Auto versammelt, sondern vielmehr die Jungs, denen die Van-Van-Mafia und alle anderen weißen Vorstadtbewohner auf der Osborne High jede Minute ihrer Schulzeit nacheiferten. Auf mich warteten nicht weniger als fünf echte Gangstas.

Sie waren der Inbegriff von taffen Teenagern, ultramaskuline, physisch bedrohliche Schlägertypen, deren Körpersprache leicht zu deuten war: Sie wollten mir weh tun. Ich fragte mich, warum. Hatten Sie nichts Besseres zu tun, als den Ausfall eines Highschool-Abschlussballs zu rächen? Doch es war nur konsequent; die meisten meiner Mitschüler hielten die Gangstas für den Inbegriff von cool – so cool, dass wahrscheinlich sogar Tate Baker davon träumte, von ihnen akzeptiert zu werden. Wen also sollte man eher bestrafen als den Jungen, der die uncoolste Tat in der Geschichte dieser Schule begangen hatte?

Bisher hatte ich sie selten gesehen. Den einen hatte ich wenige Stunden zuvor in der Cafeteria gesehen (er hatte mich einmal zu meinem Wagen beglückwünscht). Ein anderer war angeblich Drogendealer, und man munkelte, er komme mit einer Schusswaffe in die Schule. Alle fünf waren ähnlich gekleidet: hängende Baggy-Jeans, übergroße T-Shirts oder Trikots und Goldketten um den Hals. Der angebliche Drogendealer zog sein Hemd aus und warf es auf den Kofferraum meines Wagens. Ich hielt nach einer Knarre Ausschau, die aus dem Bund seiner freiliegenden Unterhose ragte, sah aber nur die Umrisse seiner Bauchmuskeln.

Ich suchte den Parkplatz nach Brock und Jeff ab, sah sie aber nicht. Grüppchen von Schaulustigen umstanden ihre Autos, viele Köpfe waren auf meinen Lincoln gerichtet. Ich entdeckte Lavell Pritchard, der aus einem beigen Siebziger-Jahre-Auto stieg und auf die Gangstas zuging. Ehe ich herausfinden konnte, was er getan haben mochte oder auch nicht, hörte ich hinter mir Schritte.

Drei Mädchen näherten sich der Hintertür, alle sahen so jung aus, dass sie nur Neuntklässlerinnen sein konnten. Gedankenlos hielt ich ihnen die Tür auf und registrierte nicht einmal, ob sie sich bei mir bedankten oder nicht. Ich war abgelenkt, weil in genau diesem Moment jemand schrie: »Das ist er!«

15.20 Nachdem ich den Mädchen die Tür aufgehalten hatte, trat ich ins Freie. Einen Moment lang dachte ich daran, wieder ins Schulgebäude zu gehen, konnte aber nicht. Mir war wichtig, was andere von mir dachten, darin war ich genau wie jeder andere Teenager.

Hocherhobenen Hauptes ließ ich das braune Backsteingebäude hinter mir und begab mich Richtung Auto. Ich entschied mich für einen selbstbewussten Schritt, bei dem meine Zehen schmerzten. In der warmen Brise um mich verschmolzen die Flüche, die Spott- und Buhrufe zu einem einzigen Geräusch. Ich bemühte mich, unbekümmert zu wirken, doch in Wahrheit wandte ich einen beträchtlichen Teil meiner Energie dafür auf, zu verhindern, dass sich meine Blase entlang meines Hosenbeins entleerte.

Lavell kam jetzt auf mich zu. Ich versuchte, seinen Gesichtsausdruck zu deuten, doch der war wie immer: starr, emotionslos. Wir trafen uns in der Parkplatzmitte, zwischen zwei Pick-up-Trucks. »Hey, Lavell«, sagte ich zu ihm, auch so wie immer.

»Hab keine Angst.«

»Angst weswegen?«

»Vor den Typen an deinem Wagen. Die sind hier, damit sich keiner mit dir anlegt.«

»Warum? Ich meine, warum sollten sie –«

»Zwei sind Cousins von mir. Ich hab Leute sagen hören, dass du nach der Schule den Arsch vollkriegst, aber das wird jetzt nicht passieren, weil ich dir den Rücken freihalte.«

»Oh. Wow. *Danke!*« Ich schaute an Lavell vorbei und sah, dass mir einer der Jungs ein kleines Aufwärtsnicken schenkte, identisch mit dem kurzen Kopfnicken, das Lavell mir auf dem Flur gegönnt hatte, seit wir auf Osborne angefangen hatten. »Mir fehlen die Worte. Ich kann dir gar nicht genug danken.«

»Na dann komm. Willst du diesen Scheißladen nicht verlassen?«

»O Gott, ja.«

Wir gingen ein paar Schritte, dann sagte ich: »Ich will das jetzt nicht hinterfragen, aber in den letzten vier Jahren hast du kaum ein Wort mit mir gewechselt. Warum machst du das?«

Während um uns herum »Tritt ihn in 'n Arsch!« und Ähnliches gerufen wurde, sagte Lavell: »Ich hab gehört, wie Leute sagten, sie wollten dich fertigmachen, und da dachte ich, dieser Typ – jedes Mal, wenn er mich sieht, sagt er hi! oder fragt wie's mir geht oder er hält mir die Tür auf. Oder manchmal lächelst du nur. Und ich dachte, keine Ahnung, warum der Motherfucker sich so aufführt, aber ich seh keinen anderen, der mich tagaus, tagein so behandelt. Nicht mal meine eigene verdammte Mom macht das. Als ich dann hörte, dass dir die Typen nach der Schule dies oder jenes antun wollten, dachte ich: Näää. Keiner krümmt meinem Kumpel James ein Haar.«

Menschen verblüfften mich immer wieder.

Ich merkte, wie meine Augen juckten und feucht wurden, und einfach so kamen die Tränen an die Oberfläche. Ich sorgte dafür, dass meine Augen sie festhielten, damit sie mir nicht übers Gesicht rannen. Ich hätte Lavell schrecklich gern umarmt, wusste aber, dass das nicht ging. Ich wischte mir mit den versengten Fingerspitzen über die Augen. Wir kamen zu meinem Wagen, wo ich schniefte und mir die Nase rieb, damit die taffen schwarzen Typen glaubten, dass meine Augen so aussahen, weil ich Allergien hatte.

Sie begrüßten mich nicht. Einer saß jetzt auf meinem Kofferraum, was mir nicht recht war, doch natürlich hielt ich den Mund. Dann kamen zwei von ihnen zu mir – der ohne Hemd, der aussah wie dreißig, und einer, der ein Stück größer war als ich – und starrten mich an, bis ich wegsah, und Adrenalin schoss durch meinen Körper, weil mir klar wurde, wie hervorragend mir Lavell eine Falle gestellt hatte.

15.22 Doch da irrte ich mich.

»Was du mit dem Schulball gemacht hast, dafür hast du echt Eier gebraucht«, sagte der Große.

»Danke, dass du das sagst.«

»Der Ball is nix als Dünnschiss«, sagte der Hemdlose mit den unübersehbaren Bauchmuskeln.

»Yeah, ge-nau«, sagte jemand hinter mir. »Jetzt geht's *los.* Bringen wir's hinter uns.« Wir drehten uns alle um, und da stolzierte Braxton Burkett auf uns zu, dessen Kreolen in der Sonne glänzten. Ihm folgten drei andere Jungs, alle in Schlabberklamotten und angeberischen Posen. Ich kannte nur den Jungen, der mich aufgefordert hatte, auf dem Klo für ihn Schmiere zu stehen. »Wir machen dich platt«, sagte er.

»Was geht ab, Antoine?«, sagte Braxton und sah den Bauchmuskelmann an. »Wenn ihr auf ihn losgeht, bin ich dabei. Er weiß schon, dass er von mir den Arsch versohlt kriegt.«

»Keine Ahnung, wer du Scheißer bist, aber den Typ rührt keiner an, und wenn ich höre, dass du auch nur was Falsches über ihn *sagst,* wirste von mir gefistet.«

»Ist klar«, sagte Braxton. »Mein Fehler. Ich wusste ja nich, dass es so ist. Alles in Ordnung.« Der Zigarettenraucher und die beiden anderen Jungs traten schon den Rückzug an.

»*Nichts* is in Ordnung. Ich sag dir, du lässt ihn in Ruhe, oder ich steck dir meine Faust voll in den Arsch. Da lass ich sie drin, bisses dir gefällt. Dann wirste weiter gefistet, bisses dir irgendwann wieder *nich* mehr gefällt.«

Alle Gangstas lachten. Ich musste unwillkürlich grinsen.

»Is klar«, sagte Braxton im Gehen über die Schulter.

»Das gilt für euch alle, Motherfucker!«, brüllte der hemdlose Antoine. Dann drehte er sich zu dem Parkplatz auf der anderen Seite des Tennisplatzes um und schrie: »Habter mich alle gehört? Ich will, dass keiner sich mit –« Er wandte sich an mich. »Wie heißt du, Mann?«

»James Weinbach.«

»Ich will, dass keiner sich mit James Weinbach anlegt, sonst wird er gefistet.«

Als Antoine sich wieder umdrehte, hielt ich ihm die Hand hin, doch er wollte sie nicht nehmen. »Wenn dir einer blöd kommt, lass es einfach Lavell wissen.«

»In Ordnung. Ich möchte euch allen danken. Also danke.«

»Dank Lavell«, sagte der Typ auf meinem Kofferraum.

»Noch mal danke, Lavell.« Er schenkte mir ein knappes Aufwärtskopfnicken, und dann gingen sie, machten sich langsam auf den Weg, und während sie quer über den Parkplatz gingen, wandten sich alle Schaulustigen von ihnen ab und taten so, als hätten sie plötzlich Besseres zu tun.

Ich schloss meinen Wagen auf, zog die schwere Tür auf, und obwohl meine Hämorrhoiden noch schmerzten, fühlte es sich geradezu himmlisch an, in dem Lincoln zu sitzen und die Tür zuzuschlagen.

Dann sprang mein Wagen nicht an, was aber nicht ungewöhnlich war. Ein paar Versuche später rührte sich der Motor, und die Klimaanlage lief. Obwohl ich unbedingt wegwollte, hütete ich mich, das sofort zu tun, denn wenn man nicht wartete, bis der Verkehr nachließ, war das Verlassen des Parkplatzes ein Stresstest.

Keiner sah mehr in meine Richtung. Sie beschäftigten sich wieder mit ihren eigenen Angelegenheiten, bildeten Kreise, fassten einander an und lachten. Einige machten sich auf den langen Fußmarsch vorbei an den Tennisplätzen, und es schien, als bewegten sie sich langsamer als noch am Morgen. Vielleicht bremste sie das Gewicht ihrer Rucksäcke.

Das brachte mich auf eine Idee: Ich könnte Rucksäcke als Symbole verwenden, die die Last des Privatlebens der Jugendlichen verkörperten, das sie mit in die Schule bringen und den ganzen Tag herumschleppen. Das schrieb ich auf die Rückseite meines Deutschhefts. Ich dachte mir, ich könnte es in *Neurotica* einbauen oder vielleicht sogar in ein späteres Buch.

Wenn ich nach Hause kam, würde ich mich vielleicht doch nicht gleich hinlegen; ich musste noch so viel aufschreiben, ehe ich es vergaß.

15.24 Auf dem hinteren Parkplatz hatte es keiner eilig, nach Hause zu kommen. Einige von ihnen hassten ihr Zuhause vielleicht so sehr wie ich die Schule – ein herzzerreißender Gedanke. Während sie in Paaren und Grüppchen (nie allein) an den Tennisplätzen vorbeischlenderten und während sie neben ihren Autos posierten, bemühte ich mich, sie mir nicht als Scheißkerle und Schlampen, ja nicht einmal als Jungs und Mädchen vorzustellen, da sie weniger Jungs und Mädchen als Söhne und Töchter waren.

Ich sah Patrick Pippin energisch gestikulieren, während er mit jemandem sprach, der ihm offenbar nicht zuhörte. Er machte mich so wütend, dass ich nur allzu leicht vergaß, dass seine unzuverlässige Mutter manisch-depressiv war.

Ich sah eine große Gruppe angehender Alkoholiker und Drogensüchtiger, ihrer Kindheit und Zukunft beraubt. All ihre Freitagabende würden sie nicht glücklich machen, weil ihre Eltern selbst erst noch erwachsen werden mussten.

Ich sah Dannon McCall, wie er eine Zigarette rauchte und jemanden mit einem Ghetto-Handschlag der Sorte begrüßte, die nur bei einem coolen Typ echt rüberkam. Er wollte sich bis nach Deutschland verziehen, um seinem Elternhaus zu entkommen.

Ich sah drei Jungs, die eine Aufmerksamkeitsdefizitstörung geerbt, und zwei Mädchen, die Magersucht geerbt hatten und die nach Hause fuhren, in den Badezimmerspiegel schauten und fälschlicherweise Deppen und Dicke sehen würden.

Und ich sah Stephanie Schnuck, die ihre Hände nicht von irgendeinem Typ lassen konnte (den ich noch nie gesehen hatte), deren Elternhaus vermutlich nichts weniger als krank war. Garantiert waren ihre Eltern Tyrannen – egoistische, durch Kneipen ziehende Tyrannen, die Geschirr zerdepperten, Stephanies Oberschenkel malträtierten und ihr klarmachten, dass sie das Gegenteil eines Wunschkindes war.

Zweitausend Seelen und jede einzelne von ihnen war einsam, dachte ich. Ich überlegte, mir das für ein zukünftiges Buch zu notieren, ließ es aber bleiben, weil es vertraut klang und ich befürchtete, dass es schon jemand anderes geschrieben hatte. Je älter die Welt wurde, desto schwieriger war es, etwas Neues zu schreiben. Es war also gut, wenn man später einen College-Abschluss in der Hinterhand hatte.

Mein Hals schmerzte eindeutig mehr. Doch ich hatte schon beschlossen, morgen in die Schule zu gehen, egal, wie krank ich war. Ich schluckte zwanghaft, als eine Ansammlung von Schülern auf der anderen Seite der Tennisplätze die Positionen tauschte und ich nun sah, dass Sweeney offenbar doch nicht so sauer auf Chloe war, da er sie auf obszöne Weise küsste.

15.25 An die Stelle meines Wohlwollens gegenüber allen Menschen trat sofort ein Wunsch: Sie sollten an Gonorrhö erkranken und sich vor Schmerzen winden. Sweeney hob Chloe auf die Motorhaube seines Wagens und beugte sich über sie, als wollte er ihr Gesicht verschlingen. Haarsträhnen von ihr fielen auf seine Schultern, so dass beide wie ein sich windendes Sexmonster aussahen. Ich konnte nicht wegsehen.

Dann wurden meine Ohren mit den Bass-, Grunz- und Stöhnlauten dieses gottserbärmlichen Songs bombardiert, der ihnen allen so gefiel, nur diesmal lauter als am Morgen, weil der Junge neben mir seine Fensterscheiben ganz runtergekurbelt hatte. Ich spürte einen heißen Tumult in meinem Magen, während meine Ohren »Ahhhh« hörten und meine Augen mit ansahen, wie Chloe und Sweeney ein Speichelkind zeugten. Mein Herz raste wie in Mr. Ottmans Kurs. Ich sah zu dem Jungen rüber, der gerade seine CD-Mappe durchblätterte, zweifellos auf der Suche nach einer anderen abstoßenden Hymne der Großen Dummen Hurerei.

Chloe und Sweeney schafften es, ihre wilde Knutscherei zu unterbrechen. Jetzt lief er mit ihr huckepack über den Parkplatz, wie ein Papa, der für sein Kleinkind das Pferdchen gibt, und ich dachte, wie toll es wäre, wenn er auf sein reizloses, durchschnittlich hübsches Gesicht fiele.

Ich war mir nicht sicher, in welches Genre der nächste Song gehörte. Was machte es auch für einen Unterschied? So klang Dummheit. Wichtig war einzig und allein der Beat, der den Körper animierte, sich zu bewegen, ob er mochte oder nicht, wie ein Hammer auf die Kniescheibe beim Arztbesuch, um deine Reflexe zu überprüfen. Der einzige Text, den ich verstand, war irgendwas über »tonight«, was passte, weil für all diese kindischen Partygeher nichts wichtiger war als heute Nacht. Was jenseits dieses Termins war, interessierte sie nicht. Die Melodie war so platt wie ihr plattes Leben. Die Instrumentierung klang vertraut, wahrscheinlich von einem älteren, besseren Song geklaut, was sowohl diesen neuen Song als auch seine Quelle entwertete, doch so hatte meine Generation alles am liebsten: entwertet und platt.

Dann beobachtete ich Chloe und Sweeney, wie sie Hand in Hand über den Parkplatz gingen. Er strich ihr die Haare aus dem Gesicht; jetzt hatte sie jemanden, der das für sie machte.

Während sie weitergingen, dachte ich daran, dass sie mich nicht mehr da oben in ihrem hübschen Kopf herumtrug. Ich war nicht mal die Andeutung eines Hintergedankens, als sich die Arme und Beine der beiden ohne mich weiterbewegten. Sie gingen weiter, und ich saß da und sah zu.

Plötzlich klopfte jemand an mein Fenster, so dass ich zusammenzuckte und aufschrie. Es war der Wicca. Ich kurbelte die Scheibe runter.

»Du hast mir eine *Scheiß*angst eingejagt.«

»Sorry. Ich hab dich in deinem Wagen sitzen sehen und wollte dich fragen, ob mein Liebeszauber funktioniert hat.«

»Nein. Kein bisschen.«

»Ich hab dich in der Cafeteria mit Stephanie Schnuck reden sehen.«

»Ja, aber da kam nichts bei raus.«

»Vielleicht später. Wenn nichts anderes, sie steht total auf Pustebalg.«

»Nein. Nie kommt bei irgendwas etwas raus. Aber danke für den Versuch.«

»Hey, dass es heute nicht geklappt hat, heißt gar nichts. Ich hätte es dir sagen sollen, meist klappt es nicht sofort. Ja, es könnte sogar Jahre dauern, und wenn es geschieht, dann wahrscheinlich, wenn du es am wenigsten erwartest. Und wenn es schließlich *doch* geschieht ... *pass auf.* Es wird *phantastisch* sein.«

»Ich will verdammt hoffen, dass du recht hast.«

15.26 Als der Wicca weg war, sah ich Chloe und Hamilton nicht mehr, wahrscheinlich poppten sie wie sterbende Opossums auf dem Rücksitz von Chloes Wagen.

Ich beobachtete, wie Mädchen und Jungs, auch wenn sie nicht zusammen waren, einander zum Abschied übertrieben lange umarmten. Manchmal standen ihre festen Freunde oder Freundinnen direkt daneben, hatten aber mit diesen Umarmungen anscheinend keine Probleme. Als Chloe mich zehn Minuten zuvor umarmt hatte, war mein erster

Gedanke gewesen: Was würde Hamilton wohl davon halten? Doch Chloe und ich waren Freunde, und Freunde konnten einander nach Belieben berühren. Ich fragte mich, ob ich je wieder jemanden so würde berühren können. *Wollte* ich es überhaupt? Ich musste zugeben: Ich beneidete sie, wie sie einander alle so unbeschwert anfassen konnten. Bei ihnen wirkte alles so leicht. Alle fanden alles cool, und jetzt war es an der Zeit, aggressiven, ungeschützten Sex zu haben und anschließend *101 Dalmatiner* anzusehen.

Zum Teufel mit dem Autoverkehr, dachte ich. Es war Zeit aufzubrechen.

15.27 Äußerst vorsichtig, was ich auf diesem Parkplatz immer bin, setzte ich rückwärts aus meiner schrägen Lücke und fuhr langsam die Reihe runter, wendete dann und reihte mich in einer langen Schlange ein, die zur Hauptstraße fuhr. Vor mir waren bestimmt fünfundzwanzig Autos. Die Schlange schlich vorwärts, und ich schaute in den Rückspiegel, um mich zu vergewissern, ob mir rachsüchtige Abschlussballfanatiker folgten, die mich von der Straße abdrängen und kastrieren wollten, doch ich sah nur einen Jungen und ein Mädchen, die unschuldig mit den Köpfen rhythmisch zur Musik nickten.

Ich hatte immer noch nicht verarbeitet, wie Lavell mich beschützt hatte. Die ganze Szene hatte mich so überrascht, dass ich kaum glauben konnte, dass sie wirklich passiert war. Doch sie hatte sich zugetragen, und wäre ich nicht Zeuge des obszönen Kusses geworden, hätte ich mich sogar gefreut, als ich mich langsam der Hauptstraße näherte, mich weiter und weiter von Osborne entfernte.

Ich dachte über meine eigenen Worte nach, darüber, wie sehr ich sie alle lieben wollte. Ich zwang mich, mir Hamilton vorzustellen, wie er auf dem Balkonsims saß. Vermutlich schaute er auf den Golf von Mexiko hinaus. Von meinen Urlaubsreisen als Kind nach Destin wusste ich, dass der Golf mit seinem weißen Sand und den smaragdgrünen Wellen ein herrlichen Anblick war. Und vielleicht ging die Sonne gerade unter und er dachte, das Wasser und die rosa Sonne wären das perfekte letzte Bild seines Lebens, ehe ihm schwarz vor den Augen wurde, doch dann hörte er, wie die Tür aufgeschoben wurde, und als er sich umdrehte, sah er ein zweites, sogar noch schöneres Bild als das erste. Wie könnte ich dem Jungen übelnehmen, dass er sich mit dem zweiten Bild zusammentun wollte? Wie konnte ich wem auch immer übelnehmen, dass er genau das tat, was ich gern getan hätte?

Man musste die Teenager Vandalias nicht hassen. Vielleicht langweilten sie sich nur, und ihre Langeweile war für ihr Verhalten verantwortlich: für ihre Ruhelosigkeit, ihre Rücksichtslosigkeit, ihr brutales Aufeinanderprallen in verdunkelten Hinterzimmern. Vielleicht waren sie die Klugen, weil sie wussten, dass die Zeit bald schneller vergehen würde, dass unsere Jugend aus uns herausströmen würde wie Bier aus einem Fass und unser aller Leben in vielleicht zehn Jahren nur noch daraus bestand, dass wir ziellos und benommen durch die Straßen gingen, bedrückt, weil wir kein Geld hatten. Vielleicht wussten sie nur dieses eine.

Die Autoschlange ruckte vorwärts; offenbar hatte die Person, die den Verkehr regelte, eine Menge Wagen aus dem Parkplatz fahren lassen. Ich war kurz vor der Stelle, wo die Schlange sich mit einer anderen Schlange Autos vereinigte, die aus dem vorderen Parkplatz kamen. Das war manchmal hektisch und hatte Staupotential, weil jemand aus einer der Schlangen nachgeben musste, sonst kam niemand weiter. (Warum die Verantwortlichen den Parkplatz so anlegen ließen, war mir unbegreiflich.) Ich hatte einen Grundsatz, an den ich mich jeden Nachmittag hielt: Lass ein Auto vor, fahr dann weiter. Doch als ich sah, wen ich heute vorlassen würde, dachte ich zum ersten Mal daran, meinem eigenen Grundsatz untreu zu werden.

Wäre es nach allem, was ich durchgemacht hatte, wirklich eine Sünde, auf diese alte, arachaische Höflichkeitsgeste zu verzichten und Lauren Mellor nicht vorzulassen? Ich wollte nur noch nach Hause. Warum sollte ich zu ihr *nett* sein? Ja, wahrscheinlich litt sie stumm wie wir alle anderen auch. Ja, wahrscheinlich haben ihre Eltern bei ihr versagt, und selbst sie machte sich Sorgen wegen ihres Aussehens. Aber sie hatte meinen Anzug zerrissen.

Niemand ließ sie rein. Ich sah, wie sie auf das Lenkrad ihres Mercedes einschlug. Ich kam an die Stelle, wo die beiden Wagenschlangen zusammentrafen, und als ich Laurens Miene sah, packte mich plötzlich ein überwältigendes Mitgefühl – Mitgefühl für sie alle –, und wenn ich dieses Gefühl seziert und genauer untersucht hätte, hätte ich ganz bestimmte, präzise Bilder gefunden: die Schüler in meinem Chemiekurs, die verlegen an ihren Hemdschößen zupften; Chloes Ticks; Brock, wie er an seinem Kakao würgte; das Mädchen im Deutschkurs, wie es seinen neuen Namen an die Tafel schrieb, und Patricks Ohren, die rot anliefen, als er mir gestand, er wisse nicht, wer er sei.

Ich hielt an und bedeutete Lauren, sich vor mir in die Schlange einzufädeln. Sie winkte und sah dann bestürzt drein, als sie merkte, wer sie vorgelassen hatte.

Sobald Lauren vor mir war, rückte ich, meinem Grundsatz folgend, mit dem Wagen leicht vor, um zu zeigen, dass ich keinen anderen mehr reinlassen würde. Doch während ich mich nach vorn schob, sah ein Junge in einem roten Mazda eine Lücke und drückte so aufs Gas, dass ich Angst hatte, er würde mich rammen. Ich machte eine Notbremsung. Der Mazda setzte sich erfolgreich vor mich, wie auch der nächste Wagen und der nächste und der nächste. Das passierte nicht zum ersten Mal.

Ich wollte sie lieben, aber das ließen sie einfach nicht zu.

15.32 So ging es immer weiter, als würde ein ganzer Zug aus Autos an mir vorbeirasen, die alle so dicht aufeinanderfolgten, dass sie praktisch an den Stoßstangen zusammenhingen. Je länger das dauerte, desto nervöser wurde ich. Ich knirschte mit den Zähnen, und jeder Muskel in meinem Körper spannte sich an. Mein Herz klopfte wild, und jeder Laut klang wie ein Knall. Ich presste die Stirn gegen die Scheibe auf der Fahrerseite in der Hoffnung, dass sie sich erbarmten, wenn sie meine weit aufgerissenen Augen und das verstörte Gesicht sahen, doch niemand sah mich auch nur an.

Inzwischen hupten die Autos hinter mir. »Sie lassen mich nicht rein!«, schrie ich. »Was zum Teufel soll ich denn machen!?« In dem Bewusstsein, dass ich im Mittelpunkt dieses tumultuösen Chaos war, spürte ich, wie es in meinen Eingeweiden wieder rumorte.

Ich hörte Leute »Fahr doch!« schreien, doch niemand ließ mich rein. Ich fragte mich, ob ein Siebzehnjähriger einen Herzinfarkt bekommen konnte. Seltsamerweise klangen das Hupen und die Schreie gedämpfter, weil meine Ohren dichtmachten.

Ich ertrug es nicht länger. Ich stellte die Automatik auf Parken und beschloss, einfach auszusteigen. Ich würde benommen den Fahnenmast umrunden, zur Gartenfläche gehen und mich zwischen die Blumen legen; ich war so panisch, dass mir das tatsächlich als geeignete Lösung erschien. Ich konnte dort liegen, in den Himmel schauen und warten, dass mich jemand wegbrachte. Ich konnte nach meiner Mutter verlangen.

Als ich die Hand nach dem Türgriff ausstreckte, hielt vor meinem Wagen ein silberner Chevy Blazer. Der Fahrer, Hamilton, bedeutete mir, ich solle mich einfädeln. Die neben ihm sitzende Chloe drehte sich um, schien überrascht, mich zu sehen, und lächelte dann. Ich winkte, sagte »Danke«, und beide winkten zurück. Ich stellte die Automatik auf Fahren und fuhr endlich los.

Häufig ließ die Parkplatzwärterin mich an der Straßeneinmündung anhalten, doch heute nicht. Sie winkte mich durch, und ich verließ das Schulgelände. Ich atmete tief durch und sagte mir im Stillen, ich müsse mich beruhigen. Irgendwie war ich so geistesgegenwärtig, mich an das Tempolimit zu halten. Die anderen konnten mich nicht schnell genug überholen.

15.34 Keine zehn Sekunden später kam ich an eine rote Ampel und musste neben den anderen Jugendlichen halten.

Ich schaute mich um und sah, dass es Hamilton war, der jetzt nicht weiterkam. Doch er tat mir kaum leid, schließlich saß Chloe neben ihm. Chloe war jetzt Hamilton Sweeneys Beifahrerin, und das würde ich akzeptieren müssen. Ich sagte mir, sosehr ich Hamilton verabscheute, wenigstens hatte *mein* Dad mich nicht verlassen. Chloe würde ihm guttun, oder wenigstens war sie für ihn besser als er für sie.

Das braune Backsteingebäude wirkte jetzt weniger bedrohlich. Wenn überhaupt, sah es kleiner aus. So verhasst mir die Highschool war, ich würde wahrscheinlich nie wieder gezwungen sein, auf so engem Raum mit so vielen Menschen zusammen zu sein, die ich nicht mochte – und mit so vielen Menschen, die ich mochte. Osborne war die Welt in ihrer unabwendbarsten Form, und obwohl die Schule mir soeben einen Tag beschert hatte, der einer zermürbenden Feuerprobe glich, wusste ich, dass die Welt in mancherlei Hinsicht nachsichtig mit mir umging, und eins stand fest: Es gab viel grausamere Tage, die ein Junge überstehen musste.

Jetzt erst merkte ich, dass ich die ganze Zeit meine Musik hätte hören können. Ich machte die Autostereoanlage an. Das Stück von Oscar Peterson ging gerade zu Ende, und ich drehte lauter, als ich hörte, dass der nächste Song *Send in the Clowns* von Frank Sinatra war, dessen Stimme ich als so tröstlich empfand, und Trost konnte ich gut gebrauchen, da ich von meinem Erlebnis auf dem Parkplatz noch immer aufgewühlt war.

Sinatra war der Lieblingssänger meines Vaters gewesen. »Mir ist egal, dass er ein Frauenheld ist oder sich mit

Gangstern rumtreibt oder dergleichen«, hatte mein Dad gelegentlich gesagt. »Der Mann kann *singen*, und nur darauf kommt es an.« Als ich an Dad dachte, wie er über Sinatras Schwächen sprach, kam mir ein Gedanke: Die Große Regression oder die Große Dumme Hurerei oder wie auch immer man unsere verkommene Welt nennen mochte – vielleicht war das gar nichts Neues. Sogar in Camelot gab es Schlampen. Aber wie Dad gesagt hatte, es war egal. Als sich meine Ohren öffneten, wollte ich nur diese Stimme hören, die volle, romantische Stimme, die ich nicht hören konnte, ohne dass ich daran denken musste, wie ich auf dem Schoß meines Vaters gesessen hatte. Was war ich für ein glückliches Kind gewesen. Was war ich für ein lieber Junge gewesen. Ich drehte den Song noch lauter. Bei Sinatras Stimme nicht an meine Kindheit zu denken, wäre genauso schwierig, wie jedes Mal, wenn ich in den Spiegel schaute, nicht meinen Vater zu sehen.

Ich sah in meinen Rückspiegel und ließ endlich meinen Tränen freien Lauf. Ich ließ sie langsam mein Gesicht hinunterfließen. Problemlos überwanden sie meine Pickel und wuschen etwas Fett von meiner Haut, das sich im Lauf des langen Tages angesammelt hatte, als schöbe sich eine Fingerspitze durch eine Staubschicht auf einem alten Bucheinband.

Ich lächelte beim Weinen, und ich lächelte weiter, auch als ich merkte, dass alle um mich herum ihre Musik so laut laufen ließen, dass ich den in meinem Wagen spielenden Song kaum hören konnte. All ihre Songs, all ihre jugendlichen Genres mit ihrer simplen Perkussion und der herzlosen Technik, umgaben und überwältigten mich. Sinatras

Stimme, so intensiv sie war, konnte unmöglich mit ihren kalten, erdrückenden Beats konkurrieren, die meinen bebenden Wagen zu zerlegen drohten. Selbst als ich meine Musik auf höchste Lautstärke stellte, hörte ich nichts außer: »wumm wumm ... *my body, your body* ... wumm wumm ... *touch it, touch it, touch it* ... wumm wumm ... *my body, your body. I want inside that body*«.

Doch sie alle sahen so glücklich aus. Sie alle saßen nicht allein in ihrem Auto. Gemeinsam nickten sie rhythmisch mit den Köpfen. Mit einer Hand schnippten sie Zigarettenasche aus dem Fenster, und die andere Hand lag auf ihrem Freund oder ihrer Freundin. Sie berührten einander, weil es für sie ganz natürlich war.

Ich war krank, und sie waren gesund. Ich hatte es die ganze Zeit gewusst.

Nein, Sinatra hatte keine Chance. Immer noch lächelnd, immer noch weinend warf ich die Kassette aus und steckte sie wieder in ihre Hülle. Da ich keine andere Wahl hatte, als ihre Musik zu hören, fing ich an zu lachen. Ich lachte und weinte, und dann hörte ich auf zu weinen und lachte noch ein wenig mehr. Manche Leute nannten so etwas einen »Anfall«. Ich weiß nicht, ob es ein »Anfall« war, aber ich weiß, dass es sich richtig anfühlte zu lachen. Denn, dachte ich noch, was bleibt einem anderes übrig, als zu lachen?

Danksagung

Mein Dank gilt:

Meiner Nichte Nancy Marie Bruner, die ich an erster Stelle nenne, weil sie in ihren ersten drei Lebensjahren meiner ganzen Familie so innige Freude beschert hat, Micah Goebel, Nancy Goebel, Michael and CeCe Bruner, Chandra Britt.

Dem verstorbenen Daniel Keel, Philipp Keel, Winfried Stephan, Daniel Kampa, Ruth Geiger, Hans M. Herzog, Susanne Bauknecht, Cornelia Eberle, Anna von Planta.

Dem Fachbereich Englisch der Brescia University, Kelly Broich, Robert Ehlers & Simon Hiebl, Héloise d'Ormesson, David Poindexter, Scott Taylor, Susie Thurman, der rumänischen Schriftstellergewerkschaft.

Und besonders einem kleinen Gentleman, der nie einen Tag erleben wird, wie ihn James durchstehen musste. Das werde ich nicht zulassen.

Adam Joseph Goebel IV, meinem Sohn.